THE ADVENTURE
OF THE GRAND OLD LADY
AND OTHER TELEVISION ADVENTURES OF ELLERY QUEEN

論創海外ミステリ89

シナリオ・コレクション

ミステリの女王の冒険

視聴者への挑戦

Ellery Queen
エラリー・クイーン 原案

飯城勇三 編

論創社

THE ADVENTURE OF THE GRAND OLD LADY
AND OTHER TELEVISION ADVENTURES OF ELLERY QUEEN

(2010)

Edited by Yusan Iiki

目次

●シナリオ用語について

【フェード・イン／フェード・アウト】真っ黒な画面からゆっくりと画像が浮かび上がること／その逆に、画像がゆっくりと暗くなり画面が真っ黒になること。ストーリーの大きな区切りに用いられることが多く、本シリーズのシナリオでは、オープニング／エンディングと章の変わり目（＝ＣＭの入りと明け）に使用されている。

【カット】ある画像を次の画像に直接つなぐ、もっとも普通の編集方法。一連のシーン（シークエンス）が終わった際、場面転換にこのつなぎ方を行なう場合にのみ「カット」と指示が書き込まれる。

【フリップ】ページをめくるように、あるいはくるっと裏返すように（いずれも英語でフリップ）場面転換を行なう方法。本シリーズでは、このフリップが多用され、1940年代のＢ級映画のような軽妙なテンポを生み出す効果をあげている。

【ワイプ】画面の端から端へ、拭う（ワイプ）ように場面転換を行なう方法。黒澤明映画や、そこから影響を受けた『スター・ウォーズ』シリーズ等でおなじみ。拭う方向は、横・縦・斜めなどいろいろだが、本シリーズで使われているのは、横方向に「ワイプ」するタイプである。

【ディゾルブ】ある画像と次の画像を徐々にダブらせながら場面転換を行なう方法。オーバーラップともいう。

【アイリス・イン／アイリス・アウト】真っ黒な画面の中央から丸く画像が現れてくること／その逆に、画像が外側から黒い丸で絞られていき画面が真っ黒になること。アイリスとは「眼球の虹彩（転じてカメラの絞り）」の意味である。掲載したシナリオではエンディングにのみ指示されているが、実際の放映では、シリーズを通してオープニングにも「アイリス（・イン）」が用いられている（第８話「奇妙なお茶会の冒険」のオープニングでは、真っ黒な画面から、黒い丸が中央に向けて小さくなっていくというバリエーションが見られ、同作らしいちょっと不思議な雰囲気を生み出している）。また、稀にはアイリス・アウトとアイリス・インを連続して使っての場面転換も行なわれている。

【ストック映像使用】「その作品用に撮影したフィルムではなく、撮影所のライブラリに保管してあるものなど既存の映像を利用する」という指示。クイーン家やＮＹ市警の外観など、シリーズ開始時に撮影した映像をくり返し活用する場合にもこの指示が行なわれている。

＊場面転換の各方法をどういうシーンにどのように使うかは、シナリオライターごとに少しずつ選択が異なるようである。また、もっとも基本的な「カット」については、他の方法と同様に指示を細かく書くやり方の他、“何も指示がない場合は「カット」”とするやり方も行なわれている（掲載した５作中で最もきめ細かく指示があるのは「黄金のこま犬の冒険」である）。

＊完成した放映版では、シナリオに「ディゾルブ」とある箇所が「フリップ」になっている等、場面転換の方法が変更されている場合も多い。

＊シナリオは、撮影現場で使われながら、新たな追加・変更・削除分のページが日々差し替えられていく（追加シーンには、〈シーン35Ａ〉というように、直前のシーン番号にアルファベットを添えた番号が与えられる）ため、書籍などとは違い、しばしばタイプミスやタイプ漏れが存在する。従って、場面転換の指定にも、差し替え時等にタイプ漏れや直し忘れが発生している可能性がある。

本書の読者へ

飯城勇三

一九七五年から七六年にかけてアメリカでテレビ放映された『エラリー・クイーン（Ellery Queen）』は、驚くほど質の高い本格ミステリドラマだった。クイーンの世界を忠実に再現した設定、〈読者への挑戦〉ならぬ〈視聴者への挑戦〉という趣向、隅々まで伏線を張り巡らせて巧妙な手がかりを散りばめたフェアな脚本――どれをとっても一級品としか言いようがないのだ。

しかし、それも当然だろう。このシリーズの製作総指揮を務めていたのは、クイーンの熱烈なファンにして『刑事コロンボ』を作り上げたコンビ、R・レヴィンソンとW・リンクなのである。『コロンボ』で〝倒叙形式による本格ミステリドラマ〟を極めたコンビが、そのノウハウを生かして〝犯人当て形式による本格ミステリドラマ〟を作ったのだから、優れていないはずがない。加えて、やはり『コロンボ』で秀逸な手がかりをいくつも生み出したP・S・フィッシャーがメインライターを務めているのだから、シナリオも優れていないはずがないのだ。

ただし、日本版の視聴者は、私同様、もどかしさを感じたに違いない。吹き替えではなく字幕放映されたために、視聴者にはセリフの半分から三分の一程度しか伝わらなかったからである（一九七八年のフジテレビ放映時に字幕翻訳を行った岡枝慎二氏に話をうかがったことがあるのだが、氏も「他のドラマに比べてセリフの情報量が圧倒的に多いので縮めるのに苦労した」と語っていた）。

本格ミステリドラマにおいて、与えられるデータがカットされるというのは、大きなマイナスではないだろうか。また、このシリーズはユーモラスな会話が多いのだが、こちらもごっそりカットされてしまっているのだ。残念ながら、よほど英語のヒアリングに堪能な視聴者以外は、このドラマを〝充分味わった〟とは言えないだろう。

前置きが長くなったが、本書はこのテレビドラマ版『エラリー・クイーン』のシナリオ集である。ドラマを観ていない人は物語自体を味わい、観ている人は緻密な伏線や巧妙な手がかりやユーモラスな会話を味わってほしい。シナリオではあるが、クイーンの贋作としても、本格ミステリとしても、上質の作品として楽しめるはずである。

そしてまた、シリーズガイドとエピソードガイドを加えることにより、本書には〝テレビ版『エラリー・クイーン』のガイドブック〟としての役割も持たせた。ご存じの人も多いと思うが、執筆者の町田暁雄氏は、『刑事コロンボ完全事件ファイル』（別冊宝島。増補版タイトルは『刑事コロンボ完全捜査記録』）という、すばらしい本の監修とメインライターを務めている。氏のおかげで、本書は〝シナリオの翻訳付きガイドブック〟とも言える内容になったと思う。

このシリーズのシナリオはどれも質が高いのだが、本書では、その中から不可能犯罪もの「十二階特急の冒険」、ライツヴィルもの「黄金のこま犬の冒険」、原作付きの「奇妙なお茶会の冒険」、裁判もの「慎重な証人の冒険」の四作を選んで収録し、ボーナストラックとして未制作シナリオ「ミステリの女王の冒険」を追加した。今回漏れた他のエピソードにも傑作は多いので、この企画が受け入れられた場合は、第二集も編みたいと考えている。読者のみなさんの声援をお願いしたい。
ここで、放映版を観ていない読者のために、以下に簡単な説明を加えておく。
登場人物――エラリー、クイーン警視、ヴェリー部長は小説通り。ただし、ドラマ版ではさらに二人の準レギュラーが追加されている。「十二階特急」と「慎重な証人」に登場するフランク・フラニガンは新聞記者。クイーン父子と対立しながら、あるいは協力しながら特ダネ記事を追いかける。「ミステリの女王」に登場するサイモン・ブリマーは、人気ラジオ番組「ブリマーの事件簿」のホスト。エラリーと事件の解決を競い合い、必ず〝間違った推理〟を披露する。
時代――一九四〇年代後半という設定。クイーン・ファンは『九尾の猫』あたりの時代を想定して読んでほしい。
番組の流れ――オープニングでは被害者と容疑者たちが次々と映し出され、「〇〇が殺された。犯人は誰か?」というナレーションが入る（本書の各登場人物表の前に入れたのがこのナレーション）。物語の終盤ではエラリーがカメラを向いて〈視聴者への挑戦〉を行い、CMをはさんで解決編、という流れ。ドラマ未見の読者は、ぜひ挑戦を受けてほしい。
なお、翻訳には入手できた中で最も後の稿を用いている。ただし、他の稿や放映版を元にシナリオに追加や訂正を行った個所もあるので、それに触れておこう。
①「黄金のこま犬」の初期稿にはファーナム医師（小説のライツヴィルものではおなじみの人物）の名前が出て来る。翻訳に用いた後期の稿ではカットされてしまったので、ファンのために復活させた（シーン60）。
②「奇妙なお茶会」の翻訳に用いたバージョンは〝登場人物の姓を実在のミステリ作家から採

る〟という趣向が不完全で、執事の名が「ブリッジャー」となっていた。翻訳では放映版に合わせて「ドイル」に修正している。

③「ミステリの女王」は『ジェシカおばさんの事件簿』用に改作されているのだが、その際に、プロットの穴がいくつか埋められていた（例えば、初稿では被害者の最後の言葉は「Hauptman」だった）。翻訳ではこれを組み込んでいる。

最後に謝辞を述べさせてもらいたい。

本書の企画や翻訳にあたっては、町田暁雄氏に大変お世話になった。シナリオ用語の凡例とシリーズ／エピソードガイドとシナリオ解説の執筆のみならず、シナリオや映像やその他資料の提供、数々のアドバイスなどもいただいた。彼がいなければこの本は実現しなかったと言って良い。

そして、この前代未聞の本を刊行してくれた論創社の今井佑氏、「黄金のこま犬」「奇妙なお茶会」「慎重な証人」の翻訳を手伝ってくれた谷口年史氏、資料や情報の提供をしてくれた樫葉浩嗣氏、兼城律子氏、清岡仁美氏にも感謝する。

最後に、テレビ版『エラリー・クイーン』のスタッフに感謝を。R・レヴィンソンとW・リンクが作り上げたこの番組が、そして、P・S・フィッシャーをはじめとする脚本家が練り上げたシナリオがあったからこそ、本書は生まれることができたのだ。

十二階特急の冒険

The Adventure of the 12th Floor Express

脚本　デヴィッド・H・バルカン&アラン・フォルサム

新聞社社長が謎の死をとげた！
犯人は妹か？　編集長か？　弁護士か？
大株主の孫か？　コラムニストか？
それとも他の誰かか？
エラリー・クイーンと推理を競おう！
—— Who done it?

登場人物

エラリー・クイーン……………………ミステリ作家兼素人探偵
クイーン警視……………………………エラリーの父親。ニューヨーク市警の警視
ヴェリー部長刑事………………………クイーン警視の部下
フランク・フラニガン…………………ニューヨーク・ガゼット紙の記者
デイヴ・ティーガーデン………………ニューヨーク・ガゼット紙のカメラマン
ヘンリー・マナーズ……………………デイリー・イグザミナー社の社長
ハリエット・マナーズ…………………ヘンリーの妹
マイケル（ミッチ）・マッカリー……デイリー・イグザミナー紙のコラムニスト
ソーントン・ジョーンズ………………デイリー・イグザミナー紙の編集長
アルバート（アル）・クリンガー……デイリー・イグザミナー社の顧問弁護士
ゼルダ・ヴァン＝ダイク………………デイリー・イグザミナー社の大株主
アーサー・ヴァン＝ダイク……………ゼルダの孫。デイリー・イグザミナー紙の記者
フレッド・ダンホッファー……………エレベーター係
ジュディ・アダムス……………………四階の受付係
ドロシー…………………………………五階の受付係
サリー……………………………………十二階の受付係
レイモンド………………………………雑用係《コピーボーイ》
制服警官　警察の鑑識係　六階受付係　夜警　管理人

第一幕

［フェード・イン］

シーン1

外観。ニューヨーク市の遠景、明け方、ストック映像使用（タイトル等をかぶせる）。

シーン2

外観。デイリー・イグザミナー社、朝、社名プレートをアップで（タイトル等をかぶせる）。

都会のオフィスビルの正面玄関。真鍮製のプレートには「デイリー・イグザミナー」と刻まれている。目覚めた都会が動き出すときの騒音がバックに流れている（交通や工事や警笛の音など）。自分たちの職場を目指して歩道を進む人々の姿が見える。

シーン3

内観。イグザミナー社のロビー、朝（タイトル等をかぶせる）。

堅苦しくビジネスライクな雰囲気。ニューヨーク市でも最大手の新聞社の本社ビルなので、それも当然である。ロビーの時計が八時を指しているのが見える。

シーン4

アングルを変えて。

イグザミナー社の社主にして発行人のヘンリー・マナーズが、きびきびした歩き方でロビーを横切る。六十代後半の男性で、活力と権力を身にまとっている。彼はロビーの奥に並ぶエレベーターに真っ直ぐ向かう。そこには六〜八人ほどが行き来している。

シーン5

エレベーターを映す。

エレベーター係のフレッドが一番右の――その奥は壁になっている――エレベーターのドアを押さえている。彼は近づいて来るマナーズに微笑みかける。マナーズはきびしい経営者ではあるが、新聞社のために働く人々にはいつでもやさしい。そのため、社員からは愛されているのだ。

フレッド　おはようございます、マナーズ社長。

マナーズ　おはよう、フレッド。そうだ、昨日は結婚式について何か言ってなかったかな？　娘さんだったね？

フレッド　（にこりとして）メアリー・エレンといいます。そうです、社長。もう少し先の話なんですが。相手の兵役が終わり次第、式を挙げますよ。

マナーズ　では、日取りが決まったら教えてくれないか。私も出席したいのでね――きみが招待してくれたら、の話だが。

フレッド　ええ、必ずお招きしますよ、社長。

マナーズ　（微笑んで）よい一日を、フレッド。

マナーズはエレベーターに乗り込む。フレッドは手を伸ばして十二階のボタンを押すと、後ろに下がる。

フレッド　社長もよい一日を。

シーン6

マナーズの視点で。

ドアが閉じる。

シーン7

フレッドを映す。

男が一人近づくと、フレッドは真ん中のエレベーターに案内する。

フレッド　こちらは専用エレベーターです。隣りへどうぞ。

フレッドは専用電話に近づき、受話器を取り上げる。

シーン8

内観。十二階、朝、受付係を映す。

受付係の名はサリー。自分のデスクの上にあふれかえっている記事と読み物のタイプ原稿を、きちんと仕分けしようとしている。その仕事はさほど手間がかからないはずだった――ドーナツを食べたり、コーヒーを飲もうとしなければの話だが。デスクの上の電話が鳴り、サリーは手を伸ばして取り上げる。

サリー　（電話に向かって）デイリー・イグザミナー社……十二階です。

シーン9

内観。ロビー、フレッドを映す。

彼はエレベーターわきの専用電話で話している。

フレッド　社長が上がっていったよ。

シーン10

サリーを映す。

サリー　ありがとう、フレッド。

彼女は電話を切ると、すばやくコーヒーカップとドーナツを片づける。デスクの上の書類をかきまわして、さも真面目に働いているように見せかける。エレベーターのドアに目をやり――顔をしかめる。そして自分の時計を見る。ちょうどそのとき、画面の外からドアが開く音が聞こえる。サリーは音の方向に目を向ける。

シーン11

サリーの視点で。

デスクに積まれた書類の山ごしにエレベーターのドアが開くのが見えるが、中は空っぽである。ドアは完全に開き、しばらくそのままでいたあと、再び閉じていく。

シーン12

サリーを映す。

困惑した表情。腕時計に目をやると、電話を取り上げてダイヤルを回す。

シーン13

内観。ロビー、フレッドを映す。
彼は前のシーンで使った専用電話で話している。
フレッド　もちろん、乗るのを確認したよ、サリー。ボタンもあたしがちゃんと押した。(間をおいて) まあ、途中の階で降りたんだろうさ。
フレッドは電話を切る。不思議そうな顔。そこへ――
マッカリーの声　おはよう、フレッド。
フレッドは声の方を向く。背後に立っているのはマイケル・マッカリー。三十代後半の身なりのよい男。彼はイグザミナー紙のために戦っているジャーナリストである。その使命は、高い地位に群がって食い物にしようとするすべての共産主義者を暴き出すことなのだ。
フレッド　ええ、はい、マッカリーさん。
マッカリー　ご老体はもう出社したのかな？
フレッド　今、上がっていったところです。

シーン14

内観。六階、朝、受付係を映す。

彼女は顔の前に手をかざして、新しいマニキュアをためつすがめつしている。画面の外からエレベーターのドアが開く音が聞こえてくる。受付係は中を覗いて息をのむ。

シーン15

受付係の視点で。

人が一人、エレベーターの床に倒れ伏している。距離があるので、誰なのかはわからない。ドアは完全に開く。それから閉じる。エレベーターわきの表示板には「六階」と刻まれている。

シーン16

受付係を映す。

彼女は身動きできない。ショックで体をこわばらせたまま、目を丸くしている。

シーン17

内観。五階、朝、受付係と雑用係《コピーボーイ》を映す。

女の名はドロシー。男の方はレイモンド。ちょうど、レイモンドはドロシーのデスクに座り、彼女の方にかがみ込んでいるところだった。ドロシーは爪やすりで爪を磨きながら、何とか彼を無視しようとしている。

ドロシー　（話を続けるように）言ったでしょう、レイモンド……。あたしは早起きしないといけないのよ。だから、美容のために早く寝ないと。

レイモンド　（頭を下げんばかりに）頼むよ、ドロシー……。ディナーを楽しんでから、映画に行こうじゃないか。クラーク・ゲーブルのいかした映画をやっているんだ。

ドロシーはタイプライターから顔を上げてレイモンドの方を向く。

ドロシー　（コケティッシュに）あらあらレイモンド。あなたって、本当にしつこいわねえ……

不意に彼女の顔から血の気がひき、目玉が飛び出る。画面の外にあるものを見たためだ。

ドロシー　（指さす）レイモンド……

シーン18

レイモンドを映す。

彼も同じ方向を見る。

シーン19

二人の視点で。

エレベーターのドアが開いている。死体が前のシーンと同じ姿勢で床に横たわっている。ここでも五階を示す表示板を映すこと。

シーン20

レイモンドを映す。

彼はエレベーターに駆け寄る。死体を見るためにかがみ込む。そしてドロシーの方を向く。

レイモンド　（ドロシーに）何てこった……マナーズ社長だよ……死んでいるみたいだ！

シーン21

内観。エラリーの書斎、昼近く、カメラを寄せて。

ふくらんだ旅行カバンをアップで。カバンのあちこちから服がはみ出てひどい有様になっている。二組の手がカバンを押さえつけ、なんとか閉めようとしている。カメラをゆっくり引くと、その手の持ち主がエラリーとヴェリー部長であることがわかる。カバンは床に置かれ、ヴェリーはその上に腰を下ろさんばかり。二人が四苦八苦する様《さま》はアドリブで。ようやく二人はカバンを閉めることに成功する。ヴェリーはうんざりした表情。

エラリー　ありがとう、ヴェリー。きみが手伝ってくれなければ、どうなっていたことやら。

ヴェリー　（旅行カバンに疑わしげな目を向けたまま）お安いご用ですよ、大先生《マエストロ》。これで全部終わりましたかい？

エラリー　大丈夫だ。（ポケットを一つずつ叩いていく）

ヴェリー　キャビンで三日過ごすだけなんでしょう。

エラリー　三十枚だから——一日十枚書けば——（口をつぐむ）

ヴェリー　どうしました、大先生《マエストロ》？

エラリーはカバンに近づいて開けようとする。ヴェリーはすばやく押しとどめる。

ヴェリー　みんな入ってます——入ってない、い、い、い、いものはありません！

エラリー　キャビンの鍵がポケットにないんだ。

ヴェリー　開けたら、もう二度と閉められませんぜ。

エラリー　だけど、鍵が——

ヴェリー　いいや、あなたはこのカバンには鍵は入れなかった。

エラリーは記憶をたぐるようにじっくり考え込む。

エラリー　他の場所を探した方がいいな。

エラリーが部屋を探し始めると電話が鳴る。デスクに近づいて受話器を取り上げ、受け答えをする。だが、鍵を探しながらであり、会話の内容にはさほど注意を払っていない。

エラリー　もしもし?

シーン22

内観。イグザミナー社の五階、クイーン警視が電話をかけている。

周囲は騒々しい。背後にはちょこちょこと動き回る人々の姿と物音が。警視とエラリーを交互に映す。

警視　おい、せがれか。もう出発してしまったんじゃないかと案じておったぞ。

エラリー　いいや、お父さん——まだ出ていない。

警視　どうやら、そのようだな。(間をおいて) ヴェリーはおまえと一緒か? (返事がない) エラリー?

エラリー　(鍵を探す方に注意を奪われている) もしもし、お父さん。

警視　電話の接続がおかしいのか?

エラリー　鍵がどこにあるか知りませんか?

警視　何の鍵だ?

エラリーは引き出しの紙ばさみをひっくり返すのに忙しく、またもや返事をしない。

警視　いいか、エラリー——わしの話をちゃんと聞け。何かは知らんが、今やっていることをやめて——椅子に座って——正面を見るんだ。——言われた通りにしたか?

エラリー　(警視の指示に従って) もちろん。これが鍵と——キャビンの鍵とどんな関係が——お父さんが鍵を持っているのですか?

警視　おまえとヴェリーにデイリー・イグザミナー社まで来て欲しいのだ。
エラリー　「イグザミナー」ですって？　お父さんはあの新聞が嫌いだったと思いますが。
警視　発行人のヘンリー・マナーズが射殺されたのだ。もしおまえがライツヴィルに行く前に少し時間を割いて、ここに寄ってくれたなら――
エラリー　駄目ですよ、お父さん。ぼくは平和で平穏な方へ行きますから――で、鍵はどこです？
警視　おまえがヴェリーを連れて来てくれたら、そいつが手に入るだろうな。
エラリー　数分後に会いましょう。

［フリップ］

シーン23

内観。イグザミナー社の五階、少しあと。

一般用エレベーターのドアの一つが開き、エラリーとヴェリーが混沌の中に足を踏み入れる。死体は運び出されている。事情聴取の真っ最中。クイーン警視は鑑識係らしき男の相手をしている。エラリーは二人の話が終わるまで眺めている。男が立ち去ると、警視はふり返り、エレベーターの開いたドアの前に立っているエラリーとヴェリーを見つける。

警視　（二人に向かって）来てくれたか。

エラリーとヴェリーは警視に近づく。

エラリー　ヴェリーを連れて来ましたよ、お父さん。鍵を渡してくれませんか？　昼飯前にはライツヴィルに行きたいので。
警視　ちょっと待て、エル。ヴェリー、おまえに話しておくとだな――（間をおいてから、ヴェリーへの説明を始める――エラリーにも聞こえるように大きな声で）今わかっていることは、こうだ。マナーズは一階でエレベーターに乗った。エレベーター係が十二階のボタンを押した。だがエレベーターが十二階に着いたとき、中は空っぽだった。（少し間をおいて）それからエレベーターは六階に降りたが、ここではマナーズは中にいた。死んでな。（また間をおいて）それからエレベーターは……

エラリーが反応する。

エラリー　ええと――お父さん――？

警視はそばを通り過ぎる制服警官の方を向いてしまう。

警視　（ヴェリーに）脚立を持って来るんだ。殺人者がエレベーターの天井から入り込んだかどうかを知りたい。

エラリー　（口をはさむ）十二階ではエレベーターは空っぽだったと言いましたね？

警視　そうだ。

エラリー　（独り言を言う）面白い。

警視　（期待を込めて）それはどういう意味かな？

エラリー　それは何の意味についてですか？

警視　（いらいらと）「面白い」とはどういう意味かな？

エラリー　（そっけなく）意味なんてありませんよ、お父さん。ただ面白いだけです。

警視　ともかく、死体を載せたままエレベーターは五階まで降りて……

エラリー　十二階に上がる途中で止まったのは、誰も見ていないのですか？

警視　すべての階に受付係がいて、デスクに着いておった。彼女たちは七時半にはそこにいなければならんらしい。誰もマナーズが降りるところを見ておらん。何者かが乗り込むところもな。

男がエラリーたちに近づいて来る。黒いアイパッチをつけた、六十代半ばの厳格でやり手に見える人物である。彼は誰からも何も与えられていない。持っているものは、すべて自分で手に入れたものなのだ。名前はソーントン・ジョーンズ。イグザミナー紙の編集長である。彼はクイーン警視に近寄る。

シーン24

アングルを変えて。

ジョーンズ　警視――わしはヘンリーを殺したやつを捕らえたい気持ちでいっぱいだ――だが、新聞のことを考えると、ここにいるわけにはいかんのだよ。

警視はジョーンズの方に顔を向ける。

警視　（エラリーをジョーンズに示しながら）ああ、ジョーンズさん、息子のエラリーです。

エラリー　やあ。

ジョーンズ　はじめまして。

警視　ソーントン・ジョーンズはイグザミナー紙の編集長だ。

ジョーンズ　その通りだ、警視。そして、編集長とは忙しい仕事でもある。一日中ここに立っているわけにはいかんのだよ。

警視　まあ、落ち着いて、ジョーンズさん。ここで起こったことについて、あなたの意見を聞きたいのだが。

ジョーンズ　どんな意見もない！　きみに言ったはずだ。知らせを聞いたとき、わしは速報部にいた。ここに上がって来て、社長が死んでいるのを見た。それで警察を呼んだわけだ。

エラリー　いつもこんなに早く出社されるのですか？

ジョーンズ　（エラリーに向かって）今日は七時半には来ていた……もっと早く来ることもある。新聞が出来上がるまでにやらねばならんことは、ごまんとあるのだ。

警視　マナーズには敵がいましたかな？

ジョーンズは面白そうに警視を見つめる。

ジョーンズ　警視、新聞業界では抱えている敵の数が評価になると言ってよいのだ――そして、ヘンリー・マナーズはやり手の新聞業界人だった。

わめき声が画面の外から聞こえる。声の主は一人で、だんだん近づいて来る。

エラリー、警視、ジョーンズは声の方に顔を向ける。

シーン25

三人の視点で。

ウォルター・ウィンチェル（アメリカの著名ジャーナリスト）の伝統にのっとった、大酒呑みにして口の悪い新聞記者フランク・フラニガン。彼が警官を押しのけながら、殺人のあったエレベーターに近づいて来る。フラニガンはガゼット紙の専属記者で、一面トップをとるためなら、自分の祖母さえも売りかねない。若い赤毛の駆け出しカメラマン、デイヴ・ティーガーデンを引き連れている。

フラニガン　（警官を押しのけて進みながら、デイヴに指示している）あのエレベーターを撮れ！ゴッソリとな。床に寝ころんで、天井を見あげるやつも撮っておけよ。（目を天に向けて）わかってるな……マナーズが死ぬ前に見た最後の光景だからな。（クイーン警視の方に目を向けて）やあ、警視……何か手がかりは？

シーン26

アングルを変えて。

警視　（警官に向かって）なぜこやつがここにいるのだ？

シーン27

警視の視点で。

警官は両手を上げ、お手上げのポーズをとる。

警官　（警視に向かって）申しわけありません、警視。強行突破されまして。

シーン28

エラリー、警視、ジョーンズを映す。

フラニガンがそこに割り込む。

警視　では、今すぐ強行帰宅をしてもらおう！

フラニガンはエラリーの手を握り、握手をする。

フラニガン　やあ、ジュニア……この事件に引っ張り出されたのか？

エラリー　ああ、よくわからないうちに……ぼくは……

警視　（すばやく）フラニガン、なぜ他の記者と一緒に一階で待っておらんのだ？　ガゼット紙にはそんな特権はないはずだぞ。

フラニガン　（警視に向かって）おれが聞いた話によると、あんたは猫の手も借りたいらしいからな。（ここでソーントン・ジョーンズの方を向いて）なあソーントン、あんたが殺したのかい？

ジョーンズ　（フラニガンにうんざりして）警視、わしはここに突っ立ったまま、このうぬぼれ屋のあほうの話を聞いていなければならんのか？

警視　いや……戻ってかまわんよ。

ジョーンズ　（立ち去りながら）感謝する。

フラニガン　（ジョーンズの後ろ姿に向かって叫ぶ）うぬぼれ屋だと、ええ？　それならどうして、このフラニガンのコラムはアメリカ中の二百もの新聞に掲載されてるんだい！

フラニガンはエレベーターに目を向け、そこで気にくわないものを見つける。カメラマンだ。

フラニガン　違う、違う、違う！　おれが言ったのは……背中を床につけて、真っ直ぐ天井を狙うんだ。

シーン29

フラニガンの視点で。

デイヴはマナーズ専用エレベーターの中。しゃがみ込んで天井を撮影しようとしている。が、よい角度で撮れない。エレベーターの天井の落とし戸を調べるために脚立を組み立てているヴェリーと警官が邪魔になっているからだ。三人はお互いにぶつかり合う。仕事がはかどらないヴェリーは、警視の方を向く。

ヴェリー　（デイヴを指さして）警視、このガキをどうしましょうか？

シーン30

エラリー、警視、フラニガンを映す。

警視　（ヴェリーに向かって）そこからつまみ出せ！（フラニガンに向かって）おまえも出て行くんだ。

ヴェリーは警官に指示して、フラニガンとディヴを連れ出させる。その間、以下のやりとりが行われる。

フラニガン　（わめきちらす）このフラニガンは、大衆の知る権利のために働いているんだぞ、警視。

警視　あとで記者会見を開く。そのときに大衆のために働いてくれ。

シーン31

フラニガンを映す。

彼は連れ去られて行く。

フラニガン　（エラリーの後ろ姿に向かって大声で）じゃあな、ジュニア。（今度は警視に向かって）助けが必要になったら、おれに電話してくれよ、警視！

シーン32

エラリーと警視を映す。

警視は肩をすくめる。エラリーはエレベーターに向かう。

警視　（エラリーに向かって）おい、せがれよ——もう鍵のことはいいのか？

シーン33

エラリーを映す。

彼はマナーズ専用エレベーターに顔を向けたまま。

エラリー　（うわの空で）どこの鍵のことですか？

シーン34

警視を映す。

彼は笑いを浮かべて歩き出す。

シーン35

内観。エレベーターの中。

中ではヴェリーが脚立のてっぺんに立っている。天井にある落とし戸に上半身を突っ込んでいるため、腰から下しか見えない。エラリーはエレベーターに乗り込み、内部を調べる。

エラリー 何か見つかったかい？

ヴェリーが脚立を二、三段降りたので、全身が見える。

ヴェリー （エラリーを見ながら）上から出入りした痕跡はありませんな。

エラリー （操作パネルのボタンを見ながら）これは新型の自動エレベーターだな。

ヴェリー そうです、大先生《マエストロ》。マナーズだけが使う専用エレベーターです。

ヴェリーは脚立を折りたたみ、片づけるためにエレベーターを出ようとする。と、エラリーが一階のボタンを押す。

シーン36

ヴェリーを映す。

ドアが閉じるのを見る彼の顔に驚きと不安の色が浮かぶ。

ヴェリー （落ち着かない様子で）何をしてるんです？

エラリー ためしてみただけだよ——どうしたんだい？　エレベーターが怖いわけじゃないだろう？

ヴェリー こ、い、い、いつだけは例外ですな。

シーン37

内観。ロビー、すぐあと、エレベーターのドアをアップで。

エレベーターのドアが開き、乗っているエラリーとヴェリーの姿が見える。ヴェリーは脚立を持ってエレベーターを降り、エラリーもその後ろに続く。エレベーター係のフレッドがヴェリーの腕をつかむ。
フレッド　おい、脚立なんかを持ってどこに行くんだ？
ヴェリー　（バッジをちらつかせて）警察の者だ。
フレッド　ああ、そうでしたか。どうぞ。
ヴェリー　あたしはこのあたりを調べてみますよ、大先生《マエストロ》。それじゃあ。
エラリー　ああ。
フレッド　あなたもお仲間ですか？
エラリー　ああ、そうだ。きみはエレベーター係の――
フレッド　フレッド・ダンホッファーです。来月で勤続二十年になります。社長があんな目に遭うなんて。本当に立派な人でした。
エラリー　マナーズ社長は毎朝同じ時刻に出社すると聞いたけど――
フレッド　あなたが時計を合わせたいなら、社長が出社するのを見ていればいいですよ。七時五十九分――正面ドアを通過――七時五十九分三十秒――「おはよう」と「おはようございます」――二人で少し立ち話――あたしが「よい一日を」と言って――社長が「きみもな、フレッド」と言って――あたしが十二階のボタンを押して後ろに下がると、社長は上に――
エラリー　きみがボタンを押したのか？
フレッド　いつもそうしていますが。
エラリー　（間をおいて）誰かが十二階に上がる途中でエレベーターを止めた可能性はないかな？――十二階受付の女の子が、「今朝はエレベーターが上がって来るまでにいつもより多少時間がかかった」と言っていたけど。

［フリップ］

シーン37A

内観。地階、日中。

エレベーターのドアが開き、フレッドとエラリーが出て来る。狭い上に、薄暗い照明しかない地階のフロアである。ゴミ缶、道具類、古くなった備品などが置かれている。この階はほとんど使われていない様子。フレッドはエレベーターの右手の壁にある制御盤を指し示す。

フレッド これが制御盤です——こいつでエレベーターを止めることができます。でも、何をするために? 何のために?

エラリーは制御盤を一瞥すると、蓋を開けて中をためつすがめつする。内部には数多くのヒューズと入り組んだケーブル、それにケーブルをつなぐ金具が見える。

エラリー 今はまだ、可能性を調べているだけだよ、ダンホッファーさん。

フレッド 何の可能性ですかね? 仮に、誰かがしばらくの間、エレベーターを階の途中で止めたとしましょう。それで、どうやったらエレベーターに乗り込んでマナーズ社長を殺せたというのですか? そんなことは馬鹿げてますよ。

エラリーはうなずいて制御盤の蓋を閉める。それからエレベーターに乗り込む。フレッドも続いて乗り込み、ボタンを押す。ドアが閉まる。

［カット］

シーン37B

内観。一階のロビー、日中。

エレベーターのドアが開き、フレッドが出て来る。エラリーは中に残っている。

エラリー すまないけど——もう一つだけ——マナーズ社長はどこに立っていたのかな? 奥の方かい?

フレッド (うなずく) そこです。

エラリー ボタンを押してくれないか——マナーズ社長のときも今と同じだったのかな?

フレッド 同じです。(ドアが閉まり始める) それでは——また。

シーン38

エレベーターの中。

エレベーターが上がって行く。エラリーはエレベーターの中をうろうろし、壁を叩いたり床を踏み鳴らしたりする。そして、頭をかきながら考え込む。

シーン39　削除

シーン40

内観。十二階の受付周辺、日中。

受付係のデスクのそばに立ったクイーン警視は、毅然とした態度の人目を惹く女性と話をしている。彼女の名はハリエット・マナーズ、被害者の妹である。画面の奥ではエラリーがエレベーターを降り、二人に近づいて来る。

ハリエット　（クイーン警視に向かって悲しげに）今でも兄が死んだなんて信じられませんわ、警視さん。

警視　連絡が遅れたことをおわびします、ミス・マナーズ。お宅に連絡したのですが、出られませんでしたな。

ハリエット　兄に会うために、こちらに向かっていたのです。でも、交通渋滞に巻き込まれて……

エラリー　（近づきながら）お父さん……？

警視　（エラリーに向かって）エラリー、こちらはハリエット・マナーズ……被害者の妹さんだ。（ハリエットに向かって）息子のエラリーです。

エラリー　こんにちは。

ハリエット　はじめまして。今、お父さまと話していたのですが——ヘンリーがいなくなったことが、なかなか信じられなくて。

エラリー　大きな損失ですね。ヘンリー・マナーズはイグザミナー紙そのものでしたから。

ハリエット　ええ、でも続けていかなくてはなりません。そうでしょう？

　不意に電話が鳴る。ハリエットが取り上げる。

ハリエット　はい、ソーントンなの？……（間をおいて）いいえ、そんなことは考えていないわ。（間をおいて）いいえ、あなたの一面をボツにしたいわけではないの。兄の死を取り上げたコラムのスペースが欲しいだけなのよ。見出しは六〇ポイントの活字で——中央に写真を二枚入れて——黒枠で——（間をおいて）聞いてちょうだい。市長に——ホワイトハウスにも——デューイ市長にも——できればいいコメントを引き出してちょうだい。——それとソーントン、これは号外で出すつもりだから。お昼には路上に並ぶようにしたいのよ！

シーン41

警視とエラリーを映す。

二人は彼女がやり手ぶりを発揮する様に圧倒されている。

シーン42

ハリエットを映す。

彼女は電話を置き、警視に顔を向ける。

ハリエット　（警視をじっと見つめて）わたしが家族の最後の一人になってしまいました、警視。（少し間をおいて）今ではイグザミナー社はわたしのものになったので、わたしがやっていくつもりです。

［フェード・アウト］

第二幕

［フェード・イン］

シーン43

内観。警視のオフィス、警視とヴェリーを映す。

イーゼルにかけられた新聞社ビルのエレベーターや、その近くの階段の図面。警視とヴェリーがそれを調べている。エラリーはわきに腰を下ろし、明確な答えを得られない謎を解こうと書類をめくっている。

警視　犯人が天井から侵入しなかったことはわかった。床から侵入しなかったこともわかった。ならば、犯人はどうやったのだ？

ヴェリー　たぶん、階段を上がって来たんですな。

警視　よし、殺人者は階段を上がって来た。それで、どこでマナーズを撃って……どうやって死体をエレベーターの中に戻したのだ？

ヴェリー　（考え込んで）たぶん、マナーズは自殺したんですな。

警視　ならば、マナーズは銃をどうしたのだ？

ヴェリー　（再び考え込んで）エレベーター係がドアが閉まる直前に撃った、というのはどうです？

警視　エレベーターに乗ったマナーズを――生きているマナーズを見たという証人連中はどうするのだ？（少し間をおいて）弾道検査の結果は届いておるか？

ヴェリー　被害者は三二口径で撃たれていました……至近距離から。四フィートか五フィートくらいだそうです。

警視　その距離だと、殺人者はエレベーターの中か、すぐ外にいたということになるな。（エラリーに目を向けて）おいせがれ、関係者の調査報告書に何か見つかったか？

エラリー　今のところ何もないですね、お父さん。ちょっと、指紋の採取結果を見たいのですが。それと、ビルの他の部分の図面も。

シーン44

警視を映す。

報告書に手を伸ばし、エラリーに渡す。

警視　これが指紋の報告だ。ヴェリー――？

ヴェリー　図面を取って来ます、警視。（出て行く）

シーン45

エラリーと警視を映す。

エラリー　（報告書を読みながら）マナーズの真新しい指紋が五階と六階のボタンについていたのですね。

警視　さよう。それに、十二階行きのボタンにはっきりせん指紋があった。（少し考えて）フレッドがエレベーターを上げるときにつけたやつに違いないな。

エラリー　（父親に顔を向けて）あるいは殺人者のものか。一つだけ確かなのは――マナーズはエレベーターを五階と六階に止めたかったということです。（少し間をおいて）彼がこの二つのボタンを押したのは、撃たれる前か後か、どちらだったのだろう？

シーン46

警視を映す。

考え込む顔。

シーン47

アングルを変えて。

警視のオフィスのドアが開き、フラニガンがずかずかと入って来る。手には新聞を持ち、特ダネ記事をものにしたような顔つきをしている。

シーン48

警視を映す。

警視が地球上で最後に会いたいと願っている人物がフラニガンだった。彼の今の表情はそのことを雄弁に物語っている。

警視　（ほとんど恫喝するように）フラニガン、ここで何をしておる？

シーン49

アングルを変えて、エラリー、警視、フラニガンを映す。

フラニガンはゆっくりと警視のデスクに近づく。

フラニガン　ガゼット紙のフラニガンのトップ記事に興味があるに違いないと思ってね。こいつは間もなく路上で売られることになっているんだ――（時計に目を落として）――あと十分もすれば。

警視　（いやみたっぷりに）それはおやさしいことで。あいにくと、おまえさんがどんな記事を書こうが興味はないね。仮に、もし興味があったとしても、自分で読むくらいのことはできるからな。（少し間をおいて）さっさと出て行け！

フラニガン　（自信たっぷりに）いいとも、警視。フラニガンは申し出を撤回しよう。この記事は、事件に隠された事実を明らかにしているだけに過ぎないからな。（立ち去ろうとする）まあ、あんたが興味がないのであれば……

警視　フラニガン！

フラニガン　（ふり返って）何かな、警視……

警視　（静かに）記事を読め。

フラニガン　（にやりとして）喜んで。ジュニアもいいかな？

エラリーはうんざりした様子で同意を示す。

シーン50

アングルを変えて、フラニガンを映す。
彼は新聞を広げ、記事に目を落とす。

シーン51

フラニガンの視点で。
第一面の見出し「新聞社社長の射殺は秘書の逢い引き中に」

シーン52

アングルを変えて、エラリー、警視、フラニガンを映す。

フラニガン　（読み上げる）「新聞界の大物、ヘンリー・マナーズの奇怪なエレベーター殺人に関して、警察はいまだに上往下往を続けている。ニューヨークのおまわり連中が相も変わらずバタバタしている間に、本記者は一つの情報を明らかにしたい。吹けば飛ぶような考えしか浮かばない彼らの頭からシャッポを脱がせるであろう情報である。四階受付係のジュディ・アダムスは、その証言とは異なり、デスクの前にはいなかった。ヘンリー・マナーズがエレベーターで天国に登っていたまさにそのとき、彼女は恋人との逢瀬に夢中になっていたのである。クイーン警視に伝えたい。『この事実は、青服連中（警察官のこと）ではなく、職務熱心な新聞記者が突き止めたものである――』と。」

警視　（ぴしりと）そこまでで充分だ、フラニガン！（エラリーに向かって）来い。

フラニガン　（顔を上げて）最後まで読まなくてもいいのか？

エラリー　（腰を上げて）どこに行くのです？

シーン53

警視を映す。

ドアに向かっている。

警視　（歩きながら）イグザミナー社に行く。そのジュディなんとかと話をしに。

シーン54

フラニガンを映す。

まだ新聞を手に持っている。

フラニガン　（警視の背中に向かって）ジュディ・アダムスだ……四階の。

シーン55

内観。クリンガーのオフィス、日中。

アルバート・クリンガーのオフィス。クリンガーはイグザミナー社の顧問弁護士である。彼は自分のデスクに腰かけ、その向かいにはひどくおびえている若い女性が座っている。彼女の名はジュディ・アダムス。デスクの上にはガゼット紙がある。

クリンガー　（きびしいが落ち着いた声で）いいかね、ジュディ。イグザミナー社の弁護士として、私には会社を不利益から守る義務がある。とりわけ、殺人のような深刻な事態のときには。（少し間をおいて）わかったかね？

ジュディ　（おどおどと）わかりました。

クリンガー　なぜ警察に嘘をついたのか、私に話してくれないか。

警視　（画面の外から）わしが知りたいのも、まさにそれだ。

クリンガーとジュディは声の方を向く。

シーン56

二人の視点で。

エラリー、警視、それに十二階の受付係（サリー）がドアから入って来る。

サリー　失礼します、クリンガーさん。こちらはクイーン警視とご子息のエラリーさんです。警視がジュディを探していたので。

シーン57

アングルを変えて。

全員が映るように。クリンガーが立ち上がって警視とエラリーに挨拶している間に、サリーは出て行く。

クリンガー　警視……それにクイーン君……今ちょうど、ガゼット紙の記事についてアダムス君に話を聞いていたところです。

シーン58

警視を映す。

彼は座ったままのジュディを見下ろす位置に立つ。

警視　（怒りをにじませながら）いいかね、お嬢さん……警察に嘘をつくのは重大な犯罪なのだ。どうしてデスクにいたと言ったのかな？　どうして恋人と会っていたのかな？　この二つを説明してくれんかな？

シーン59

アングルを変えて、四人を映す。

エラリー　お父さん……彼女を追いつめないで。

ジュディ　大変なことをしてしまって、気が変になりそうなんです。嘘をつくべきではありませんでした。でも、事件に巻き込まれるのが怖くて。（すすり泣きを始める）それが裏目に出てしまって。ウォルターとあたしは、ただ幸せになりたかっただけなのに。

警視　ウォルター？　ウォルターとは誰かな？

ジュディ　あたしの恋人です。ここで働いています。今は雑用係《コピーボーイ》ですが、いつの日か、一流の記者になろうとしているんです――フラニガンさんみたいな。

　警視が反応する。

ジュディ　ウォルターはあの人をすごく尊敬していて――それで、昨夜、話してしまったんです。あの人が記事にするなんて、夢にも思ってなかった――そのう、ウォルターとあたしのことを――

エラリー　続けて、ジュディ。

ジュディ　ですから、ウォルターとあたしは結婚する予定なんです。三年前からずっとつき合ってて……ウォルターが充分な給料をもらえるようになるまで結婚は待とうって。でも、週に二十二ドル半だと、そんな日がいつ来るかわからなくて。そうしたら、昨日、ウォルターはそんなものをかなぐり捨ててしまったんです。あたしの手を取って非常口に連れて行って、そこでプロポーズしてくれたんです。（少し間をおき、男三人に顔を向けて）とてもロマンティックだったわ。

エラリー　それで、デスクを離れていたのはどれくらいだったのかな？

ジュディ　十分も過ぎていませんでした。

シーン60

アングルを変えて、警視とエラリーを映す。

　警視はエラリーを部屋の隅に連れて行く。

警視　（少し間をおいて）どう思う？

エラリー　彼女は心底おびえているように見えますね。

警視　何かを隠しているからではないのか？

エラリー　誰がわかるのです？　どうして彼女を解放してやらないのです？　いつでも呼び出して話を聞くことができるじゃないですか。

シーン61

アングルを変えて、警視を映す。

警視はエラリーの言ったことについて考えをめぐらしてから、ジュディの方を向く。

警視　（同情を込めて）よし、戻ってかまわん。だがお嬢さん、今度警察に何か聞かれることがあったら、真実を述べないといかんぞ。

ジュディ　はい、警視さん。

シーン62

ジュディを映す。

彼女はドアに向かう。

シーン63

警視を映す。

エラリーの方を向く。

警視　少なくとも、殺人者がどうやってマナーズを殺《や》ったかはわかったな。四階で待ち伏せしていたわけだ。

エラリー　ぼくはそうは思いませんね、お父さん。

警視　どうしてだ？

エラリー　ジュディとウォルターが犯人ならともかく、そうでなければ、殺人者はジュディがあのタイミングでデスクを離れるとは予想できなかったはずです。それに、どうして犯人にはエレベーターが四階で止まるという確信があったのですか？

警視は反論しようとするが、息子が正しいことを思い知る。

警視　（がっかりして）わしらはまた、ふりだしに戻ったようだな。

警視が立ち去ろうとすると、クリンガーのデスクの電話が鳴る。

クリンガー　（電話に手を伸ばす）失礼。（電話に向かって）ああ、そうだ。後には退かない。（間をおいて）サム、何を聞かされたのだ――？（間をおいて）何だと！　二百万ドルだと！　あいつは頭がおかしくなったのか！（間をおいて）もちろん、徹底抗戦だ。ネルソン・グリーンに言ってやれ。「もし私たちを訴えて勝てると思っているなら、大きな間違いだ」とな。（間をおいて）マッカリーが「やつは共産主義者《コミュニスト》だ」と言ったならば、やつは共産主義者《コミュニスト》なんだ。

エラリーとクイーン警視は無視され、会話を続けることすらできない。クリンガーはそれにようやく気づく。

クリンガー　（電話に向かって）かまわんさ、マッカリーは証明できる。（間をおいて）ああサム、今は来客中でな。あとでかけ直す。

クリンガーは電話を切る。きまり悪そうに警視からエラリーに視線を移す。すると

エラリー　ネルソン・グリーンと言ったように聞こえましたが――あの資本家のことですか？

クリンガー　（話を切り上げたいそぶりで）法律上の問題でね。ヘンリーの死とは関係ない。

警視　殺人事件の場合、この新聞社に関係あることは、すべてわしは知っておかねばならんのだ。特に、二百万ドルの訴訟ともなれば。

クリンガー　（少し間をおいて）正直な話、この件については、私に話す権限はないのですよ。

［フリップ］

シーン64

エラリーを映す。

興味深そうに。心底興味深そうに。

エラリー　誰が話す権限を持っているのですか？

シーン65

内観。新聞編集室、日中、カメラを寄せて。

二人の男がデスクのわきに立っている。一人はソーントン・ジョーンズ。もう一人は傲慢な雰囲気の若い記者で、名前はアーサー・ヴァン＝ダイク。目下、二人は熱くなって口論をしている。この間ずっと、編集室で働いている他の社員たちは、聞き耳を立てながらも、自分たちが巻き込まれないようにしている様子を見せる。

アーサー　わかってくださいよ、ジョーンズさん……

ジョーンズ　いや、わからなくてはならないのはきみだ、ヴァン＝ダイク。わしがこの新聞の編集長である限りは、記事の担当はわしが決める。きみは言われた記事だけを書けばよいのだ。

アーサー　ぼくはこの先もずっと、死亡記事の中に埋もれるつもりはありませんね。

ジョーンズ　今よりましな記事を書けるようにならなければ、そうなるな。

アーサー　そうなりますかねえ。あなたが思っているよりずっと早く、状況は変わるかもしれませんよ。

ジョーンズ　どんな状況のことを言いたいのだ？

アーサー　今やハリエット・マナーズが社長だという状況のことを言いたいのですよ。

ヴァン＝ダイクの顔に得意気な表情が浮かぶ。どうやら、これが彼の切り札のようだ。ジョーンズは相手をまじまじと見つめる。それから静かな怒りを込めて

ジョーンズ　聞きたまえ。きみの祖母がこの新聞社の株をどんなに持っていようが——きみがそれをどんなにかさに着ようが——わしは気にしたりはせん。（少し間をおいて）きみには二つの選択肢しかないのだ。言われた通りの死亡記事を書くか、デスクを空っぽにするかだ。

シーン66

アーサーを映す。

彼は何か答えようとするが、画面の外に目を向け、口をつぐむ。

シーン67

アーサーの視点で。

エラリーが二人の方に近づいて来る。

シーン68

前のアングルに戻す。

アーサー　続きはあとにしましょう。

エラリーが入って来たので、アーサーは憤慨したまま立ち去る。

エラリー　都合が悪いのでしたら、出直して来ますが……

ジョーンズ　いや、かまわんよ。たった今まで、自分が書く文章は記念碑に刻まれるのがふさわしいと思い込んでいる無能大学の卒業生を一人、相手にしていたところだ。（少し間をおいて）何か気になることでも？

シーン69

アングルを変えて、エラリーとジョーンズを映す。

画面の奥では、ほおひげを生やして眼鏡をかけた〝用務員〟が編集室に入って来て、ゴミ箱や廃棄文書箱を空にしていく。エラリーとジョーンズが話し出すと、少しずつ近づいて来る。

エラリー　新聞が訴えられていると聞きましたが。

ジョーンズ　（笑って）訴訟？　どの訴訟のことかな？　うちは大都市の新聞なのだよ、クイーン君――

エラリー　ネルソン・グリーン。

ジョーンズ　ああ、ミッチ・マッカリーの一番新しいサンドバッグか。（少し間をおいて）マッカリーのやつは、共産主義者が潜んでいると思ったならば、きみのベッドの下も捜すだろうな。

エラリー　彼はもう、ネルソン・グリーンを共産主義者だと言ってしまったのですね。

ジョーンズ　（ため息をつく）マッカリーを止めるように、マナーズには警告したのだがね。たとえ証明できるとしても――おそらく無理だろうが――やるべきではない、と。だがヘンリーは聞かなかった。おかげさまで、わしらは魔女狩りさながらの窮地に陥ってしまったわけだ。

エラリー　マッカリーがあまりお気に召さないみたいですね。違いますか？

ジョーンズ　あいつは猪突猛進型にして全米一の間抜けだ。（少し間をおいて）だが、わしの言葉を鵜呑みにせず、自分で確かめた方がよかろう。

シーン70

アングルを変えて。

ジョーンズは編集室から出て行き、エラリーも続く。カメラがパンして用務員が映ると、実はフランク・フラニガンだったことがわかる。彼はすごい勢いで小さな黒い手帳にメモをとっている。

[フリップ]

シーン71

内観。十二階、日中、カメラを寄せて。

エレベーターのドアが開く。エラリーと警視とマイケル・マッカリーが出て来て、受付のあたりまで進む。マッカリーは長広舌《ちょうこうぜつ》の途中。

マッカリー　五十歩離れたところからでも、共産主義者はわかるさ。もちろん、やつらは全員、自分は新雪のように純白だって主張するがね……

……

カメラは三人が受付の前を通り過ぎ、マッカリーのオフィスに向かう姿を追う。

マッカリー　言っておくが、ネルソン・グリーンはアカだ。文句なしのな。あんたらだって、やつを見れば同じことを言うさ。小ずるそうな目つきに……服装に……

エラリー　服装ですって？

マッカリー　気づいていなかったのか？　やつらの着こなしには、あるパターンがあるんだ。

彼はエラリーをざっと見ると、帽子に目をとめてじろじろ見る。

マッカリー　まあ、あんたのセンスじゃ絶対にわからんだろうな！

三人はサリーのデスクの前を通り過ぎる。と、エラリーだけは足を止め、彼女をじっと見る。デスクの上は相変わらず書類の束であふれかえり、サリーは忙しそうにそれを整理している。彼女がペンに手を伸ばすと、書類がデスクからこぼれ落ちてしまう。書類は床に散らばり、サリーは拾い集める。エラリーは腰をかがめて手伝う。

シーン72

アングルを変えて、エラリーとサリーを映す。

二人は書類をかき集めている。

サリー　あたしったら不器用なんだから。いつもこうやって落っことすのよ。

エラリー　ぼくも同類だって、信じてもらえるかな。

二人は書類をデスクに戻し終え、エラリーは立ち上がる。

サリー　（エラリーに）ありがとう。

エラリーは彼女をしばらく見つめてから、うなずく。

シーン73

アングルを変えて。

エラリーが父親とマッカリーに追いつくと、二人はマッカリーのオフィスの前に立っていた。オフィスのドアには番号が書かれている――1265。

マッカリー　それに、やつらの話す内容からもわかるんだ、警視――ある種のキャッチフレーズというか、キーワードが盛り込まれているからな——平和、団結、自由、といった。〝世界平和〟なんて言葉を売りにしているやつを見かけたら、おれの前に連れて来てくれ。必ずや、そいつが非の打ち所のない共産主義者だってことを、あんたに見せてやるよ。

警視　（納得できないように）そんなに簡単なものかな、ええ?

マッカリー　（うなずく）そんなものさ。

エラリー　ネルソン・グリーンもそうなのですか?

マッカリー　ネルソン・グリーンは特にそうだ。

警視　しかも、証明できると?

マッカリー　（うなずく）ある文書を手に入れてね。名前、住所、関係者。何もかもピッタリだ。

エラリー　ヘンリー・マナーズにとってもそうなのですか?

マッカリー　どういう意味だ?

エラリー　マナーズはあなたを支援してくれていたのですか?

マッカリー　いつもしてくれていたよ。おれはこの新聞にとっては飯の種だからな。（間をおいてから二人の顔を交互に見る）いいか、おれはヘンリーとはケンカをしたことはない——仕事に関してはな。グリーンの訴訟は、共産主義者がいつもやるいやがらせだ。やつらは決して裁判に持ち込んだりはしないのさ。おれの言葉を信じた方がいい——

警視　わしらが調べておるのは、誰がマナーズ社長を殺す動機を持っているか、なのだ。

マッカリー　マナーズが死んだら得するやつは——おれなんかよりずっと得するやつは——何人もいるぜ。

警視　何を言いたいのかな?

マッカリー　その一人が——アル・クリンガーだ。

エラリー　弁護士の?

マッカリー　あいつはあの日、朝一番でヘンリーと約束していたんだ。なあ、あいつはあんたらに約束のことを話したかな? ふん、話してないだろう。アルがここで働くようになって何ヶ月もたつが、八時前に仕事をするなんて初めてだぜ。しかもヘンリーは、その初めての日に死んだわけだ。あいつがこのことを言わなくても不思議じゃないな。

マッカリーは二人の顔を交互に見てから、自分のオフィスに入っていく。

シーン73A

アングルを変えて、エラリーとその父親を映す。

警視 ふむ、驚いたな。

エラリー 確かに——この点を考えなくてはいけませんね。

警視 どの点を考えねばならんのだ?

エラリー クリンガー氏とマッカリー氏のことです。さっき読んだ関係者の調査報告書によると、二人はテンプル大学でルームメイトでした。親友だったのです。クリンガーがここで職を得たのは、マッカリーが推薦したおかげでした。

警視 やつがそんなことを? ふむ。マッカリー氏の態度を変える何かが起こったのだな。

二人はふり返ってドアを見てから、顔を見合わせる。

[フェード・アウト]

シーン74 削除

第三幕

[フェード・イン]

シーン75

内観。クイーン家の台所、夜。

エラリーは食卓の前に座り、いつものように資

料の山を積み上げている。そこに警視が入って
来る。エラリーが顔を上げる。

エラリー　電話は誰から？

警視　ヴェリーからだ。相変わらず、アルバート・クリンガーは影も形も見えないそうだ。

エラリー　お父さんは、クリンガーが逃げ出したと考えているのですか？

警視　一人、やつの自宅を張り込ませている。もう真夜中近いというのに、帰宅しておらんのだ。昼からずっと、やつの姿を見た者は一人もおらん。どう考えていいのかわからんよ。

エラリーは資料の山をかき回す。

エラリー　でも、クリンガーがマナーズを殺したとしても、手がかりは何も残していないのだから、急に逃げ出すというのはおかしな話ですね。（独り言をつぶやく）クリンガー――クリンガー――クリンガー――（見つけ出した書類を広げる）

警視　殺人者というのはおかしなことをやるものさ――小説とは違って。（冷蔵庫の前で）おい、わしはサンドイッチでもこさえるよ。おまえはどうする？

エラリー　え？　ああ、ぼくも食べます。ありがとう、お父さん。（間をおいて）クリンガーが歯医者を目指して勉強していたことを知ってましたか？

警視　（材料を調理台に並べている）パストラミ――ローストビーフ――ターキー――スイスチーズ――

エラリー　それに――へえ――マッカリーの方は電気技師ですよ。今では見当もつきませんね。

警視　ザワークラウト――ピクルス――（調理台の材料をチェックして）豪勢じゃないか。

警視は食料棚に行ってパンを取り出し、それもテーブルに置く。もう一度冷蔵庫の前に行くと、ドアを開く。

警視　マスタードとマヨネーズ、どっちがいい？（返事がない）エラリー？

思索を中断されたエラリーは顔を上げる。

エラリー　なんです？

警視は冷蔵庫の中のものを指さすが、エラリーの位置からは見えない。

警視　どっちにする？

シーン76

エラリーの視点で。

クイーン警視が何かを指さしているが、エラリーには見えない。食卓の上の資料が視界をさえぎっているからだ。

エラリー　何と何の「どっち」なんです？

シーン77

前のアングルに戻す。

警視は両方の瓶を取り出すと、それを食卓の上に置く。

警視　ほら……自分で作るんだな。

エラリーは再び思索にふけるが、不意にそれを中断する。

エラリー　それだ……

警視　何のことだ？

エラリー　十二階の謎です。

警視は興味をそそられる。

警視　十二階の謎だと……？（間をおいて）どの謎のことだ？

シーン78

アングルを変えて、エラリーを映す。

エラリーは食卓から立ち上がると、小部屋に入って行く。

シーン79

内観。小部屋、夜。

エラリー　（呼びかけながら洋服箪笥に向かう）お父さん、確認してみるまでは、話すことはできないのです。でも、もしぼくの推理が正しいならば、ヘンリー・マナーズは消えてはいません。

エラリーが洋服簞笥からコートを出したところに、父親が入って来る。

警視 消えた？ 誰がマナーズが消えたと言った？ サンドイッチは食わんのか？ どこへ行くつもりだ？

エラリー （コートを着ながら）デイリー・イグザミナー社です、お父さん。すぐに片づきますよ。

エラリーは玄関に向かう。

エラリー お父さんは食べていてください。すぐ戻って来ますから。

シーン80

クイーン警視を映す。

わずかに躊躇してから、すばやく洋服簞笥に向かう。

警視 馬鹿なことを言うな……。エラリー、待ってろ！

［フリップ］

シーン81

外観。デイリー・イグザミナー社のビル、夜、ストック映像使用。

ロングショットで全景を映す。

［カット］

シーン82

内観。十二階。

十二階でエレベーターのドアが開き、エラリーとクイーン警視、それに夜警が降りる。エラリーは父親をサリーのデスクに連れて行く。

夜警 やっぱり、もう一度バッジを見せてもらった方がいいと思うんですが。

警視 もう三回も見せただろう。

エラリー お父さん、受付のデスクの前に座って……

クイーン警視をデスクに着かせると、エラリーはそばにある小卓に近寄って、タイプ用紙の束を持ち上げる。それをデスクに運んで降ろす。

エラリー　これでよし。じゃあ、そこを動かないでください。すぐ戻りますから。

シーン83

アングルを変えて。

エラリーはエレベーターの中に戻り、ドアを閉め、視界から消える。

シーン84

アングルを変えて、クイーン警視を映す。

警視はデスクのそばに立っている夜警を見あげる。

警視　あいつはどこに行ったのだ？

夜警　どうしてあたしにわかるんですかね……い、い、い、い、い、い、あんたのお仲間でしょう。

……？

警視　愚問だったな。

シーン85

アングルを変えて、警視と夜警を画面手前、エレベーターを画面奥に。

突然エレベーターのドアが開く。クイーン警視と夜警は中に目を向ける。

シーン86

警視の視点で。

書類が山積みになったサリーのデスクごしに覗き込むと、エレベーターは空っぽに見える。

警視　あいつはどこだ？

シーン87

アングルを変えて、夜警を映す。

夜警は警視を見てからエレベーターの中を覗き込む。

夜警　（首をかしげて）そこにいますが。

シーン88

アングルを変えて、警視を映す。

状況がまだ理解できていない。

警視 どこにいるって？

エラリー （画面の外から）ここにいます。

シーン89

アングルを変えて、クイーン警視を映す。

警視はエラリーの声で立ち上がり、デスクごしにまじまじと見つめる。

シーン90

クイーン警視の視点で。

わが子がエレベーターの床に横たわっている。

エラリーは身を起こすと、デスクに歩み寄る。

シーン91

前のアングルに戻す。

エラリー （指さしながら）デスクの端に積まれたこの書類の山が、なぜ秘書がマナーズを見ることができなかったかの説明です。（間をおいて）マナーズはエレベーターから一度も出ていなかったのです。十二階のドアが開いたとき、彼は床に横たわっていたのです……死んで。

クイーン警視は満足げな顔をする。

警視 見事な推理だ……（そこまで言ってから新たな考えが浮かぶ）……が、それで、わしらはこれからどうすればよいのかな？

エラリー わかりません。考えようによっては、ぼくの推理が間違っていた方がよかったのかもしれませんね。マナーズが途中の階で降りていたなら……それならば、少なくとも、殺人者がどうやって彼を殺すことができたかという点に関してだけは、説明できるわけですから。しかし、マナーズがずっとエレベーターの中にいたとすれば……一階と十二階の間で殺されたことになり……しかも、エレベーターは途中で一度も止まっていないのです。

警視 けっこうなことだな。わざわざ真夜中にここまで出向いて、事件は相変わらず解決不可能だとわかったわけだ。
エラリー　いいえ、お父さん……さっきまでは〝どうやったかわからない〟でしたが……今やまさに〝ありえない話〟になってしまったわけです。

シーン92

アングルを変えて、警視を映す。

警視はデスクの前から離れると、エレベーターに向かう。

流れて来た大声に警視の歩みはさえぎられる。女の声。廊下の奥から聞こえて来る。

女（ハリエット）の声　（大声で）わたしにこの件を隠す権利は、あなたにはないはずよ！

男（マッカリー）の声　ミス・マナーズ、あんたはこの件に関して、正しい判断ができちゃいないな。

女（ハリエット）の声　わたしの方は、あなたがこの新聞社に来てからずっと、隠し事もしていないし、嘘もついていなかったのに！

シーン93

アングルを変えて、クイーン警視とエラリーを映す。
二人は声の方向を見る。
警視　誰かが口論をしているみたいだな。
エラリー　ハリエット・マナーズのオフィスからだ。
警視　見に行くとするか。
二人は歩き出す。

シーン94、95　削除

シーン96

内観。マナーズのオフィス、夜。

ハリエット・マナーズとマイケル・マッカリーがいる。

ハリエット　とうとう兄は、あなたを見限ったわけね——遅すぎたくらいだわ。
　エラリーとクイーン警視が入って来る。

警視　ここで何をしておるのかね？

ハリエット　あなたの方こそ、ここで何をしているのかしら、警視さん。

警視　それはわしが先にした質問ですよ、ミス・マナーズ。

　ハリエットのマッカリーに対する怒りは急速に冷めていく。

ハリエット　あなたが警視さんたちに話さないのなら、わたしが話すけど。

マッカリー　（憤慨して）どういう意味だ？

ハリエット　どういう意味か、あなたにはちゃんとわかっているはずよ。（間をおいてから警視に向かって）警視さん、兄の私的なノートを見つけたのです。それには、マイケル・マッカリーとアルバート・クリンガーの二人を解雇するつもりだと書いてありました。

シーン97

アングルを変えて。

　クイーン警視はマッカリーを見る。

警視　事実ですかな、マッカリーさん？

マッカリー　（間をおいてから肩をすくめる）ヘンリーはときどき、こういったつまらん脅しをするのさ。

エラリー　でも、午前中は——マナーズはバックアップしてくれていると言ったはずですが。

マッカリー　（かっとなって）そうすべきだったのにな。そうしなければならなかったんだ。それなのに、謝罪記事を書くように——そうすればおさまると言って——おれにハッタリをかませたんだ。

　ハリエットはクイーン警視にノートを渡す。

ハリエット　ハッタリではありません、警視さん。ご自分の目で確かめてください。

　クイーン警視はノートを読む。エラリーもその肩ごしに覗き込む。

警視　わしも同じ意見に傾きましたな。

　マッカリーはためらってから肩をすくめる。

マッカリー　いいとも。今回だけは、あのじいさんも本気だったんだろうな。（間をおいて）だからといって、おれが従うわけじゃない。干渉されるのは嫌いでね——誰であろうともだ。おれは事実を語り、真実を貫くだけさ。敵を作ってしまうことになるが、おれは新聞記者なんだよ。それに、他のやり方を知らんものでね。

警視　それで、早朝は——マナーズ社長が殺されたときは、どこにいましたかな？

マッカリー　どこにいたかは知ってるだろう——一階のロビーだよ。他に質問は？　ないな？　だったら解放してもらおう。明日の分のコラムはベッドに入れた（「最終入稿を終えた」の意味）から——今度はおれ自身をベッドに入れなくちゃな。

　彼はドアに向かう。と、エラリーが行く手をさえぎる。

エラリー　一つだけ、包み隠さずに教えてくれませんか。あなたとクリンガーさんは正式には解雇されていなかった——あなたはそう考えているのですか？

マッカリー　そうだ。他には？

警視　帰ってかまわん。あとで聞きたいことがあるかもしれんので、連絡がとれるようにしておくように。

マッカリー　（うすら笑いを浮かべて）心配しなさんな、警視。高飛びする気はないさ。

　マッカリーは出て行く。エラリーはその姿を見つめている。それから部屋の中を見まわし、ハリエットと父親に視線を戻す。

エラリー　（警視に向かって）どうやら、これからどうすれば良いかわかりましたよ。アルバート・クリンガーと話をすべきですね。

警視　（ハリエットの方を向いて）実は、わしらは今日ずっと、彼を捜しておるのですよ、マナーズさん。どこで彼がつかまるか、あなたはご存じないかね？

ハリエット　あいにくですが、知りません。

警視　これまでにも、仕事をほっぽり出して居場所がわからなくなることが、たびたびあったのかな？

ハリエット　アルバートは他社《よそ》にも顧客を持っています。不在には、ちゃんとした理由があると信じていますが。

警視　クリンガーのためにも、そう願いたいものですな。

［フリップ］

シーン98〜106　削除

シーン106A

内観。新聞社のロビー、夜。

無人。というよりは無人に近い。エレベーターの近くに台車があり、大きなゴミ缶が二つ載っている。またもや用務員に変装したフランク・フラニガンが、ネタや手がかりを探してゴミ缶をあさっている。引っ張り出した一枚の紙切れに光を当てている最中にエレベーターのドアが開く音がしたので、反応する。すばやく頭を下げ、ほうきを握って掃除をしているふりをする。

エラリーと警視がエレベーターから姿を現す。

エラリー　どうやら、二人のかなり有望な容疑者を手に入れたと言ってもいいですね。クリンガーとマッカリーという――

警視　ハリエット・マナーズ自身も含めなければならんな。あの交通渋滞うんぬんは――あの話はどうもうさんくさい。

警視は背を向けたままのフラニガンの近くで足を止め、腕時計に目をやる。

警視　いま何時かな？（手首を振って）いまいましい。止まっている。

エラリー　（手首を見て）時計をはめてくるのを忘れましたよ、お父さん。

警視は用務員の方を向く。

警視　おい、いま何時かわかるか？

フラニガン　（ふり返らずに、スウェーデンなまりでやさしげな声を出す）一時《いっ》でさあ。
警視　何だって？
フラニガン　一時《いっ》でさあ。
警視　ありがとう。
二人は立ち去る。怪しんだ警視が引き返して来ると、フラニガンはゴミ缶を積んだ台車をエレベーターに乗せるところ。
警視　おい、おまえ！
警視はエレベーターの前に立ち、ドアが閉まるのを防ぐ。それからフラニガンの顔を自分に向けさせる。
警視　フラニガン！
フラニガン　落ち着いたらどうだい、ええ？
エラリー　きみはここで何をしているんだい？
フラニガン　生活のために働いているのさ。
警視　用務員の仕事でか？　おまえさんがここでコソコソしていることを、ハリエット・マナーズは知っておるのか？
フラニガン　なあ警視、白々しいことはやめましょうや。おれは特ダネを追ってるんだぜ。遅かれ早かれ、こちらのジュニアは事件を解決する。そのとき、このフラニガンはその場に居合わせたいわけだ。
警視　おまえを牢に放り込まねばならんようだな！
フラニガンはエラリーの方を向く。
フラニガン　（エラリーに向かって自分自身を指さしながら）あんたが興味を持ちそうなネタを持ってる。取引しようじゃないか。おれは知っていることを話し――あんたは事件の解決をおれに独占取材させる。
警視　フラニガン、おまえが証拠のたぐいを手に入れたのなら、警察に渡すのが筋というものだぞ。
フラニガン　このフラニガンの給料は警察が払っているんじゃない……ガゼット社だ。だから、おれの忠誠心はそっちにあるんだよ。

シーン106B

アングルを変えて。

エラリーがフラニガンに歩み寄る。

エラリー　いいとも、フラニガン。取引をしよう。

警視　（うんざりして）エラリー……

フラニガンは警視を無視してエラリーに近づく。

フラニガン　ようし、取引成立だな。――十一日前のことだ。ガゼット社に、不安を抱えた一人のベテラン編集者が近づいて来た――相談内容は雇用についてだ。

エラリー　ソーントン・ジョーンズか？

フラニガン　そいつ以外に誰がいるんだ。

警視　ちょっと待て、フラニガン。おまえはこう言いたいのか？　ジョーンズも解雇される予定だったと。

フラニガン　解雇じゃないんだ、警視――牧場から追い出すだけさ。マナーズはジョーンズが気にくわなかったが、解雇通知を渡す必要はなかった――「カレンダーおじさん」が代理を務めてくれるからな。

警視　フラニガン、おまえは英語をしゃべっておるのか？

エラリー　フラニガンは、ジョーンズは定年が近いと言っているのじゃないかな？

フラニガン　大あたりだ、ジュニア。あのご老体はイグザミナー社の定年に手が届いたというのに――今でも、揺り椅子に腰かけずに、きつい仕事を望んでいるわけだ――

エラリー　（父親に向かって）ヘンリー・マナーズが死ななかったら、ジョーンズは定年退職させられていたはずです。でも、今ではハリエット・マナーズが会社を継いだために――

クイーン警視はエラリーをじろりと見る。

警視　エラリー、こやつの話はわかった。（フラニガンに向かって）わしらは引きあげるぞ。

フラニガン　独占取材の話を忘れなさんなよ。

エラリー　忘れたりは――

フラニガン　また会おう！

フラニガンはきびすを返すと、帽子をかぶり直しながらエレベーターに乗り込んで、ドアを閉める。エラリーと警視は顔を見合わせる。

シーン106C

内観。クイーン家の玄関口と書斎、夜。

ドアの鍵が開く音がして、エラリーと父親が入って来る。二人は明かりを点けていく。エラリーは書斎に入る。彼はある考えにとらわれているように見える。

警視　さてと、これで四人の申し分なき容疑者を手に入れたわけだ。明日の朝はソーントン・ジョーンズを尋問せねばな。（階段を上がりながら）だが今は、申し分なき眠りが必要なようだ。

警視の姿は見えなくなる。エラリーは書斎に立ったまま、ずっと考え込んでいる。

警視　（画面の外から）エラリー？

少し間をおいてから、警視は書斎の戸口に姿を現す。

警視　エラリー？

エラリー　お父さん？（エラリーは答えのわかっている質問をする）普通、定年は何歳かな？

警視　うん……（すばやく考える）六十五歳だ。それが何か？（少し間をおいて）六と五か！エレベーターが止まった二つの階だな！

エラリー　そうです、お父さん。しかし――

警視　そうだったのか！　マナーズは殺人者を示そうとして――

エラリー　待ってください、お父さん――これは一つの仮説にすぎません。結論とするまでには、まだ長い道のりが残っています。

警視　（画面の外から）何を言いたいのだ？

エラリー　殺人がどうやってなされたのかを説明できない限り、これで解決とはなりません。これがもっとも大きな謎であり、ぼくたちはまだ、その答えを手に入れていないのですから。

二人は顔を見合わせる。

シーン107〜116　削除

［フェード・アウト］

第四幕

シーン117

［フェード・イン］

内観。クイーン警視のオフィス、日中。

クイーン警視はデスクに座っている。ソーントン・ジョーンズはゆっくり歩き回っている。

ジョーンズ　（腹立たしげに）わしは今日《こんにち》まで、この新聞を作り上げてきたのだ。

警視　（あおるように）それなのに、ヘンリー・マナーズは不当にもあなたを強制的に解雇しようとしたわけですな。

ジョーンズ　マナーズ自身は六十五歳になっても引退してないというのに……なぜわしが辞《や》めねばならんのだ？

警視　そしてあなたは、もしハリエット・マナーズが社長になったならば、そのまま雇い続けてくれることを知っていたのですな？

ジョーンズ　どうしてわしにそんなことがわかる？

警視　おやおや、ジョーンズさん――

ジョーンズ　彼女がわしに何か言ったことがあるかも知れんな。自信はないが。

警視　（間をおいて）殺人のあった朝、あなたは速報部にいたと言ってましたな。誰かがあなたを見ているかね？

ジョーンズ　（腹立たしげに）言っただろう、わしは朝早くから出社していたと。やることがたくさんあって、そいつを片づけていたのだ。何度も部屋を出たり入ったりして――誰がわしを見ていたかなんぞ、気にもしなかった。

警視　編集長として、あなたはこのビルのどこ、、、、、にでも行けたし、あらゆる場所に行けたわけですな。（間をおいて）ジョーンズさん、わしが知りたいのは、八時きっかりにあなたがどこにいたかなのだ！

［ワイプ］

シーン117A

外観。駐車場、日中。

レンガ塀の前に車がひしめき合って並んでいる。看板にはこう書いてある。「ゴッサム駐車場――一時間十五セント――一ドルで最大二十四時間まで」。幌をたたんだコンバーチブルに乗ったアルバート・クリンガーが、空いているスペースに車を入れる。エンジンを切って車を降りようとすると、エラリーが近づいて来る。

エラリー　クリンガーさん？

クリンガー　ええ？　やあ、クイーン君。

エラリー　あなたは毎朝、ここに駐車すると聞いたもので。お話ししたいのです――あなたがオフィスに行く前に。朝食はまだですか？

クリンガー　（車から降りる）列車の中で食べたよ。昨夜はフィラデルフィアにいたんだ。大学の同窓会でね。（時計を見る）失礼させてもらわなければ。遅れているのでね。

彼は歩き出そうとするが、エラリーが立ちふさがる。

エラリー　申しわけありません。ですが――えぇと――殺人の朝、あなたはヘンリー・マナーズと約束していましたね。違いますか？

クリンガー　誰から聞いた？

エラリー　それであなたは、八時前にはあのビルにいたのでしょう。

クリンガー　その通りだ。きみは、ヘンリーと私が何に、、ついて話をしていたのかも知っているのだろうな。

エラリー　マッカリーの訴訟についてですね？

クリンガー　その通り――だが、私がヘンリー・マナーズ社長と話した内容までは知らないだろうな。社長が毎週払っている顧問料で、どこまで私に命令できるかという話だったのだよ。私はミッチ・マッカリーを救うために、一日十八時間も働いてきた。それなのに、ヘンリーは突然、彼を切り捨てたのだ。あっさりとね。

エラリー　それであなたは怒ったわけですね。

クリンガー　（慎重に）ああ、いや。それほど怒ったわけではないよ、クイーン君。いいかね、きみが本当に容疑者を探しているのだったら、ハリエット・マナーズのところに行きたまえ。ヘンリーが殺されたとき、彼女は交通渋滞にひっかかったと言っていたはずだが。

エラリー　しかし、そうではなかった、と言いたいのですね。

クリンガー　ハリエットと兄の間に愛情は存在しないのだよ――かなり以前からね。彼女はイグザミナー社の経営権を握るために、株主の委任状を集めようとしていた。（少し間をおいて）あの女は新聞社を自分のものにしようと決心したわけだ――株主の委任状か、あるいは他の手段によってね。

［カット］

シーン117B

内観。マナーズのオフィス、日中、カメラを寄せて。

コーヒーカップのアップ。女の手が砂糖とクリームをかき回す。カメラを引いてハリエットの（困惑している）姿を映す。彼女は自分のオフィスでエラリーと対峙している。

ハリエット　すっかり忘れていましたわ、クイーンさん。あなたは探偵みたいなことをやっていらっしゃるのね？　いいわ、認めます。わたしは本紙での兄の編集方針が気に入らなかったのです。

ハリエットは立ち上がると、自分のデスクのまわりを歩く。

ハリエット　ここ数年、本紙はどんどん保守主義に傾いてきました。編集方針が偏向してしまっては、きちんとした報道ができるとは思えません。新聞がどうあるべきかについては、わたしの考えは間違っていないと思っています。わたしは兄に向かってジャーナリズムのありかたを説きました。わたしこそ適任者なのです。それなのに、兄はわたしを完全にかやの外に追いやったのです。

エラリー　どうしてゼルダ・ヴァン＝ダイク夫人のことを話してくれなかったのですか？

　ハリエットはためらう。それから

ハリエット　そう。それも知っているのね。いいでしょう。ヴァン＝ダイク夫人は新聞社の株の二十二パーセントを持っています。わたしが本紙を思い通りにするには、株主の委任を受けるしかありません。ですから、彼女の協力を求めたのです。

エラリー　それで、協力してもらえたのですか？

ハリエット　あの女性《ひと》は、何を考えているのかよくわかりません。協力してもらえると感じましたが、時間がかかりそうでした。

エラリー　他の株主とは？

ハリエット　いいえ！　この委任状の件は、わたしが個人的にやっていることです——ですから、公《おおやけ》にして他の株主にも頼んだりするようなものではないと思っています。

エラリー　ならば、夫人が協力してくれなかった場合——あなたは問題を自分の手で解決しなければならないということになりませんか？

ハリエット　（少し間をおいて）何を言いたいのかしら？　兄は死んだのよ。もう新聞はわたしのものです。

［ワイプ］

シーン117C

外観。ニューヨーク市、アパート、ストック映像使用、ビークマン・タワー（高級ホテル）。

シーン118〜119　削除

シーン120

内観。ヴァン＝ダイクのアパートメント、日中。

ドアの呼び鈴が鳴る音。少したつと、品のよい老婦人ゼルダ・ヴァン＝ダイクがじょうろを手にして現れ、ドアを開けると——エラリー登場。

エラリー　ヴァン＝ダイク夫人ですね？　ぼくはエラリー・クイーンといいます。今朝がた、電話したのですが。

ヴァン＝ダイク夫人　（ドアを開けたまま）ええ、存じてますよ。入ってちょうだい。台所の流しの修理に来てくれたのでしょう？

エラリーは中に入り、ヴァン＝ダイク夫人はドアを閉める。

エラリー　違いますよ、奥さん。ぼくはハリエット・マナーズの件でお尋ねしたいことがあって、こちらに伺ったのです。

ヴァン＝ダイク夫人　そう、ハリエットの推薦ならば、あなたはとても腕の良い方なのでしょうね。

エラリー　奥さん、ぼくは配管工ではありません。作家なのです。

ヴァン＝ダイク夫人　あら、失礼してしまったみたいね。（間をおいて）お花に水をあげてもかまわないかしら？

エラリー　もちろん、かまいませんよ。

ヴァン＝ダイク夫人　（楽しげに）でしたら、ついていらっしゃい！

シーン121

アングルを変えて、居間に。

ヴァン＝ダイク夫人は向きを変えると、エラリーをだだっ広い居間に案内する。そこには鳥籠《とりかご》と吊された鉢植えとエロティックな彫刻があふれている。それに猫も。猫はいたるところにいた。ソファの上、椅子の上、窓敷居の上、それにテーブルの上にさえも。背後ではヤンキース対レッドソックスの野球中継がラジオから流れている。ヴァン＝ダイク夫人は草花に歩み寄ると、水をやり始める。

ヴァン＝ダイク夫人　水曜日はいつも、水にヴァニラを混ぜることにしているのよ。この子たちの好物だから。

エラリー　よろしければ、ハリエット・マナーズについて、一、二、三、質問をさせていただきたいのですが。

ヴァン＝ダイク夫人　おかしなことがあるものだわ……今朝がた、同じことを電話で言ってきた人がいたのよ。

エラリー　それはぼくです。

ヴァン＝ダイク夫人　ひょっとして、あなたはデニス・キング（人気俳優）の親戚の方かしら？

アーサー　（画面の外から）（割り込んで）そいつの質問に答える必要はないよ、おばあちゃん。

シーン122

アングルを変えて、アーサーを映す。

アーサーが隣の部屋から出て来る。バスローブを着けて、起きたばかりのように見える。

アーサー　エラリー・クイーン。そこそこ有名なミステリ作家。一九一二年四月二日、ニューヨーク市生まれ。父親——リチャード・クイーン、ニューヨーク市警の警視。

シーン123

ヴァン＝ダイク夫人を映す。

ヴァン＝ダイク夫人　クイーンさんに失礼なことをしてはいけないわ、アーサー。この人はわたしに会いに来てくださったのよ。

アーサー　こいつはヘンリー・マナーズを殺したやつを見つけに来たのさ。それしか考えちゃいない。

ヴァン＝ダイク夫人　クイーンさん、アーサーはイグザミナー紙で記事を書いているのよ。死亡記事だけど。わたしを練習台にしてね。お読みになる？

シーン124

アングルを変えて。

アーサーは祖母を無視する。部屋を横切って、エラリーと向かい合う。

アーサー　それがここに来た理由だろう、違うかい？

エラリー　ああ、ぼくは……

アーサーは祖母をふり返る。

アーサー　（エラリーの言葉をさえぎって）おばあちゃん、野球中継を低くしてくれないか？

ヴァン＝ダイク夫人　（やさしく）いやーよ。

アーサーは顔をしかめ、再びエラリーと向かい合う。

アーサー　いいか、クイーン。社長は死んだ……次の社長が永からんことを。これで終わりにしていいかな？

シーン125

アングルを変えて、三人を映す。

エラリー　どうやらヘンリー・マナーズが好きではなかったようだね。

アーサー　あいつは時代遅れのおいぼれ山羊だったからな。大都会で出す新聞の作り方がわかっちゃいなかったんだ。

エラリー　（挑発するように）イグザミナー紙はけっこううまくやっていたように見えるけど。

アーサー　あの新聞社で七年も働いてきたが――
――そのうちの六年は死亡記事の山に埋もれていたんだ。来る日も来る日も死人のことばかり書くのがどんな気分か、あんたにわかるかい？

エラリー　少しは。

ヴァン＝ダイク夫人　アーサーはひどく落ち込むたびに、うちに来るのよ――たぶん、自分のデスクにわたしの名前が届かないからだわ。

アーサー　あのねえ、おばあちゃん──

エラリー　ヘンリー・マナーズが撃たれた朝のことだが──きみはビルの中にいたのだろう、違うかい？

アーサー　ああ、間違いない。──いいか、クイーン。ぼくはあのおいぼれが好きというわけじゃなかった。だけど、絶対に殺してはいない。いずれにせよ、彼が殺された時刻には、アリバイがあるからな。

ヴァン＝ダイク夫人　あら、よかったじゃないの、坊や。

エラリー　どんなアリバイかな？

アーサー　トルーマン大統領さ。彼の死亡記事を書いていた。

ヴァン＝ダイク夫人　まあ、何てことでしょう。奥さまもかわいそうに。

アーサー　有名人の略歴なんかは定期的に更新しているんだよ──いざという時のためにね。朝の七時半から事件の知らせを聞くまで、ずっと自分の席にいた。証明もできる。さて、これで解放してもらえるだろうね、ミスター・クイーン──

アーサーは背中を向けると部屋を出て行く。

シーン126　削除

シーン127

アングルを変えて。

エラリーはヴァン＝ダイク夫人に近寄る。彼女は鳥に餌を、鉢植えに水を与えている。

エラリー　ヴァン＝ダイクの奥さん、ハリエット・マナーズの方に戻っていいですか？

ヴァン＝ダイク夫人　（エラリーに顔を向けて）もちろん戻ってかまわないわ。来てくれてありがとう。

彼女はエラリーをドアに導く。エラリーは踏みとどまる。

エラリー　そっちの「戻る」ではありません。ハリエット・マナーズは、デイリー・イグザミナー社の経営権を握るために、株主の委任状を手に入れようとしていたと聞きました。この間の火曜日の朝、彼女はここに来たのですね？──あなたからの委任の件で打ち合わせをするために。

ヴァン＝ダイク夫人　（明るく）ええ……もちろん。彼女と話をしたことは覚えているわ。

エラリー　火曜日の朝でしたか？

ヴァン＝ダイク夫人　ええ、間違いないわ──そうだったかも。

エラリー　「そうだったかも」ですって？　午後だったかもしれないという意味ですか？

ヴァン＝ダイク夫人　火曜日だったかもしれないという意味ですわ。

エラリー　（しばらくして）どの日だったか確信はないわけですね？

心底申しわけなさそうなヴァン＝ダイク夫人。

ヴァン＝ダイク夫人　ごめんなさいね、お若い方。でも……重要なことしか覚えない人っているでしょう。わたしもその一人なのよ。

シーン128

エラリーを映す。

彼は今の言葉を嚙みしめている……。

［フリップ］

シーン129～130　削除

シーン131

内観。新聞社のビル、日中、五階。

エラリーはエレベーターを降りて、五階受付係のドロシーに近づく。

エラリー　おはよう。親父を──クイーン警視を──探しているのだけど──ジョーンズさんを尋問するために、今朝はこっちに来ているはずなんだ。

ドロシー　あら、違うわ。ジョーンズさんは警察本部に呼ばれているはずよ。まだ戻っていません。

エラリー　そうなのか？　勘違いしたようだな。（時計を見て）どうもありがとう。

エラリーはエレベーター乗り場に引き返し、ちょうどドアが閉まり始めたときに乗り込む。エレベーターの中にはビルの管理人がいる。

シーン132

内観。エレベーターの中。

中にいる管理人はモップとバケツを持っている。エラリーは一階のボタンを押す。

シーン133

挿入。「1」と書かれたボタンを押すエラリーのアップ。

シーン134

前のアングルに戻る。

管理人　すまんね、お客さん。これは上《のぼ》りだよ。

ドアが閉まり、エラリーはがっかりした表情を浮かべる。

シーン135

内観。十二階のエレベーター乗り場、日中。

エレベーターのドアが開き、管理人が降りる。エラリーは中に残って考え込んでいる。不意に、その目が輝く。エラリーは嬉しそうな顔で開いたドアに近づくと、視聴者に語りかける。

視聴者への挑戦

エラリー　これだったのです。なぜ今まで気づかなかったのでしょうか？（間をおいて）おそらく、あまりにも単純すぎたからです。不可能犯罪は可能でした――。それだけではなく、誰がヘンリー・マナーズを殺したかもわかりました――。犯人はマナーズの厳格なスケジュールを知っていて……どうすれば彼を殺し、かつアリバイを作れるかを知っていた人物です……

エレベーターのドアが閉まり始める。エラリーは早口になる。

エラリー　みなさんは、必要なデータはすべて手に入れています。忘れないでください。押されたボタンが三つだったということを……

ここでドアが閉まり、エラリーの姿は見えなくなる。

［フリップ］

シーン136

内観。デイリー・イグザミナー社の一階ロビー、夜。

ヘンリー・マナーズ専用エレベーターの前に人が集まっている。ハリエット・マナーズ、アルバート・クリンガー、マイケル・マッカリー、ソーントン・ジョーンズ、アーサー・ヴァン＝ダイク、それにクイーン警視。警視は集まった面々を抑えるのに四苦八苦している。

ハリエット　警視さん、わたしには何をするつもりなのか知る権利があります。

マッカリー　（声を重ねて）そうだ警視！　馬鹿げてる……！

ジョーンズ　（声を重ねて）これは何かのゲームかね？

クリンガー　（声を重ねて）たちの悪いジョークか？　このわけのわからん集まりの目的は何だ？

アーサー　くだらない。ぼくはあと三十分以内に劇場に行かなくちゃならないんだ。

警視　お静かに願おう！　みなさんには辛抱してもらわねばならんのです。

シーン137

アングルを変えて、エラリー、ヴェリー、フラニガン、カメラマンを映す。

四人がロビーに姿を現す。

シーン138

アングルを変えて、エレベーター前の一団を映す。

クイーン警視がしゃべり続けている。

警視　これは、事件の状況を確かめるための、いつもの手順にすぎんのです。数分もあれば全部終わるので。

シーン139

アングルを変えて、エラリー、ヴェリー、フラニガン、カメラマンを映す。

ヴェリー部長とデイヴ（カメラマン）は、ロビーを横切って「階段」と書かれたドアの中に入って行く。エラリーとフラニガンはエレベーター前の一団に近づく。

エラリー　ではみなさん……全員でエレベーターに乗り込んでください。

ハリエット　わたしたち全員で？

クリンガー　いいかね——ゲームでもやっているつもりなら——

エラリー　みなさんがそろって協力してくれるならば、ヘンリー・マナーズがどうやって殺されたのかを、みなさん全員にお見せできると思っています——

マッカリー　それに、誰が殺したのかも、だろうな。

エラリー　それもです。

一同は納得とはほど遠いまま、エレベーターに乗り込む。

シーン140

内観。エレベーターの中。

ほとんど満員の状態。ハリエットが操作パネルの一番近くに立っている。

エラリー　マナーズさん、十二階のボタンを押してもらえますか？

彼女は言われた通りにする。ドアが閉まる。エレベーターが動き出すと、一同が騒ぐ。

クリンガー　何だ？

アーサー　どこに行くんだ？

フラニガン　このエレベーターは下に向かっている……！

ドアが開くと、そこは地階のフロアである。

シーン141

アングルを変えて、ヴェリーを映す。

彼は地階フロアに立ち、手には銃を持っている。

シーン142

アングルを変えて、エレベーターの中の全員を映す。

警視　（驚いて）ヴェリー！

エラリー　そうです、お父さん。犯行を正確に再現するために、ヴェリー部長に協力してもらいました。

シーン143

アングルを変えて、デイヴを映す。

彼はヴェリーのわきにいる。写真を撮っている。

シーン144

内観。エレベーターの中、アングルを変えて。

エラリー　このようにして、ヘンリー・マナーズは地階フロアで殺されたのです。

フラニガン　だが、どうやったんだ？

エラリー　エレベーターの制御盤はこの地階の壁のここにあります。単純なことでした。制御盤の配線を逆にして、エレベーターが上昇する代わりに下降するようにする。降りて来たエレベーターのドアが開いたところで、われらが殺人者はマナーズを射殺する。それから配線を元に戻し、エレベーターの中に手を伸ばして十二階のボタンを押す。――殺人者がやらなければならなかったことは、これで全部でした。地階フロアのこのあたりは倉庫のようになっています。殺人者は、ここには誰も降りて来ないことを知っていたのです。

エラリーはヴェリーに合図をする。

シーン145

アングルを変えて、ヴェリーを映す。

彼は制御盤に手を伸ばすと、配線を元に戻す。

シーン146

アングルを変えて、エラリーを映す。

彼は十二階のボタンを押し、ドアを閉める。

シーン147

内観。エレベーターの中。

エレベーターは再び動き出す。

エラリー (ハリエットに向かって)しかし、あなたのお兄さんは即死ではなかったのです。血の跡を見ると、彼は撃たれたときは奥のこのあたりにいました。残された数秒間の人生を使って、彼は操作パネルまで這って行き、殺人者の正体を示す手がかりを残したのです。

フラニガン 〝六〟と〝五〟か!

エラリー その通りです。ヘンリー・マナーズは六階と五階のボタンを押す前に、エレベーターが六階を通りすぎるのを待っていました。そうしなければ、エレベーターは下ではなく、上に行く途中でこの二つの階に止まってしまうからです。

警視 マナーズがそうしたのは、わしらが数字は五と六——五十六だと考えてしまわないようにだな。

エラリー 当たりです。ですが、半分しか当たっていません。彼がぼくたちに残した手がかりは五十六ではありませんでした。だからといって、六十五でもなかったのです。

フラニガン どちらかに決まってるじゃないか。

エレベーターは十二階に着き、ドアが開く。

エラリー　（再現してみせながら）十二階に着いたとき、マナーズは死んでいました。受付係には、床のこの位置に倒れている彼が見えなかったのです――デスクに置かれた書類が、彼女の視界をさえぎっていたために。エレベーターは空《から》に見えただけだったのです。

　エラリーは六階のボタンを押し、ドアを閉める。

エラリー　ヘンリー・マナーズは、何もしなくともエレベーターが十二階に行くことはわかっていました。すでに十二階のボタンが押されていたからです。でも、もし可能であれば、彼はもう一度、十二階のボタンを押していたでしょう。

警視　なぜ、そんなことがわかる？

エラリー　なぜならば、マナーズが残そうとしたメッセージが示すものは、〝十二〟――〝六〟――〝五〟だったからです。

　エレベーターは六階に着き、ドアが開く。エラリーは五階のボタンを押し、ドアを閉める。

フラニガン　十二――六――五か……。内線番号か何かみたいだな。

エラリー　実は、これはオフィスの部屋番号なのです――あなたのオフィスの番号ですよ、マッカリーさん。

マッカリー　（不意をつかれて）ばかばかしい！

エラリー　そうでしょうか？　犯人はエレベーターの進む向きを逆転させる方法を知っていました。電気技師を目指して勉強していた人物よりもこのことに詳しい人が、他にいるでしょうか？

マッカリー　あんたは頭がおかしいぞ、クイーン。

　エレベーターは五階に止まり、ドアが開く。

エラリー　あなたは地階フロアで開いたドアごしにヘンリー・マナーズを撃ち、階段を駆け上がると、エレベーター係のフレッドのところへ向かい、いつもと同じように出社してみせたのです。ぼくは自分でやってみて、時間を測りました。十五秒もかかりませんでしたよ。これで非の打ち所のないアリバイが成立したわけです。

マッカリー （憤慨して）なぜ社長を殺さなくちゃいけない？　おれは、クビなんて怖くないんだぜ！

エラリー その通りでしょうね。でも、あなたは信用が失われることは恐れていた。ヘンリー・マナーズがやろうとしていたのは、まさにそれだったからです。彼はあなたを解雇するつもりでした……謝罪記事を書かせ、あなたが捏造をするような記者であることを暴露した後に。これが、あなたがマナーズを殺した動機です。

シーン148

アングルを変えて、五階フロアを映す。

マッカリーは突然エレベーターを飛び出すと、階段の方に走って行く。

シーン149

アングルを変えて。

警視 おい！……誰かやつを止めろ！

マッカリーが「階段」と書かれたドアの前に着いたちょうどそのとき、ヴェリーがふうふう言いながらドアから姿を現す。マッカリーは彼とはち合わせをする。

警視 ヴェリー！　やつを逃すな！

ヴェリーは警視に言われた通りにする。それと同時に、カメラマンのデイヴが戸口に現れる。

フラニガン デイヴ！　逮捕の瞬間を逃すな！

デイヴは一瞬うろたえるが、すぐに写真を撮る。

フラニガン よし、いいぞ！

フラニガンはエラリーの方を向くと、その手を取ってポンプのように上下させる。

フラニガン お見事だ、ジュニア。ハッピーエンドで終わる記事ほどいいものはないからな——〝フラニガン、特ダネを手に入れる〟、これこそハッピーエンドさ！（あたりを見まわして）電話はどこだ？

彼はデスクに向かって歩き出す。

シーン149A

デスクを映す。

デスクの前ではジョーンズが電話をかけている。部下の編集者に向かって早口で口述しているのだ。

ジョーンズ　アル、一面全部を差し替えだ。見出しは「イグザミナー社殺人事件でマッカリー逮捕」。リード文は――午後七時すぎ、全米にその名を知られたコラムニストであるマイケル・マッカリーが、新聞社社長ヘンリー・マナーズ殺しの罪で逮捕された。リチャード・クイーン警視は証拠に基づき逮捕したが、その際に協力したのは息子の――ええと――エラリーだったな。――あとでスペルを確かめておけ――

シーン149B

フラニガンを映す。

あわてふためく。方向転換すると、エレベーターに突進する。

フラニガン　エレベーターを止めてくれ！

フラニガンとデイヴが駆け込む。

シーン149C

エラリーと父親を映す。

二人は笑い合う。

［画面を静止］

［エンド・クレジット］

［アイリス・アウト］

THE END

黄金のこま犬の冒険

The Adventure of the Chinese Dog

原案　ジーン・トンプソン
脚本　ロバート・ヴァン・スコイク

大富豪ライトの謎の死！
犯人は甥か？　家政婦か？
娘か？　その婚約者か？
それとも他の誰かか？
エラリー・クイーンと推理を競おう！
—— Who done it?

登場人物

エラリー・クイーン……………………ミステリ作家兼素人探偵
クイーン警視……………………………エラリーの父親。ニューヨーク市警の警視
ヴェリー部長刑事………………………クイーン警視の部下
イーベン・ライト………………………ライツヴィルの大富豪
ジュリア・ライト………………………イーベンの娘
ウォーレン・ライト……………………イーベンの甥
チルダ・マクドナルド…………………ライト家の家政婦
ゴードン・ワイルド……………………ジュリアの婚約者
オスカー・エバハート…………………ライツヴィルの保安官
ラルフ・ブラウン………………………保安官助手
スチュワート（ステュ）・ライス……保安官助手
ウィル・ベイリー………………………検死官
ヘンリー・パーマー……………………食料雑貨店店主
アルギー・サイクス……………………ニューヨークの私立探偵
マミー（ウェイトレス）　グレース（クイーン警視の秘書）
デルバート（タクシー運転手）　牧師

第一幕

［フェード・イン］

シーンA1

外観。マンハッタンの遠景（一九四七年のもの）、夜（ストック映像使用）。
じっくり映す。タイトルを入れてから――

［ディゾルブ］

シーンA2

外観。クイーン家の褐色砂岩のアパート、夜（ストック映像使用）。
じっくり映す。

シーンA3

内観。エラリーの書斎、夜。
エラリーの旅行カバンが椅子の上で口を開けている。その中のシャツやネクタイの隙間に、エラリーが原稿を詰め込んでいる。クイーン警視は自分の旅行カバンを持って、その光景を眺めている（注意・二人ともシーン1と同じ服を着ていること）。

警視　エラリー、頼むからもっと手早くしてくれんか？

エラリー　なぜそんなに急ぐのです、お父さん？　魚は逃げやしませんよ。

エラリーは旅行カバンを閉じてパチリと締め、持ち上げて本棚まで運んで行く。

警視　魚が一番よく釣れるのは、早朝なのだ。

エラリー　真夜中に出発するはめになったのは、そのためだったのですね？

警視　おまえの方こそ、今度は何だ？

エラリー　アメリカの著名な殺人事件についての本を見かけませんでしたか？

警視　（部屋を出ながら）右側の一番上の引き出しの中だ。

警視は旅行カバンを下げて廊下に出る。エラリーはデスクに向かい、引き出しを開け、本を見つける。

エラリー　あったあった。ありがとう。

エラリーは胸ポケットをさぐり、続いてデスクを調べ始める。

警視の声　（廊下から）とっとと来い！

エラリー　眼鏡が見つからないのですよ。

警視の声　本棚にあるだろう。

エラリー　（独り言のように）本棚に？

エラリーは本棚に歩み寄り、眼鏡を見つけ出してかける。ドアに向かおうとするが、また何かを思い出したように、ズボンのポケットを順ぐりにポンポン叩いていく。

警視の声　車のキーを探しているのなら、テーブルの上にあるぞ。

エラリーは車のキーをつまみ上げると、旅行カバンを持ってドアへ向かう。

シーンA4

内観。クイーン家の玄関、夜。

クイーン警視は旅行カバンを持ったまま、開いたドアの前に立っている。

警視　（いらいらして）エラリー！

旅行カバンを下げたエラリーが姿を見せる。

エラリー　いいですよ。行きましょう。

警視　本当に忘れ物はないのか？　おまえは胴体にくっついておらんかったら、自分の頭だって忘れかねないからな。

二人は外に出て、クイーン警視がドアを閉める。と、それまで開いたドアの陰に隠れていた警視の釣り道具が見える。足音に続いてドアが開き、忸怩《じくじ》たる表情で釣り道具を取りに戻って来たクイーン警視の姿。釣り道具を持ち、ドアをほとんど閉めかける――が、ここで思い出して、隙間から手を伸ばし、電気を消す。

［ワイプ］

シーン1

外観。二車線のハイウェイ、日中、案内標識。

カメラは案内標識の右方向を示す板を映す。

ニューヨークまで200マイル

カメラは案内標識の左方向を示す板を映す。

ライツヴィルまで2マイル

警視の声　なぜこんないまいましいことになったのだ?

カメラをパンしてボンネットを開けたエラリーの車を映す。ラジエーターから立ちのぼるすさまじい水蒸気。エラリーとクイーン警視は二人とも釣り旅行用の服装で（警視がかぶっている使い込んだフェルト帽には鱒釣り用の毛針がずらりと留められている）、もはやその役割を果たしていないエンジンを覗き込んでいる。エラリーは咳き込みながら、水蒸気を払おうと手を扇のようにパタパタさせている。

エラリー　ぼくに聞いても無駄ですよ。いま必要なのは修理屋ですから。

警視　いつもの修理屋はどうした?　点検に出したときに、何も言っておらんかったのか?

エラリー　（気を滅入らせながらも記憶をたどって）点検?

警視　点検に出さなかったなんて言うつもりじゃなかろうな?

エラリー　（おどおどと）お父さん、忘れていたような気がするのですよ。そのう、間違いなく忘れていたとは言い切れないのですが——忘れていたような気が。

警視　どこをどうすれば忘れることができるというのだ?　何週間も前から釣り旅行の計画を立てていたじゃないか。ずーっと、この話しかしておらんかったと言ってもいいくらいだ。この自動車と称する代物は——（フェンダーをぴしゃりと叩いて）——下取りに出して、廃車場へのドライブをしてもらうからな。

車の音が近づいて来たので、エラリーはそちらに目を向ける。
エラリー　車が来ますよ。
警視　合図して止めろ！

シーン2

アングルを変えて。

道路の端から飛び出した二人は、両手を大きく振りながら大声を出し、近づいて来る車を止めようとする。車が画面に入って来ると、旧式のパトカーとよく似ていることがわかる。

エラリー　おおい！　止まってくれ！

警視　法の名において、停車を命じる！

旧式の車がスピードをゆるめることなく走り過ぎて行く姿をパンする。バンパーに付けられているボード（バンパーの前面に貼られている）に書かれている文字がちらりと映る。

エバハート保安官を再選しよう

シーン3

エラリーとクイーン警視。

走り去る車を眺めている。警視はカンカンになっている。

エラリー　（皮肉を込めつつもおだやかに）あれは保安官の車でしたよ。

警視　そんなことはわかっておる！

その後に続く言葉は、警視の口の中で嚙み殺された。

［ワイプ］

シーン4

外観。ライト邸、日中。

保安官の車はスピードをさらに上げ、居心地のよさそうな大邸宅の前で急停車する。保安官（オスカー・エバハート）と二人の新米助手（ステュ・ライスとラルフ・ブラウン）が車から次々と降りる。彼らは呼び出されたのだが、その理由は聞かされていない。

ブラウン　保安官、ライフルを持って行きますか？
エバハート　（考えてから）持って行こう。必要になるかもしれないからな。
ブラウンはライフルを手にする。彼とライスは保安官に従って屋敷に向かう。エバハートは呼び鈴を鳴らす。

シーン5

前のシーンよりアップで。
ドアが家政婦のチルダ・マクドナルドによって開けられる。四十代初めの女性で、美人ではないが、魅力がないわけではない。
チルダ　ここで何をしているの、オスカー？
エバハート　イーベン・ライトに会いに来たんだ。
チルダ　イーベンは――ライトさまは――書斎にいるときは、邪魔されるのがお嫌いです。
エバハート　ライトがおれを呼びつけたんだよ、チルダ。
チルダ　そういうことなら……入る前に靴を拭いてください。
保安官がドアマットで靴を拭き終えるまで、彼女は戸口に立ちふさがっている。

シーン6

内観。玄関ホール、日中。
保安官が入って来る。二人の助手もマットで靴を拭くために足を止める。チルダは彼らの背後でドアを閉める。
チルダ　来ることを教えてくれればよかったのに。電話では何とおっしゃってましたか？
エバハート　ほとんど何も。おれの助手二人を連れて急いで来るように、と言っただけだった。ところでチルダ――投票日には、あんたの票を期待してかまわないだろうな。
チルダ　その日になればわかるわ。
エバハートは下襟に手をやり、選挙運動用のバッジをつまむ。バッジにはこう刻まれている。

エバハートに一票を

彼は下襟からバッジをはずして、チルダに差し出す。

エバハート　その日まで心にとどめてもらうためのものだ。

チルダは胸の数インチ手前で彼の手をさえぎる。

チルダ　（きっぱりと）自分で着けるわ……着ける気になったら、だけど。

エバハート　他意があったわけじゃないんだ。あんたがバッジを着けたのを見たかっただけだよ。

彼はバッジをチルダの掌に落とす。

チルダ　ライトさまは書斎にいらっしゃいます。ノックしてください。

［カット］

シーン7

内観。書斎、日中、イーベン・ライトを映す。

デスクの前に座っているイーベン・ライトは五十代の男。〈ウェスタン・ユニオン（電報会社）〉からの封筒の端をつまんで、デスクに軽く叩きつけながら、もの思いにふけっている。ドアのノックが彼を現実に引き戻す。立ち上がりながら、すばやく電報をポケットにねじ込む。

イーベン　入りたまえ。

シーン8

アングルを変えて。

エバハート保安官と二人の助手が入って来る。

イーベン　そろそろきみを見限ろうかと思っておったところだよ。

エバハート　いやあ、ライトさん。言い訳させてもらうとですね……あの公務用のオンボロ車は時速五十マイル以上出ないのですよ。前にスピード違反の車を捕まえてから、かなりたっていますからねえ。

イーベン　わしがここで万が一の事態に陥って

いたら、どうするのかね？
エバハート　まあ、それなら電話でちゃんと伝えておいて欲しかったですな。で、おれに何をお望みですかい、ライトさん。
イーベン　（間をおいて）娘のジュリアが二日後に結婚するのは知っておるな？
エバハート　知ってますよ、もちろん。
イーベン　式を終えるとすぐ、娘は新郎と新婚旅行に出発することになっておる。わしは、二人に特別な結婚祝いをやろうと思っておってな。それがきみを呼んだ理由だ、オスカー。祝いの品がこの家にある間、きみに守ってもらいたい。
エバハート　（相変わらずいぶかしげに）お祝いの品は、宝石のたぐいですかい？
イーベン　厳密には違うな。
彼はエバハートについて来るように示すと、デスクまで導く。保安官助手たちは好奇心丸出しで二人を見つめている。イーベンが指し示すデスクの上に、それはあった。
イーベン　これほどのものを見たことがあるかね？

シーン9

〈中国の犬《チャイニーズ・ドッグ》〉のアップ。
宝石をちりばめた黄金の犬の置物。
エバハートの声　こりゃあ、いったい何です？

シーン10

イーベンとエバハートが入る広いアングルで。
イーベンは〈中国の犬〉をデスクから取り上げると、うやうやしく掲げる。
イーベン　チャイニーズ・テンプル・ドッグ（こま犬）だ。純金の。
エバハート　いくつもついてる赤い石は——？
イーベン　ルビーだ。緑のやつはエメラルド。こいつはわしの結婚のときに、花嫁に——ジュリアの母親に贈ったものなのだよ。今では五十万ドルくらいの価値があるはずだ。

エバハート　（感心したように）本当ですかい？

イーベン　妻のマーガレットは、これを家に置いておくのが不安でな。そこで、ニューヨークの博物館に貸し出していたのだ。妻が亡くなってからも、わしは預けたままにしておいた。（間をおいて）今度はジュリアに持っていてもらいたいと思っておる。甥のウォーレンにニューヨークから持って来るように頼んだとき、当然、銃を持った警備員も連れて来るものと思っておったのだがな。あいにくと、ウォーレンはきみも知っての通りのやつだった。この純金の犬を下着と一緒に旅行カバンに放り込むと、一人だけで列車に乗ってやって来おったのだ。

エバハート　それでは、ご安心ください、ライトさん。おれの管轄下にある限り、こいつの安全は保障しますから。

シーン11

アングルを変えて。

エバハートは助手たちの方を向いて、命令を下す。

エバハート　ラルフ！

ブラウン　はっ！

エバハート　そのライフルを持って玄関の前に立っていろ。ステュ、おまえは裏口に回れ。見知らぬやつが来たら、誰であろうと職務質問だ。それと、この家から出る者は一人残らず身体検査をすること。誰でも、だ。わかったか？

ライス　もちろんです！

エバハート　だったら、ぼやぼやするな！

助手たちはあわててドアから出て行く。

［カット］

シーン12

内観。ジュリアの部屋、日中。

ゴードン・ワイルドは見かけのいい青年で、窓辺に立ち、カーテンを細めに開けて裏庭を見下ろしている。自分が見ている光景のために不安をつのらせている様子。画面の外の誰かに向かって手招きをする。

ゴードン　ジュリア——見てごらん。

ジュリア・ライト——かなり人目を惹く若い女性——が画面に入って来て、窓辺のゴードンに身を寄せる。

ジュリア　どうしたの、ダーリン？（外を見てから）保安官の助手だわ。

ゴードン　ぼくの部屋からは、玄関にもう一人いるのが見えたよ。武装兵さながらだ。気に入らないな。（窓ごしに指し示しながら）あいつは何をやっているんだ？

ジュリア　裏庭にいる誰かに手を振っているだけよ。

ゴードン　ぼくが気にしているのは、そもそもここに何しに来ているのか、ということなんだけどな。

［**カット**］

シーン13

外観。ライト邸の裏庭、日中。

ウォーレン・ライトはイーベンの甥で、画面では見えないアブラムシを葉から払い落としている最中。そこにライス保安官助手が近づいて来る。

ライス　あのう……

ウォーレン　おっと、ぼくを呼んだのかな。気づかなかったよ。

ライス　ここで何をしているのか、教えてもらえますか？

ウォーレン　いいとも。この葉っぱからアブラムシを払っていたんだ。（愉快そうに）きみは、ここで何をしているのかな？

ライス　（疑わしげに）あなたは庭師じゃないですよね。

ウォーレン　違うね。きみも庭師じゃないのだろう？

ライス　（だんだん腹が立ってくる）ミスター、

あなたはこの屋敷で仕事をしている人なのですか？

ウォーレン　ぼくの仕事が何かを気にする理由が、皆目わからないのだがね。

ライス　たまたま、この屋敷には高価な品物が置いてあるものですから。

ウォーレン　そして、たまたま、ぼくがそれをニューヨークから持って来たのさ。ぼくはウォーレン・ライト。イーベンの甥だよ。

ライス　失礼ですが、言葉だけでは信じられませんね。

ウォーレン　（恩着せがましく）身分を証明するものを見せたら信じてもらえるかな？　運転免許証なら持っているが。

ウォーレンが免許証を取り出して見せると、ライスはうなずく。

ライス　失礼しました、ライトさん。

ウォーレン　かまわないよ、助手君。ぼくはいつもはニューヨークに住んでいるからね。ぼくを知っている方がおかしいよ。

ライス　（ほっとして）ありがとうございます。

ウォーレンは笑いかけてから屋敷の方に歩いて行く。ライス保安官助手はそれを見送る。

【カット】

シーン14

内観。廊下、日中。

エバハート保安官は書斎から出ると、ドアを途中で止め、室内に向かって話しかける。

エバハート　助手たちがしっかり見張りを務めてくれますよ、ライトさん。大船に乗った気でいてください。おれも今日中に一ぺん、チェックに戻って来ますから。それじゃあ。

彼はドアを完全に閉めてから玄関に向かう。

エバハート　（声をかける）チルダ、失礼するよ。

シーン14A　削除

シーン15

外観。ライト邸、日中。

ブラウン助手は、戦場さながらにライフルを構え、警備の任務に就いている。エバハート保安官が屋敷から出て来る。

エバハート　万事オーケーか、ラルフ？

ブラウン　今のところは。（ためらいがちに）ただ……そのう、屋敷から出る者は誰でも調べろと言いましたよね。

エバハート　（重々しく）誰であろうともだ。

ブラウン　わかりました、保安官。それならば、あなたも調べるべきだと思います。

エバハート　おれを⁉　ラルフ、おまえは杓子定規なやつだな。

ラルフに調べられている間、保安官は屋敷の壁（もしくは柱かそのたぐいのもの）に手をついて立っている。

エバハート　もういいか？

ブラウン　はい。

エバハート　（笑いながら）昼ごろにまた来るからな。

シーン16

離れた位置から。

エバハート保安官は車に向かい、乗り込み、エンジンをかけて走り去る。カメラは一階の窓にパンする。窓のカーテンがゆれている。その奥には、家政婦のチルダがじっと見つめている姿。

［カット］

シーン17

挿入、振り子式の大時計《グランドファーザー・クロック》のアップ。

時計の針は十時十五分を指している。針がぐるぐる回って十二時ちょうどで止まる。時計が時を告げる——正午を。

［カット］

シーン18

内観。ライト邸の居間、日中。

ゴードン・ワイルドは自分のために酒の支度をし、ジュリアはコリアーズ誌をパラパラとめくり、ウォーレン・ライトは室内に飾ってある草花の手入れをしている。

ゴードン　本当にいらないのか、ジュリア?

ジュリア　遠慮するわ……ありがとう。

彼女は自分の時計を見る。

ゴードン　ウォーレン、スコッチはどうだい?

ウォーレン　水を頼むよ。

ゴードンはグラスに水を注ぎ、ウォーレンに手渡す。

ウォーレン　ありがとう。かわいそうに、こいつは干からびているよ。

彼は指を使って花に水をふりかけてやる。

シーン19

アングルを変えて。

チルダが廊下からやって来る。

ウォーレン　チルダ、この家では、誰も花に水をやらないのかい?

チルダ　必要なときは、あたしがやります。昼食のご用意ができました。

ジュリア　パパはどこなの?　いつもお昼の前には、シェリー酒を一杯飲むのに。

ゴードン　たぶん、今日はしきたりを破ったのさ。

ウォーレン　イーベンが?　あり得ないね。

チルダ　あたしがお呼びして来ます。

ゴードン　それがいいな。その間に、こいつを片づけてしまうことができるわけだ。ダーリン、明後日《あさって》のために。乾杯。

ゴードン、飲み干す。

シーン20

内観。廊下、日中。

チルダは書斎のドアに近づく。ドアは閉まっている。ノックをする。答えはない。またノックをする。室内からの反応なし。彼女はノブに手を伸ばす。

シーン21

内観。居間、日中。

ジュリアが雑誌をわきに置くと同時に、画面の外から全員の耳に飛び込んでくる――チルダの血も凍るような叫び声が。わずかの間、全員が凍りつく。それからジュリアが腰を上げ、一同は不安げな顔のまま、そろって居間を出て行く。

シーン22

内観。廊下、日中。

チルダが書斎から出て来る。呆然とし、おびえ、目を丸くしている。ゴードン、ジュリア、ウォーレンが近づいて来る。保安官助手のブラウンもまた、悲鳴を聞きつけて家の中に入って来る。彼は三人より後ろにいたが、すぐに追い越す。全員が同時に喋りだす。

ジュリア　チルダ……どうしたの？

ウォーレン　びっくりして心臓が止まるところだったよ！

ゴードン　何があったんだ？

ブラウン　事件でも？

チルダ　（弱々しく書斎を指し示して）中で……

……！

ブラウンがチルダのわきを抜けて書斎に入る。

シーン23

内観。書斎、日中。

ブラウンが室内に踏み込む。その場で足を止め、次のシーンに対する反応を示す……

シーン24

ブラウンの視点で、イーベン・ライトを映す。

イーベンは本棚の前の床に横たわり、死んでいる。〈中国の犬〉はそのかたわらに転がっている。右手の近くには開いた帳簿がある。

［フリップ］

シーン25

外観。川釣りのスポット、日中。

エラリーは土手に座り、手頃な木に気持ちよさそうにもたれかかっている。帽子を目深にかぶり、釣り糸は川に垂らしっぱなし。一九四七年型のポータブル・ラジオから（かなりの音量で）流れる一九四七年当時の音楽を聴いている。一方、クイーン警視はといえば、真剣に釣りをしている。ヒップブーツ（腰まで届くゴム長靴）と魚籠《びく》を身につけて川の中に立ち、鱒を狙っている。警視は不機嫌そうに顔をしかめると、エラリーをにらみつける。

警視　エラリー、そんなやり方では鱒は釣れんぞ。ちゃんと自分の足で立って、大自然と向かい合わねばならんのだ。

エラリーは目の上にかぶさっている帽子を親指でチョイと上げると、ラジオのボリュームを下げる。

エラリー　こんなところに鱒がいるだなんて、本気で思っているのですか？

警視　いるのはわかっておる。去年、まさにこのポイントで、大物がかかったからな。もうちょっとで釣れるところだったのだが、やつめ、釣り糸を切って逃げおった。そいつを狙っとるわけだ。

エラリー　（疑わしげに）同じ魚を？

警視　もちろんだ。同じ魚を狙っておる。モビー・ディックの話を聞いたことがないのか？

エラリー　（やんわりと茶々を入れる）お父さん——こんな話をしていたら、魚が気づいて逃げませんか？

警視　それもそうだな。おまえはしばらく黙っていた方がいいのではないかな？

エラリー　そいつは名案ですね。

エラリーはポータブル・ラジオのボリュームを上げ、帽子を目深に引き下げ、うたた寝を始めることにする。

シーン26

クイーン警視を映す。

毛針を投げて釣り糸を垂らす。あたりを感じて反応する。

警視 （緊迫した様子で小声を出す）エラリー！ やつだ！ リヴァイアサンだ！

シーン27

エラリーを映す。

様子を見るために帽子を上げる。ラジオを切る。

シーン28

クイーン警視を映す。

釣り糸をあやつりながら

警視 （刺激しないように）やつめ、さぐりを入れておるな。

鱒が食いつき、クイーン警視は踏ん張ってリールを巻き上げ、あるいは釣り糸をゆるめて、鱒を相手に巧みな戦いをくりひろげる。

警視 （嬉しそうに）わしの言った通りだろう！ アメリカで一番でかくて、一番ずる賢い鱒を釣り上げたぞ！

エラリー 手を離さないで、お父さん！

警視 任せておけ！ 今度の糸は切らせやせんからな！

シーン29

アングルを変えて。

林の中から見知らぬ男が画面に入って来る。不意の登場に、クイーン警視の集中力が根こそぎもっていかれてしまう。

パーマー （大声で）クイーン警視！

警視 （びっくりして）何だ!?

警視は一瞬だけリールのことを忘れ……釣り糸がたるみ……あわてふためいてリールを巻き上げたために糸がピンと張ってしまい……切れる

しかなくなる。リヴァイアサンはまたもや逃げてしまった。がっかりしたクイーン警視は、釣竿とリールを川の中へ放り出さんばかり。

警視　また逃がした！（怒り顔で見知らぬ男をふり返って）わしの魚を逃がすとは、どういう了見だ！

パーマー　ここにいるとホテルで聞いたものですから。あなたはニューヨーク警察殺人課のリチャード・クイーン警視ですね？

警視　それがどうした？

パーマー　（エラリーに）だったら、きみはエラリー・クイーン君だね？

警視　（つっけんどんに）わしらは自分が誰かは知っておる。そっちは誰かな？

パーマー　ヘンリー・パーマー。町で〈パーマー食料雑貨店〉をやってます。今度の選挙では、オスカー・エバハートの対立候補でもあります。

エラリー　エバハート保安官の？

パーマー　彼を知っているのですか？

エラリー　（苦々しげに）名前を見たことがある。

パーマー　あいつは五期連続で保安官を務めているので、地元のみんなは、もう代わるべきだと言ってましてね。おまけに今日、この田舎では二十年ぶりになる殺人が起きたのですよ。あいつがヘマをするのは、目に見えてますね。

エラリー　殺人ですって？

警視　エラリー――わしらは休暇中だぞ。

パーマー　（重々しく）何者かがイーベン・ライトを殺害したのです。（反応がなかったので）〝ライツヴィル〟の名は、ライトの曽祖父にちなんだものです。彼こそ、〈ライト・ガロッシュ（防水・防寒用に靴の上にはくゴム製の半長靴）社〉の創業者です。

警視　聞いたことがないな。

エラリー　宣伝文句を見たことがある気がしますよ。「ライトのガロッシュなら間違《ロング》いなし」だったかな。

警視のぽかんとした表情は、彼がこの宣伝文句を知らなかったことを示している。

パーマー　それです。きみには、この事件の捜査の重要性がわかってもらえたようだね。オスカー・エバハートなんぞの手には負えないことは、この私の目には明々白々なのですよ。ですから、お二人のところに来たのです。非公式にせよ、あなた方を捜査に加えることができたならば、私の株も上がりますから。

警視　すまんな。ライツヴィルは管轄外だ。

エラリー　父はようやく手に入れた休暇を満喫しているところなのですよ、パーマーさん。

パーマー　きみはどうかね？　こいつは実に魅力的な殺人事件なのですよ、クイーン君。

エラリー　（餌をつつく）どういうところが？

警視　（息子が餌に食いつくのを阻止せんとする）エラリー――わしらにとって重要なのは、釣りの方だぞ。

パーマー　そう、彼の殺され方が。

エラリー　（餌に食いつく）どんな風に殺されたのですか？

パーマー　〈中国の犬〉で頭を殴られたのです。

エラリー　（針にかかって）犬？

クイーン警視のあきらめ顔を映して――

［フェード・アウト］

第二幕

［フェード・イン］

シーン30

内観。書斎、日中。

エバハート保安官はかろうじて敵意を抑えてはいるが、いら立ちは隠せない。彼は今、エラリーとクイーン警視を連れて来たヘンリー・パーマーと向かい合っている。警視の方は、露骨に気が乗らないそぶりを見せている。ブラウン保安官助手も書斎の中にいる。

エバハート　何をやらかす気だ、ヘンリー？

パーマー　（しれっとして）わずかばかりの助力でも、きみなら有効に使ってくれると思ったのさ、オスカー。

エバハート　おれを高く評価してくれているわけだ。あいにくと、万事うまくいっているので、助けはいらないな。

警視　けっこう！　実にありがたい話だ。帰るぞ、エラリー――まだ午後はたっぷり残っているからな。

エラリー　（保安官に向かって）殺人者の目星はついているのですか？

エバハート　ええと、厳密に言うならば、目星がついたとは……

パーマー　オスカー、正直に言え。雨がやんでから傘をさしても遅いのだぞ。

エバハート　今はちょっともたついているだけだ――！

パーマー　興味津々だな。きみが専門的な助言のできる人を追っ払ったことを聞いた投票者は、何と言うかな。まったく興味津々だ。

　エバハートはその件についてじっくり考えてから心を決める。

エバハート　よし、わかった。この二人はここにいてもかまわん。ただし、おれが愚にもつかない意見や世迷い言を必要とするまで、おまえさんの専門的な助言は控えてもらおう。特に、世迷い言はな。

パーマー　（エラリーにだけ聞こえるように）大した歓迎ぶりでしょう。幸運を祈りますよ。

　パーマーは出て行く。

シーン31

エラリーを映して。

本棚のわきに暖炉があり、その前の敷物にはイーベン・ライトの死体の輪郭がチョークで描かれている。エラリーはそれを観察するために画面を横切る。エバハートはエラリーのわきに立つために画面を横切る。

エラリー　彼が倒れていたのはこの位置ですか？

エバハート　（うなずく）棚から本を取ろうとしたときに、背後から殴られたんだ。頭が痛いのは、殺人者がこの家から逃げ出した方法だよ。正面玄関も裏口も、おれの部下が見張っていたんだ。

警視　窓はどうかな？

警視は窓に近づき、その一つを開けようとする。

エバハート　開かないんだ。去年、ペンキの塗り替えがあってから、ずっとくっついたままだ。

警視　これがこの屋敷でたった一つの窓というわけではなかろう。家中の窓がどれも開かないなんて、あり得んからな。

エバハート　一階の窓は、どれも下が花壇になっている。そこには足跡はなかった。

警視　内部の者の犯行だと言っているように聞こえるな。

エラリー　殺人が起きたとき、誰がこの屋敷にいたのですか？

エバハート　家政婦のチルダ・マクドナルド。彼女が死体を発見した。それから娘のジュリア・ライトもいた。あとはゴードン・ワイルド——その娘と結婚する予定のやつだ。

エラリー　今言った三人だけですか？

エバハートは指を折りながら容疑者を一人一人思い出していくために、少し時間がかかった。やがて四本めの指を折るべき人物を思い出す。

エバハート　それとウォーレン・ライト……イーベンの甥だ。ウォーレンは長いこと町を離れていたから、忘れていてもしょうがないな。

エラリー　（容疑者たちについて考え込んでいるように見える。それからわれに返って）殺人の凶器を見せてもらえませんか？

エバハートはこの要求に対して少し考え込む様子を見せてから、デスクの上の〈中国の犬〉を取り上げる。それには証拠品を示す札がついていた。デスクには他に、帳簿と小物の入った葉巻入れが置いてある。エバハートは〈犬〉をエラリーに差し出す。エラリーがそれを取ろうと手を伸ばすと、何か思いついたクイーン警視が——

警視　おい！　指紋は調べたんだろうな？

エラリーは〈犬〉の寸前で手を止める。

エバハート　ああ。きれいにふき取られていたよ。（わずかに唇をゆがめて）ここは都心からそんなに離れているわけじゃないぜ、警視。

彼はエラリーに〈中国の犬〉を手渡す。

エラリー　ありがとう。

エラリーはそれを興味深げに調べる。

エバハート　（ブラウンに）ラルフ、この証拠品を保安官事務所に持って行って、鍵をかけておけ。（デスクの上の品々を指し示して）ここにあるものは全部だ。

エラリーの関心がデスクの上の帳簿にそれる。

エラリー　（帳簿を指さして）これがさっき言っていた本ですか？

エラリーは〈犬〉をブラウン保安官助手に手渡すと、興味を帳簿に移す。

エバハート　（うなずいて）被害者が手から落としたとおぼしき場所にあった。開いていたページには付箋をつけてある。

シーン32

挿入、クローズアップで——帳簿を。

エラリーが付箋のついたページを開く。そのページには手書きの見出しが記されていた。

W・W……個人的支出

その下には明細が並んでいる（アパート、食品、衣服、娯楽、交通費、雑費）。各項目に添えられた出費額は赤インクで書かれている。

シーン33

エラリーを映す。

彼は顔を上げてエバハートを見る。

エラリー　W・W――ウォーレン・ライトのことかな？
エバハート　イーベンは、ウォーレンが使った金を何もかも記録していたようだな。
エラリー　しかも、赤インクで。彼のことを損失として計上していたわけか。
エバハート　そうか……ウォーレンはそういうやつなのか。よくわかった。
エラリー　気になることがあります。殴られたときにこれを手に持っていたのでしょうか？……それとも、殴られてから意識を失うまでの間に本棚からこれを取ったのでしょうか？
エラリーは帳簿をブラウン保安官助手に渡す。
エバハート　これも忘れるなよ。
エバハートは葉巻入れを取り上げる。
警視　その葉巻入れには何が入っておるのかな？
エバハート　所持品だよ。今はいちいち調べている暇がない。
警視　それは残念だな。葉巻が入っていることを期待しておったのだが。
エバハート保安官は葉巻入れをブラウン助手に渡し、ブラウンは他の証拠と一緒にそれを持って部屋から出て行く。
エラリー　家政婦と話をしたいのですが、かまいませんか？
エバハート　チルダと？　断る理由はないな。裏庭に出ているよ。（間をおいて）あんたは家のもの全員と話をしたいのだろうな？
エラリー　遅かれ早かれ、ね。お父さん、一緒に行きますか？
警視　断る。わしは鱒を捕まえるためにここに来たのであって、人殺しを捕まえるためではないのだ。一人で楽しんでこい、エラリー――。わしは釣りに戻るからな。
その言葉と共に警視は出て行く。エラリーが反応を示してから――

［フリップ］

シーン34

外観。ライト邸の裏庭、日中、チルダを映す。

洗濯したばかりの湿った黒いレースのブラジャーを洗濯紐にかけているところ。洗濯紐には、他の下着類も干されている。下着のセクシーさからは、彼女が見た目ほど生真面目ではないことがうかがえる。ずっと泣いていたが、今では涙を自制している。

チルダ　さっきエバハート保安官に話したこと以外に、知っていることはありません。

シーン35

エラリーを含めて映す。

エラリーは干された洗濯物をはさんだ反対側にいる。そのため、洗濯ばさみの上からか、ブラジャーとパンティーの木立を通してしか話すことができない。

エラリー　あなたが死体を発見したときのことですが、奥さん——

チルダ　（訂正する）ミス・マクドナルドです。あたしは独身です。

エラリー　失礼。ミス・マクドナルド、あなたが死体を発見したとき……凶器はどこにありましたか？

チルダ　床の上の、あの人の頭の近くです。血が付いているのが見えました……あの人の血が。

エラリー　部屋から何か持ち去られていませんでしたか？

チルダ　いいえ。イーベンが……ライトさまが……殺された理由が何であれ、物盗りではありません。

エラリー　暴力沙汰に及ぶほどライト氏と不仲だった人物がいたかどうかは知りませんか？

チルダ　あの人の甥のウォーレンのことを言っているのですか？

エラリー　彼はライト氏と喧嘩をしたことがあるのですか？

チルダ　お二人はそりが合いませんでしたから。
エラリー　へえ、二人のどういうところが——
チルダ　（さえぎって）あたしは盗み聞きなんかしませんよ、クイーンさん。この件で知りたいことがあるならば、ウォーレン・ライトさんに尋ねるのが一番ですわ。

彼女は別の下着を広げると、洗濯紐につけていく。

エラリー　洗濯にふさわしい時刻とは言えませんね。違いますか？
チルダ　体を動かした方がいいのです。いつまでも座ってふさぎ込んではいられませんから。
エラリー　ライト氏が好きだったのですか？
チルダ　（言葉を慎重に選んで）あの方はあたしにとても親切にしてくださいました。あたしは奥さまが亡くなられてから、ジュリアさまの家庭教師としてこの屋敷に来たのです。家庭教師を終えてからも、あの方のお世話をして、この屋敷を切り回してきました。
エラリー　これから何をするのですか？
チルダ　これからスリップを干します。
エラリー　ここを辞《や》めてからのことです。

この質問は彼女の心をかき乱したように見える。

チルダ　そんなことは考えたこともありません。失礼します。

彼女は空《から》の洗濯籠を取り上げると、早足で屋敷に戻る。エラリーも屋敷に戻ろうとするが、そのためには洗濯物をかき分けて洗濯紐の下をくぐらなければならなかった。カメラがパンすると、木（か何か適当なもの）の陰から出て来るウォーレン・ライトの姿。立ち聞きをしていたのだ。彼は興味津々といった様子で考え込みながら、屋敷に戻るエラリーを見ている。

［カット］

シーン35A

内観。居間、日中。

ジュリア・ライトとゴードン・ワイルドはエバ

ハート保安官に不満をぶつけている。
ジュリア　わたしはエラリー・クイーンなんて人については何も知らないし、どうしてわたしたちがあの人の質問に答えなくてはならないのかもわからないわ。
ゴードン　田舎のおまわりは助っ人なしではやっていけないのかな？
エバハート　おれの考えじゃないんだよ、ワイルドさん。
ジュリア　それなら彼に帰るように言ってちょうだい。あなたが責任者なのだから。違うの？
エバハート　（困ったように）そのう、わかっていると思いますがね、物事というのは——
ジュリア　（問い詰める）あなたは責任者なの？それとも、違うの？
エバハート　もちろん責任者だよ、お嬢さん。でも、クイーン氏がおれの捜査の助けになるということも考えられるのでね。
ゴードン　政治的な匂いがプンプンただよってきたな。
ジュリア　でも、どうしてクイーンさんは、わたしたちに質問をしたがるの？
エバハート　お嬢さん、お二人だけじゃないんだ——あいつは、殺人のあったときにこの屋敷にいた者全員と話をしたがってるのさ。
ジュリア　（ぎょっとして）あなたが言いたいのは、わたしたちが疑われているってことなの？殺人の——（口をつぐみ、首を振る）口にするのもおぞましいわ！
ゴードン　（問い詰める）そうなのか、保安官？ぼくたちは容疑者なのか。
エバハート　おれにはわかってますよ。ライトお嬢さんがあんな事をやったなんて思うやつは、一人もいないって。
ゴードン　ぼくはどうなんだ？
エバハート　（話をそらす）クイーン氏が誰を疑っているかなんて、おれにわかるわけないでしょう。

ゴードン　（その手には乗らない）あいつはぼくのことを特に気にしていなかったか？

ジュリア　ゴードン……わたし、休みたいわ。頭が痛くなってきたの。

ゴードン　（彼女がこの話を打ち切りたがっているのを察して）わかったよ、ハニー。

ジュリアは彼の手を取り、ドアに向かう間もしっかりと握り続けている。エバハートも後に続く。

エバハート　おれはクイーン氏に何と伝えればいいかな？

ジュリア　こう言ってちょうだい……二人ともわたしの部屋にいるって。

彼女はゴードンを安心させるように、その腕をぎゅっとつかむ。

シーン35B

外観。川釣りのスポット、日中。

クイーン警視は見知らぬ男にポイントを占領されて困っている。男の名はウィル・ベイリー（彼の身元については後で明らかになる）。警視と言い争いながら毛針を投げ、さらにサンドイッチを食べるという芸を披露している。

ベイリー　私は三十年以上もずっと、この穴場で釣りをしているんだ。あんたは別のポイントを探してくれ。

警視　他のポイントに興味はない。わしが狙っているやつは、ここにいるのだ。

ベイリー　すまんが譲るわけにはいかない。もしそんなことをしたら、死ぬほど後悔することに――（警視の言葉に反応して）おい、やつを見たことがあるのか？　あの〝大物〟を。

警視　見たか、だって？　二度も釣り上げかけたさ。

ベイリー　あんたが？　いまいましい！　この場所でか？

警視　まさに、この場所でだ。

ベイリー　だったら、そのまま引っ込んでいたまえ。あんたが二度もできたなら、私にだってできるはずさ。

ベイリーは毛針を投げて水面に浮かせる。クイーン警視は首を振る。

警視　あんたのやり方では釣れないな。それは黄色の毛針だろ。やつは赤い毛針にしか食いつかないのだ。

ベイリー　赤の毛針は持ってないぞ。

警視　ならば、わしがやらざるを得ないな。そこをどいて、わしに釣らせたまえ。

ベイリー　黄色といっても、これはオレンジがかった黄色だ。やつには区別なんてつかないだろうさ。

警視　つくのさ。老練な鱒を馬鹿にしてはいかんな。

不意に、魚が食いついたかのようにベイリーの釣竿がたわむ。

ベイリー　（興奮して）あんたが勝手にそう思っていればいいさ！（笑いながら）やつがかかった！

ベイリーはリールを巻いて魚を釣り上げようとしている。クイーン警視は熱心さのかけらもない様子でその姿を見ている。そこにライス保安官助手が現れるが、二人とも気づかない。ライスは両手をメガホンのように口のまわりに当てて大声を出す。

ライス　ベイリーさん！

びっくりしたベイリーは竿とリールを川に落とし、ライス保安官助手の方に顔を向ける。

ライス　町に戻ってくれませんか！

ベイリー　ちくしょう！

彼は川から竿とリールを拾い上げる。糸はだらんとして——魚は逃げていた。

警視　（安堵して）やつを逃がしてしまったな。

ベイリー　そこの低脳が大声を出すからだ！

ライス　保安官に言われてあなたを探していたのです。あっちこっち探しまわったんですよ。釣りに行くときは、紙に書いてドアに下げておいてくださいよ。

ベイリー　そんなに重大な事件なのか？

ライス　殺人です。死体はもう死体置場《モルグ》に運び込みました。

ベイリー　やれやれ、それなら釣りを台無しにされても文句は言えないか。

　彼は川岸に顔を向ける。

警視　どうして殺人だとあんたの出番なのかな？

ベイリー　私は郡の検死官なのだ。（気持ちを切り替え、釣りのポイントを後にする）何てこった！　ちょっと待てよ。誰が死んだのか、まだ聞いてないぞ。

警視　イーベン・ライト……町で一番の金持ちの。

ベイリー　イーベンが？

ライス　そうなんです、ベイリーさん。

警視　（おだてるように）権力と権威のすべては永遠なり。

ベイリー　何だって？

警視　被害者が大物で重要人物だということだ。だから、みんながあんたを必要としているのさ、ベイリー。

ベイリー　まったくだ！（ライスに向かって）そこで突っ立ってないで――この道具を片づけるのを手伝ってくれ！　仕事にかかるぞ！

ライスはベイリーに手を貸すために川岸に降りて、釣竿とリールを受け取る。二人が行ってしまうと、クイーン警視は嬉しそうに川に足を踏み入れる。自分が狙っていた釣りの穴場に立つと、満面の笑みを浮かべながら釣りを始める。

警視　（魚に向かって）そこにいるのはわかっておるぞ、モビー・ディックよ――。今度こそ釣り上げてやる。

　毛針を投げる。

［ワイプ］

シーン36

内観。廊下、日中。

エラリーが屋敷の裏口から登場。エバハート保安官は彼と話すために近寄っていく。

エラリー　みんなはどこですか、保安官。

エバハート　ライト嬢さんとワイルド氏は二階だ。だが、行く前に……（釘をさす）おれは、あんたに間違った考えを持って欲しくないんだ。イーベン・ライトはこの郡の有力者だった。選挙での支持を期待していたんだよ。その彼が死んだ今では……（最後まで言わずに口をつぐむ）

エラリー　娘さんの支持を期待しているのでしょう。

エバハート　（うなずく）まあ、そんなところだ。

エラリー　彼女への尋問はちょっとでもやりましたか？

エバハート　いや……やってない。支持してもらおうという目論見を台無しにはしたくないからな。

エラリー　それが政治的配慮だというのはわかりますよ。でも、ぼくは立候補しているわけではありませんからね。まあ、それでも相手のつま先を踏まずに、いくつかの事実を明らかにできるとは思いますが。

エバハート　そうしたら、おれに包み隠さず教えてくれるだろうな？

エラリー　必ず。

エバハート　（安心して）心から感謝するよ、クイーン君。（選挙運動用バッジを取り出してエラリーに着ける）あんたがおれの陣営に加わってくれたことを誇りに思うよ。

エラリーは階段の方へ向かい、上がり始める。

エバハート　最初のドアだ。すぐわかるよ。

［フリップ］

シーン37

内観。ジュリアの部屋、日中、ジュリアとゴードンを映して。

ジュリアはとめどなく流れる涙との負け戦《いくさ》をく

りひろげている最中。ゴードンは彼女を抱いて慰めようとしている。

ジュリア　何て恐ろしい！　あんなことを誰がするというの？　理由なんて何もないのに。

シーン38

エラリーも含めて映す。

エラリー　質問をするのにふさわしいタイミングではないのは、わかっていますが……

ゴードン　最悪のタイミングだな。彼女がすっかり打ちひしがれているのが、おまえにはわからないのか？　小学生レベルの頭の悪さだな。

エラリー　（その言葉を全面的に受け入れたわけではないが）わかっています。でも、いくつかの事実を知っておきたいので。

ジュリア　（気丈に）かまいません。

エラリー　この屋敷にいた全員について調べているのです。殺人が起きたとき、誰がどこにいたのかをはっきりさせたいと思って。

ジュリア　わたしはここに……自分の部屋にいました。

エラリー　ワイルドさんは？

ゴードン　どうしてそんなことをおまえに言わなければならないんだ？

エラリー　いずれ誰かに言わなければなりませんよ。

ジュリア　ゴードン……お願い……。ゴードンはわたしと一緒でした……この部屋で。

ゴードン　（抗議するように）ジュリア――

ジュリア　（抗議をはねつけるように）わたしたちは汚らわしいことなどしていませんわ。

エラリー　わかっています。

ジュリア　どちらにせよ――わたしたちは結婚するのですから。

エラリー　知っています。

ジュリア　（再びせきを切ったように泣き出して）でもパパは、式でわたしを花婿に引き渡すことができないんだわ！

ゴードンは彼女をさらに強く抱きしめてから、エラリーをにらみつける。

ゴードン　まだ他に何かあるのか、クイーン？

エラリー　あります——イーベン・ライトは、自分の娘があなたと結婚することに反対していたのではないですか？

ジュリア　（悲しみを棚上げして逆上する）あんなに反対しなくてもよかったのに！　パパは間違っていたのよ！——ゴードンがわたしと結婚するのは、パパのお金目当てなんかじゃないのだから！

エラリー　（彼女に思い出させる）今ではあなたのお金ですよ——ほとんど全部があなたのものになるはずです。少なくともぼくはそう思っていましたが。まあ、お父さんがすっかり使ってしまっていたなら、話は別ですがね。

ジュリア　「使ってしまっていたなら」ですって？　クイーンさん、わたしの父は最初に稼いだお金はそのまま握っていましたし、最後に稼いだお金もそのまま握っていました。——そして、最初と最後の間に稼いだすべてのお金もそのまま握っていました。

エラリー　でも、結婚祝いに関しては、お父さんもかなり太っ腹でしたが。

ジュリア　あの中国の怪物のこと？　パパは、わたしが本当に欲しいものをわかっていました。そして、それを結婚祝いにしてくれることも、簡単にできたはずだったのに。

エラリー　それは何です？

ジュリア　ゴードンをパパの会社の正式な共同経営者にして欲しかったのです。

エラリー　では、あの〈犬〉は欲しくなかったのですか？

ジュリア　もちろん、いらないわ。あれはパパのこれまでの人生を償うために博物館に預けたものなのよ。わたしには、あの気持ち悪い代物を売る権利なんてないのだから。できることといえば、結婚式が終わったら博物館に送り返すくらいよ。こんなプレゼントってあるのかしら？（心からの涙を流す）さもしくて卑しいことを言ってしまったわね。ごめんなさい。でも、わたしはパパを愛していました。本当です。

ジュリアはこれ以上続けることができない。ゴードンが代わってエラリーに心からの怒りをぶつける。

ゴードン　自分のやったことがわかってるのか？　これ以上、彼女に質問したら――ぼくからの返答を受け取ることになるぞ。

シーン39

エラリーを映す。

エラリー　その気性を何とかした方がいいですよ、ワイルドさん。

賢明なるエラリーは、撤退のときが来たのを覚《さと》り、ドアに向かう。

［フリップ］

シーン40　削除

シーン40Ａ

外観。ローズガーデン。

ウォーレン・ライトは園芸ばさみで薔薇の手入れをするときは、手を守るために手袋をはめることにしている。

ウォーレン　園芸はぼくの趣味の一つでね。いろいろな趣味のために、かなりの時間を割いているよ。そりゃあもう、相当の時間を。

エラリー　会社では働いていないのですか、ライトさん？

ウォーレン　ああ。イーベン伯父は、ぼくに仕事を手伝わせようとはしなかったのでね。ぼくにはビジネスの才能がない、と言い切っていたよ。ときどき使い走り程度の仕事をくれるだけで、重要な問題をぼくに相談するようなことはなかったね。ただの一度も。

エラリー　それが不満だったのですか、ライトさん？
ウォーレン　とどのつまり、あの会社は一族のものなんだ。ぼくにも口出しする権利はあるわけさ。
エラリー　今やそれができるようになったと思いますが。
ウォーレン　そう思うかい？
エラリー　おそらく、あなたにも経営権が与えられるでしょうね。
ウォーレン　ぼくの正当な権利をね。そう、それが正しいのさ。自分のオフィスが必要になるに違いないな。そうだろう？　採光を考えてオフィスを選ばなくては。まわりに羊歯《しだ》を並べることができるように。
　ウォーレンは薔薇のつぼみに関心を戻す。その一瞬、ちらりと笑いを浮かべたのを、エラリーは見逃さなかった。
エラリー　それであなたは幸せというわけですか？
ウォーレン　（ぽかんとして）幸せだって？　おやおや、くだらない質問だね。では、ぼくからきみに質問させてもらうよ。きみは、愛情深き甥が、たかがガロッシュの工場の経営権を手に入れるために伯父を殺す、と信じているのかね？
エラリー　その工場にどれだけの価値があるかによりますね。
チルダの声　何百万ドルもの価値があります。

シーン40Ｂ

チルダも含めて映す。

チルダが屋敷から近づいて来る。エラリーの言葉に対する彼女の返事は、ウォーレンにとってありがたいものではなかった。

チルダ　ご存じだと思っていましたけど。戦時中にゴムが手に入らなくなったもので、工場ではプラスチックの製造も始めたのです。こちらがうまく伸びれば、工場は金鉱になるはずです。

ウォーレン　（いやみっぽく）彼はぼくと話しているんだぞ、チルダ。
チルダ　そうですわね。中でコーヒーを用意しました。いかがでしょうか、クイーンさん。
エラリー　ありがとう、いただくよ。それじゃあ、失礼します。
　エラリーが立ち去るやいなや、ウォーレンはチルダの方を向く。彼は激怒している。
ウォーレン　おまえの魂胆はわかってるよ。このぼくはイーベン伯父さんを殺す立派な動機を持っていたと、あいつに思わせたいんだろう。
チルダ　あなたよりも強い動機を持っている人なんて、考えられませんから。
ウォーレン　本当にいないかな？　自分の胸に手を当てて考えてみたらどうだ。
チルダ　疑いの目をあたしの方に向けようとしても駄目ですよ。イーベンがあなたのことをどう思っていたのか、あたしは知ってるのですから。
ウォーレン　そして、伯父さんがきみのことをどう思っていたのか、ぼくは知ってるのだよ、可愛い人。だから、ぼくの邪魔をするんじゃない！
　ウォーレンは園芸ばさみを荒っぽく使って、薔薇の花を切り落とす。
［フェード・アウト］

第三幕

シーン41　削除
［フェード・イン］

シーン41A
外観。ライト邸、夜。
屋敷を辞去したエラリーは、クイーン警視と合流する。

警視　わしよりおまえの方が幸運だったらいいのだが。こっちは蚊に食われただけだったよ。毛針を投げるより体を掻いている回数の方が多かったぞ。

警視は首筋のかゆみがぶり返したらしく、そこを掻く。エラリーは父親の帽子に見慣れないものが付いているのに気づく。エバハートの選挙運動用バッジが、鱒釣り用の毛針に混じっているのだ。

エラリー　それを餌にしていたのですか？

二人は車の方へ歩き出す。クイーン警視はエラリーが口にしたものを見るため、歩きながら帽子を脱ぐ。

警視　わしが車でここに戻って来るやいなや、保安官が選挙運動をおっ始めてな。パーマーの言う通りだ——この殺人はエバハートには荷が重過ぎる。やつは選挙に負けそうなので、そっちで頭がいっぱいのようだ。

二人は車にたどり着き、乗り込んで行く。

［フリップ］

シーン41B

外観。田舎道、夜。

クイーン親子の車が走って行く。

警視の声　さて、おまえはどう思う、エラリー？——あの甥がやったのかな？

エラリーの声　お父さん、あなたは魚にしか興味がないと思っていましたよ。

［フリップ］

シーン42　削除

シーン43

内観。ホテルの部屋、夜、エラリーを映す。

タオルを一枚腰に、もう一枚を首に巻いたエラリーが、バスルームのドアを開けたまま、歯を磨いている。パジャマにバスローブをはおったクイーン警視は、明日の朝のために釣り道具の手入れをしている（毛針を確認したり、リールを試したり、などなど）。

警視　もし甥がやったとしたならば、どうしてライトを殺すのに、今この時を選んだのだろうか？（自分の質問に自分で答える）ジュリアの結婚のためだ。イーベン・ライトには新しく義理の息子ができることになる。これでウォーレンの立場は、今よりずっとおぼつかないものになるわけだ。

エラリー　ジュリアは明言していましたよ。「父はゴードンを経営陣に加えるつもりがなかった」って。

警視　そうだな。だがおまえは「イーベン・ライトは重要な問題はウォーレンに相談しない」とも言ったじゃないか。おそらく、ウォーレンはそれを知らなかったのだ。

エラリー　ぼくは〝おそらく〟という言葉を聞くと、頭が痛くなるのですよ。

彼はシャワー室に向かい、ドアを開けて中に入り、タオルをドアの上に掛ける。

シーン44

クイーン警視を映す。

以下のセリフの間、画面の外からシャワーの音が流れている。

警視　よし。ならば、〝おそらく〟を使わずに、おまえに別の話をするとしよう。ジュリア・ライトは、新郎を会社の共同経営者として迎え入れてくれないので、父親に失望していた。その父が死んで、彼女はくだんの会社の経営権の大部分を相続し、結局は、亭主も共同経営者の地位をせしめるわけだ。なあエラリー、おまえもこれが妥当な説だと認めるべきではないかな。

シーン45

シャワー室のドア。

シャワーの音が止まり、ドアが開き、エラリーが顔を覗かせる。

エラリー　何か言いましたか、お父さん？　すみません、シャワーの音で聞こえなかったのですよ。

シーン46

クイーン警視を映す。
エラリーの言葉に対する反応を示す。

シーン46A

エラリーも含めて映す。
エラリーはバスローブを着ている最中。そこに、ドアをノックする音。
警視　おまえが誰か呼んだのか？
エラリー　いいえ。
警視　わしも呼んでおらん。

シーン47

アングルを変えて。
手に釣竿を持ったまま、クイーン警視はドアに近寄って開ける。ヘンリー・パーマーが許しを待たずに入って来る。
パーマー　やあ、どうでしたか、警視。やつを捕らえることができましたか？
警視　あんたがやつをおどかして逃がしてしまったからな。そうでなければ捕まえられたかもしれんがね。
パーマー　殺人犯を？
警視　魚を。
パーマー　殺人事件の捜査の方はどうなっています？
警視　そっちの話なら、せがれとしてくれ。

シーン48

アングルを変えて。
バスローブを着終わったエラリーが、バスルームから出て来る。
エラリー　今晩は、パーマーさん。
パーマー　（じれったそうに）今晩は。役に立ちそうな手がかりは見つけられましたか？

エラリー　何とも言えませんね。一晩寝て、ゆっくり考えますよ。

警視　（きっぱりと）ちょうど今、二人とも寝るところだったのだ。

パーマー　あなた方のような都会の人は、フクロウのように夜更かしだと思っていましたが。

警視　都会にいるときだけはな。田舎にいるときは、ニワトリと共にベッドに入るのだ。

パーマー　なるほどねえ。では、明日の朝一番に合流しましょう。

警視　いや、わしらには無理ですな。日の出と共に起きて、釣りに行くつもりなので。

パーマー　ああ、それなら——昨日のお詫びをしたいと思って、ちょっとしたものを持って来たのですよ。（ハンカチを取り出して手の平の上で広げると、鱒用の毛針が現れる）これなら大物が釣れること請け合いです。

警視　（目を近づけて毛針を見る）よくできている。

パーマー　（鼻高々に）手巻きです。私の趣味でしてね。この郡では一番の鱒用の毛針ですよ。差し上げます。針に気をつけて。

警視　（毛針をもらって）ありがとう、パーマーさん。明日の朝一番に試してみるとしよう。

エラリー　パーマーさん、郡の検死官をご存じですか？

パーマー　ウィル・ベイリーですか？　もちろん知ってますよ——昨夜もドローポーカーで八ドル巻き上げられましたね。どうしてですか？彼に会いたいとでも？

エラリー　（うなずく）二、三、尋ねたいことがあるので。

パーマー　彼なら毎日コーヒーショップで朝食をとっていますよ。明日、そこで一緒に会いましょう。

警視　（毛針を示しながら）となると、わしは朝一番でこいつを試すわけにはいかなくなったようだな。
エラリー　お父さん、釣りが気になりますか？
警視　「気になる」だって？　わしがなぜ気にすると思うのだ？　わしが釣り好きだからここへ来たと思っているやつがいるのか？（ぴしゃりと）おやすみ。

［ディゾルブ］

シーン49

外観。納屋の前庭、日中、雄鶏のアップ、ストック映像使用。

雄鶏が鳴いて新しい朝の到来を告げる。雄鶏は自分のやっていることが陳腐だと自覚している素振りはみじんも見せない。

［ディゾルブ］

シーン50

内観。コーヒーショップ、日中、ベイリーを映す。

ウィル・ベイリー検死官は、現実に存在する、あるいは小説に登場するような地味で陰気な法医学者とは対照的である。派手なスポーツジャケットを着て、もっと派手なネクタイを締め、世界的飢饉の流行を恐れているかのごとくパンケーキを胃に詰め込んでいる。彼が一席ぶっているときは、同じテーブルに座っているエラリーもクイーン警視もヘンリー・パーマーも、撤退を余儀なくされる。ウェイトレスがみんなのコーヒーを運んで来る。

ベイリー　死ぬやつは、そこら中にゴロゴロしている。命の盛りにその灯を消されるのが次は誰なのか、わかりっこないのさ。やっかいなのは、そういったやつらは、これっぽっちも自分を大事にしないってことだ。だから、戦時中はどんどん人が減っていってしまったわけだ。そして、最近じゃあ連中は、豚みたいに不健康な生活を送っているときた。（ウェイトレスに）メイプルシロップをもう一瓶くれないか、マミー。

――それからバターももう一、二個。

ウェイトレス　いいわ、ウィル。

彼女は隣のテーブルから頼まれたものを取り上げると、ベイリーに手渡す。

ベイリー　ありがとう、マミー。

ベイリーはパンケーキにバターをたっぷりと塗り、シロップをどっぷりとかける。ウェイトレスはパーマーに顔を向ける。

ベイリー　そんなわけで、やつらはいつまでもこの私を目茶苦茶忙しいままにしてくれるのさ。おかげで、釣り用の長靴を濡らす暇もありゃしない。釣りほど好きなものはないというのに。

パーマー　三度の飯を別にすれば、だろう。（ウェイトレスに）おい、私にはブラックコーヒーを頼むよ。

ウェイトレス　（エラリーに）こちらはどうなさいますか？　お砂糖とミルクは？

エラリー　（ぼんやりと）え？

ウェイトレス　お砂糖とミルクはお付けしますか？

警視　聞いても無駄だよ。朝のコーヒーを飲むまでは、まともな判断などできんのだ。

ウェイトレス　では、この人はどんなコーヒーをお好みなのでしょうか？

警視　残りものの、ぬるくて不味《まず》いやつだ。

ウェイトレスは肩をすくめて立ち去る。

ベイリー　ヘンリー、昨日私が釣りかけた〝とびきりの獲物〟を見せたかったよ。正真正銘の大物だったぞ！　そうだろう、警視？

警視　ああ。（独り言のように）下手くそにも幸運は訪れるものだな。

エラリー　（話をそらす）ベイリーさん……今さっき、イーベン・ライトについて話そうとしていましたね。

パーマー　（選挙演説風に）次期保安官として言わせてもらうぞ、ウィル。こちらの犯罪専門家のお二人は、われらが素晴らしき郡の住民すべてのために、この私自らが、事件に関わってもらうことにしたのだ。よって、彼らに何らかの情報を提供できたならば、きみの功を多とするだろう。

ベイリー　（一口で平らげて）はいはい。さて、私はイーベンを頭のてっぺんからつま先まで調べたわけだが。

パーマー　有権者の諸君は、私が法を犯す者たちを追求する姿勢においても非の打ち所のないことがわかり、来《きた》る投票日には、心おきなく票を投じることができるに違いない。

エラリー　何を発見したのですか、ベイリーさん？

ベイリー　ふむ、そんなに大したことではないのだが。

パーマー　隠し事は許されんのだ、ウィル――国民には知る権利がある。

ベイリー　ちょっとでいいから、その選挙演説をやめてくれないか。そうしたら、国民に話すよ。（エラリーに向かって）私の調べたところ、イーベンは頭部に加えられた一撃によって絶命したのだ。

警視　（独り言のように）新しい情報とはほど遠いな。

エラリー　強い打撃でしたか？

ベイリー　目的を果たすには充分なくらい強かった。

エラリー　女性でもできるでしょうか？

ベイリー　可能だ。

パーマー　おっと！　ようやく光が見えてきたぞ。

エラリー　打撲傷や裂傷は――格闘があったことを示すような傷は？

ベイリー　いいや。私見だが、犯人は被害者の後ろにいたのだ。イーベンは自分が何によって殴られたのかもわからなかっただろうな。死体にそれ以外の傷はなかったが……一ケ所だけ……

エラリー　（興味をそそられて）何があったので

すか？

パーマー　話したまえ、ウィル。それがきみの公僕としての義務だ。

ベイリー　（パーマーにしかめ面を見せてから）実は、拡大鏡で被害者の爪の中を調べてみたのだ。皮膚か毛髪を引っ掻いていた場合のことも考えてな。

警視　それで？

ベイリー　（首を振って）右親指の付け根に小さな刺し傷が見つかっただけだった。死ぬ直前についたものに違いない。

エラリー　（困惑して）小さな刺し傷が？　親指に？

［フリップ］

シーン50A

内観。検死官のオフィス、日中。

ベイリーは室内で書類戸棚をかきまわしている。そこはどう見ても検死官のオフィスとはほど遠かった。壁には美女のピンナップが何枚も貼ってある。壁の棚には医学書に混じってボーリング・チームの写真とボーリング連盟のトロフィーが並んでいる。ベイリーは探し物を見つけ出した。

ベイリー　これがそうだ。自分たちの目で確かめたまえ。

シーン50B

アングルを変えて。

ベイリーは書類から一枚だけ抜き出すと、エラリーに手渡す。それを眺めるクイーン警視とヘンリー・パーマー。ベイリーはその書類を指さす。

ベイリー　検死報告書の右手関係のページだ。

エラリー　（読み上げる）「右親指の付け根に小さな刺し傷」。

パーマー　なあ、そいつが彼が殺されたこととどんな関係があるんだ？　イーベンは頭を殴られたんじゃなかったのか。
ベイリー　頭を殴られていないとは言っていない。親指に穴があったと言っているだけだ。
警視　何か意味があるのか、エラリー？
エラリー　わかりません、お父さん。（ベイリーに）ひょっとして、被害者のポケットに何が入っていたか、覚えていませんか？
ベイリー　ありきたりの物しかなかったな――鍵、小銭、それにハンカチ。きみたちが普通の男のポケットで見つかると思うような物しかなかったな。自分に当てはめて考えてみたらどうだ、クイーン君。今、きみのポケットには何が入っているかね？
警視　わしが答えられるぞ――ポケットには穴があるだけだ。おかげで、わしが朝食の代金を一人で払わねばならなかったからな。

シーン51

アングルを変えて。
エバハート保安官が定型用紙を一式抱えて入って来る。彼はそれをベイリーのデスクに降ろす。
エバハート　ウィル、おまえさんが欲しがっていた郡指定の用紙をみつくろってきたぞ。（パーマーを見る）何だ、こいつは――政党の支部会か？
ベイリー　オスカー――これは政治とは関係ない話だ。
エバハート　（パーマーを指さして）関係ないなら、こいつがここにいるはずがないだろう。
パーマー　面目丸つぶれ、といった顔だな。
エバハート　雑貨屋の店員が商品を天秤にかけるだけに飽き足らず、正義の天秤まで扱おうとしたからといって、おれは気にしないがね。
ベイリー　おいおい、いいか――きみたち二人ともだ！　ここで選挙運動はやめてくれ。検死官のオフィスはちっぽけな政治の及ばぬ場所に存在するのだぞ。
エバハート　そうしよう――おまえさんがまた

立候補しなくちゃならない次の選挙までは。

エラリー　保安官、ここに来てくれてよかった。ぼくたちは今、イーベン・ライトの死体から押収された私物について話していたのですよ。それを見せてもらうわけにはいきませんか？

エバハート　あの電報については、ウィルが話してくれたんじゃないのか、ええ？

ベイリー　思い出した、電報もあったっけ。忘れていたよ。

警視　ポケットに電報を入れた死体を、忘れるくらいたくさん検死したのか？

ベイリー　たくさんはないな。

エラリー　その電報についてもう少し知りたいのですが、保安官。

エバハート　あんたがもう知っていることしかないが……。ニューヨークからの電報で――差出人はサイクスという名の私立探偵だった。「〝GW〟についての報告書を送った」とあったな。

エラリー　〝GW〟――ゴードン・ワイルドか。

警視　つまり、イーベン・ライトは未来の義理の息子について調べていたということだな。

エラリー　お父さん、ヴェリー部長にサイクスを尋問してもらうべきだと思いませんか？

警視　（ベイリーに）検死官、ここの電話を使わせてもらってもかまわんかな？

ベイリー　勝手に使いたまえ。

クイーン警視は受話器を取り上げる。

［フリップ］

シーン51A

内観。クイーン警視のオフィス、日中。

ヴェリー部長は尋問のためにアルギー・サイクスをしょっぴいて来る。サイクスは怒れる私立探偵と化している。

ヴェリー　ようし、サイクス――聞かせてもらおうか。

サイクス　何についても何一つ話す必要はないはずだ。おれは自分の権利はわかっているからな。（札入れを取り出し、ヴェリーの鼻先でひらひらさせる）これが見えるだろう？　おれは私立探偵のライセンスを持っているんだ。おれのやってることは完璧に合法なのさ。警察で小突き回されるいわれは、これっぽっちもないわけだ。

ヴェリー　おまえがイーベン・ライトに送った報告書には何が書いてあった？

サイクス　そいつは職業上の秘密ってやつだ！　知りたいんだったら、おれの依頼人に訊いてくれ。

ヴェリー　おまえの依頼人は死んだよ。

サイクス　なるほど。依頼人が話さないとくれば、おれも話さないね！　それじゃあ部長――仕事に戻らせてくれないか、なあ？　いま離婚事件を扱っていて、女房がホテルの部屋に乗り込んだとき、亭主と一緒にとっつかまるはずのあばずれ女を探しているところなんだよ。

ヴェリー　ゴードン・ワイルドのことを話せ。

サイクス　そんなやつの名前なんか、聞いたこともないね！

シーン51B

アングルを変えて。

グレースが交通違反切符などのコピーを綴じた書類ばさみを持って入って来る。

グレース　あなたが交通課に頼んだサイクスの書類です、部長。

ヴェリー　ありがとう、グレース。

彼は書類ばさみを受け取ると目を通し始める。

グレースは出て行く。

ヴェリー　ほう……うんうん……ふーん。

サイクス　何だよ？　何を見てるんだ？

ヴェリー　（わしづかみにしたコピーを掲げて）駐車違反。罰金未払い。それにこれはスピード違反の召喚状だ。違法なUターン。こっちは他人《ひと》さまのフェンダーをへこました上に、事故現場から逃げたときの記録だな。これだけあればライセンスを取り消すには充分だぞ、アルギー。

サイクスは手近の椅子に力なく腰を落とす。

サイクス　（白旗を掲げて）わかったよ、部長……何を知りたいんだ？

［フリップ］

シーン52

内観。保安官事務所、日中。

ラルフ・ブラウン保安官助手が勤務中。保安官の椅子に座り、保安官のデスクに足を乗せ、トゥルー・ディテクティヴ誌（もしくは四〇年代末頃までは出ていたが今はない雑誌）を読んでいる。と、彼は足をすばやく回してデスクから下ろし、急いで椅子から離れる。エバハート保安官がエラリーやクイーン警視と共に入って来たのだ。

エバハート　電話はあったか、ラルフ？

ブラウン　ありません、保安官。

エバハート　クイーン警視がニューヨークからの電話を待っているからな。所持品用ロッカーの鍵をとってくれ。右側の一番上の引き出しの中だ。

ブラウンは引き出しを開け、鍵を見つける。

ブラウン　ライト事件の証拠品を見てみたいのですね？　あなたが調べたがるような特別な品も含めて、洗いざらいリストにしていますよ。

エラリー　被害者の私物を見てみたいのだけど。

ブラウン　わかりました。葉巻入れに入れてあります。

シーン53

アングルを変えて。

ブラウン保安官助手が大きく頑丈そうな保管用ロッカーに向かうのを一同は見ている。ブラウンは鍵穴に鍵を差し込もうとして、はっとする

──

ブラウン　こじ開けられてますよ、保安官。

エバハートは大またで近づく。

エバハート　何を言ってるんだ？

ブラウン　金庫破り《ジミー》にやられたようです。
エバハート　（こわばった声で）開けろ！
　ブラウンが扉を開けると、中が空《から》であることが明らかになる。
ブラウン　空っぽだ！　誰かが証拠品を盗んだんだ！
　エバハートはロッカーの棚をバシンと叩き、失態への怒りをあらわにする。
警視　（おだやかに）きみの安全対策は万全ではなかったように見えるがね、保安官。
エバハート　（問い詰める）ラルフ、おまえは一分たりともこのオフィスを離れてはいないだろうな？
ブラウン　ええ、決して離れてはいません。（思い出して）ええと、ほんの一分くらいだったら……留置場を見まわったときに。
エバハート　（激高して）留置場には誰も入っていないだろうが！
ブラウン　一時間ごとに留置場を見まわるのが、ぼくの定例業務だと言われていますので。
エバハート　それは留置場に誰かがぶち込まれているときの規則だ！
ブラウン　そんなことは言われてませんよ、保安官。
エラリー　助手君……証拠品のリストがあると言っていたね……
ブラウン　（嬉しそうに）そうです。盗まれた品は全部、リストにしています。すべての物について、詳しく。
エラリー　ぼくにそのリストを見せてもらえないかな？
ブラウン　いいですとも！　今すぐお見せしますよ……（保安官のデスクの上にある書類をかき回しながら）確かここに……（書類刺しにあるのを見つけ、誇らしげにエラリーに手渡す）すべての物について、詳しく書いてます。
警視　特定の誰かを示す証拠品だったのに違いないな。さらに――その誰かはそれを知ったわけだ。

警視はリストを見るためエラリーのそばに歩み寄る。

エバハート 役に立つかな？

エラリー ほう、本当に詳しいリストですね。イーベン・ライトが持っていた小銭の金額まで正確に記入してありますよ――八十五セント。

警視 鍵、携帯用のくし、ハンカチが一枚……白木綿。腕時計は金製。指輪は頭文字入りで、これも金。そしてニューヨークからの電報。これで終わりだ。

エラリー 忘れないでくださいよ、盗まれたのは葉巻入れだけではなかったでしょう。

警視 そうだった――帳簿もあったな。甥のウォーレンの個人的支出を記していたやつが。それに、殺人の凶器も。きみらは、自分たちがどんな立場に立たされているのかわかっておるのか？――一大窃盗事件だぞ……しかも、保安官事務所での。

エバハート （情けなさそうに）投票日にどんな影響が出ることやら。

ブラウン （この問いかけに馬鹿正直に答える）あまりよくない影響を与えるでしょうね。

エバハートはかんしゃく玉を破裂させるべく、自分の助手の方を向く。

エバハート おまえが空っぽの留置場を見まわっている間に起きたのだぞ！

電話のベルがブラウンを救う。彼は受話器を取る。

ブラウン （電話に向かって）保安官事務所です……はい、その方ならここにいます。（電話を中断して）クイーン警視に長距離電話です。

シーン54

クイーン警視のアップ。

警視はブラウンから受話器を受け取る。

警視 （電話に向かって）やあ、ヴェリーか。何かつかんだか？

［カット］

シーン54A

内観。クイーン警視のオフィス、日中。

ヴェリーが電話をかけている。サイクスは画面の奥にいて、しかめ面をしながら一息入れている。取り調べから解放されたのだ。

ヴェリー　耳寄りな話をね。アルギー・サイクスはエンジンのかかりが遅かったですが、あたしが点火してからは、いろいろと喋ってくれましたよ。例えば、「ゴードン・ワイルド」ってのは、数ある偽名の一つに過ぎません。

［カット］

シーン54B

内観。保安官事務所、日中。

警視　本当か？……サイクスは他にどんなことを話した？……冗談じゃなかろうな。わかった、ご苦労、部長。また後で連絡する。

シーン55

カメラを引いて。

クイーン警視は電話を切る。

エラリー　ヴェリーは、例の私立探偵から、何か情報を引き出せましたか？

警視　たっぷりとな。ゴードン・ワイルドの逮捕歴は、感化院時代にまでさかのぼるそうだ。報告書の方は郵便で送られている。もしワイルドが、この報告書がこっちに向かっていることを知ったとしたら、どうしたと思う？　わしは、読むのが間に合わなかった《レイト》ライト氏が故《レイト》ライト氏になったとしても驚かんぞ。

［ディゾルブ］

シーン56

内観。ライト邸の玄関ホール、日中、ホールのテーブルをアップで。

チルダの手が画面に現れ、テーブルをコツコツと叩く。

チルダの声　買い物から帰ったら、このホールのテーブルの上に電報があるのを見つけたのです。

カメラを引くと、彼女がエラリー、クイーン警視、エバハート保安官、そしてブラウン助手に説明している姿が現れる。

エラリー　あなたの外出中に届いたわけですね？

チルダ　はい。そうでなければ、あたしはすぐにそれをイーベンに――ライトさまにお持ちしたはずですから。

エラリー　それなら、他の誰かが受け取りのサインをしたのでは？

チルダ　どうでしょうか。最近は遠くの親戚やライトさまの仕事上の知人の方々が大勢、ジュリアさまの結婚を祝う電報をくださるのです。そのせいで、配達の人は電報をドアの下から差し込んだだけで帰るようになっていましたから。

エバハート　だからワイルドは、それを見つけて、開けて、読んで、もう一度封をすることができたわけだ。

エラリー　どうしてワイルドは電報を処分しなかったのかな？

警視　どうしておまえは直接訊かないのかな？

エバハート　（ブラウン保安官助手に）ラルフ、ワイルドを階下《した》につれて来い。尋問する。

ブラウン　了解しました。

ブラウン保安官助手はすばやく階段を上がる。

シーン57、58　削除

シーン59

アングルを変えて。

ジュリア・ライトが一階の別の部屋から出て来ると、一同に歩み寄る。

ジュリア　ゴードンの名前が聞こえましたけど？

エラリー　ライトさん、あなたの婚約者にしか答えられない質問が、いくつかあるのです。

ジュリア　何についての質問ですの？

警視　まず第一に、彼の過去について。

ジュリア　（苦しげに）まあ、何てこと！

警視　心底驚いているようには見えませんな。

シーン59A

アングルを変えて。

エバハート保安官は階段に近づき、二階に声をかける。

エバハート　ラルフ！　何をぐずぐずしている？　やつを連れて下りて来い！

シーン59B

アングルが階段の上に移る。

ブラウン保安官助手が階段の先に現れる。

ブラウン　ワイルドは自分の部屋にいません、保安官。他の部屋も全部捜しました。やつは二階にはいませんよ。

シーン59C

アングルを変えて。

エラリー　（ジュリアに）彼がどこにいるか知りませんか？

ジュリア　いいえ。

エバハート　（ブラウン保安官助手に）他の場所も捜してみろ。（ジュリアが来た方を指し示して）あの部屋から始めろ。

ブラウン　わかりました！

彼は階段の残りを一気に駆け下りると、命令を遂行すべくジュリアの横を走り抜けて行く。

ジュリア　あの人はその部屋にはいませんわ。わたしはその部屋から来たのよ。たぶん、庭に出ているのではないかしら。

警視　わしの推理に間違いがなければ、彼はもう、この屋敷の近くにはおらんはずだ。

エバハート　おれたちが来るのを見て、目をつけられたことに気づいたわけだ！

ジュリア　ゴードンは逃げたりなんかしません。

警視　自分に殺人の嫌疑がかけられていると知ってもかね？

ジュリアはこの状況においてできる、ただ一つのことをする。すなわち、気絶するふりを。しかも、エラリーが抱きとめてくれるのを見こして。

［フェード・アウト］

第四幕

［フェード・イン］

シーン60

内観。ジュリアの部屋、日中。

ジュリアはベッドに横たわり、その眼を閉じている。エラリーが見つめる中、チルダが気つけ薬の瓶をジュリアの鼻の下にあてる。ジュリアはあえぎ、咳き込んで、顔をそむけると、眼を大きく見開く。

チルダ　ファーナム医師《せんせい》に来てもらいましょうか？

ジュリア　何があったの？

エラリー　失神していたようですね。

チルダ　クイーン警視が「ゴードンは殺人容疑者だ」と言ったのを聞いて、倒れたのですよ。

ジュリア　（ベッドから上半身を起こして）あなたも、馬鹿げたことだってわかっているわよね、チルダ。

チルダ　もう純情な王女さまを演じるのはやめにして、チャーミング王子のいやな部分にも目を向けるときが来たのではないでしょうか。

ジュリア　あなたにそんなことを言われる筋合いはないわ！　この部屋から出て行ってちょうだい！

チルダ　（堅苦しく）わかりました、ジュリアお嬢さま。できるだけ早く出て行きます——この家から！

彼女は足早に出て行き、ジュリアのベッドのわきにはエラリーが残される。

シーン61

カメラは寄って、エラリーとジュリアが入るアングルで。

ジュリア　あなたは、ゴードンが父を殺したと思っているの？

エラリー　ぼくは、それを示す状況証拠は少なくないと思っています。

ジュリア　ゴードンは他人を傷つけたりはしません。

エラリー　彼はぼくを脅したことがありますよ、ジュリア。

ジュリア　脅しを実行に移すつもりがなかったことは、お分かりでしょう。かっとなっただけですわ。（間をおいて）どんな状況証拠ですの？

エラリー　あなたのお父さん宛ての電報です。それには、「〝G・W〟に関する報告書を送った」と書いてありました。その電報は玄関ホールのテーブルに置かれていたのです。もし彼がそれを読んだとしたら——

ジュリア　馬鹿げたことを！　誰だって手に取れたじゃないの。

エラリー　確かにそうです。あなただって手に取ることができたわけですから。こうも考えられますね。あなたは今週、お祝いの電報をたびたび受け取っていた。玄関ホールのテーブルに置いてあったこの電報も、やはり祝電だと思ったあなたは、それを開けて——

ジュリア　違うわ——！

エラリー　自分の父親が私立探偵に命じて婚約者のことを調べていたのを知り……

ジュリア　嘘よ——！

エラリー　あなたはお父さんに文句をつけ、喧嘩になり、手近にあった重いものを取り上げた――〈中国のこま犬〉を。
ジュリア　違います！　誓ってもいいです、クイーンさん。わたしはその電報を見ていません。父を殺してもいません。
エラリー　（やさしく）ぼくはただ、そんなことが起こり得たという可能性を指摘しただけにすぎません。そんなことが起こったと言っているわけではありませんよ。あなたの言う通りです――他の誰でもあの電報を読むことができました。（間をおいて）でもライトさん、その〝他の誰か〟は、なぜあの電報を気にしたのでしょうか？

［カット］

シーン62

内観。ライト邸の居間、日中。

エバハート保安官が電話をかけている。クイーン警視の姿は見当たらない。エラリーは階段を下り、保安官のわきを通りすぎると、書斎へと向かう。

エバハート　（受話器に向かって）州警察の掘っ立て小屋につないでくれ。（エラリーが目に入ると、受話器を手でふさぐ）あんたの親父さんは、ガレージにある車を調べに行ったぞ。ワイルドが車を〝拝借〟したなら、それがどれなのかを知りたいそうだ。

エラリーはうなずくが、そのまま書斎に歩いて行く。しきりに考え込みながら。

エバハート　（受話器に向かって）こちらライツヴィルのエバハート保安官だ……。ハリー、いいか、こっちは逃亡中の殺人容疑者を抱えている。すべての高速道路で検問を設ける指示を出してくれ。容疑者はゴードン・ワイルドと名乗っている。特徴は以下の通り……

［カット］

シーン63

内観。ライト家の書斎、日中。

エラリー登場。真っ直ぐイーベン・ライトが殺された場所に歩み寄る。何かに悩まされ続けているのだが、その何かがわからないのだ。今度は本棚に近づき、本に手を伸ばすしぐさをして……急にふり返ると、背後の何もない空間に目をやる。

シーン64

アングルを変えて。

ウォーレン・ライトが、鉢植えの孔雀羊歯《メイデンヘアー》を抱えて登場。よもや伯父のデスクに腰を下ろしているエラリーにお目にかかるとは思っていなかったらしいが、鉢を投げつけたりはしない。窓辺にある小卓まで鉢を持って行く。

ウォーレン　きみが考えをめぐらす邪魔をしたのでなければよいのだが。

エラリー　ぼくの考えは堂々めぐりの最中ですよ。（間をおいて）見事な羊歯ですね。

ウォーレン　孔雀羊歯《メイデンヘアー》だ。もっとりっぱに育つよ。駄目な葉は摘んでしまうからね。伯父はずっと、ぼくが自由に書斎へ立ち入る許可をくれなかったんだ。今ではもちろん、好きなときに入って、好きなときに出ているけどね。

ウォーレンは羊歯の葉をなでつける。

エラリー　ミスター・ライト、教えて欲しいのですが……

ウォーレン　ウォーレンでいいよ……。〝ミスター・ライト〟と呼ばれて良いのは伯父だけさ。

エラリー　ウォーレン……多肉植物《サッキュレント》は育てたことがありますか？

ウォーレン　エケベリア属だったら、そこそこ上手く育てたことがあるよ。

エラリー　サボテン科の植物ですか？

ウォーレン　ああ。でも、ぼくは羊歯の方が好きだな。そう思わないか？　はかなげで……

エラリーはデスクから立ち上がる。

エラリー　もう一つ教えてください、ウォーレン。――あなたがニューヨークから〈中国のこま犬〉を持って来たとき、伯父さんはそれをどこへ置きましたか？

ウォーレン　（指さしながら）そこだよ……デスクの上。最後に見たときはそこにあったね。

シーン65

エラリーを映して。

エラリーはデスクに向き直る。ぼんやりと指をデスクの上に走らせる。

ウォーレン　埃を探しているなら、これっぽっちも見つからないよ。きみも知っての通り、チルダ・マクドナルドの家の切り回しは神業だからね。（話題をチルダに向ける）どうして伯父は何年も前に彼女と結婚しなかったのか、わからないな。

何やら考え込んでいたエラリーだったが、ウォーレンの方を向き、その話題を受け止める。

エラリー　伯父さんが結婚を申し込んでいたら、チルダは承諾しましたか？

ウォーレン　間髪容れずに。何年もの間、伯父のことを愛し続けてきたからね。この町で知らぬ者はいないと思っていたけど。

エラリー　ぼくは町の外から来たのですよ。お忘れですか？

［フリップ］

シーン66

外観。ライト邸の裏庭、日中。

チルダは刺繡をしている。彼女が答えるテンポに合わせて、刺繡針が布を出たり入ったりする。エラリーはそれに見とれている。

チルダ　ええ、あの人を愛していました。心から。

エラリー　彼の方は、あなたのことをどう思っていましたか？

チルダ　あの人も、あたしのことを愛していると思っていました……お嬢さまが婚約するまでは。何年も何年も、ジュリアのことをあたしと結婚しない口実に使っていました。「娘によくない影響を与える」と言って。ええ、あたしはどんな影響があるのか、しっかり聞きましたよ、クイーンさん。そして、それを鵜呑みにしたのです。ライトさまが――イーベンが――あたしに嘘をつくとは思ってもみなかったので。

エラリー　ジュリアが結婚してしまえば、もうその口実は通用しなくなりますね。

チルダ　あたしも夜中にそのことが思い浮かびました。それで、イーベンにそう言ったのです。すると彼は「もう遅い」と答えました。自分は結婚するにはもう年を取りすぎているし、独り身が身についてしまってもいると。

エラリー　彼はstatus quo《スタッス・クオ》（今の状態）が続くことを望んだわけですね。

チルダ　いいえ――今のままでもかまわないと思ったのは、あたしの方です。それほどあの人を愛していたのです。今のままでも我慢できたのです。でも、彼は違うことを言いました。彼女は刺繍針を布に突き刺す。

チルダ　あの人はこう言ったのです。「子供たちが新婚旅行から帰ったら、結婚祝いにこの家を贈って驚かせることに決めた」と。自分は町の小さなアパートに引っ越すつもりだと……だから、もうあたしは必要ないと。それを聞いたとき、あの人を憎みましたわ。

エラリー　どのくらい？

チルダは首を振り、必死に涙をこらえようとする。

チルダ　それほどでも。

警視の声　エラリー！

シーン67

アングルを変えて。

クイーン警視が近づいて来る。

警視　どうして庭に出ていることを誰にも言っておかんのだ？

エラリー　何かあったのですか、お父さん？

警視　ゴードン・ワイルドがどうやって逃げたかわかった。婚約者の車を使ったのだ。わしらのささやかな推理によると、彼女は自ら進んでキーを渡したようだな。

チルダ　それがそんなに悪い事なのですか？　ジュリアさまはゴードンさまを愛しているのですよ。彼のためなら何だってするに違いないわ。

警視　まあそうだな。だが、わしが考えておるのは、彼女は婚約者が逃げた先も知っているのではないか、ということなのだ。残念ながら、部屋に鍵をかけて閉じこもったまま、出て来んのだが。

チルダ　（心配そうに）まあ、おかわいそうに！　ひょっとして、自暴自棄になって――

エラリー　ジュリアの部屋の鍵は持っていますか？

チルダ　持っています。さあ、急ぎましょう！

チルダは鍵束を見せる。

お願いします！

エラリーとクイーン警視は走り出し、チルダが後に続く。

［カット］

シーン68

内観。ジュリアの部屋、日中、空のベッドを映す。

鍵が開けられ乱暴に開かれたドアごしにベッドが見える。エラリー、クイーン警視、エバハート保安官が部屋に踏み込む。チルダとブラウン保安官助手がそれに続く。

警視　もう一羽の鳥も飛び去ったか。

エバハート　やつのところへ向かったな。二人仲良く逃避行というわけだ。州警察に彼女の情報も送らないとな。

エラリー　ちょっと待ってください……二人の行き先がひらめきました。でも、ぼくだけで、あの二人を追いかけたいのですが。

エバハート　おれがそんなことを許可できるわけがないだろう。
エラリー　ぼくに一時間だけください。
警視　二人組の人殺しを、おまえ一人で追いかけるつもりなのか？
エラリー　あの二人が犯人だと信じているのですか、お父さん？
警視　あわてて逃げ出す理由が他にあるか？
エバハート　あんたの考えは気に入らないな、クイーン。
チルダ　お願い、オスカー……この人を行かせてあげて。
　エバハートは〝自分に責任はないよ〟と言わんばかりのジェスチャーをする。
エラリー　ありがとう。
　エラリーは出て行く。

［フリップ］

シーン68A

外観。田舎道、日中。
タクシーが走る姿が画面に飛び込む。ライツヴィル・タクシー会社に所属する戦前のモデル。

シーン68B

内観。タクシー、日中。
客はジュリア・ライト（シーン70と同じ服を着ている）。運転手は地元の男らしい。ジュリアが座席から身を乗り出す。
ジュリア　ここで停めて！
運転手　（困惑して）でも、このあたりには何もありませんぜ。
ジュリア　お願い。
運転手　あなたがそう言うなら停めますがね、ジュリアさま。
　運転手は車を路肩に寄せていく。

シーン68C

外観。田舎道、日中。

タクシーは雑木林のそばで停まる。車を降りたジュリアはあたりを見まわす。運転手も降りて、車から小さな旅行カバンを出すと、それをジュリアのもとに持って行く。

運転手　このあたりは、若い女性にはいささか寂しい場所ですがねえ。

ジュリア　いくら払えばいいのかしら?

運転手　ちょうど五十セントです。

ジュリアは財布から一ドル札を出して、運転手に渡す。

ジュリア　お釣りはとっておいて、デルバート。

運転手　やあ、ありがとうございます。あっしは、こんな所にあなたを残して行くのは気が進まないのですが、ジュリアさま。

ジュリア　(ぴしゃりと)わたしなら大丈夫よ。

運転手　わかりました、わかりましたよ。お気をつけて。

彼はタクシーに戻ると、ジュリアを残して走り去る。しばし画面を止めて、「あたりに何もない場所にたった一人きり」の状況を強調する。それからジュリアは、タクシーが完全に見えなくなったのを確かめてから、旅行カバンを手にして、雑木林の方へ歩を進める。

シーン68D

アングルを変えて。

ジュリアは雑木林を抜けて開けた場所に出る。彼女の車(スポーティーな一九四七年型ロードスター)がそこにあるが、誰も乗っていない。ジュリアが期待と不安を込めてあたりを見まわす姿を、徐々にクローズアップ。

ジュリア　(小さな声で)ゴードン?　ゴードン、どこにいるの?

ゴードンの声　(彼女の後ろから)ここだよ。

ジュリアは驚いてふり返る。

シーン68E

ゴードン・ワイルドを含めたアングルで。

ジュリアは婚約者の姿を見てほっとする。
ジュリア　おどかしてくれるわね。
ゴードン　ごめん。車の音が聞こえたものだから。人に見られたくなかったんだ。
ジュリア　あれはタクシーよ。もう帰したわ。
ゴードン　尾《つ》けられなかった自信はあるかい？
ジュリア　大丈夫よ。
ゴードン　それで、心を決めてくれたんだね？
ジュリア　ええ。でも、本音を言うと、あなたが戻って、みんなに話してくれた方がいいんじゃないかしら。
ゴードン　駄目だ！　それは絶対にできない。
ジュリア　ああ、でも、ゴードン――
ゴードン　ねえ！　ぼくを信じるのかい、それとも信じないのかい？
ジュリア　わたしがあなたを信じているのは、わかっているはずよ。あなたのために嘘をついたことだってあるのを忘れたの？
ゴードン　あれは嘘じゃなかっただろう。
ジュリア　〝あなたがわたしの部屋にいた〟って、エラリーに言ったわ。
ゴードン　ぼくはいたぞ。
ジュリア　あなたがずっと部屋にいたようにエラリーに思わせたことよ。あなたが部屋を出て行ったことも、しばらく戻って来なかったことも、言わなかったでしょう。
ゴードン　酒を飲みたくなって階下《した》に降りただけだ。
ジュリア　戻って来たとき、酒を持っていなかったわ。
ゴードン　それで、どうしてぼくを信じているなんて言えるんだい、ジュリア？（間をおいて）いいとも……酒には早すぎると思ったから、水を一杯飲んで戻ったのさ。こいつを信じるかい？
ジュリア　わたしはあなたを愛しているわ。それが一番大事なことよ。
ゴードン　言い換えれば、きみはぼくを信じる必要はないってわけだ。でも、将来はどうかな？　きみはある朝、朝食のテーブルごしにぼくを見て、ぼくが本当のことを言っているのだろうかと疑ったりはしないのかい？

ジュリア　ええ、しないわ。

ゴードン　ぼくはそれでもいい。きみがぼくにそれでいいと思って欲しいのならね。服役や犯罪歴――それもどうでもいいのかい？

ジュリア　わたしにはどうでもいいことよ。

　ゴードンはしばし考え込むが、やがて、ゆっくりと――

ゴードン　ここから一番近い民家でさえも何マイルも離れている。きみが叫んだとしても、聞く人はいない。ぼくはここで人殺しをして逃げることができるわけだ。（間をおいて）それでもぼくを信じるのか？

ジュリア　（ためらうことなく）そうよ。

ゴードン　それだけが知りたかったんだ。

　ゴードンはジュリアの旅行カバンを持ち、車の後部座席に投げ込む。

［フリップ］

シーン69

外観。教会、日中。

白塗りの教会。その前にエラリーの車が停まる。中から出て来たのはエラリー。

シーン69A

前より寄せたアングルで。

教会の前まで来たエラリーは、ドアを開けようとするが、鍵がかかっている。彼は教会の横に回り込み（もし他にもドアがあるなら、彼はそこも開くかどうか試し、やはり鍵がかかっているのを知ってから）、中へ入る方法を探る。

［カット］

シーン70

内観。牧師の書斎、日中。

プロテスタントの牧師が暖炉の前に立ち、目の前にいる若い二人の結婚式を挙げている。二人とはもちろん、ゴードン・ワイルドとジュリア・ライトに他ならない。

牧師　神聖なる結婚の場において、汝、ゴードンは、この女性を妻とし、汝らの生ある限り、病める時も健やかなる時も、愛し慈しむことを、神に誓いますか？

ゴードン　誓います。

牧師　そして汝、ジュリア——

牧師の言葉はここで不意にさえぎられる。

シーン71

窓を映す。

エラリーが窓ガラスをしつこく叩いている。

ジュリア　エラリー？

ゴードン　気にするんじゃない！

牧師　窓ガラスを割ってもらっては困りますな。

牧師は窓に歩み寄って開ける。

エラリー　すみません。開いているドアが見つからなかったもので。ジュリア、自分が何をしているのかわかっているのかい？

ゴードン　彼女は結婚式を挙げているのさ。このぼくと。出て行ってくれ。

ジュリア　この人は絶対に電報を見ていないわ。

エラリー　それなら、なぜ逃げたのです？

ゴードン　どうすればよかったんだ？　保安官がやって来るのが見えた。ぼくは前科者だ。

ジュリア　この人はパニックに陥っただけよ。わかってくれるでしょう？

エラリー　話し合おう。

牧師　いつまで待てばよいのですかな？　十一時半には洗礼の予定があるのですが。

ゴードン　話し合うことなんか何もないよ、クイーン。おまえも他の連中と同じだな。前科のあるやつを捕まえると、殺人の罪を負わせて一丁上がり、ってわけだ。

エラリー　少しでいいから話を聞いてくれたな

ら――

エラリーは窓によじ登り、部屋に入ろうとする。ゴードンは手近にあった武器をひっつかむ。暖炉の火かき棒である。

ゴードン　出て行けと言ってるだろう！

エラリーに天啓がもたらされる。

ジュリア　（驚いて）ゴードン！

エラリー　落ち着いて……

ジュリア　ゴードン、あなたの方こそ恥を知るべきよ。火かき棒を置きなさい。

ゴードンは羊のごとく素直に火かき棒を下ろす。

エラリー　火かき棒！　当たり前じゃないか！　こいつを考えるべきだったんだ！

視聴者への挑戦

シーン72

外観。牧師の書斎の窓、日中。

エラリーは相変わらず窓敷居にしがみついたまま、顔を真っ直ぐカメラに向ける。

エラリー　ぼくは誰がイーベン・ライトを殺したのかがわかりました。みなさんも、わかったと思います。暖炉の火かき棒が重要です。それが使われなかったという点において。そうそう……被害者の右親指の刺し傷もお忘れなく。そして殺人の凶器も。わかりましたか？

エラリーは窓敷居から手を離すと、カメラの視界から消えるように落ちていく――もし実際にできたらの話だが。

［ワイプ］

シーン73

内観。ライトの書斎、日中。

容疑者が集まっている。ウォーレン・ライトは鉢植え植物の根のあたりを指で押さえ続け、チルダ・マクドナルドは静かに座って刺繍をして、ジュリア・ライトとゴードン・ワイルドは二人《ラブ》がけの椅子《シート》に座って指をからませ合っている。ライス保安官助手は窓の前に配置されている。ヘンリー・パーマーはエバハート保安官と共に、ドアの近くにいる。

エバハート　選挙運動のチャンスじゃないのか、ヘンリー。毎日これほどの聴衆を集めるのは、おまえさんには無理だからな。

パーマー　これほどの聴衆がきみのために集まったりしないことも確かだな。

シーン74

アングルを変えて。

エラリーとクイーン警視が登場。ブラウン保安官助手も二人に続いて入りかける。

エラリー　全員そろいましたか?

エバハート　見たところ、ライツヴィル住民の半数がいるみたいだな。(ブラウンに向かって)ラルフ、おまえはドアの外に立っていろ。誰も外に出すんじゃないぞ。

ブラウン　(がっかりして)何も聞けなくなってしまうじゃないですか。

エバハート　後で地元紙を読めばわかるさ。

保安官はブラウンを押し出すと、ドアを閉める。

シーン75

エラリーを映す。

彼は暖炉の前の書架まで歩を進めてから、一同に顔を向ける。

エラリー　ありきたりとはほど遠い犯罪が、この部屋のこの場所で行われました。殺人の凶器が貴重な芸術品——高価な宝石をちりばめた、純金の〈中国のこま犬〉だったのです。(間をおいて)しかし、なぜそれが殺人の凶器となったのでしょうか?

シーン76

アングルを変えて。

エラリーは本棚の方を向く。

エラリー　何が起きたのかを見てみましょう。イーベン・ライトはここに立って、この棚から帳簿を取り出していました。彼は室内のほとんどに背を向けており、その中には暖炉も含まれています。もし殺人者の怒りか不満か殺意が爆発したならば、あるいは、ただ単にイーベン・ライトを亡き者にしたいと思ったならば……

シーン77

カットをすばやく切り替える。

シーン78

ウォーレン・ライトに。

シーン79

チルダ・マクドナルドに。

ゴードン・ワイルドに。

シーン80

ジュリア・ライトに。

シーン81

そしてエラリーに戻る。

彼は依然として本棚に顔を向けている。

エラリー　……どうして最も手頃な凶器を、もっとも手近なところにあった重い道具を――この部屋の中で最も目につく凶器を――手にしなかったのでしょうか？

シーン82

アングルを変えて。

エラリーは体をひねって暖炉の火かき棒をつかむと、それを振り回す。他の者たちは反応を示す。

エラリー　火かき棒が手あかのついた凶器だということは、百も承知です。しかし、火かき棒が目的を果たすのに役立つ物であることもまた、確かなのです。そして……

彼は火かき棒をあった所に戻し、デスクに向かい、〈中国の犬〉が置いてあった場所を指さす。

エラリー　……〈中国の犬〉を手に取るにはここまで移動しなければならないのに対して、火かき棒はずっと近くにありました。それなのに〈中国の犬〉を選んだということは、そこに何らかの意図があったに違いありません。殺人者はあの〈犬〉でイーベン・ライトを殴りたかったのです。

シーン83

ウォーレンを映す。

ウォーレン　なぜかな？　〝犬〟に特別な意味でもあったのかな？（〝犬〟と結びつく名を考える）ローバー？　レックス？（いずれもポピュラーな犬の名）ぼくの知ってる限りじゃ、「キング」という名の人はいないな（「レックス＝国王」の連想から）。そういうことなら、「スポッティ」（これもポピュラーな犬の名）もだけど。

シーン84、85　削除

シーン86

エラリーを映す。

エラリー　いいえ、真相ははるかに単純です。それはある動機によって選ばれたのです――強盗という。

警視　だがエラリー――何もなくなってはおらんぞ。

エラリー　いいえ、違います。なくなっています。

警視　何が？

エラリー　〈犬〉がなくなっているではありませんか。あれが殺人の凶器であることは忘れて、高価な芸術品であることを思い出してください。なぜならば、それこそが、殺人者が〈中国の犬〉をイーベン・ライト殺しに使った理由だからです。犯人は二人の保安官助手の警備をくぐり抜けて〈中国の犬〉をこの屋敷から持ち出すことはできませんでした——が、犯人は知っていたのです。殺人の後、証拠品として〈中国の犬〉が屋敷から持ち出されることを。

パーマー　そうなれば、そいつを保安官の鼻先から盗み出す計画を、じっくり練れるというわけか！

エラリー　ちょっと話を戻しましょう。殺人者が一撃を加えました。イーベン・ライトは床に倒れます。しかし、命の灯はまだ消えていなかったのです。彼は最後の力を振り絞って殺人者を示す手がかりを残そうとしました。しかし、殺人者は〈中国の犬〉を被害者のそばに置くときに、その末期の弱々しい動きに気づいたのです。怪しんだ殺人者はライトの手をこじ開けて、自らの有罪を示す証拠を回収しました——が、それがライトの親指に刺し傷を残したことには気づかなかったのです。お父さん、ライトの死体から押収した品のリストを見ましたよね。その中に、小さな刺し傷を残すようなものはありましたか？

警視　いいや、先の尖ったものは、一つもなかったな。

エラリー　一つもない……ですが、なければおかしいのです。殺人者が誰にでも——ぼくにさえも——配っていた〝ある品物〟がなければおかしいのです。

エラリーは選挙運動用のバッジを見せる。そこにはこう書かれている。

エバハートに一票を

シーン87

アングルを変えて。

エバハートの動きはすばやかった。身を翻してドアをぐいと開け、そこから逃げようとする。だが、それもブラウン保安官助手と顔をつき合わせる《フェイス・トゥ・フェイス》までのことだった。

エバハート　道をあけろ、ラルフ！

ブラウン　あなたが「誰も出すな」って言ったじゃないですか、保安官。「誰も」って。
負けを覚《さと》ったエバハートは、部屋の中に無言のままでいる者たちに、打ちひしがれた顔を向ける。

シーン88

エバハートを映す。
エバハート　（ゆっくりと）おれには壁に書かれた文字（不吉な前兆）が見えたんだ。今度の選挙は負けるに違いない。おれは思い出したくもないくらい昔に保安官助手として働き始めた。そんなおれに、いまさら何をやれというんだ？　保安官助手からやり直すには歳を取りすぎている。他所《よそ》で選ばれるほどの立派な実績もない。今まですっと働きづめに働いて……何も手にすることなく店じまいというわけだ。
エラリー　そんなときに、ライトがあなたに像を見せた。
エバハート　（うなずく）ルビーや他の宝石はえぐり出して、一つずつ売ればいい。老後の歳月を実り豊かなものにするには充分なはずだからな。（間をおいて）この考えがとっさに頭に浮かんだのだ。それで、クイーン君が言った通りのやり方で、イーベンの頭を殴った。その後で、自分の事務所の保管用ロッカーをこじ開け、他の証拠品と一緒に〈中国の犬〉を盗んだ。あれは自宅に隠してあるよ。地下室に降りたところにある暖房用ボイラーの陰だ。

シーン89

アングルを広げて。

エバハートはブラウン保安官助手に顔を向ける。

エバハート　ラルフ、手錠は持って来ているな？

起こった事に呆然としていたブラウンだったが、書斎に入って来ると、エバハートの両手に手錠をかける。ライス保安官助手が二人に近づく。

エバハート　二人でおれを保安官事務所に連行して、調書を作れ。
ブラウン　わかりました。
二人の保安官助手はエバハートを連行して行く。

シーン90

アングルを変えて。
保安官助手たちとエバハートに続いて、パーマーもドアに向かう。足を止めてエラリーとクイーン警視の方に顔を向ける。
パーマー　きみたち二人には信じて欲しいのだが、私は最初からこんな真相だろうと思っていたよ。
警視　（そっけなく）本当ですかな？
パーマー　ああ、もちろんだとも。明白じゃないか。さて、来年またこちらに来ることがあれば、ぜひ保安官事務所に立ち寄って挨拶をして行ってくれたまえ。私がそこにいるだろうから。
パーマーは出て行く。
エラリー　（間をおいて）お父さん……釣りに行きましょう。
二人はそろって歩き出す。

［フェード・アウト］

THE　END

奇妙なお茶会の冒険
The Adventure of the Mad Tea Party

原作　エラリー・クイーン
脚本　ピーター・S・フィッシャー

ロックリッジ氏の謎の失踪！
裏で糸を引くのは不思議の国のアリスか？
眠りネズミか？　三月ウサギか？
広報担当者か？　義理の母親か？
それとも他の誰かか？
エラリー・クイーンと推理を競おう！
—— Who done it?

登場人物

エラリー・クイーン……………ミステリ作家兼素人探偵
クイーン警視……………………エラリーの父親。ニューヨーク市警の警視
ヴェリー部長刑事………………クイーン警視の部下
アダム・カー警部補……………一〇四分署の刑事
スペンサー・ロックリッジ……ブロードウェイのプロデューサー
ローラ・ロックリッジ…………スペンサーの妻
レティシア・アリンガム………ローラの母親
ジョニー・ロックリッジ………スペンサーの甥
ポール・ガードナー……………建築家
ダイアナ・ガードナー…………ポールの妻
エミー・ラインハート…………女優
ハワード・ビガーズ……………スペンサーの助手で広報担当
ドイル……………………………ロックリッジ家の執事
車掌　タクシー運転手

第一幕

［フェード・イン］

シーン1

内観。書斎、夜、ロックリッジの顔をアップで。

スペンサー・ロックリッジの（帽子はかぶっていない）顔と首だけが——カラーとネクタイの上部あたりまでが——映る程度のアップ。シガレットに火を点け、マッチを吹き消す。怒りをあらわにしつつ、画面には映っていない人物に向かってしゃべっている。

ロックリッジ　いいか、よく聞きたまえ。一言も聞きもらさんようにな。わしは、甥の週末を台無しにするようなことは、何が何でも避けるつもりでおる。——ただし、我慢もそこまでだ。だから、週明けまでに決めるのだな。自分の望みが何かを——本当に大事なものは何かを。——さもなくば、わしがおまえのために決めてやることになる。完璧に理解したかね？

彼は向かい合った人物をねめつけるように見る。退却する足音が聞こえる。勝利の笑みを浮かべるロックリッジ。

シーン2

ロックリッジの視点で。

バタンと閉まるドア。

シーン3

ロックリッジを映す、前と同じくアップで。

それからアングルを広くする。彼はテーブルに近づくと、二フィートはゆうにある馬鹿でかいシルクハットを取り上げ、頭にぎゅっとかぶせる。そして、意気揚々と画面の外に出て行く。

［カット］

シーン4

内観。列車の客車、ビガーズの顔をアップで。

ハワード・ビガーズは浅黒くたくましい青年で――歳は三十代の初めで――その瞳を熱気と興奮で輝かせ、目の前にいる青年にまくし立てている。雷のとどろく音が聞こえ――ビガーズの席の窓から稲光が射し込み、彼の顔をグロテスクなものに変える。画面の外からは、列車が走る「ガタンゴトン、ガタンゴトン」という音が聞こえてくる。

ビガーズ　あいつは殺すしかないんだ。そう言ってるだろう。他に方法はない。

エラリーの声　（いらいらして）駄目だ、駄目だ、駄目だ――

ビガーズ　（相手を無視して）あいつがオリヴァー・ブラムリーと話す機会をつかむより先に――遺産の話をする前に――

エラリーの声　言ってるだろう、それをやったら――！

ビガーズ　考えてみろ、エラリー――

シーン5

アングルを変えて。

ビガーズがエラリー・クイーンと向かい合って列車の座席に座っている姿が画面に映る。エラリーは座席にもたれかかり――いや、手足をだらしなく伸ばし――いら立ちと不満をにじませた顔を見せている。

エラリー　駄目だね。きみこそ考えてみろ、ビガーズ君。

ビガーズ　ハワードでいい――

エラリー　ハワード――

　エラリーが前かがみになると同時に、車掌が近づいて来て――二人に割り込んで何か言いかけたところで――会話を耳にする。そして、二人が以下のやりとりをしている間、信じられないといった顔つきで、一人からもう一人に視線を移す。

エラリー　――まず第一に、ぼくは彼を殺したくない――殺す理由もない――

ビガーズ　あいつは邪魔者なんだ――きみが自分でそう言ったじゃないか――

エラリー　ぼくはそんなことは言ってない――言ったのはきみの方だ――もしぼくらが誰かを殺さなければならないとしたら、テキサスから来たストリッパーを殺そうじゃないか――

　不意にエラリーは、車掌が目を丸くして自分を見下ろしているのに気づく。

エラリー　何だい？

車掌　（どもりながら）ダ――ダ――ダグラストンに着きました、お客さん――

ビガーズ　（窓の外を見てから、車掌をにらみつけて）いい天気は、きみがどこかに追っ払ったみたいだな。

車掌　（びくびくして）あたしのせいじゃありませんよ、お客さん。これっぽっちも、あたしのせいじゃありませんから。

　車掌はあたふたと立ち去る。エラリーはその姿を見送ってから、ビガーズと共に荷物を手にして通路に踏み出す。

シーン6

外観。駅、夜、雨の中。

　列車が停車するためにブレーキを軋ませる音。蒸気の効果音。黄色に塗られた一九四〇年代当時のモデルのタクシーのわきに、運転手が雨に濡れながら立っている。

運転手　（合図をおくる）タクシーで行きませんか、旦那！　こちらにどうぞ！

　エラリーとビガーズはタクシーに駆け寄り、荷物を後部座席に押し込んでから乗り込む。

シーン7

内観。タクシー、夜、雨の中。

　エラリーとビガーズは後部座席に腰を下ろすと、

ドアをバタンと閉める。ほぼ同時に運転手も前部座席に腰を下ろすと、ドアをバタンと閉め、エンジンをかけて車を出す。（スクリーンプロセスを利用）

エラリー　（腕時計をちらりと見て）十時二十分か。今ごろ、家にいることもできたのにな――雨じゃなく、熱い湯をあびながら。

ビガーズ　きみもショービジネスの世界に足を踏み入れたというわけだ。歓迎するよ、エル。

エラリー　（不機嫌そうに）エラリーでいい。

運転手　どちらまで？

ビガーズ　グリーンヘイブンだ。

運転手　ああ、あそこですね、旦那。できたばかりのお屋敷でしょう――丘の上の。まだ誰も住んでいないと思ってましたが。

ビガーズ　ほう。これで、そうでないことがわかったわけだ。

エラリー　話を戻すぞ、ビガーズ君――ハワード――ぼくの本をブロードウェイで舞台化するというアイデアが、そんなにロックリッジ氏を惹きつけるのだったら、どうして内容を変えようとしているんだ？

ビガーズ　おいおい、内容を変えるのは、やらなきゃならない仕事なんだよ。創造的過程には付きものじゃないか。

　エラリーは意気消沈し、前部座席に身を乗り出す。

エラリー　次のニューヨーク行きの列車は何時かな？

運転手　朝までありませんぜ、旦那。七時二十分です。

エラリー　（後ろにもたれて）親父が忠告した通りになったな――

ビガーズ　まあまあ、気楽にしろよ、エラリー――おれたちはすてきな週末を過ごすことになるわけだし――（間をおいてから肩をすくめる）パーティが終わってからの話だけどな。

エラリー　（気になって）パーティ？　何のパー

ティなんだ？

ビガーズ　ジョニーのための、だよ。ロックリッジさんの甥で――この週末は泊まりに来ているから――みんなでその子のためにちょっとした劇を演じようとしているらしい――明日の朝一番にね――。言わなかったかな？

エラリー　（うんざりして）いいや。

エラリーはむすっとしたまま窓の外を見つめている。

シーン8

外観。ロックリッジ邸の正面、夜。

タクシーが到着するが、雨の演出は続けること。エラリーとビガーズは車から矢のように飛び出し、ポーチを駆け上がる。タクシーは去って行く。屋敷は大きいが、まだ新しく――伝統的な様式で建てられている。四方を木立に囲まれた五エーカーの敷地に。

シーン9

アングルを変えて。

ビガーズがちょうどチャイムを鳴らし終えたところ。ドアが開き、ドイルの手によってさらに大きく開いていく。執事は二人を哲学者のように観察する。着ているのは黒いスーツ。彼はイギリス人であり、併せて、典型的なイギリス風よそよそしさも身につけている。

ビガーズ　ハワード・ビガーズ。それにエラリー・クイーン氏だ。

ドイル　どうぞ、お二人ともお入りください。

ドイルはわきによけ、二人を招き入れる。

シーン10

内観。ロックリッジ邸の玄関、夜。

ドイルがドアを閉めると、ビガーズとエラリーは、足を踏み鳴らしながら濡れたコートを脱ごうとする。屋敷は豪邸で、階段を上ると二階がありあり――廊下を進むと奥には台所や食堂があり

――廊下の左側には書斎のドアがあり、その左隣りには閉じられた図書室のドアがある。廊下の右側には、床が一段低くなった居間へと続くアーチ型の出入り口がある。

ドイル　ロックリッジさまはお二人のことで気をもんでおられました。この雨ですので。わかっていらっしゃるとは思いますが。

ドイルは、エラリーがコートを脱ぐのを手伝う。

エラリー　ありがとう。――ええと――

ドイル　ドイルです、お客さま。

ビガーズ　バーにはどう行けばよかったかな、ドイル？

ドイル　（指し示して）みなさまは図書室にいらっしゃいます。坊ちゃまが寝てしまうまでリハーサルを始められなかったもので。その上、ガードナーさまが、ご自分の耳をなかなか探し出せなかったこともありまして。

エラリー　（ドアに向かいながら）耳を？

ビガーズ　彼はウサギだからね。

エラリーは眼をぱちくりさせる。

エラリー　きみは何を――

ビガーズ　シーッ。

ビガーズはドアに体を寄せると耳をすます。エラリーもそれにならう。内側から劇のリハーサルのようなざわめきが聞こえる。

ポール　（声だけ）（三月ウサギの役）もっとお茶を飲みなよ。

エミー　（声だけ）（アリスの役）あたし、まだ何も飲んでないのよ。もっと飲むなんてできないわ。

ロックリッジ　（声だけ）（いかれ帽子屋の役）あんたの言いたいのは、もっと少なく飲むなんてできない、という意味かな。何も飲んでいないのだったら、もっと多く飲むなんて簡単じゃないか。

エラリー　（わかってきて）〝奇妙なお茶会〟のセリフだな。『不思議の国のアリス』の。

ビガーズ　どんぴしゃりだ、エル。

ビガーズがドアを開けると、次なる光景が現れる。

シーン11

内観。図書室、夜。

部屋の奥まった場所に、急ごしらえの舞台と小道具――長いテーブル――がある。そこに座っているのはキャロル印の登場人物たち――いかれ帽子屋（スペンサー・ロックリッジ）、三月ウサギ（ポール・ガードナー）、眠りネズミ（ローラ・ロックリッジ）、そしてアリス（エミー・ラインハート）。もう一方の側に座って舞台を見ているのは、ローラの母親にして六十代半ばの裕福そうな未亡人、レティシア・アリンガム。その隣にいるダイアナ・ガードナーは四十歳で、ポールの物静かな――そう、陰気とも言える――妻である。部屋の調度品は当時の流行に合わせたもの。ドアの真向かいの壁の前には照明とヒーターのついた大きな水槽がある。

シーン12

アングルを変えて。

エラリーとビガーズは目立たないように部屋に入り、リハーサルの続きを見る。

シーン13

「舞台」の上。

エミー　あなたの意見なんか、誰も聞いていないわ。

ロックリッジ　たった今、個人的な見解を示したのは誰かな？

エミー　（眠りネズミに向かって）その人たちは、どうして井戸の底で暮らしていたの？

ローラ　それは糖蜜の井戸だったからです。

エミー　そんなもの、あるわけないじゃないの！

ロックリッジとポール　しーっ！　しーっ！　しーっ！

ローラ　行儀よく聞いていられないのだったら、この話の続きは、自分ですればいいだろう。

　ここでロックリッジは顔を上げ、満面の笑みを浮かべる。

ロックリッジ　（立ち上がって）エラリー！

エミー　何なの？

　ロックリッジはテーブルを回り込んでエラリーに近づく。

ロックリッジ　エラリー、まったく、どこに寄り道していたんだ？　みんな心配しておったのだぞ。

　ロックリッジによって、今やリハーサルは緊急停止を余儀なくされた。いかれ帽子屋の衣装を着たままエラリーの前に立つと、ロックリッジはポンプのようにエラリーの手を上下させる。

ビガーズ　すみません、ロックリッジさん。八時五分の列車に乗り遅れて――

エラリー　ぼくのせいです。プラットホームは間違ってなかったんですよ――四十四番線で――ただ、ロングアイランド行きじゃなくて、ペンシルヴェニア行きの車両の方に立ってたものですから。

　エミー・ラインハートはエラリーに近寄って手を差し出す。彼女は小柄で赤毛で活気に満ちている。

エミー　信じられないわ！　あたしも先週、同じことをやったのよ――ニューヘイヴンに行こうとしていただけなのに。レイ・ボルジャーが『のんきな叔母さん』のミュージカル版だか何だかのオーディションをやるというので――（ボルジャーが「のんきな叔母さん」をミュージカル化した「チャーリーはどこだ？」は大ヒットとなり一九四九年のトニー賞を受賞した）。

ロックリッジ　エラリー――こちらはブロードウェイの人気清純派女優、ミス・エミー・ラインハートだ――

エラリー　はじめまして――

エミー　（無視して）ご存じかしら。あなたがここにいるのは、何もかもあたしのせいなのよ。スペンサーが『雪花石膏《アラバスター》のリンゴの冒険』を舞台にかけると教えてくれたとき、あたしにはわかったの。あたしがロバータの役をやらなければいけない、と——

エラリー　ええと、ぼくは——そのう——

ロックリッジ　エミー、ダーリン。きみの考えをアピールしたいのなら、この先、時間はいくらでもあるだろう。

　ロックリッジはエラリーの腕をつかむと、部屋をまわって紹介していく。

ロックリッジ　妻のローラだ——

エラリー　あなたの眠りネズミ《ドーマウス》ぶりは素晴らしいですよ。ロックリッジの奥さん——

ローラ　（微笑んで）あら、わたしは踏みつけにされる《ドアマット》のは嫌いなのですけどね、クイーンさん——

ロックリッジ　おいおい、ローラ。クイーン君に間違った印象を植えつけたかもしれんぞ！（ガードナーを示して）われらが優雅なる三月ウサギ、ポール・ガードナー君——

ポール　（握手をして）前足で失礼——

エラリー　ポール・ガードナーって、あの建築家の？

ポール　私のことを知っているとは嬉しいね、クイーン君。口さがない連中は、私が商売替えをするのを望んでいるらしいがね。（指し示して）妻のダイアナだ。

ダイアナ　本当に光栄ですわ、クイーンさん。わたし、あなたの本の熱烈なファンで——

エラリー　それはそれは。ありがとう——

ロックリッジ　みんなに飲み物をまわそう。

ビガーズ　（張り切って）おれが用意しますよ、ロックリッジさん。

ロックリッジ　ああ、たのむよ、ハワード。みんなにはいつものやつを。それから——ええと——クイーン君は——？

エラリー　何もいりませんので、おかまいなく。列車の中で飲んできました。

シーン14

アングルを変えて。

ビガーズがバーに行って飲み物を注いでいる間、ロックリッジはエラリーにアリンガム夫人を紹介する。

ロックリッジ　そしてしんがりは、ローラの母親、レティシア・アリンガム夫人。

エラリー　はじめまして。今晩は。

アリンガム夫人　今宵はわたくし、とってもいい気分ですのよ。この義理の息子がけっこうな退屈しのぎを見せてくれていますからね、クイーンさん。

ローラ　まあ、お母さん――

アリンガム夫人　ときどき、わたくしを家に招いてくれますの――スペンサーが新しい劇のためにお金が必要になると、決まって。そうすれば、損失を家庭内にとどめておけますからねえ。

ローラ　お母さん、お願いだから――

アリンガム夫人　あなたの作品の舞台化が、この新しい屋敷より、ずっと立派に仕上がることを願っていますわ、クイーンさん。ご覧の通り、ここはガードナーさんの才能の記念碑ですの――見事なオーク材から爪楊枝を作り出す才能の。その上、わが義理の息子は、その爪楊枝を買わなければいけないという強迫観念に取りつかれているものですから。

ポール　ロックリッジ、この人は、私たち二人をいっぺんに貶《くさ》しているみたいだね。

ガードナーは乾杯のためにグラスを掲げる。

ロックリッジ　（うんざりした顔で義母に向かって）ボストンに戻った方が過ごしやすいのでしたら――

アリンガム夫人　そうね。そこには家が――頑丈でびくともしない家が――ちゃんとありますからねえ――

ローラ　（割って入って）居間に行きません？　火が入っているわ。

一同は居間に向かって歩き出すが、エラリーはロックリッジとバーに行く。そこではビガーズが飲み物をお盆の上に載せているところ。

シーン15

バーの中。

ロックリッジ　こんな奇妙な恰好ですまんね——明日は甥のジョニーの誕生日なので——みんなでちょっとした劇を見せてやろうと考えたわけだ——

エラリー　ええ、ハワードが教えてくれました。

ビガーズ　おれの見たところ、エラリーの劇のためには、開幕前にあなたと作者が一幕演じた方がいいみたいですよ。

エラリー　いいですか、ロックリッジさん——もしあなたが、本当にぼくの本を気に入ってくれたならば——

ロックリッジ　わしは気に入らないものに対して、一ドル札を五千枚も出したりはしないだろうな。

エラリー　（無視して）——でも、ここが大事な点なのです。〝雪花石膏《アラバスター》のリンゴ〟が粉々に砕けてしまわないのか、という点が。

ロックリッジ　うん？　ああ、そういう意味か——

ロックリッジは笑い出す。その意図するところはビガーズに伝わる。かくしてビガーズも一緒に笑い出す。

ロックリッジ　聞きたまえ、エラリー——わしらは、きみの作品に傷をつける気など毛頭ない——約束しよう。——それに、エミー・ラインハートは心底あの役が気に入っているので——

エラリー　ええ、それがもう一つの大事な点なのです。ぼくの女主人公のロバータは、背が高くて、上品で——黒髪の美人という設定で——

ロックリッジ　（微笑んで）ふむ、そうか。気に入らんというわけか。エミーに——わしは彼女に、この役をやらせると約束したのだ。だから、もし彼女では駄目だというのであれば、エラリー、きみが自分の口から彼女に伝えてもらわねばならんな。

シーン16

ドアを映す。

エミーが入って来る。

エミー　紳士方、淑女たちがお待ちかねですわ。

ロックリッジ　ウサギもだな。行こう、ハワード。

彼はビガーズにドアから出て行くようにうながす。一同は出て行こうとするが、エミーがエラリーの腕をつかんで引き止める。

エミー　あたしたちも、すぐに行くわ。

ロックリッジ　（ふり返って、にやりと笑う）幸運を祈るよ《ボン・シャンス》、わが友《モナミ》。

ロックリッジとビガーズは出て行き、廊下をはさんで向かいにある居間へと向かう。

シーン17

二人だけを映す――エラリーとエミーだけを。

エミー　あたしについて、スペンサーがろくでもないことを吹き込んでいないと良いのだけど――あなたには、あたしのことを気に入って欲しいから。

エラリー　もちろん、ぼくは――

エミー　みんなが寝室に行ったら、一時間か二時間、ご一緒できないかしら――？（微笑んで）――そのう――脚本について、打ち合わせをするために。

エラリー　ええと、そうしたいのはやまやまだけど、死ぬほど疲れていて――

エミー　ねえあなた、奥さんはいないのでしょう？

エラリー　父親だけ――昨夜はその父のせいで、一晩中、殺人容疑者の尋問につき合わされて――

エミー　あらまあ――それじゃあ、明日、お話しましょう。あたし、早起きをしますわ。お昼の十二時でどう?

エラリー　（にやりと笑って）本当に明け方だね
――

エミー　あなたのためよ、エラリー。犠牲を払う必要がないというのは、すてきなことじゃなくって。

彼女は自分の所有物でもあるかのようにエラリーの腕を取り、二人で部屋を出て行く。

［ディゾルブ］

シーン18

内観。寝室、夜、置き時計をアップで。

時計の文字盤は見えない。誰かがベッドから起き上がる音がする。階下では時計が二時を告げる。ナイトテーブルの上の明かりが点くと、文字盤が二時一分を指しているのがわかる。アングルが広がり、パジャマを着たエラリーが眼を細めて時計を見ている姿が見える。彼は眼鏡をかけてから、ベッドの端に腰を下ろす。ナイトテーブルの引き出しを開け、空っぽだとわかると、がっかりした顔で閉める。立ち上がって部屋を見まわしてからバスローブを身につけ、ドアに向かう。雨、そして雷の音と光はまだ続いている。

シーン19

内観。広間の階段周辺、夜、カメラを寄せていく。

エラリーが階段を下りて来る。壁に手を当ててそろそろと下りる姿がかろうじて見える。階段を下りきると、ドアのノブを手で探る。それが書斎のドアとは気づかぬまま、ノブを回し、部屋に足を踏み入れる。

シーン20

エラリーの視点で、書斎。

部屋の中。真っ暗である。

シーン21

戸口のエラリーをアップ、とても暗い。

目を細める。電灯のスイッチに伸びるエラリーの手のアップ。カチカチと上下させる。明かりは点かない。不意にエラリーは気づく。後ずさりして部屋を出て行く。

シーン22

アングルを変えて。

エラリーはドアを閉める。彼の背中が見えるアングル。そこに暗闇からの声が。

ドイル （威嚇するように）そこを動くな。

エラリーは肩ごしにふり返る。

シーン23

エラリーの視点で、ドイルを映す。

少し離れた位置にドイルのぼんやりした姿。雷がとどろき――稲光のおかげで、ドイルがエラリーを鋭い視線でにらみつけているのが見える――手にはピストルを持って！　画面を静止してから――

［フェード・アウト］

第二幕

［フェード・イン］

シーン24

内観。広間の階段周辺、夜、エラリーを映す。

稲妻が光り、エラリーの肩ごしにドイルが見える。

シーン25

アングルを変えて。

ドイル これは、クイーンさま。失礼しました。侵入者かと思いまして。

エラリー　（銃を指して）だろうね。
ドイル　ロックリッジさまは、これが必要だと考えておられるので。
エラリー　何か読むものでも探そうと思ってね——図書室で。
ドイルは図書室に歩み寄り、エラリーのためにドアを開ける。

シーン26

内観。図書室、夜。
ドイルは明かりを点ける。エラリーは本棚に近寄り、書名を見ていく。
ドイル　もし他にご用がなければ——
エラリー　え？　ああ、そうだね。また明日《あした》。
ドイルは黙礼して部屋から出て行く。

シーン27

内観。広間の階段周辺、夜。
ドイルは図書室のドアを閉め、きびすを返すと廊下を歩いて屋敷の奥へと向かい——またもや稲妻が光る。

シーン28

内観。図書室、夜。
本を選んだエラリーは戸口に向かい、明かりを消してから図書室のドアを閉める。

シーン29

内観。広間の階段周辺、夜。
エラリーが図書室から姿を現し、暗い広間に向かって行く。ここで階段のあたりで物音を聞きつける。雷鳴。さらに稲光。
エラリー　ドイルか？
ポール　（声だけ）スペンサー？　きみなのか？
エラリー　エラリー・クイーンです。
明かりが点き、階段の上に立つポール・ガードナーの姿が見えるようになる。彼はパジャマとローブを着て、くしゃくしゃの髪と眠そうな眼をしている。

ポール　ああ、クイーンか。階下《した》で物音がしたと思ったものだから。

エラリー　寝つけなかったもので。何か読むものが欲しかったのです。

ポールはエラリーのところまで下りて来て、本を手に取ると題名に目をやる。

シーン30

本をアップで。

『永遠のアンバー』（キャスリーン・ウィンザー著。一九四四年に刊行されたベストセラー）が一冊。

シーン31

前のシーンと同じアングルで。

エラリー　読み始めたらやめられない、とみんなが言うもので。

エミーの声　どうしたの？

二人は踊り場を見あげる。

シーン32

二人の視点で、エミーを映す。

彼女は探るような目つきで二人をじっと見下ろしている。

エミー　何をやっているの？　もう二時を過ぎているじゃないの。

ポール　クイーンが〝アンバー嬢（『永遠のアンバー』の女主人公）〟とベッドを共にしたいらしい。眠れないそうだ。

エミー　（とがめるように）眠れない、ですって？　あらあら、あなたがお疲れだと信じていたのにねえ、エラリー。

エラリー　それは――ええと――

エミー　（エラリーを解放してやる）きっと、疲れすぎて眠れないのね。お気の毒に。じゃあ、おやすみなさい。

三人そろって階段を上る。

ポール　おやすみ。

エラリー　おやすみ。

エラリーは階段のてっぺんで立ち止まり、目を走らせると……

シーン33

エラリーの視点で。

エミーは自分の部屋に向かい、ドアを開け、エラリーを一瞥してから中に入る。

シーン34

エラリーを映す。

ポールを目で追っている。

エラリー　おやすみ。

シーン35

ポールを映す。

ポール　おやすみ。

彼は部屋に入る。

シーン36

エラリーを映す。

エラリーも自分の部屋に向かい、ドアを開けて中に入る。ドアがカチャリと閉まる。

シーン37

階段の下を映す。

闇。そこに――なおも続く稲妻の光がだんだん遠ざかっていく中で――ドイルが再び現れ、探るような顔で階段の先をじっと見あげている。

シーン38

内観。エラリーの寝室、日中。

カーテンが開いた窓の向こうで夜が明けて、柔らかな陽射しが差し込んでくる。なおも雨が降り続く音。ドアをしきりに叩く音も。その音に合わせてカメラはベッドにパンする。そこでは、膝の上で『永遠のアンバー』を開いたままのエラリーが、死んだように眠っている。見たところ、ほんの四、五ページしか読んでいないようだ。

ジョニーの声 （ドアの向こう側から）クイーンさん！　クイーンさん！

エラリーはもぞもぞ動く。

シーン39

ドアを映す。

ドアが開き、元気いっぱいのジョニー・ロックリッジ（十一歳）が、そばかすだらけの顔で中を覗き込む。それから、起きようとしているエラリーのベッドに飛んで来る。ジョニーはエラリーを勢いよくゆさぶる。

エラリー　え？　どうしたんだ？

ジョニー　クイーンさん――早く階下《した》に行った方がいいよ――

エラリー　何かあったのかい？

ジョニー　スペンサー伯父さんだよ。クモガクレしちゃったんだ。

エラリー　何だって？

ジョニー　しっかりしてよ、クイーンさん！　消えちゃったんだよ！

シーン40

エラリーを映す。

反応を示す。

シーン41

内観。図書室、日中。

外では雨が降り続いている。ローラは心配そうに窓から外を見ている。アリンガム夫人は奥のテーブルの前で電話をかけようとしている。ポールはバーにいる。ダイアナはソファに座っている。

アリンガム夫人 （受話器を置きながら）まったくもう！　電話は相変わらず通じないわ。

ダイアナ　線がまだつながっていないのね。

アリンガム夫人　そのようね。

バーから出て来たポールが、ローラに近づく。

彼が蝶ネクタイをしていることは、記憶にとどめておく必要がある。

シーン42

窓の前にいる二人を映す。
ポールはローラに飲み物をすすめる。

ポール　ローラ？
ローラは彼の方を向く。それから首を横に振る。

ポール　飲みたまえ。きみにはこれが必要だ。

シーン43

ダイアナを映す。
この光景をくいいるように、そして辛そうに見つめている。

シーン44

内観。広間の階段周辺。
エラリーは図書室に向かうために階段をあわてて駆け下りて行く。ジョニーがすぐ後に続いている。

ジョニー　どう思う？　さらわれたんだと思う？

エラリー　何も思っていないよ。起きたばかりだからね。

ジョニー　どうしてクイーンさんの本では誰もさらわれないの？

エラリー　へえ、どれか読んでくれたことがあるのかい？

ジョニー　一冊か二冊。（間をおいて）大したことないね。
エラリーは、ジョニーをたじろがせる一瞥をくれてから、一緒に図書室に入って行く。

シーン45

内観。図書室、日中。
エラリーに気づいたローラが近寄って来る。

ローラ　ああ、エラリー――

エラリー　何が起きたんですか、ロックリッジの奥さん。
ローラ　スペンサーがいなくなったのよ――それだけ――ただ、いなくなっただけ。
ダイアナ　服装が――ローラ、あの人の服装のことを教えてあげて。
ローラ　ええ。リハーサルの前にあの人が着ていた服が――脱いだところにそのままあって――ベッドに寝た跡もなくて、それに、なくなっている服は一着もないの。だから――そのう――
――
アリンガム夫人　娘はあなたにこう言いたいのよ、クイーンさん。愛しのスペンサーがどこにいるにせよ、そこではあのおぞましい衣装でパレードをしていることになる、と。
エラリー　（信じられずに）いかれ帽子屋の衣装のままなのですか？
アリンガム夫人　そうなんですの。

シーン46

ビガーズを映す。
ずぶ濡れのビガーズが、これまた濡れた傘を手にして入って来る。
ビガーズ　やあ、歩いて出て行ったんだったら、今頃は溺れ死にしているな。外は泥の海だ。
エラリー　車は？
ポール　二台ともある――スペンサーのも、私のも。
エラリー　ひょっとして、タクシーを呼んだのかも――
ダイアナ　いいえ、電話はずっとつながらないままなの――昨夜、あなたが来る前につながらなくなったのよ――さっきも確かめてみたわ。
ジョニー　ねえ、変だよね、クイーンさん？
ローラ　ジョニー、あっちへ行って、朝ごはんを食べてらっしゃい。
ジョニー　えええええ――
ローラ　ドイルに言ってベーコンエッグを用意してもらいなさい。

シーン47

ジョニーを映す。

ジョニー　（いやな顔をして）ベーコンエッグは大嫌いだもん。

ジョニーはドアに向かってかけ出す。

シーン48

前のシーンと同じアングルで。

エラリー　ここで、事実を確認しましょう。スペンサー・ロックリッジが、いかれ帽子屋の扮装のままで——この雨の中を歩いて出て行くというのはありそうにないことで——車も使っていない——（はっと気づいて）ラインハートさんは？

ローラ　まだ寝ているわ——わたしが見て来ました。

アリンガム夫人　誰かがあの娘《こ》を起こしてあげた方がいいみたいね——

ダイアナ　わたしが行きます——

ダイアナは出て行く。

シーン49

アングルを変えて。

ポール　きみはどう思う、クイーン。

エラリー　こういった事件のときにやるべきは——家の中を捜すことです。

ビガーズ　それはとっくにやったよ。

エラリー　それでも、もう一度やった方がいいです。スペンサー・ロックリッジが家の中にいないことは確かでしょう。ですが、彼がどこへ行ったのかを示す手がかりならば、見つかるかもしれません。みんなで手分けして探して、終わったらここに集まりましょう——

ローラ　（口をはさむ）でも、具体的には何を探せばいいのかしら？

エラリー　いい質問ですね、ロックリッジさん。ぼくにそれがわかっていたらいいのですが。

アリンガム夫人　もしかしたら、ビガーズさん、あなたが町へ車を走らせて、警察に知らせた方がいいのではないかしら――

ビガーズ　それで、警察には何と言うのですか？　たぶん、爺さんが――おっと――ロックリッジ氏が――どこかに行っちゃいました。ひょっとして、ダウンタウンにでも行って、おまわりさん相手に悪ふざけをしているかもしれません、とでも？――もし本当にそうだったら、ロックリッジさんは警察を呼ぶのを嫌がるのじゃないですかね――

ポール　よしわかった、まずは家捜しだ。私は地下室を調べよう。

一同は出て行く。

シーン50

内観。書斎、日中。

外では雨が降り続いている。ドアが開き、エラリーが入って来る。この部屋をきちんと映すのは初めて。ドアの真向かいに七フィートを超える背の高い鏡がある。窓の一つには厚手のカーテンがかかっている。安楽椅子が数脚と、新型の真空管テレビがある。エラリーはコーヒーテーブルに近寄り、膝をついて、その上に置いてあった雑誌を調べる。カーテンとテレビにも近づく。それからドアに向かうと、その上に目をやる。

シーン51

エラリーの視点で。

ドアの上に、文字盤の数字を夜光塗料で光るようにしてある大きな掛け時計がある。

シーン52

エラリーを映す。

怪訝そうな顔。ふり返って鏡を見る。

シーン53

エラリーの視点で。
鏡に映った自分の姿と、その頭の上に映った時計。

シーン54

エラリーを映す。
まだ怪訝そうな顔。電灯のスイッチを入れてみる。明かりが点く。さらに怪訝そうな顔つきになる。椅子の一つに近寄ると、それを引きずってドアの前まで動かす。彼が椅子の上に立ったちょうどそのとき、開け放したドアの向こうに、ネグリジェとローブをまとったエミーが——その服装にもかかわらず、髪はきちんとセットされ、顔も魅力的に見えるようになっている——姿を現す。

エミー　エラリー、まさかこう言いたいのかしら——スペンサーがその時計の後ろに隠れている、って。

エラリーは彼女の声がほとんど耳に入っていないらしい。両手をコップのようにして親指側を顔に当て、小指側を時計の文字盤を覆うように当てている。エミーはとまどいながら、その姿を見つめている。

エミー　あたしの考えを聞いてくれるなら、これは何もかも悪ふざけだって答えるわ。スペンサーは悪ふざけが大好きなの——わかるでしょう。あたしが完全無欠の証人よ。ハワード・ビガーズもそうね。もちろん、ハワードは悪ふざけの標的になることを喜んでいるけど。

エラリーは椅子から下りて、もう一度時計を見あげてから、鏡の前に戻る。エミーの言葉はまったく聞こえていないとしか思えない。

エミー　ハワードはね、母の日から今日までに、七人も殺したのよ。

エラリー　（ようやく言葉を発する！）そんなことが！

エミー　あら、聞いていたのね。

エラリー　誰かが時計を動かしたんだ！

シーン55

内観。図書室、日中、ローラをアップで。

ローラ　時計が動かされた、ですって？　本当にそう思っているの？

シーン56

アングルを変えて。

部屋にいる他の人物たち全員を入れて映す――ビガーズ、エミー、ポール、ダイアナ、アリンガム夫人を。

エラリー　ええ、ぼくは本当にそう思っています。

彼は図書室のドアの前に移動し、以下を演じる。

エラリー　今朝早く――夜中の二時ごろですが――寝つけなかったので階下《した》に下りて、図書室に向かいました。本でも読もうかと思ったのです。でも、暗闇のせいで、間違えて書斎のドアを開けてしまいました。さて、この点に注意してください――そこは漆黒の闇だったのです。ぼくは部屋を覗くと、即座にと言ってよいほどすぐに、図書室に入ったのではないことがわかりました。なぜならば――（指さしながら）図書室だったら、水槽の照明が見えたはずだからです。ところが、実際には、何も見えなかったのです。

ポール　何が言いたいのかわからないな、クイーン。

エラリー　しかし、時計が見えなければおかしいのです。大きな鏡がドアの正面にありましたね。そして、ぼくの頭の上、つまりドアの上には文字盤に夜光塗料が塗られた大きな時計がかかっているので――それが暗闇の中に浮かび上がっていなければならなかったのです。それなのに、時計が見えなかった――

ビガーズ　へえ、切れるじゃないか。

エミー　でも、どうして時計を動かしたりしたのかしら？

エラリーは口ごもり、しばらく考え込む。

エラリー　おそらく、誰も時計を動かしてはいませんん。

アリンガム夫人　ちょっと、ちょっと、クイーンさん――お願いだから、ちゃんと話してくださらないかしら。

エラリー　部屋に侵入者がいたと仮定しましょう――そいつはぼくが近づく足音を聞きつけ――天井の電灯の電球をゆるめました。だから、明かりが点かなかったのです。それからそいつは暗闇の中で、鏡をさえぎるようにして、じっと立っていました。だから、時計が反射した光が見えなかったのです――

ポール　そうか、わかったぞ――昨夜、階下《した》から聞こえた物音は、きみではなく――別の誰かが――

エラリー　あり得ます――

エミー　たぶん、スペンサーだったのよ。

ダイアナ　わたしの意見を聞いてくれるかしら。警察を呼ぶべきだと思うわ。

ローラ　でも、電話はまだ切れたままよ。

ダイアナ　わたしに確かめさせてちょうだい――

ポール　誰かが車で町に行って――

エラリー　駄目です。認めたくはありませんが、この家の主人が失踪した理由について、まだわれわれが検討していない、きわめて合理的な説明が一つあるからです。（間をおいて）誘拐という。

ビガーズ　何だと！

ローラ　おお、そんな――

アリンガム夫人　なんて恐ろしい！

ポール　（すぐに理解して）言いたいことがわかったよ、クイーン。それならば、スペンサーがあの馬鹿げた衣装を着たままいなくなった理由が説明できる――

電話台の前に立ったダイアナは、またもや電話をかけ、受話器を耳に当てている。

ダイアナ　クイーンさん、電話が通じるようになったみたいだわ。

ビガーズ　うーん。もし誘拐ならば、前言撤回だ。おれが警察を呼ぼう。

　ビガーズは電話に向かうが、ローラが発した声が彼の足を止めてしまう。

ローラ　お願い！　やめて！（普通の口調に戻って）ごめんなさい――大声を出すつもりじゃなかったの――でも、エラリーが正しいとしたら――誘拐犯はわたしたちと連絡を取ろうとするはずだわ。

エラリー　（電話を指さし）犯人はすでにそうしたかもしれません。でも、電話はつながらなかった――

ローラ　あなたたちの書く本では、こんなときって、いつもこう言うのではないかしら？「警察には知らせるな――」

エラリー　警察に知らせることによってスペンサーの命が危険にさらされる可能性が高まることは、否定できません。

アリンガム夫人　（明るく）それならば、ぜひ警察を呼んでください、クイーンさん！

ローラ　お母さん！

ポール　ローラの方が正しいよ。ここは様子を見た方がいい。きみの意見はどうかな、クイーン。

エラリー　ええと、ぼくには三つの選択肢があるように見えます。スペンサー氏が自分からさまよい出た場合は、警察を呼ぶ必要はありません。そうではなく、何者かに誘拐された場合は、犯人は警察の介入を――少なくとも、しばらくの間は――望まないはずです。（間をおいて）今、電話が通じるようになりました。ぼくの意見は、〝しばらく待って、何らかの連絡があるかどうかを見てみる〟というものです。どなたか異存はありますか？

ダイアナ　選択肢は三つだと言いましたわね、クイーンさん。

エラリー　ええ。どんなときでも可能性を無視できない選択肢があります――スペンサー・ロックリッジはすでに死んでいる、という場合が。

エラリーは他の面々を見まわす。誰もがこの言葉を真剣に受け止めたような反応を示している。

シーン57

内観。クイーン警視のオフィス、クイーン警視をアップで。

警視　（信じられないといった感じで大声を出す）その男は何を着ているって？

シーン58

内観。二階の広間、エラリーをアップで。

エラリーは他の者に気づかれないように電話をかけている。クイーン警視のカットと交互に映す。

エラリー　（ささやき声で）お父さん、声を落としてください。

警視　それに、なぜおまえは蚊の鳴くような声なのだ？　誰かがそばで聞き耳を立てておるのか？　いいか、エラリー――

エラリー　お父さん、ぼくには時間がないのです。スペンサー・ロックリッジが行方不明で――

警視　わかっとる。おまえがそう言ったからな。ハロウィーン・パーティから抜け出したような恰好で、田舎を走りまわっておるらしいな――

エラリー　ぼくは、どこであれスペンサーが走り回っているとは思ってませんが――彼がそうしているという、ありそうもない可能性も無視したくないので――

警視　その男に関する緊急手配を十三州に出して欲しい、というわけか――（メモを眺めて）――そいつは、二フィートもある緑色のシルクハットをかぶり、グレーのフロックコートを着て――おいエラリー、そいつは武器を持っている危険人物でもあるのか？

シーン59

階段を映す。
ジョニー・ロックリッジが階段から顔を出し、エラリーをじろじろ見る。風船ガムを嚙み、大きくふくらませながら。

シーン60

ジョニーの視点で。
エラリーは電話に向かってヒソヒソと話している。

シーン61

前のシーンと同じアングルで。
ジョニーは忍び足でエラリーに近づく。
エラリー　そうです、それをお願いできますか、お父さん――？　それからもう一つ、すべてを非公式に進めてください。後できちんと説明しますから。（間をおいてから、にやりとして）はいはい、ぼくの借りということで。（間をおいて）それでいいです。
エラリーは満足げな笑みを浮かべて受話器を戻す。それからふり返り、自分がジョニーに見られていたことに気づく。ジョニーは真面目くさった顔でエラリーを見あげている。
ジョニー　あの人たちと話していたの？
エラリー　誰のことかな？
ジョニー　スペンサー伯父さんを誘拐した人たちと話していたの？
エラリー　いや――そのう――
ジョニー　誰がやったか教えてあげるよ。
エラリー　本当かい？
ジョニー　（あたりを見まわしてから）ローラ伯母さんだよ。
二人は階段に向かって歩き出す。
エラリー　どうしてそう思うのかな、ジョニー？
ジョニー　簡単さ。ゴロツキどもを雇って伯父さんをさらわせたんだ。——それから、ゴロツキは身代金を要求するんだ。そして、伯母さんがそれを払うと、ゴロツキたちはオタカラが手に入ることになるよね。——そうしたら、スペンサー伯父さんをバラしちゃうんだ——

シーン62

アングルを変えて、階段を映す。

エラリーとジョニーは階段を下りていく。

エラリー でも、どうしてそんなことをするのかな?

ジョニー そうしたら、伯父さんのゲンナマを、ぜんぶ伯母さんが相続できるんでしょ。おまけに、伯母さんはたぶん、あの蝶ネクタイさんも手に入れられるしね。

エラリーはすぐに〝蝶ネクタイさん〟がポール・ガードナーだとわかる。

エラリー (言葉を選ぶように) ガードナーさんとロックリッジの奥さんは——

ジョニー やあ、クイーンさんは健全なことしか考えられないんだね。きのう、ここに来る前のみんなの様子を見ていればよかったのに——イオウジマの戦いみたいだったよ。——まあ、これはクイーンさんの事件だしね。もし、もっと手助けして欲しかったら、教えてね。ぼくはこれから自分のサンドイッチを作らなくちゃいけないんだ。

エラリーは何か言いかけるが、ジョニーはちょっと手を振ってから、とことこ台所に歩いて行く。後を追おうとしたエラリーだったが、そのとき、居間からピアノの音が聞こえてくる。彼はそちらに向かう。

シーン63

内観。居間、日中。

エラリーが居間に入ると、ピアノの前にダイアナ・ガードナーが座っていた。静かなバラードを弾きながら、曲に合わせてハミングをしている。エラリーは音を立てないように近づいてから足を止め、耳を傾ける。不意にエラリーがそばにいるのに気づいたダイアナは、びっくりした目で彼を見つめる。

ダイアナ　まあ、クイーンさん――

エラリー　エラリーでいいですよ。――ああ、実にお上手ですね。

ダイアナ　ありがとうございます。

エラリー　ひょっとして、ダイアナ・ガードナーの演奏と言ったら間違いかもしれませんね。以前はダイアナ・クリスティーだった人の演奏、と言うのが正しいのではありませんか？

ダイアナ　（微笑んで）昔のことだわ、エラリー。音程が今より少しばかり合っていて――（両手を見て）指が今より少しばかり正確に動いた時代のことよ。

彼女はピアノの上に置いてあった飲み物を取り上げ、一口すする。

エラリー　『コニーアイランドのコニー』であなたを見た覚えがありますよ――あれはいつでしたっけ？　ええと――

ダイアナ　勘弁してくださいな。あれはスペンサーがミュージカルを手がけていた時代の企画で――何かの冗談だったのかしら？　きれいな女の子が百人――ただし、きれいな衣装は九十九人分。スペンサーはわざとやったのでしょうね。くだらなくして、自分がどれだけ愛されているかを確かめたのよ。（間をおいて）みんながわかっていることを、あなたにも教えただけみたいね。（もう一口すする）

エラリー　あなたの考えを教えてくれませんか？――スペンサーについて――彼がどこに行ったのか、とか――

ダイアナ　わたしは知りませんし、知りたいとも思いません。十年前、わたしはブロードウェイでそこそこの評判を得ていました。スペンサーはわたしを自分の個人的な〝イングリッシュ・マフィン（性的対象としての女性）〟にしようとしたのです。わたしははねつけました。それが突然の、そして後戻りのできない転落への第一歩でした——誰からも忘れ去られるという。

ドアに向かい、飲み物を手にしたままふり返る。

ダイアナ　エラリー、あの人がどこにいるのかは知りません——本当です——けど、あの人が死んでいることは願っていますわ。

彼女は出て行く。

シーン64

エラリーを映す。

ドアが閉まるのを見ている。

シーン65

外観。屋敷の裏口前のポーチ、日中。

四時三十分頃。ポールとローラ。雨はやんだが、まだ草は濡れている。二人は顔をつき合わせ、切迫感をにじませながら小声で話している。

ローラ　わたしにはわからないわ、ポール——

ポール　私にはわかりきったことだよ——スペンサーはふてくされてどこかに行ってしまったのさ。

ローラ　いいえ、スペンサーはそんなこと——

ポール　ねえ、ローラ、きみだって見ただろう。きみが私たちのことを話したときの彼の態度を——

ローラ　彼はとっくに知っていたわ——

ポール　そうだったな。でも、私は自分の気持ちを隠したくはなかったのだ。（間をおいて）いいかい、彼はきみを愛してはいない。それに、私とダイアナは、もう何年も前から道が分かれてしまっている——

ローラは顔をそむける。

ローラ　（さえぎるように）駄目、駄目よ、ポール。待って——せめて、もう少し待って——

ポール　（不満げに）何を待つというのかな？

彼女の動きが一瞬止まる。何かびっくりするようなものが目に入ったかのように。

シーン66

ローラの視点で。

エラリーが裏口のドアを開け、ポーチに出ようとしている。彼もまた、困ったような顔をしながら動きを止めている。

エラリー　失礼――邪魔するつもりはなかったのですが――

ローラ　家に戻らなければ。

ローラは足早にエラリーのわきを通り抜け、家に入る。エラリーは彼女のその姿を見つめている。

ポール　ローラを許してやってくれ、クイーン君。彼女は心の整理がうまくつけられないのだ。

ポールはラッキー・ストライクの箱を取り出すと、エラリーに一本すすめる。エラリーは首を横に振る。ポールは自分の煙草に火を点ける。

ポール　私たちの関係は公然の秘密というわけか。誰かがすでにきみに話したということに、疑問の余地はないな。

エラリー　ええ――

ポール　誰が話したかは見当がつくよ。ダイアナは私の愛情をつなぎとめるためなら、そういった陰険なことをやりかねないからね。失礼させてもらうよ。

ポールはうなずいてから立ち去る。エラリーはその姿を見つめている。それから、ポーチにある昔ながらのブランコのところに行き、腰かける。考えをめぐらしながら、ブランコを前に後ろにこぐ。

シーン67

裏口を映す。

ドアが開き、エミーが顔を出してきょろきょろする。微笑みを浮かべながら、エラリーの方にやって来る。

エミー　難しい顔をしているあなたは好きよ。考え込んでいるのかしら――？　それとも、あのひどい昼食のせいかしら。（エラリーの反応はなし）スペンサーのことで気をもんでいるのでしょう？

エラリー　（うなずく）ええ、まあ。

エミー　あたしもよ。あの人らしくないもの。

エラリー　どこが「らしくない」のかな？

エミー　あたしが言いたいのは、あの人は決して出て行ったりはしない、ということよ。はっきりそう言えるわ。スペンサーは度胸があるわけじゃなくて——誘拐とか強盗とか、そういったことをひどく恐れているの。それが、あの人がいつも自分のまわりに人をいっぱい集めている理由なのよ——たとえば、この週末みたいにね。いつかは自分が強盗に撃たれるのじゃないか、と思っている人なのよ。

エラリー　彼は銀行の存在を知らないわけじゃないのだろう？

エミー　あら、あの人は銀行を信用していないのよ。

エラリー　なぜだい？

エミー　わかるでしょう。一九三四年に何もかも失ったからよ（ニューディール政策に反対して個人の財産権を主張した米自由連盟が、この年、敗北した）。そのせいで、目の前にあるものしか信じられなくなったのね。

シーン68

エラリーをアップで。
考え込んでいる。

シーン69

二人を映す。

エラリー　失礼。

突然何かを思いついたように、エラリーは立ち上がり、あたふたと駆け去る。

シーン70

エミーを映す。
困惑した様子。エミーはエラリーが去るのを見ているが、自分が馬鹿にされたのか、混乱させられたのか、侮辱されたのかを決めかねている。

エミー　（エラリーの背中に向かって呼びかける）一緒にいるのが死ぬほどいやな女で悪かったわね！（間をおいて）エラリー？

しかしエラリーの姿はすでになく、エミーは肩をすくめるしかない。

シーン71

内観。居間、夜、コーヒーポットをアップで。

男の手が映り――コーヒーが陶磁器のカップに注がれて――背後にはざわめきが。カメラを引くと、居間に座って夕食後のコーヒーを飲んでいる面々が現れる。コーヒーを淹れているのは執事のドイル。

ローラ　ねえ、もうこれ以上は耐えられないわ。今日は、生まれてから一番ひどい日よ。

アリンガム夫人　でも、けっこう楽しいじゃないの。ねえ、ローラ――。スペンサーのがなり立てる声を聞くこともないし、威張り散らす姿を見ることもないし――

ポール　考えたのだが、もしスペンサーが誘拐されたのなら、もうとっくに犯人からの連絡が来てもいいはずだ。きみはどう思う、クイーン？

エラリー　明日まで待つべきだと思います。

ビガーズ　きみの立場なら、そう言うのが当たり前かもしれないな。――でも、こっちの立場も考えてくれよ。どこかでスペンサーの死体が発見された場合、おれたちが何もせずに椅子にケツを降ろしていただけだったと知れたら――――？（間をおいて）失礼しました、淑女のみなさん。

アリンガム夫人　ビガーズさんの指摘はもっともですわ――方針を変えた方がいいかもしれません――

ダイアナ　でも、もし犯人の目的が殺人だったとしたら、どうしてただ単に殺すだけではなく、死体を持ち去ったりしたの？　翌朝みんなが目覚めたときに、〝スペンサーは消えたのではなく死んだのだ〟とわかったら駄目なのかしら。

エラリー　そうなれば、容疑者がほんの一握りしかいないことも、わかってしまうでしょうね。（みんなを眺め回して）それは、頭の切れる者がすることではありませんね。そうでしょう？

ビガーズ　なあ、エラリー――何が起こったかについては、きみの他にも、自分なりのアイデアがあるんじゃないかな――

エミー　（割り込んで）あらハワード、馬鹿なことを言わないでよ――スペンサーに首輪をつけられてから、あなたにはオリジナルのアイデアなんてなくなったくせに。

ビガーズ　おい、ちょっと待て――

エミー　あなたがやったとしても驚かないわね。あたしたちみんなが知っているもの。あなたがスペンサーを憎んでいることを――彼があなたをどんな風に扱っていたかを――

ビガーズ　（激怒して）なら、スペンサーがきみにはもっとまともな扱いをしたと、おれが思っているとでも？　七年契約できみを縛りつけて――それで先月も映画の仕事を断らなければならなかったじゃないか――

ローラ　エミー――本当なの？

エミー　あれは、セリフが一つもない上に、ひどい役だったからよ。聾唖《ろうあ》の農家の娘が――そのう――力づくでひどい目にあわされて――

アリンガム夫人　まあ、かわいそうに――

エミー　その役はジェーン・ワイマンに行ったわ（ジェーン・ワイマンは『ジョニイ・メリンダ』で聾唖のレイプ被害者を演じてアカデミー主演女優賞を獲得した）――どっちにしたって、あたしはあんな役はやりたくなかったのよ。

時計が十時を打つ。一同はそちらに目をやる。

シーン72

ローラを映す。

ローラ　ねえ、エラリー。わたしはこれ以上待てませんわ——警察に知らせるべきだと思います——今すぐ。

彼女は立ち上がって戸口の方に向かう。と、急によろめく。

ポール　（立ち上がって）ローラ？

シーン73

ローラを映す。

彼女はテーブルにつかまり、ふらつきながらふり向く。みんなを見て——それから床に崩れ落ちる。

ダイアナ　どうしたの？

ビガーズとポールが彼女のそばに駆け寄る。他の者は、この場にふさわしい呆然とした様子を見せる。

ビガーズ　ああ、何てことだ！　ローラは毒にやられたんだ！

シーン74

エラリーを映す。

彼はコーヒーカップをテーブルに置きながら立ち上がると、周囲に目を走らせる。

シーン75

エラリーの視点で。

倒れたローラ・ロックリッジのまわりに集まっている者たちの姿。突然、昔ながらの万華鏡のように、画面が回転を始める。

シーン76

エラリーを映す。

何度もまばたきをする。目まいがしているのだ。

シーン77

エラリーの視点で。

万華鏡の効果のままで、回転がだんだん速くなっていき、やがて——画面は静止し、暗くなっていく。

［フェード・アウト］

第三幕

［フェード・イン］

シーン78

内観。居間、日中。

早朝の七時ごろ。太陽は昇ったばかり。時計が七つ打つのが聞こえると同時に、カメラが床をパンしてエラリーをアップで映す。彼は身じろぎをしてから目を開け、もがきながら立ち上がる。それからまわりを見まわす。

シーン79

エラリーの視点で。

他の者たちの姿を映す。アリンガム夫人は安楽椅子に座ったままで、頭を後ろにそらせて眠っている。ローラは床に倒れたまま。そのすぐそばでは、ビガーズが壁にもたれるようにして倒れている。エミーはソファの上で眠っている。ダイアナとポールはそこから数フィート離れた位置で、そろって眠っている。

シーン80

前のシーンと同じアングルで。

エラリーはすばやくダイアナに駆け寄って、彼女のまぶたを上げてみる。続いてポールのまぶたも。今度はアリンガム夫人に近づく。夫人もまた、まぎれもなく眠っている。エラリーは眉をひそめながらコーヒーテーブルに戻り、ほとんど残っていない自分のコーヒーカップを取り上げ、鼻の前まで持って来て臭いを嗅ぐ。味も見る。顔をしかめてカップを戻すと、急いで部屋を出て行く。

シーン81

内観。台所、日中。

足を踏み入れたエラリーが見つけたのは、前夜に着ていた黒いスーツのままのドイルが、台所のテーブルに突っ伏している姿。その前には、またもやほとんど残っていないコーヒーカップがある。

シーン82

内観。居間、日中。

エミーが身じろぎをしてから自分の足で立とうとする。周囲を見まわし、目に映る光景に愕然とする。それから、目の前で起きた出来事の何もかもに困惑させられる。不意に気づく。エラリーがいない!

エミー　エラリー?（間をおいてから声を大きくして）エラリー!

彼女は戸口に顔を向けると、よろめきながら歩き出す。

シーン83

内観。広間の階段周辺、日中。

エミーが居間から出て来る。

エミー　エラリー⁇

シーン84

書斎のドアを映す。

ドアが開き、眉をひそめたエラリーが姿を現して、エミーと出くわす。

エミー　ここにいたのね。昨夜――何があったの――わけがわからないわ――

エラリー　誰かがコーヒーに一服盛ったんだ――おそらく、睡眠薬《ルミナール》だろう。

エミー　でも――

エラリー　「でも」に答えている暇はないんだ。（居間のドアに顔を向けて）きみにやって欲しいことがある。他のみんなを起こして、淹れたての薬の入っていないコーヒーを飲ませて、頭をはっきりさせてやってくれないか——

エミー　エラリー、何が起こっているの？（エラリーが出て行こうとするのを見て）それに、あなたは何を考えているの？

エラリー　外の様子を見て回りたいと考えているんだ。

　エラリーは外に出る。エミーはその後を追う。

エミー　様子を見に外へ行こうとしてるのくらい、わかってるわよ！（間をおいてから叫ぶ）ゴム長を履いたらどうなの！

［カット］

シーン85

外観。屋敷のまわりの林、日中。

エラリーが足をとられながら歩いている。何かを探しているのだ——が、何を探しているのかは本人しかわからない。水たまりに踏み込んでしまう。そこから先は、彼が歩くたびに「グチャ、グチャ、グチャ」という音がする。

シーン86

ジョニーを映す。

エラリーの背後から近寄っていく。

ジョニー　ねえ！（エラリーがふり返ると）何があったの？　誰かがコーヒー《ジャバ》に麻薬《ドープ》を入れたの？

エラリー　そのようだね。

ジョニー　（エラリーの靴を見て）内緒《ドープ》の話を聞かせてよ——ここで何をしてるの？　犯人が木の陰に隠れていると思ってるわけ？

エラリー　朝ごはんを食べるか、何か別のことをした方がいいんじゃないかな？

ジョニー　ねえエラリー、あなたはすごく困っているんじゃないのかなあ。ぼくが言いたいのは、犯人だと言える人が誰もいないんじゃないの、ってことだよ。この家には執事はいないからね。

エラリー　ドイルは違うのかい？

ジョニー　あの人？　あの人は本当は執事じゃないんだ――ボディガードだよ。（秘密めかして）あいつはピンカートン探偵社にいたんだよ。駄目だなあ。こんなこと、誰かに聞けば、とっくにわかったはずなのに。あなたは探偵としては、そんなに頭がいい方じゃないんだね。

エラリーは細い木の枝を折ると、葉っぱをむしり取り、小枝を取り除く（尻を叩く準備）。

ジョニー　ねえ、何をやってるの？

エラリー　（邪悪な笑みを浮かべて）きみは探偵なんだろ――きみがぼくに教えてくれないか。

ジョニー　わあ、そんなことしないでよ――

ジョニーは方向転換して逃げ出すが、転んで泥の水たまりに頭から突っ込んでしまう。起き上がってふり返ると、泥だらけの姿でエラリーをにらみつける。

ジョニー　おまえのせいだぞ、これ！　お風呂に入れられちゃうよ！

むくれたジョニーは家の方へ走って行く。エラリーはにやにやしながら見送る。

シーン87

内観。図書室、日中。

われらが主要人物たちは、またしてもこの場所に集《つど》い、議論を交わしている。この時点での顔ぶれは次の通り。ローラ、ダイアナ、ポール、アリンガム夫人、エミー、ビガーズ。

ビガーズ　賛成だな――それならうまくいきそうだ――

ローラ　（画面をオーバーラップさせる）そうでしょう。それで、エラリー・クイーンはどこなの――？

エミー　（画面をオーバーラップさせる）外にいるはずだけど――

ダイアナ　わたし、ここから出て行きたいわ、ポール――

ポール　（画面をオーバーラップさせる）だが、私は真相を知りたいのだ――

ローラ　みんなそう思っているわ――でも、そんなことは不可能なのよ！

シーン88

戸口を映す。

　エラリーが入って来る。

エラリー　確かに不可能に見えますね。

ポール　クイーン、どこに行っていたのだ？

エラリー　今、簡単にわかることは、一つだけです、ロックリッジの奥さん。昨夜、われわれは――ジョニーを除いて――全員、薬を飲まされたのです。

ビガーズ　痺れ薬《ミッキー・フィン》かな？

　エラリーは瓶を見せる。

エラリー　睡眠薬《ルミナール》です。階上《うえ》のバスルームで、この空っぽになった瓶を見つけました。

ローラ　ジョニーは自分の部屋で眠っていましたけど。まさか、あの子を疑ったりはしませんよね？

エラリー　なかなか魅力的な説ですが、違います――

アリンガム夫人　でも、この家の誰かがやったと確信しているのでしょう――？

ローラ　ドイルですか？

エラリー　ドイルではありません。

ダイアナ　それなら、わたしたちの中の誰かがやったというの？

ビガーズ　でも、どうやってやったんだ？　おれたちは一人残らず薬を飲まされたんだぞ。

エラリー　いいですか、この中の誰かが危険にさらされているとは考えられません。もしそうであれば、一服盛った人物は、われわれ全員が無防備な状態だった昨夜のうちに、誰かに危害を加えていたはずです。彼が――あるいは彼女が――誰も傷つけなかったという事実こそが、われわれの安全を証明しているのです。

アリンガム夫人　それでクイーンさん、あなたはどうすべきだと言いたいのですか――もっと待て、とでも？　冗談じゃありませんわ。わたくしたちは、もう充分待ちました。

エラリー　おっしゃる通りです、アリンガムさん――。ですが、少なくとも――（腕時計に目をやって）――正午までは待ってください。それまでにスペンサー・ロックリッジか誘拐犯が連絡をしてこなければ、そのときは、ぼくが自分で地元の警察に知らせます。

ポール　まあ、きみがそれでいいと思うなら。

シーン89

戸口を映す。

ドイルが現れる。

ドイル　朝食の用意ができました、奥さま。

ローラ　わかったわ。どうか――みなさん――何か召し上がってください。――そうすれば、少しは気分もよくなるでしょうから。そう願いたいわ。

一同は各々の役に応じたアドリブを見せながらドアに向かう。エラリーはローラの腕をつかんで引き戻す。かくして二人だけが部屋に残ることになる。

エラリー　ロックリッジの奥さん――？　ぼくは――ぼくはあなたに聞きたいことがあるのです――。貴重品はどこに保管していますか？

ローラ　あら、あなたが言いたいのは「何か盗まれたものはないか」ということですか？　考えにくいわね、エラリー。この家には盗むようなものは何もないのよ。わたしたちはここに引っ越して来たばかりなので、貴重品のほとんどは、まだ貸し金庫の中なのです。

エラリー　（困惑した顔で間をおいて）しかし、ぼくはエミーから――ご主人は銀行に不信感を抱いていた、という彼女からの言葉を聞いているのですが――？

ローラ　あら、主人は確かにそうです――ですから、貸し金庫の中に何もかも預けっぱなしというのは、心おだやかとはほど遠いでしょうね。

──でも、しばらくは我慢しなくてはならないのです──とにかく、頑丈な金庫が届くまでは。
エラリー　金庫？
ローラ　馬鹿げていると思われるでしょうね。ぶ厚い鋼鉄製で、色は濃いグレー。特注品なんです。高くつきましたわ。
エラリー　幅がだいたい三十六インチで、奥行きがおよそ十五インチで、高さが大まかに言って四十インチですね。
ローラ　（びっくりして）何で──そうですわ──でも、どうして分かったの──？
エラリー　彼は金庫をどこに置くつもりでしたか？
ローラ　皆目見当がつきません。あんなものがこの家のどの部屋に置けるのか、想像もつかないわ。
　考え込みながらうなずいているエラリーに背を向け、ローラは部屋から出て行く。エラリーはためらいを見せてから、電話に近寄って受話器を取り上げる。戸口に目を走らせて、誰にも見られていないのを確かめてから、ダイヤルを回し始める。

［ディゾルブ］

シーン90

内観。台所、日中、壁の時計をアップで。
十一時四十八分を指している。カメラは時計からパンしてエラリーを映す。彼は窓ごしに裏庭を眺めながら、調理台でコーヒーカップに口をつけている。そして、自分の腕時計にちらりと目をやってから、壁の時計を見あげる。ドイルは流し台の前で皿洗いをしている。
エラリー　それで、彼には何が起こったと思う、ドイル？
ドイル　私ですか？　本当に何も申し上げられないのです。
エラリー　彼の安全はきみの責任だろう。違うのかな？

ドイル　おっしゃる意味がわかりませんが。
エラリー　本当に？

シーン91

アングルを変えて。
エミーが入って来る。
エミー　ここにいたのね！（間をおいて）エラリー、いったい、今日は朝から何をしていたの？　階段を上ったり下りたり――家から出たり入ったり――
エラリー　（肩をすくめて）ただ待っているのが気にくわない、ということかな。
エミー　（時計を示して）そんなに長く待つ必要はないはずよ。（間をおいてから声をひそめて）スペンサーは誘拐されたんじゃないのでしょう？　それとも誘拐されたの、エラリー？
エラリーはためらいを見せてから、ゆっくりと首を左右に振る。
エミー　（おそるおそる）死んでるの？
エラリーが答える前に、正面玄関のチャイムが聞こえる。エラリーの目はそちらに向く。
エミー　あれはスペンサーじゃないわ――あの人は鍵を持っているから。
二人は出て行く。

シーン92

内観。広間の階段周辺、日中。
エラリーとエミーが廊下から姿を現したちょうどそのとき、不審そうな顔をしたダイアナ・ガードナーが、茶色い小包を手にして家に戻って来る。
エミー　ダイアナ――それは何なの？
ダイアナ　小包みたいだけど――（荷札をためつすがめつして）――ローラ宛てだわ。
ローラ　（画面の外から）わ・た・し・に？

シーン93

階段を映す。

ローラは階段を半分下りて来たところで足を止め――それから最後まで下りる。一同に加わって小包を受け取る。

ダイアナ　たぶん、誘拐犯からじゃないかしら？

ローラが包みを開いて包装紙を投げ捨てると、中から現れたのは――男物の茶色い靴が一足。

彼女は困惑してエラリーを見る。

ローラ　スペンサーの靴だわ！

エミー　あの人がゆうべ履いていた靴がこれだということ？

ローラ　（困惑して）いいえ――これは今朝まで洋服簞笥にあった靴よ。はっきり覚えている――

――

シーン94

内観。図書室、日中。

エラリーと靴を持ったままのローラが、あわただしく階段を下りて来る。二人はそのまま図書室に入る。ポールが二人に近づく。ダイアナとエミーもそこにいる。

ポール　スペンサーの靴がどうしたって？

ローラ　わからないのよ、ポール。これがポーチに置いてあって――

画面の外からドアを叩く大きな音がする。

ダイアナ　あれは何？

ローラ　裏口のドアだわ。

エミー　裏口？

エラリーが図書室を出るのと同時に、向かいの居間からビガーズが現れる。

シーン95

内観。広間の階段周辺、日中。

裏口に急ぐ二人が階段の下を通ったちょうどそのとき、階段の上にアリンガム夫人が姿を見せる。

アリンガム夫人　ローラ――どうしたの？　何があったの？

ローラ　わたしもわからないのよ、お母さん。
アリンガム夫人　（階段を下り始める）眠っていたら――玄関のチャイムが鳴ったような気がして――
ローラ　ええ――誰かが――誰かが小包を置いていったの。

シーン96

内観。台所、日中。
エラリーとビガーズが足を踏み入れると、ちょうどドイルが裏口から戻って来たところだった。手には大きな包みを持っていて、その包み紙いっぱいに「エミー・ラインハート」と走り書きされている。
ビガーズ　一体全体、これは――？
ドイル　これが裏口前の階段に置いてありました――
ビガーズ　この家では何かおかしなことが起きているみたいだな、エラリー――
エラリー　（舌先で頬をふくらませて）そうかな？
エラリーは台所を出て行き、ビガーズも後に続く。

シーン97

内観。図書室、日中、小包をアップで。
エミーが手早く開封する。包み紙が舞い落ちる頃には、他の面々も図書室に集まっている。――現れたのは――玩具の帆船が二隻。有名な帆船〈ヤンキー・クリッパー〉の模型である。
エミー　（明らかにおびえている）これにどんな意味があるというの――？
ビガーズが他の者を押しのけて前に進み出る。
ビガーズ　ちょっと待ってくれ。これは、おれがジョニーに贈ったクリスマス・プレゼントじゃないか。階上《うえ》の彼の部屋にあったはずだ――
ローラ　ジョニー！　あの子はどこなの？
アリンガム夫人　（すばやく）ローラ、もしジョニーがその船の小包を置いたと思っているなら――違いますよ。あの子は午前中ずっと、二階の自分の部屋にいましたからね――泥まみれの姿になってから、ずっと――

エミー　これは何なの、エラリー？――何かのメッセージなの？

エラリー　わからない。ぼくが頭を痛めているのは――靴も船も家の中から持ち出され、しかるのちに、家の外で見つかっているということです――。ということは、われわれの中の一人が――

ポール　（船を取り上げて）――われわれの中の一人が、悪趣味ないたずらをしているというわけか。確かに、少なくとも私だけは、不愉快な気分にさせられたな。

エラリー　おそらく、家の中を調べた方がいいでしょうね――他にもなくなっているものがあるかもしれませんし――その何かが、背後にいる人物や――どんな意味があるのかを教えてくれるかもしれませんから。

一同のアドリブ　「いい考えだ！」「私は居間の調査にかかろう」「きみは台所を頼む」……等々。

シーン98

内観。広間と廊下、日中。

主要人物たちは図書室から出ると、散っていく。

ビガーズ　地下室はどうかな――誰か一緒に来ないか？

ポール　私は客用の寝室を探すよ。

シーン99

エミーを映す。

階段に足をかけてから、エラリーの方をふり返る。

エミー　ドイルに頼んだ方がいいかも――

彼女は何かを目にして動きを止める。

シーン100

エミーの視点で。
ドアの投入口から手紙が半分だけ覗いている。

シーン101

エミーを映す。
エミー　エラリー！　見て！
彼女は方向転換してドアに近寄ると、投入口から封がしてある封筒を引っぱり出す。エラリーはそれを受け取る。この時点で、出て行った他の面々も足を止め、何があったのか見るために戻って来ている。エラリーは封筒に目を落として宛先を読む。

シーン102

挿入。
封筒の裏は——青い封蠟で垂れぶたに封がされている。封筒がひっくり返されると、子供が書いたような大文字で宛名が記されているのが見える。「レティシア・アリンガム」。

シーン103

エラリーを映す。
彼はアリンガム夫人に顔を向ける。
エラリー　あなたにですよ、アリンガムさん。
ローラ　身代金の要求かしら——？
アリンガム夫人はエラリーの手から封筒を引ったくると、険しい目つきで娘を一瞥する。
アリンガム夫人　ねえローラ、わたくしは別に驚いたりはしないわ。結局、スペンサーはいつものように、いまいましい芝居でわたくしの金を巻き上げようとしているのでしょうから。
アリンガム夫人は垂れぶたを開けて中を覗く。そして、驚いた顔でエラリーを見る。
ポール　どうしました？
アリンガム夫人　中には——中には何も入っていないわ。
エラリーは彼女から封筒を受け取り、中を覗く。

それから他の面々を見まわす。

エラリー　この封筒は空っぽです。

画面が静止する。

［フェード・アウト］

第四幕

シーン104

［フェード・イン］

内観。広間の階段周辺、日中、前と同じ場所、

ビガーズを映す。

ビガーズ　空っぽ？

シーン105

アングルを変えて。

エラリーはみんなに封筒を見せる。

エラリー　空っぽです。

シーン106

ローラを映す。

封筒がよく見えるように一番前に出て来る。

ローラ　見せてちょうだい。（エラリーから封筒を受け取る）わたしの封筒だわ——。ここの住所を印刷した専用封筒が届くまでの当座しのぎのために——町で買って来たのよ——

彼女は封筒を裏返す。

ローラ　それに、この封蠟もわたしのよ。——ご存じでしょう、いつも使っているのを。——手紙に彩りを添えたいから。

エラリー　ロックリッジさん、この封筒と封蠟は、どこにしまっていましたか？

ローラ　（指し示して）そのう——ええと——わたしの書き物机の中です——居間にある——

エラリーは居間に向かって歩き出す。

シーン107

内観。居間、日中。

エラリーがまず足を踏み入れ、ローラが続く。他の面々は大なり小なり気が乗らない様子。ローラは引き出しを開けて中を覗く。

シーン108

ローラの視点で。

引き出しは空っぽになっている。

シーン109

ローラを映す。
エラリーを見あげる。
ローラ　今朝は――ここにあったのよ――誓ってもいいわ。
ポールが画面に現れる。
ポール　（きっぱりと）いいか、私はこのナンセンスにはもう充分つき合った。ここにいる誰かは――私たちの中の誰かは――グロテスクなユーモアのセンスの持ち主らしいが、少なくとも私だけは、楽しむのはごめんこうむる。
ローラ　エラリー、もう十二時過ぎよ。警察を呼ぶべきだと思うわ。

シーン110

エラリーを映す。

答える前に窓の外に目をやる。

シーン111

エラリーの視点で。

少し開いた半透明のカーテンごしに、警察の車が停車するのが見える。クイーン警視ともう一人の男が車を降り、屋敷に向かって歩いて来る。

シーン112

エラリーを映す。
エラリー　その必要はありません、ロックリッジさん。ぼくが今朝早く、こっそり父に――どうやら、われわれは今なおニューヨーク市の中にいるようなので、市警の警視に——電話をかけましたから。たった今、着いたようです。

ドアのチャイムが聞こえる。

シーン113

内観。広間の階段周辺、日中。

ダイアナが開けたドアから現れたのは——

シーン114

玄関のアップ。

帽子に手を当てて会釈をしているアダム・カー警部補は、四十代半ばの赤ら顔の刑事。画面の奥、警部補の後ろにクイーン警視の姿が見える。

カー　ロックリッジ夫人ですか？

シーン115

アングルを変えて。

ローラが戸口に歩み寄る。

ローラ　わたしがローラ・ロックリッジです。

カー　カー警部補です、奥さん。一〇四分署の。（家の中に足を踏み入れる）こちらがリチャード・クイーン警視です——ニューヨーク市警本部の。

クイーン警視が足を踏み入れると同時に、エラリーが画面に入って来る。

エラリー　お父さん！

警視　エラリー——何が起きておるのだ？——日曜の朝だというのに、わしはベッドから引きずり出されて——

エラリー　（さえぎって）心配いりませんよ、お父さん——ぼくが説明しますから——

シーン116

アングルを変えて。

ドアを閉めようとしたビガーズだったが、外のポーチが目にとまる。そこで何かを見つけて動きが止まる。

シーン117

ビガーズの視点で。

半分閉まったドアごしの光景。まるまると育ったキャベツが二つ入った買い物籠が置いてあり——その持ち手には荷札がついている。

シーン118

前のシーンと同じアングルで。

ビガーズ　待ってくれ！

みんながふり返る。ビガーズはドアを開けてポーチに飛び出し、籠を取り上げて——荷札を読みながら家の中に戻る。

アリンガム夫人　まあ、何てこと。また何かが届いたのね。

ビガーズ　（籠を高々と掲げて）ポール・ガードナー殿。

ポール　私に？

彼はすばやくビガーズに近寄り、キャベツを受け取る。

ポール　キャベツか？

カー　キャベツだと、へえ？（間をおいて）さあて、ここでは何が起きているのかね？

エラリー　居間に行きませんか、警部補。そうしたら、ぼくが説明できるかどうか、やってみましょう。

エラリーは籠をそっけなく一瞥し、一同は居間に向かう。

［ディゾルブ］

シーン119

内観。居間、日中、エラリーをアップで。

エラリーはこの週末の出来事を語り終えようとしているところ。主要人物たちは、カーとクイーン警視も含めて部屋にいる。ドイルもいて——暖炉のわきに立っている。

エラリー　ジョニーの帆船を裏口で見つけました。そして、その数分後には、空の封筒がドアの投入口に押しこんでありました。最後は――正面玄関前のポーチに置かれていた、キャベツの入った籠です。お父さんたちがやって来る直前に置かれたことは明白です。

エラリー　で、それで終わりか？

カー　それで終わりです。

カー　（頭を振ってからクイーン警視に顔を向けて）イカれた野郎とつき合わされそうですな――

警視　（エラリーをちらりと見て）まあ、わしはいつもつき合っておるがな――

カー　息子さんのことを言ったんじゃありませんよ、警視。――私の考えを言わせてもらえば、すべての背後にはロッククリッジ氏がいますね。ご存じのように、舞台をやる連中は――そろいもそろって常識外ればかりで――

エミー　もう一度言ってみなさい――！

ローラ　警部補さん、主人は行方不明なのですよ――死んでいるかもしれませんし――身代金目当ての誘拐かもしれませんし――どっちなのかすら誰にもわからず――

シーン120

アングルを変えて。

エラリーはこっそりと一同から離れて戸口に向かい――さらに広間に向かう。その動きを見ていたクイーン警視はエラリーににじり寄り、画面から姿を消す。

カー　――おそらくご老体は、あの服装でシルクハットをかぶり、その辺を走り回っているのじゃないですかね――

ポール　（顔をしかめて）もしそうなら、とっくにきみが報告を受けているはずではないのかな――

カー　そうですね。でも、ご存じの通り、今日は日曜日ですから。付近の住民はゆっくり寝ているわけですよ――

ビガーズ　だったら、昨日はどうなんだ？――

みなさん方は、土曜日もずっと寝ていたというわけなのか？――

カー　で、あなたの名前は？

ビガーズ　ハワード・ビガーズ――ロックリッジ氏の助手を務めている――

シーン121

エラリーとクイーン警視の二人をアップで。

横に並んで――お互いに――小声で。前のシーンの最後の声と重ねる。

警視　エラリー、何を企んでおる？

エラリー　すぐわかりますよ、お父さん。

警視　それに、ヴェリー部長はどこへ行った？八時四十五分に警察本部を出た記録があるが、それからずっと音沙汰なしだ――

エラリー　お父さん、今は勘弁してください。ぼくを信じてくれませんか？

警視　いやだ。

シーン122

窓を映す。

突如、音を立てて飛んできた石が、窓ガラスを破って部屋に飛び込む。石には茶色い小さな包みが結びつけられている。

シーン123

アングルを変えて。

一同の反応。ダイアナの叫び声。

カー　何だ――！

シーン124

ドイルを映す。

反応を示す。

シーン125

クイーン警視を映す。

すばやく部屋の中ほどまで進み、石と小包を拾い上げる。小包の表には鉛筆で宛名が書かれている。

警視　ダイアナ・ガードナーはどなたかな？

ダイアナ　わたしです。（間をおいてからポールに向かって）ポール、何がどうなっているの？

ポール　（ひどく神経質に）どうってことはないさ、ダーリン。

アリンガム夫人　開けてください、警視。たぶん、誰かさんが捨てようとしているグランドピアノでしょうね。

クイーン警視が小包を開けて中身を取り出すと——チェスの駒が二つ。駒の種類は黒のキングと白のキング。

カー　チェスの駒？　どういう意味かな？

ダイアナ　わたしはチェスはやりませんわ。

ビガーズ　おれもだ。でも、あなたはやりましたね、ガードナーさん。

ポール　そしてきみは、キャベツを食べるんだろう、ビガーズ。それが何の証明になるというのだ？

ビガーズ　おれを責めているのか——？

ローラ　ポール。ハワード。お願いだから！

ポール　きみの考えは胸の内にしまっておくことだな——

カー　まあまあ、みなさん、ここでは腹の虫はおさめておいてください——

シーン126

エミーを映す。

ふり返ってドアの方を見る——エラリーが立っていた場所を。

シーン127

エミーの視点で。

エラリーはいない。

シーン128

エミーを映す。

ドアに向かって歩き出す。

シーン129

内観。広間と廊下、日中。

エミーは居間を抜け出す。居間からは依然として警察や他の者たちの声が聞こえてくる。エミーは図書室に行って中を覗く。

エミー　エラリー？

返事はない。彼女がドアを閉めると、書斎から物音が聞こえる。書斎のドアに向かい、ためらってから開けようとする。と、いきなりドアが開く。エミーはびっくりして飛びのく。エラリーが出て来ると、エミーをさえぎるように立ちふさがる。そのため、たとえ彼女が書斎を覗き込もうとしても、中で何が行われたのかは見ることはできない。

エミー　エラリー——何をしていたの？

エラリー　椅子を用意していたのさ。ささやかな公演の準備だよ。

エミー　それじゃあ、何が起きたのか、あなたにはわかっているのね？

エラリーはうなずく。

エミー　（ためらいがちに）スペンサーは——？

エラリー　気の毒だが、エミー。彼は死んでいる。

エミー　おお、何ということ。

エラリーはエミーを引き寄せて抱きしめる。彼女はひどく震えている。

エミー　あの人は悪い人じゃなかった、本当にそうだったのよ——。他の人たちがくれなかったチャンスを、あたしにくれたの——

エラリー　落ち着いて。（彼女の顔を上げて、自分を見上げさせる）行こう。（頭を振って）ねえ、もっとしっかりしてなくちゃ駄目だ。いいかい、ぼくからは何も聞かなかったふりをしなくちゃいけないよ。

エミー　やってみるわ。

エラリー　いい子だ。みんなに書斎へ来るように言ってくれるかい？

エミーはうなずきながら涙をぬぐうと、微笑みを浮かべて居間に向かう。エラリーはその姿を見つめている。

シーン130

エラリーを映す。

彼は書斎の前に立ち、ドアを少し開ける。そこでふり返ると、カメラを真っ直ぐ見すえる。

視聴者への挑戦

エラリー　さて、ここまで来ました。昨夜遅くにぼくが知ったことは、みなさんも今、わかったはずです――スペンサー・ロックリッジが死んだこと――そして、居間にいる者たちの誰かが彼を殺したことを。しかし、いつ――どのようにして――なぜ殺したのでしょうか？　そして、おそらくはもっとも重要な点である――誰が殺したのでしょうか？　誰もが動機を持っているように見えますが、それを解く鍵は、存在しなかった時計にあります。あるいは存在していたのでしょうか？　もし存在していたとしたら、なぜ鏡に映った文字盤が、ぼくには見えなかったのでしょうか？　答えがわかりましたか？　それでは確かめてみましょう。

［ディゾルブ］

シーン131

挿入――疑問符がクルクル回る。

回転が止まる。画面も静止。そして――

シーン132

内観。書斎、日中。小さなテーブルをアップで。テーブルの上には、この家の者たちに小包として届けられた五種類の品物がある。エラリーが話し出すと、カメラを引いて、部屋に並べられた折りたたみ椅子をパンしていく。それからカメラをドアまで引いてエラリーを――そして鏡を映す。座っているのはエミー、ビガーズ、アリンガム夫人、ポール、ダイアナ、ローラ。彼らの後ろに立っているのはカーとクイーン警視。

エラリー　――問題は、われわれが抱えている謎が多すぎるということです。しかし、ここにいるみなさん全員が賛成してくれると信じていますが――最優先とすべき謎は――「スペンサー・ロックリッジに何が起こったか?」に他なりません。そして、この点については――（ローラにいたわるような目を向けて）――あなたに辛いことを伝えねばなりません、ロックリッジさん――

シーン133

ローラを映す。

ローラ　スペンサーは死んだのね?

エラリー　残念ながら、そうです。

他の面々のアドリブ　「しかし、どうして――?」「どこで――?」「なぜわかる――?」「何を言っている――?」

エラリーは一同を静めるために手を上げる。

エラリー　お静かに。すぐに何もかも明らかになりますので。（間をおいて）問題は――最初に取り上げるべきは――この時計でした――（時計を指さす）――あるべきはずの時計がなかった――文字盤のある時計が消えてしまったのです――チェシャ猫のように。ぼくは最初、時計は一時的に動かされたのだと考えました。そうでなければ、鏡に時計の文字盤が映っているのが見えたはずですから。これはいい説ですが、唯一の説ではありませんでした。

ビガーズ　おい、ちょっと待ってくれ、エラリー――侵入者のせいだという説はどうなったんだ?　きみは言ったじゃないか、そいつが暗闇の中に立っていたので、鏡の反射がさえぎられた、と――

エラリー　それも別の説です――が、かなり現実性に欠けています。――なぜならば、侵入者が七フィート近い身長の持ち主でなければならないからです。これにより、われわれに残された可能性は、たった一つだけになりました。（間をおいて）時計は変わらずに元の場所にあったが――鏡の方が元の場所になかった、という。

　主要人物たちの反応。

アリンガム夫人　壁にはめ込まれた高さ八フィートの鏡が？　馬鹿げていますわ、クイーンさん――

エラリー　そうとも言えませんよ。というのも、われわれはまた、タンポポの綿毛のように午前中ひっきりなしに届けられた小包の謎も解かねばならないからです。ぼくが思い浮かぶ理由は、「何者かが、今回の犯罪で隠されている何かに、われわれの注意を向けようとしている」ということです。

ポール　そんなイカれた話が――

　エラリーは靴を取り上げる。

エラリー　最初は、パテントレザー（強い光沢が出るよう仕上げた革）製の茶色の靴で――確か、ロックリッジ夫人宛てでしたね。

シーン134

ローラを映す。

　身を乗り出して聞いている。

シーン135

エラリーを映す。

　帆船の模型を取り上げる。

エラリー　そしてミス・エミー・ラインハートには――帆船《セイルボート》でした。十九世紀の〈ヤンキー・クリッパー〉の模型です。したがって、厳密には、これはボートではありません。船《シップ》と呼ぶべきなのです。

アリンガム夫人　クイーンさん、こんな話を続けて楽しいのですか？　もしスペンサーが死んでいるのなら、どうしてこんな馬鹿馬鹿しい言葉遊びで時間を無駄にしているのですか――？

エラリー　（無視して）次に来たのは空の封筒でした。この封筒のどこかに手がかりが存在するのでしょうか――？　仮に存在するとしたならば、それは――われわれみんなが見ることができたもの――青く輝くものしかありません。

ダイアナ　蠟ね！

エラリー　（訂正して）封蠟です。（微笑む）さあ、これまでに何が届きましたか――？（指さしていく）靴、船、封蠟。（エミーに目を向けて）ミス・ラインハート、あなたがルイス・キャロルのファンならば、この後を続けられるはずです――窓を破って飛び込んできた最後の品物である黒のキングと白のキングに至るまで、同じやり方に従って。

シーン136

エミーを映す。

考え込むが、すぐに顔に輝きがさす！

エミー　もちろんよ！「時は来た。セイウチは言った。色んなことを話そう――船や靴や封蠟や――キャベツや王様のことを」。これは『不思議の国のアリス』の一節だわ。

エラリー　満点ではありませんね。これはキャロルの別の本『姿見を通して（邦題『鏡の国のアリス』）』から来ています。では、この題名を最後まで続けてください。『そして――』（エミーに先をうながす）

エミー　『姿見を通して――そして、アリスはそこで何を見つけたか』。

シーン137

エラリーを映す。

エラリー　正解です。

彼はふり向くと、鏡の一方の縁《ふち》に手を当て、何かを押す。

シーン138

鏡をアップで。

鏡は横に移動して――壁の中に作られた小部屋が現れる。その中には、いかれ帽子屋の体を丸めた姿。

シーン139

見物人たちを映す。

さまざまな恐怖と狼狽の反応。

シーン140

ポールを映す。

卒中を起こさんばかりの様子で立ち上がる。

ポール　違う！　違う！　ここいるはずがない！　埋めたんだ！　いいか、私が埋めたんだ！

エラリー　（鋭く挑発するように）どうして埋められるのです？　死体がここにあるというのに。

ポール　死体は南門の下にあるはずだ！　畜生、私が南門の下に埋めたんだ！

ポールのまわりの者たちは、信じられないといった顔つきで彼を見る。

シーン141

エラリーを映す。

エラリー　（静かに）どこに埋めたか教えてくれてありがとう、ガードナーさん。（間をおいて）ヴェリー？

シーン142

いかれ帽子屋を映す。

隠し部屋から這い出て来て帽子を脱ぐと、それはヴェリー部長だった。

ヴェリー　あたしの演技はどうでしたか、大先生《マエストロ》？

エラリー　完璧だよ、部長。まさに完璧だ。

シーン143

ポールを映す。

彼は信じられないように首を振る。それから椅子に崩れ落ちると両手で顔を覆う。

［ディゾルブ］

シーン144

内観。エラリーのアパート、夜。

エラリーとエミーが居間にいる。エラリーは膝の上に載せたタイムズ紙のクロスワードパズルに取り組んでいる。すぐ隣の台所では、クイーン警視が夕食のスパゲッティを用意しているが——悪戦苦闘中。

エミー　それじゃあ、最初からスペンサーが死んでいるのを知ってたのね？

エラリー　いや、最初からではなく——土曜日の午後からだよ。あのときにひらめいたのさ——覚えていないかい？　ぼくときみが話をしたときだよ。

シーン145

挿入——シーン69の音声無しのフラッシュバック。

エラリーはエミーを裏口のポーチに置き去りにして立ち去る。

シーン146

内観。書斎、日中。

エラリーは鏡の前に立ち、鏡を動かすための鍵か留め金を見つけ出そうとしている。

エラリー　（画面外からの声）鏡の方がそこになかった可能性に思い至った時点で、ぼくは鏡が動く仕掛けになっていることがわかった。開ける方法を見つけるのに三十分ほどかかったけどね。

鏡が横に動き出す。

シーン147

エラリーをアップで。

鏡の背後の隠し部屋からエラリーの顔を映す。

驚いた顔、それから納得のうなずき。

シーン148

アパートのシーンに戻る。

エラリー　もちろん、ぼくは誰にもこのことを言わなかった。

警視　（台所から大声で）このわしにもだ。おいせがれ、おかげでわしは気づいたぞ。いつかそのうち、おまえに証拠隠滅罪について説明してやらねばならんことをな。

エラリー　でもお父さん、隠滅した証拠なんてありませんでしたよ。あくまでも、誰がスペンサーを殺したかについて、その場で確信を得ることができただけですから。

エミー　知ったのではなく――推理して？

エラリー　（クロスワードを解こうとして）ウィニー、ウィニー、ウィニー。

エミー　「プーさん《ザ・プー》（The Pooh）」（「ウィニー・ザ・プー」は邦題『くまのプーさん』）？

エラリー　九文字の単語だよ。

警視　「チャーチル（Churchill）」はどうだ（「ウィニー」はチャーチルの名「ウィンストン」の愛称）。

エラリー　それです。（手早く書き込む）

エミー　でも、どうしてわかったの？

エラリー　死体が隠されていた場所からだよ。特注の金庫を置くために鏡の後ろに作られたものだった。ポールは建築家だから――知っていたはずだ。スペンサー・ロックリッジも当然知っていた。だが、他の連中はどうかな？　ロックリッジ夫人は、金庫がどこに置かれるかは、まるで見当もつかなかった。ドイルはと言えば、そもそも犯行が不可能だった。彼は犯人がまだ書斎にいたときに、ぼくに銃を突きつけていたのだから。かくして犯人はポール・ガードナーしかあり得ないということになる。あの家を建てた人物にして、あの隠し部屋を実際に設計した人物しか。

シーン149

クイーン警視を映す。

スパゲッティをかき混ぜている。

警視　一つ、わからんことがあるぞ、エラリー——。コーヒーに睡眠薬を入れた理由は何だ？

エラリー　簡単ですよ、お父さん。実際に起きたのは、こういうことだったのです。

シーン150

音声無しのフラッシュバック——シーン21。

エラリーの声　ポールはスペンサーを殺しました——ポールがローラとの関係にどう決着をつけるかで、二人が争った結果として。これはポール自身が認めています。その直後に——彼がまだ書斎で死体を隠そうとしている最中に——ぼくが近づいて来る足音が聞こえたのです。鏡の位置は移動したままでした。彼は電球をゆるめると、暗闇の中にじっと立っていました。ぼくは、彼がそこにいることに気づかなかったのです。

シーン151

音声無しのフラッシュバック——シーン29。

エラリーの声　ぼくが本を取って図書室から出たとき、彼は死体を隠し終えて階段を半分ほど上ったところでした。とっさに、物音を聞いて階段を下りて来たように見せかけ、そこにいた理由をでっち上げたのです。鏡の裏は、あくまでも死体の一時的な隠し場所にすぎませんでした。思い出してください、外ではどしゃ降りが続いていて、中ではドイルが起きて見まわりをしていました。ずぶ濡れにならずに死体を外に運び出すことはできませんでしたし、見つかってしまう可能性も無視できませんでした。

シーン152

音声無しのフラッシュバック——シーン73。

エラリーの声　次の夜、彼はコーヒーに薬を混ぜ、みんなを眠らせました——もちろん、自分自身を除いて。

シーン153

外観。林、夜。

ポールのシルエット。スペンサーの死体を運んでいる。

エラリーの声　ぼくは目が覚めるとすぐに書斎に行き、鏡の後ろを見てみました。そして、当然のことながら、そのときにはもう、死体はなかったのです。

シーン154

音声無しのフラッシュバック――シーン85。

エラリーの声　ぼくは外を探し回りました――死体が埋められた場所が見つかるのではと思って。――でも、空振りに終わりました。

シーン155

内観。エラリーのアパート、夜。

前と同じシーン。

エラリー　こうなったら、あとは神経戦しかありませんでした――。ガードナーに仕掛けて――自分が犯人であることを本人の口から明かし、死体のありかをしゃべらせるように仕向けたわけです。

エミー　じゃあ、あ、な、た、が小包を用意したのね――キャベツやら帆船やらを。

警視　そして、ヴェリー部長がそいつを配達したわけだ。（笑って）エラリー、どうやってヴェリーにいかれ帽子屋の恰好をすることを納得させたのだ？

エラリー　知らないんですか、お父さん――ヴェリーが高校の劇でジョン・ポール・ジョーンズ（独立戦争のときの海軍司令官）の役をやったことがあるのを？　その上、ぼくが、「あの有名なラインハートとディナーを共にできる」と約束したので――

エミー　「ディナーを共に」って――

エラリー　（時計をちらりと見て）もし部長が時間に正確だったら、そろそろ――

ドアの呼び鈴が鳴る。エラリーは微笑んで、二人の表情を眺める。

エミー　エラリー！

エラリー　（不思議そうに）お二人には言いませんでしたっけ？

警視　ヴェリーが来るとわかっていたら、六人前を用意したぞ。

エラリーはエミーの方を向くが、彼女も首を横に振っている。

エラリー　おや、そうだったかな――（無邪気に微笑んで）――では、この場で、ジョン・ポール・ジョーンズ氏の相手役をお願いするとしましょう。

呼び鈴が鳴る。画面は静止し、そして

［フェード・アウト］

THE　END

慎重な証人の冒険
The Adventure of the Wary Witness

脚本　ピーター・S・フィッシャー

ニック・ダネロの謎の死！
犯人は被告となったリン・ヘイゲンか？
リンの妻か？　共同経営者か？　弁護士か？
ダネロの妻か？　弟か？　父親か？
それとも他の誰かか？
エラリー・クイーンと推理を競おう！
—— Who done it?

登場人物

エラリー・クイーン……………ミステリ作家兼素人探偵
クイーン警視………………………エラリーの父親。ニューヨーク市警の警視
ヴェリー部長刑事…………………クイーン警視の部下
フランク・フラニガン……………ニューヨーク・ガゼット紙の記者
ホビー………………………………ニューヨーク・ガゼット紙の書庫管理人
リンヴィル（リン）・ヘイゲン……〈聖パトリック・デイ殺人事件〉の被告
プリシラ（プリス）・ヘイゲン……リンの妻
テリー・パーキンス………………リンの共同経営者
ジェフリー（ジェフ）・キャンベル……リンの弁護士
ニック・ダネロ……………………〈聖パトリック・デイ殺人事件〉の被害者
イボンヌ・ダネロ…………………ニックの妻
アーマンド・ダネロ………………ニックの父
ジェイムズ（ジミー）・ダネロ……ニックの弟
トム・セレブリージ………………地方検事補
判事…………………………………〈聖パトリック・デイ殺人事件〉の裁判官
ケンプ博士…………………………ニューヨーク市立病院の医師
廷吏　記者1　記者2　警官　ホテルの昼勤のフロント係

第一幕

［フェード・イン］

シーン1

内観。ダネロのアパートメント、夜、音声無しのフラッシュバック。

ニューヨーク市ウェストサイド、ミッドタウンのアパートメントの居間。部屋には二人の男がいる――。一人はニック・ダネロ、三十五歳。スモーキング・ジャケットを着た黒髪で見栄えのする男。もう一人はリンヴィル・ヘイゲン、三十三歳。レインコートを着た長身で角張ったあごの持ち主。二人は何かの件で激しく言い争っているように見える。しかし、何について争っているのかは聞くことができない。聞くことができるのは、一人の男の――少しエコーがかかっている――声。二人の男のやりとりを説明している声だけである。

セレブリージの声　三月十七日の――聖パトリック・デイの――水曜日の夜――ニック・ダネロが一人でアパートにいるところに――一人の男が訪ねて来ました――リンヴィル・ヘイゲンです。ヘイゲンは怒り狂っていました。自分の商売の儲けを巻き上げようとする脅迫グループの黒幕が、ニック・ダネロだと信じていたからです。その疑いが正しいかどうかは気にする必要がありません――リン・ヘイゲンがその疑いを正しいと信じていたこと、そして、彼がそれを認めたことだけで充分なのです――。ヘイゲンは持って来た拳銃を取り出し――

ここでヘイゲンが閉まっている窓を背にしていることがわかり――彼はポケットから銃を引っぱり出して撃つ。少しの間、ヘイゲンに固定したまま画面を止める。それから彼は前に進み出ると、見下ろす――

セレブリージの声　――彼は冷酷非情にも、狙いをつけて引き金を引きました――ニック・ダネロの人生に終止符を打つために――

［画面をゆらゆらさせてからディゾルブ］

シーン2

内観。法廷、日中、セレブリージをアップで。

彼は陪審員に向き直って話を続ける。

セレブリージ　銃が発射されたのは何発だったのでしょうか？　一発一発の間隔はどれくらいだったのでしょうか？　一分でしょうか？　五分でしょうか？　一致した証言はありません。――しかし紳士淑女のみなさん、みなさんは、ある点についてだけは一致したとみなしてかまいません。リンヴィル・ヘイゲンがその銃の所有者であり――凶器からは彼の指紋が見つかり――硝煙反応によって彼が銃を発射したことが証明されたという点です。

シーン3

被告席を映す。

リン・ヘイゲンが座っているのが見える。隣にいるのは弁護士のジェフリー・キャンベル、三十九歳。頭は薄くなり、顔にはしわが寄り始めている。ヘイゲンは異議がありそうに体をこわばらせるが、その腕にキャンベルが手を乗せる
――安心させるかのように。

シーン4

フラニガンを映す。

被告席の後ろには、他の新聞記者と共にフランク・フラニガンも腰を下ろし、熱心に聞いている。

シーン5

アングルを変えて。

エラリーと警視は通路側に座り、興味深げに審

理を見守っている。

セレブリージの声　――弁護側の主張にもかかわらず、他の説明はつけられないのです――みなさんが良心に恥じることなく信じることができる、とわれわれが思えるだけの合理的な説明は。

［フリップ］

シーン6

同じ場所、数分後、キャンベルをアップで。

キャンベル　リン・ヘイゲンはみなさんに説明しているのではありません――。彼はみなさんに真実を述べているのです――あの晩、ニック・ダネロのアパートで実際に何が起こったかについての真実を。そう、彼はそのアパートに着いたとき、怒りを抱えていました――が、銃は抱えていませんでした。さらに重要なことは、その場には二人の男しかいなかったわけではなかったのです。

［画面をゆらゆらさせてからディゾルブ］

シーン7

内観。ダネロのアパートメント、夜。

再び、ダネロとヘイゲンは無音で言い争っている――。しかし、今度は部屋に女性も一人いることがわかる――イブニングドレスを身につけた、すらりとして色気たっぷりな三十三歳の金髪女性、ヴァージニア・ロマックスが。彼女は二人の男とは距離を置いて壁際に立ち、火の点いたシガレットをくわえて口論を聞いている。

キャンベルの声　部屋には一人の女性がいました――身元がわかっていない緑色のドレスの女性が――過去四ヶ月にわたって居場所を突き止めようとしても、いまだになし得ていない女性が――

シーン8

アングルを変えて。

キャンベルの説明に沿った動きが見られる。

キャンベルの声　リン・ヘイゲンは、開いた窓を背にしてニックに抗議をしていました。

このアングルでは、窓が二フィートほど開いているのが見える。窓の外には避難梯子があるのも見える。

キャンベルの声　ダネロとその女は、窓に顔を向けていました。口論のさなか——不意に、ダネロの顔に恐怖が走って視線が窓の外に向くと——銃声が響きわたり——女が悲鳴を上げ——ニック・ダネロは床に崩れ落ちました。リン・ヘイゲンがふり返ったちょうどそのとき、窓から室内に拳銃が投げ込まれたのです。彼は銃を拾い上げました——自分の銃であることに気づかずに——。彼が窓に駆け寄って見下ろすと——

ヘイゲンは窓から見下ろす。

シーン9

ヘイゲンの視点で。

何者かの影が三階下の避難梯子を這い降りているのが見える。

キャンベルの声　リン・ヘイゲンは二発撃ちましたが、当たりませんでした。殺人者は逃げ——彼は室内に向き直りました。

ヘイゲンは驚いた顔をする。

シーン10

ヘイゲンの視点で。

部屋のドアが開いている。女は出て行ってしまったのだ。

キャンベルの声　女は消えてしまいました——そこにいた痕跡を何一つ残さずに——

ヘイゲンはドアに駆け寄り——左右の廊下を見まわしてから——床に倒れたダネロの死体の前に戻ってひざまずく。

キャンベルの声　ニック・ダネロは死に——リン・ヘイゲンは罠にかけられたのです——巧妙

な罠に――

［画面をゆらゆらさせてからディゾルブ］

シーン11

内観。法廷、日中、キャンベルを映す。

キャンベル　そうです、銃はヘイゲンのものでした――アイデルワイルド空港（J・F・ケネディ空港の旧名）にある彼のデスクから盗まれた――。そうです、銃には彼の指紋がついていました。そうです、彼は銃を撃ちました――ニック・ダネロの殺人者の足を止めようとして。検察側は、あの晩の銃声が三発だったという事実を――それにもかかわらず弾痕は一発分しか見つかっていないという事実を、みなさんが無視することを望んでいます。二発の弾丸は逃げ去る殺人者に向けて発射されたから見つからなかったわけだし――警察官が証言したように、銃の弾倉は三発分が空になっていました。検察側はまた、部屋には女がいたという事実を、そして、彼女がリン・ヘイゲンの宣誓証言のすべてを裏づけることができるという事実を、みなさんが忘れることも望んでいます。われわれはまた、彼女が窓ごしに銃を撃った殺人者の顔を見ているということも確信しています。それこそが彼女が逃げ出した理由なのです。それこそが彼女が名乗り出ない理由であり――それこそがニューヨーク市警の数ヶ月にわたる捜査にもかかわらず、彼女を見つけることができなかった理由なのです。

シーン12

エラリーとクイーン警視を映す。

警視　（かたわらのエラリーに）あやつの言い方だと、わしらはホワイトハウスにいるハリー・トルーマン（当時の大統領）を見つけそこなったみたいだな。

シーン13

前のシーンに戻る。

キャンベル　リン・ヘイゲンは殺人者ではなく――地元で尊敬されている人物なのです。

シーン14

プリシラを映す。

キャンベルの声　――そして、幸福な結婚生活を送っている人物でもあり――

カメラはパンしてプリシラの隣の男を映す。テリー・パーキンス。三十歳くらいの若々しいハンサムな男である。

キャンベルの声　――いくつもの勲章を受けた退役軍人でもあり――成功した空輸会社の共同経営者でもあります――

シーン15

キャンベルを映す。

キャンベル　そんな彼が、言い逃れのできない状況で冷酷非情にも殺人を犯し、築きあげてきた何もかもを危うくするということを、みなさんは心の底から信じられるのでしょうか？　ニック・ダネロのような人でなしには、そんな危険を冒す価値はないのです。

このセリフの時点までに、キャンベルは傍聴席の手すりまで移動し、一列めに並んで座っている三人をじっと見下ろしている。

シーン16

アーマンドを映す。

アーマンド・ダネロはダネロ一家の家長にして六十五歳の白髪の男性。鋼鉄《はがね》のような目で、キャンベルをじっと見あげている。

キャンベルの声　ニック・ダネロを殺す、もっと強い動機を持った者たちが存在します――おそらくその中の一人は、他の人物に罪を着せることによって、自らの身の安全を図ろうとしているのかもしれません。その人物は逃れようとしているのです――復讐の炎を燃やす父親から――

カメラが左にパンすると、イボンヌ・ダネロ、二十七歳の姿が現れる。美人ではあるが、その表情はこわばっている。というのも、彼女は——

キャンベルの声　——悲嘆にくれる未亡人から——

カメラがさらに左にパンすると、野性味あふれる三十歳の若者、ジミー・ダネロの姿が現れる。憎しみやその好戦的な気性によって——すぐかっとなってしまうのである。

キャンベルの声　——そして、兄を殺した人物への復讐を公言してはばからない若者から。

［フリップ］

シーン17

内観。法廷の外の廊下、日中。

人々でごった返している。新聞記者や傍聴人や警備員やその他の人々で。イボンヌとジミーを従え、アーマンド・ダネロがドアから出て来る。

フラニガンを含む新聞記者たちが、質問の集中砲火を浴びせる。

記者1　ダネロさん——裁判についてのあなたの意見は？

記者2　陪審員の評決が出るまで、どれくらいかかると思いますか？

アーマンド　諸君——勘弁してくれ——今はまだ——

記者1　お願いしますよ——

フラニガン　なぜ本音をぶちまけてくれないんだい、ダネロ——？

アーマンド　ノーコメントだ、フラニガン君——

フラニガン　弁護士の主張によると、あんたの息子はへイゲンから金を脅し取ろうとしていたらしいな。これについては？

ジミー　失せな、このホラ吹き野郎！

三人は殺到する記者やカメラマンを押しのけて進もうとする。

フラニガン　それは脅迫かな、坊や？

アーマンド　ジェイムズ！

ジミーは口をつぐむ。フラニガンをにらみつけるが、口は閉じたままである。ダネロはフラニガンたちに顔を向ける。

アーマンド　わしの息子はヘイゲンという男のことなど知らなかった。息子は理由もなく野蛮な殺人の犠牲者になったのだ。陪審員も同意してくれると確信しておる。きみなら、息子の死を正義の裁きだと言うのだろうな、フラニガン君。わしはそうは言わない。かけがえのない息子を失い――（イボンヌを指し示し）最愛の夫を失った、と言うのだ。さあ、もうわしらを解放してくれんか――

彼はかたわらのイボンヌやジミーと共に、なおも人混みをかき分けようとする。

フラニガン　緑色の服の女については？　その女について、何か知っているんじゃないのか、ダネロ？

だが、その質問は遅すぎた。三人はドアの中に消え、他の記者もその後に続いて出て行ったからだ。

シーン18

内観。別の廊下、日中。

廷吏に引かれてヘイゲンが出て来る。キャンベルが付きそっている。彼らの登場と同時に、エラリーとその父親も姿を見せる。

エラリー　リン！

二人の目が合う。ヘイゲンは微笑む。

ヘイゲン　エラリー！

廷吏がさえぎろうとするが、クイーン警視が押しとどめる。

警視　少し時間をくれないか、君。

廷吏、うなずく。

ヘイゲン　ほう、この機会をとらえて逃げ出すと思っていたのかい？　ありがとう。

彼はほっとしたようにエラリーの手を握ったが、

明らかに元気がない。

エラリー　おい、元気を出せよ。何もかも終わったみたいにふるまったりして。

ヘイゲン　（陰気に）陪審の顔を見ただろう？

キャンベル　何人かはこっちの味方だよ、リン。

クイーン警視は興味深げに聞いているが、疑っている様子がありあり。

エラリー　もし、ぼくたちが証人を見つけることができていれば――

警視　もし、わしらが追うことのできる手がかりを教えてもらっていれば――

ヘイゲン　ああ、あなたを非難しているわけではありませんよ、警視。ぼくは雀の涙ほどの外見の説明しかできませんでしたからね。――でも、本当にあの女には目立った特徴はなかったのです。

キャンベル　まあ、雀の涙ほどであろうがなかろうが――あの女はどこかで自由を奪われているに違いないな――われらが友人のアーマンド・ダネロによって――。賭けても良いが――

エラリー　なぜだい？　そんなことをしても意味がないじゃないか。もしリンがニックを殺していないならば、なぜアーマンドはリンの不利になることをするのかな？

キャンベル　そいつを私も知りたいのさ。

廷吏は腕時計に目を落とし、文字盤をとんとんと叩きながらクイーン警視の顔を見る。

廷吏　警視――

警視　（うなずく）わかった。（間をおいて）エラリー――？

エラリー　（リンに向かって）今夜、一緒に夕食はどうかな？

ヘイゲン　（拘置所の方を指さして）ぼくの住処《すみか》でかな？　それともきみのか？

ヘイゲンはウィンクをして、廷吏に引かれていく。

シーン19

残った三人を映す。
彼らはヘイゲンとは別の廊下を進んで行く。
エラリー　ジェフ――本当のところ、どう思っている？
キャンベル　現実主義か？　五分五分だな。陪審は誰を信じていいのかわからないいんだ。三時間で戻って来るかもしれないし、三日間かもしれない――どちらになるか賭けようとは思わないね。

シーン20

内観。法廷の外の中央廊下、日中。

三人が姿を現す。

キャンベル　私は控訴請求の準備にかかることにするよ――念のためだが。判決が出たら、またここで会おう。

キャンベルは立ち去る。

警視　わしは警察本部に戻るとしよう。どこかで降ろしてやろうか、せがれよ。


エラリーが近くのベンチに目をやると、プリシラがテリー・パーキンスと腰を下ろしていた。

エラリー　え？　ああ、いえ、遠慮しますよ、お父さん。ひょっとして、プリシラの力になれることがあるかもしれない。

ベンチの二人に気づいたクイーン警視は、エラリーにうなずく。

警視　わかった。後で会おう。

警視は立ち去る。エラリーは向きを変えるとベンチに近づいていく。今ではもう、法廷に詰めかけた群集の大部分は退散している。

シーン21

ベンチを映す。

腰をかけたプリシラ・ヘイゲンが、隣のテリー・パーキンスになぐさめられているところ。

そこにエラリーが歩み寄る。

プリシラ　ああ、エラリー――あの人に会えたの？

エラリー　元気だったよ。ここが踏ん張りどころだからね。ジェフも、リンはうまくやったと思っている。

テリー　キャンベルは途方もなく難しい仕事をやってくれたよ――本当によくやってくれた。認めざるを得ないな――自分の考えが甘かったことを。

プリシラ　あなたが言いたいのは、「手術は成功したけど患者は死んだ」ってことね。

テリー　なあ、プリス――お願いだ。リンはあきらめていないじゃないか。おれだってそうさ――控訴費用のために会社を売ることになってもね。（肩をすくめる）おれが言いたいのは、「共同経営者のために何をやらなければならないかがわかった」ということだよ。そうだろう？

エラリー　きみたちは、どうして昼食をとろうとしないんだい？　評決までしばらくかかると思うよ。

プリシラ　いいえ、お腹が空いてないの。

テリー　（にやりと笑って）へい、お嬢さん。戦《いくさ》の前の腹ごしらえといかないか？　きみは食べなくては――食べた方がいい。勘定はエラリーに持たせるから。

エラリー　ありがたいが、ぼく抜きで行ってくれないか。調べなくてはならないことが、いくつかあるんだ。

プリシラ　エラリー――そのう――ありがとう。

エラリー　何に対してかな？　ぼくは大して役に立っていない。

プリシラ　信じてくれていることに対して。心からそう思っているわ。

エラリー　一九三五年度のクラスメイトを殺人犯にするわけにはいかないからね。大学の汚名になってしまうじゃないか。また後で会おう。

エラリーはプリシラの体に手を回すと、やさしく抱きしめる。それからテリーの手をポンと叩いてから、きびすを返して立ち去る。

シーン22

テリーとプリシラを映す。

エラリーが去って行くのを見つめる二人。それから顔を見合わせる。しばらく画面を固定してから——

［フリップ］

シーン23

内観。ガゼット紙の資料室、日中、ホビーを映す。

ホビーはガゼット紙の書庫管理人を務める六十歳くらいの男。棚の一つで新聞を見つけると、「探していたものがあった」という満足げな表情を浮かべ、短い梯子を下りて来る。その新聞を手にしたまま、近くのテーブルに歩み寄る。テーブルには別の新聞が積まれ、その前にはワイシャツ姿で熱心に読みふけるエラリーが座っている。

ホビー　これだよ、坊や。三月十七日の三つ星（最終版）だ。

エラリー　ああ、ありがとう、ホビー。

　メモ帳に書き込んでいるエラリーを、ホビーがじろじろ見る。

ホビー　何か探している記事でもあるのかな？

エラリー　いや。ただ目を通しているだけさ。

フラニガンの声　大学時代の旧友が今まさに有罪になると思っているのかな？

　エラリーは顔を上げる。

エラリー　フラニガン！

　フラニガンが歩み寄って来る。

フラニガン　やあやあ、ジュニア。おまえさんがここにいると聞いてね。（ホビーに向かって）元気か、ホビー——コーヒーを二人前、淹れてくれないか？

ホビー　何か入れるかい？

エラリー　ブラックで。

フラニガン　おれにはアイリッシュ・コーヒー

を――聖パトリック・デイの殺人に敬意を表して（聖パトリックはアイルランドの司教）。

ホビーはうろたえる。

フラニガン　掃除用具入れにアイリッシュ・ウィスキーを隠しているだろう――磨き粉の後ろだ。

ホビーがテーブルを離れると、フラニガンは引っ張り出した椅子に大股開きで座って、エラリーに向かい合う。それから腕時計に目を落とす。

フラニガン　十二時五十五分。これで陪審は一時間を費やしたわけだ。三時までなら、あいつらにくれてやってもいい――二つ星の締め切りまで、たっぷり時間があるからな。実を言うと、リード文はとっくに用意してあるんだ。（間をおいて）「〈正義の女神〉として知られるつつましき淑女は、昨日、その裾を汚した。彼女はリン・ヘイゲンという名の勇気ある青年を袖にしたのだ。彼はニック・ダネロという名の町のクズを片づけるという罪を犯しただけだというのに。この次に何が起こるかはおわかりだろう。当局はゴミを片づけた罪で、清掃局作業員を逮捕するのだ」。

エラリー　フラニガン――今のぼくはそんな気分じゃないんだ。

フラニガン　そうか。悪かったな、ジュニア。おまえさんは、今でもやつの話を信じているのか、ええ？

ホビーがコーヒーを二つ運んできて、一つをフラニガンの前に、もう一つをエラリーの前に置く。

エラリー　（うなずく）何かがおかしい――どこかつじつまが合わないいんだ――それは感じている。

二人は同時にコーヒーを飲む。そろってまずそうな顔をして――顔を見合わせてから――コーヒーカップを交換する。二人は交換したコーヒーの味を確かめる。フラニガンは味わうように唇をなめる。

フラニガン　何がおかしいのか教えてやれるよ、ジュニア。証人に関するあの与太話さ。どんな証人だって？　名も知れぬ女で——千人もの女に当てはまる特徴の持ち主。その上、警察はアパートで女の指紋を見つけることができなかったときてる。どうして見つからないんだ？

エラリー　ぼくにはわからない。

フラニガン　（静かに）聞きな。ヘイゲンはいいやつだ——それに弁護士もとことん頑張った。ひょっとして、陪審は無罪にするかもしれん——おれにはわからんが——そう願っているさ。だが、戦争は何人もの〝いいやつ〟を変えてしまうものなんだよ、ジュニア——

エラリー　彼は罠にかかったんだよ、フラニガン。リンがあそこに行くことを知っている誰かが罠にかけたんだ——彼の銃を盗んで——

　電話が鳴り、ホビーが応対をする。

ホビー　クイーンさん——あんたにだ。

　エラリーは驚いた顔を向ける。

エラリー　ぼくに？

フラニガン　おまえさんがここにいることを知ってるやつがいるのか？

　エラリーは立ち上がってホビーから受話器を受け取る。

エラリー　親父しかいないけど——（間をおいてから電話に向かって）もしもし！

フラニガン　評決が出たな！（時計を見て）やったぜ！

シーン24

エラリーをアップで。

　いぶかしげな顔のエラリー。

エラリー　ええ、ぼくはエラリー・クイーンですが。（間をおいて）申しわけありませんが、お嬢さん——もう少し大きな声で話してくれませんか——よく聞こえないので——

シーン25

フラニガンを映す。

彼は自分が立ち会うべき何事かが起こっているのを嗅ぎ取った。椅子から立ち上がり、部屋を横切り、内線電話を取り上げ、聞き耳を立てる。

シーン26

エラリーのアップ。

女性の声が聞こえる。息を切らし、切迫した声が。視聴者がこれまでに聞いたことのない声が。

女性の声　あたし、あんたに会わなくちゃいけないの。お願い――

エラリー　どなたですか?

女性の声　みんなが捜している女よ。目撃者なの――〈聖パトリック・デイ殺人事件〉の。

エラリー　何ですって?

女性の声　新聞は、あんたが被告を助けようとしているって――。それなら、あたしを助けなくちゃいけないわ――裁判官に話すべきだと――

エラリー　どこにいるのですか?

女性の声　西四十五番地の――スタフォード・ホテルの――四一三号室。

エラリー　そこなら知っています。二十分もあれば、みんなで行けますよ。

女性の声　駄目! 一人で来てちょうだい。

エラリー　しかし、父が――父に伝えないと――

女性の声　駄目――誰も信じられないの。あんた一人で来なくちゃいけないわ――お願いよ。

エラリー　わかりました。(間をおいて)あなたの名前は?

だが、電話の向こう側から聞こえたのは「ガチャリ」という音だった。女は電話を切ったのだ。

エラリー　もしもし?――もしもし?

シーン27

フラニガンを映す。

彼も電話を切ったところ。

フラニガン　やったぜ！　緑衣の女が姿を見せた――おまけに、こっちの手の中ときてる！

シーン28

エラリーとフラニガンを映す。

エラリー　ここに残ってくれ、フラニガン――ぼくが一人で会いに行く。

フラニガン　おまえさんの独占取材じゃないぜ、ジュニア。

エラリー　あの女が言ったことは、きみも聞いたはずだ。

フラニガン　おまえさんは「一人で行く」って言ってたが――おれは言っちゃいない。（間をおいて）一面トップはこうだな！　「慎重な証人、ガゼット紙に名乗り出る！」。

エラリー　フラニガン、彼女はぼくに会いたがっているんだ。

フラニガン　いいか、ジュニア――おれを連れて行くんだ。さもなくば、おれは自分のデスクに戻って、このネタをあちこちの通信社に流すことになるぞ――「お宅にだけ、フランク・フラニガンが特別に知らせよう」ってな。――おまえさんが向こうに着くよりも早く、どこかのラジオ局が放送するだろうな。

エラリーはためらう。　［フリップ］

シーン29

外観。スタフォード・ホテル、日中。

パッカードが停車して、エラリーとフラニガンが降り、玄関に向かって行く。

シーン30

カメラを寄せて。

エラリー　わかった、一緒に入ろう。ただし、ぼくが彼女と話す間、ロビーで待っていてくれ。

フラニガン　こんなとき、小説だったら、おれは掃除用具入れの中で待ってなくちゃな。

不意に、ホテルの階上のどこかの部屋から銃声が聞こえる。エラリーとフラニガンは反応を示してから、ホテルに駆け込む。

［カット］

シーン31

内観。ホテルの安部屋、日中。

一人の女性がベッドに横たわっている姿が見える。鍵が開く音が聞こえる。ドアがバタンと開き、エラリーが飛び込んで来る。フラニガンと昼勤のフロント係が後に続く。

フラニガン　ジュニア——（指さす）——窓だ！

フラニガンは開いた窓に駆け寄り——そこから避難梯子を見下ろす。

シーン32

エラリーを映す。

彼はベッドに近寄り、女性の体にかがみ込む。そして手首をとる。

フロント係　ねえ、何があったんです？

エラリー　この女性は一人で泊まっていたのか——？

フロント係　はい、はい——この人は昨日の遅くにチェックインして——

エラリー　誰かが彼女に会いに来たことは？

フロント係　いえ、いえ。裏からこっそり上がってくれれば別ですが——

フラニガンはベッドの方をふり返る。

フラニガン　同じＭ・Ｏ（MODUS OPERANDI＝殺害方法）だ、ジュニア——窓ごしに射殺し——避難梯子から下に逃げる——。今回は殺人者が銃を残していかなかった点だけが違うな。

エラリー　殺人者のへまはそれだけじゃない。（間をおいて）彼女はまだ生きている。

フラニガンは反応を示す。

［フェード・アウト］

ヴェリー　みんな、場所を空けろ。こいつを運び出すんだ。

フラニガン　（声をかぶせて）「……緑色の服の女、すなわち謎の失踪をとげた〈聖パトリック・デイ殺人事件〉の目撃者が、真っ昼間に撃たれた。本紙の記者に独占インタビューを受けんとする、まさにその直前に――」（間をおいて）どうやって女を見つけたかは気にするな――言われた通りに書け。（間をおいて）いや――まだ身元はわかってない――

［フェード・イン］

第二幕

シーン33

内観。廊下の一角、日中。

ホテルの中。女が見つかった部屋に面した廊下。壁に有料電話が備えつけてあり、フラニガンが利用中。彼が電話している間も、あたりはてんやわんやの状態が続いていることが見てとれる。二人の制服警官とヴェリーが右往左往している最中。そして

ヴェリー　下がれ――出て来るぞ！

ヴェリーが場所を空けると同時に、二人の救急隊員が部屋から出て来る。手にした担架には女性の体が横たわっている。まだ息がある。救急車に同乗して来た青年医師のケンプが、彼女に付き添っている。

シーン34

内観。ホテルの部屋、日中。

制服警官が一人とヴェリーが部屋に戻って来る。二人の目に飛び込んできたのは、エラリーが女のハンドバッグの中身をベッドに広げ、つつきまわしている姿だった。

ヴェリー　何か見つかりましたか、大先生《マエストロ》？

エラリー　まだ名前すらわかっていないよ、ヴ

ェリー。あの女が誰にせよ、身元を知られるのを恐れていたらしいな。（間をおいてから指し示す）きみは化粧箪笥か——あるいは洋服箪笥の中で、何かが見つかると思わないかな？

ヴェリー　調べてみろ。

　ヴェリーは制服警官に顔を向けると、化粧箪笥をぐいと指さす。

シーン35

エラリーを映す。

　彼は新聞の切り抜きをつまみ上げて目の前に持っていくと、まじまじと見つめる。切り抜きはかなり小さい。

エラリー　面白い。

ヴェリー　（戻りながら）何を見つけたんです？

エラリー　三行広告だ——「個人消息欄」から切り取ったらしいな。（読み上げる）「V・Lへ。ニックの件について話す必要あり。A・Dより」。日付なし。どの新聞から切り取ったのかを知りたいな。

　以上のシーンの間に、フラニガンは部屋に戻っている。

フラニガン　何をどの新聞から切り取ったって？

　エラリーは彼に切り抜きを手渡す。

フラニガン　この活字はガゼット紙で使っているやつだ。（間をおいて）V・L——V・L——あの女のことか？

エラリー　おそらく。A・Dの方は、たぶん——

フラニガン　アーマンド・ダネロか！　そうか——あの晩、彼女が現場にいたことを、やつは知っていたんだ——。それで彼女は姿を隠し——やつは新聞に広告を載せた——

エラリー　だが、彼女はこの広告に応じたのかな？

シーン36

ヴェリーを映す。

近づいて来る。

ヴェリー　大先生《マエストロ》――洋服箪笥にあった女の服のポケットで、こいつを見つけましたぜ――紙マッチを。

エラリーはそれを受け取り、表を見る。

シーン37

挿入。紙マッチの表。

「クラブ・キャリオカ」と読める。

シーン38

前のシーンに戻る。

フラニガン　クラブ・キャリオカか。そうだ――どこにあるか知ってるぜ――西五十二番通りにあるいかがわしい店だ――（うなずいてから笑みを浮かべる）そうだ、間違いない。

エラリー　何が「間違いない」のかな？

フラニガン　数ヶ月前に、ダネロのあらごと担当の手下が二人押しかけて、その店を乗っ取ったんだ――

エラリー　本当なのか――？　そんな記事は見たことがないが――

フラニガン　ジュニア、このたぐいの事件は、めったに〈ウォール・ストリート・ジャーナル〉には載らないのさ。それはともかくだな――噂によると、あのご老体は店をニックに引き渡すつもりだったらしい。だが、殺されてしまったんで、ニックが変わらぬ愛を誓った相手に渡したということだ。

エラリー　奥さんのイボンヌに？

フラニガン　当たりだ、ジュニア。

ここで警官が身振りで注意を引く。

警官　部長？

ヴェリーは向き直って警官に近づく。

フラニガン　張り巡らせた罠にほころびが出てきたな、ジュニア――安っぽいシャツのように――袖口からだんだんほつれていく。そうしてダネロ一家のわきの下に近づいていくわけだ。

ヴェリー　大先生《マエストロ》?

写真の半分を手にしたヴェリーが近づいて来る。

ヴェリー　バーンスタインが引き出しの中でこいつを見つけましたぜ。

エラリーは写真を受け取ってフラニガンと一緒に眺める。

シーン39

挿入。半分の写真。

ヴァージニアが男のわきに立っているが、ちょうどその男が写っている部分が破かれている。背後に写っているのは花で飾られた格子棚《トレリス》で、これは、当時の大学のダンスパーティでしばしば飾りつけられるものである。その格子棚《トレリス》に描かれた文字はこう読める。「HUNNICUTT WE」

――

シーン40

前のシーンに戻る。
エラリー　あの女だ――
フラニガン　――誰かと一緒に。
エラリー　彼女の服装や髪型から見ると、戦争前に撮ったものじゃないかな。
エラリーはフラニガンを見てから、再び写真に目を落とす。

［フリップ］

シーン41

外観。ニューヨーク市立病院、日中、全景を映す、ストック映像使用。

シーン42

内観。病院の廊下、日中。

クイーン警視がケンプ医師と共にホールに入って来る。ケンプ医師の方は、明らかに手術室から出て来たばかりである。二人は待合室に向かう。

ケンプ　助かる見込みについては、予想すら出来ませんよ、警視――彼女はその磨きあげた爪で、かろうじて生にしがみついている状態ですから。

警視　先生、わしはあの女と話さねばならんのだ。

ケンプ　かまいませんよ。もし彼女があと数時間、持ちこたえることができたなら。

二人は待合室に入る。

シーン43

内観。待合室、日中。

警視とケンプ医師が入って来る。エラリーはソファに腰かけ、これまで手に入れた手がかりを吟味している。フラニガンはホットプレートにかけられたパーコレータから、自分のためにコーヒーをついでいる。

エラリー　先生、彼女の容態は？

ケンプ　よくないですね。まだ意識は回復していないし、呼吸の乱れもひどい。どうやら、数ヶ月前に鼻骨を折って、きちんと治療しなかったらしいのです――

警視　先生、このフロアに私服刑事を二人ほど配置しようと考えておる。さしあたり、あの女が何者かということも、ここにいることも、誰にも知られたくないのだが――

ケンプ　わかりました。容態が変わったら、すぐにお知らせしましょう。

ケンプ、立ち去る。

フラニガン　さあてと、あの三行広告に関するネタを教えてやるとするか。あれは三月二十日に載ったものだったよ。

エラリー　殺人の三日後か。他には？

フラニガン　「他には」だと？　他にはない。七十五セントの三行広告の記録を保管しておくと思っているのか。（間をおいて）アーマンド・ダネロの方はどうなった？　居場所はまだ探し出せないのか？

警視　フラニガン、どこか他に行くところはないのか？

エラリー　（間をおいて）お父さん、わからないことが一つある——あの女がぼくの居場所を突き止めた方法です。

警視　警察本部にいたわしのところに電話してきたのだ。てっきり、おまえのガールフレンドの一人だと思ってな。（間をおいて）ガゼット社にいると教えてやったよ。（間をおいて）あの女は、なぜ自分の正体をわしに話さなかったのかな？

エラリー　ぼくが知りたいのも、まさにその点です。なぜ、このぼくに？　なぜ、弁護士のジェフ・キャンベルではなかったのか？

フラニガン　おまえさんが知りたがることを、もう一つ追加してやろう。彼女は本当に「緑色の服の女」なのか？

警視　外見は供述した特徴と合っているな。

フラニガン　あんな特徴だったら、〈ロキシー（当時人気のボードビル劇場）〉のコーラスガールの半数に当てはまるぜ。

シーン44

ドアを映す。

ヴェリーが入って来る。

ヴェリー　警視？

警視　ヴェリーか——何かわかったか？

ヴェリー　指紋の記録で名前がわかりましたぜ。

ヴェリーはホチキスでとめられた三枚の文書をクイーン警視に手渡す。その間にフラニガンは警視たちの間に割り込む。

警視　ヴァージニア・ロマックス——

エラリー　V・Lか！

警視　最新の住所は——ブリーカー通り四五七番地——

フラニガン　（メモをとりながら）ロマックス——L—O—M—A—Xか？

警視　フラニガン、言ったはずだ——わしがいいと言うまで、この件は報道してはならん。

フラニガン　名誉にかけて守りますよ、警視——たった今、報道できるだけのネタが集まったんだがね。

　エラリーは父親から書類を受け取る。

エラリー　彼女はたいそうな経歴の持ち主のようですね、お父さん。十三歳で客をとって逮捕されていますよ——

警視　そして、それは始まりにすぎなかったようだな。

　エラリーは他のページにも目を走らせる。フラニガンが肩ごしに覗き込む。

フラニガン　「特別陪審（重大刑事事件のために選ばれた学識豊かな陪審）」ならぬ「特別証人」にふさわしいとは言い難いな。

エラリー　そうだね。ただし、あの晩、ニック・ダネロが自分のアパートに連れ込む女にはふさわしいし——現場にとどまって警察の到着を待つ代わりに逃げ出す女にもふさわしい。

フラニガン　ああ——。それに、二度も精神鑑定を受けたとも書いてあるぜ。ひょっとして、新聞に名前を出したがっているだけの、頭のいかれた女かもな。

　警視はうなずき、書類を取り戻す。

警視　ふむ。そいつを確かめる方法が一つあるな。（間をおいて）ヴェリー？

ヴェリー　はい、警視。

警視　私服刑事を二人、このフロアに詰めさせろ。二十四時間ぶっ通しだ——

ヴェリー　はい、警視。

警視　フラニガン、おまえは——

フラニガン　警視、おれは自分の言ったことは守るぜ。あんたのＯＫが出るまでは、記事は印刷にまわさない。——もっとも、他社が女のことを嗅ぎつけたら話は別だ。その場合、約束は反古《ほご》にさせてもらうぜ。

　フラニガンは出て行く。

警視　行くぞ、せがれ。

エラリー　どこにです、お父さん？

警視　ヴァージニア・ロマックスが本当に自分

で言っている通りの女なのかを確かめに行くのだ。

［フリップ］

シーン45

内観。クイーン警視のオフィス、昼。

クイーン警視は自分のデスクに十二枚の写真を注意深く並べていく。どれも女性の顔写真で——全員が金髪だった。警視は顔を上げる。

警視　じっくり選んでくれ。

シーン46

アングルを変えて。

リン・ヘイゲンがデスクに近づく。エラリーは彼のすぐそばに立ち、心配そうに見つめている。ヘイゲンが写真をためつすがめつする長い間。ためらいを見せてから手を下ろし、指さす。

ヘイゲン　これが彼女です——あの晩、ニック・ダネロと一緒にいた女。

エラリー　リン——間違いないか？

ヘイゲン　間違いない。

クイーン警視は手を伸ばし、つまみ上げた写真に目を落として——エラリーに顔を向ける。

警視　ヴァージニア・ロマックスだ。

エラリーとリンは反応を示す。

［カット］

シーン47

内観。法廷、日中。

画面にはクイーン警視とエラリーがいるだけ。壁の時計は三時十五分を示している。警視は被告席に座り——エラリーはうろうろしている。

警視　エラリー、座ったらどうだ？

エラリー　お父さん、リンはあの女を見分けることができたのですよ——これ以上、何が必要だというのですか？　これだけお膳立てが整っているのに。

警視　エラリー、お膳に載っているのは死んだ魚だ。おまえの友人が写真を見分けることができただけでは、審理無効を宣言するわけにはいかんさ。わしらには、あの女が何を目撃したのかわからんのだ——ひょっとして彼女は、ヘイゲンがニックを殺すところを見たのかもしれんぞ。

エラリー　へえ。ここ数ヶ月にわたって、リンが彼女を捜すように懇願していたのは、それが理由だったのですか——。馬鹿なことを言わないでください、お父さん——つじつまが合わないじゃありませんか。

シーン48

ドアを映す。

プリシラが入って来る。

プリシラ　エラリー？

彼女はエラリーに近づく。

プリシラ　何が起こっているの？　ジェフのオフィスに電話をしたら——ここにいると教えてくれたので——

エラリー　ジェフなら地方検事補と一緒に判事室にいる（公判なしの審理を行っている）——審理無効に持ち込もうとしているところだ——。

プリシラ　じゃあ、あれは本当のことだったのね。あなたたちが消えた目撃者を見つけ出したというのは！

警視　その話は誰から聞いたのかな、ヘイゲンの奥さん？

プリシラ　家にいると——記者から電話がかかってきたの。独占インタビューをしたいって——

警視　（うんざりしたように）フラニガンか！

プリシラ　エラリー、彼女は何て言ってたの？

エラリー　まだ何も話してないよ、プリシラ。実を言うと、彼女は——そのう——

警視　（さえぎって）彼女は保護されて、ちょうど今は尋問を受けておるところだ。（間をおいてからエラリーをにらみつける）

シーン49

アングルを変えて。

キャンベルとセレブリージが判事室に通じる横のドアから登場。二人は歩み寄って来る。

キャンベル　そのう、しごく当然のことなんだが、判事は審理無効にするかどうかを決める前に、ロマックスという女の証言を聞きたいそうだ。

セレブリージ　あの女を見つけ出すなんて、見事な仕事っぷりだな、警視。――ヘイゲンのためにも、彼女の話を聞き出せることを期待しているよ。証言できるほど回復したら、知らせてくれたまえ。

警視　連絡するとも。

セレブリージは立ち去る。

シーン50

プリシラを映す。

彼女は混乱している。

プリシラ　あの人、何を言っているの？――「証言できるほど回復したら」って？

キャンベル　彼女は見つかったのだ、プリシラ――だが、撃たれてしまった。（プリシラは反応を示す）まだ生きてはいる――ベルビュー病院の医者も、助かる可能性はあると言っている――だが、まだ何も話すことができないのだ。

彼女は一人から別の一人へと目を移していく。

移動式カメラを時計に近づけていき、文字盤で停める。四時七分を示している。

［ディゾルブ］

シーン51

内観。〈クラブ・キャリオカ〉、日中。

壁の時計は四時五十分を指している。バーに腰を下ろして酒を飲んでいるイボンヌ・ダネロ。バーテンダーがグラスを磨いている。開店前。下働きがテーブルを整えている。

シーン52

エラリーを映す。

店に足を踏み入れると、バーに近づく。

エラリー　ダネロの奥さん？

彼女はエラリーを見あげる。疲労の色をにじませて。目は少し充血。少なからぬ量の酒を飲んでいる。どうやら酔うほどではないが、心の痛みをほんの少しの間だけやわらげることはできたらしい。それやこれやで、彼女はとてもお疲れなのだ。

イボンヌ　あらあら、せんさく好きのクイーンさん。相変わらず、あたしが夫を殺したことを証明しようとしているのかしら？――それとも、社交的訪問ってやつかしら？

エラリー　あなたがニックを殺したなんて、一度も考えたことはありませんよ。

イボンヌ　あたしを質問責めにしたくせに。（間をおいて）まあ、いまいましいけど、もしあたしの友人が裁判にかけられたなら、あたしも同じことをやったでしょうね。（間をおいて）止まり木に腰を下ろしなさいよ。（バーテンダーに向かって）エディ――

エラリー　いえ、申しわけありませんが、遠慮します。

イボンヌ　クイーンさんは絶対禁酒主義者なのかしら――それとも、お相伴にあずかる相手が気に入らないのかしら？

エラリー　（バーテンダーに向かって）オールド・ファッションを。

バーテンダーは奥に行き、カクテルを作る。

イボンヌ　あたしは二時からこの電話のそばで待っているのよ――評決の連絡が来たときに、自分が笑うのか泣くのかを決めようとしながら。今のところ、鼻の差で泣く方がリードしているわね。（酒をすする）もしご老体を捜しているなら、とっくに警察に話したわ――「裁判所で別れたきり彼の姿は見ていない」って。あの人は自分の道を行き――あたしはあたしの道を行っただけ。

バーテンダーがエラリーにカクテルを渡す。イボンヌは自分のグラスを乾杯のために掲げる。エラリーも合わせる。二人は酒を飲む。

エラリー あなたの道はどちらだったのですか、ダネロの奥さん？

イボンヌ おっしゃりたいのは――午後はどこにいたか、ってことかしら？

エラリー 二時からはここにいたと言いましたね。その前は――？

イボンヌ どこだっていいでしょう？

エラリー せんさくさせてくれませんか。

イボンヌ （笑って）せんさく好きのクイーンさんだこと。何かあったのね？ 誰かがご老体を殺したのかしら？（自分の考えににんまりして）いいえ、あたしにはそんな度胸はないわ。正直に言うと、公園をのんびり散歩して、鳩たちに餌をやったりしていたのよ――。それから喉が乾いてしまって。とても乾いてしまったのよ。

彼女はエラリーのグラスを見る。空になっていた。

イボンヌ ご自分の分は飲み終わったのね？ よかったわ。さて、あたしはささやかなもてなし役を立派に務めたわけですから――今度はあなたが尽くす番よ、クイーンさん。ここを出て行ってくれないかしら。そうしたら、戻って来ないでね。永遠に。

エラリーは腰を上げる。

エラリー 一つだけ、ダネロの奥さん――（間をおいて）――あなたが一番最近、ヴァージニア・ロマックスを見かけたのはいつでしたか？

イボンヌは顔を上げる。

イボンヌ 誰ですって？

エラリー ヴァージニア・ロマックスです。

イボンヌ 名前も聞いたことがないわ。

彼女は乾杯するようにグラスを掲げ、一口すする。

シーン53

エラリーを映す。
イボンヌを見つめている。

［フリップ］

シーン54

内観。クイーン警視のオフィス、日中、時計を映す。
時計は五時二十二分を示している。アングルを広げると、部屋の中にジェフ・キャンベルがいるのが見える。クイーン警視は自分のデスクで電話の最中。そこにエラリーが入って来る。
エラリー　お父さん、ぼくは――
警視が電話中なのに気づいたエラリーは、わずかの間、動きを止める。
警視　わかった。（間をおいて）ああ、彼には伝えておく。
クイーン警視は電話を切る。
エラリー　悪いニュースですか？
警視　良くも悪くもない。陪審はにっちもさっちもいかなくなったようだ。ホテルに入って、一晩中、外部から隔離されることになった。
キャンベル　考えようによっては、いいニュースじゃないか、警視。評決が延びれば延びるほど、リンにはチャンスが出て来る。
フラニガンの声　手を放せ、このゴリラ野郎。〝報道の自由〟って言葉を聞いたことがないのか？
三人が反応を示した瞬間、ドアが勢いよく開き、ヴェリーに〝付き添われた〟フラニガンが部屋に入って来る。
ヴェリー　こいつを捕まえました、警視。アーマンド・ダネロのアパートのまわりをうろついていたので。
フラニガン　取材をしようとしていただけじゃないか。
警視　「この事件をぶち壊そうとしていた」と

言いたいのだな。フラニガン、わしと約束したはずだぞ――

フラニガン　約束なら守ってるじゃないか。あれからもう、ニュースタンドでは二版まで出ているんだぜ、警視。取引をしたもんで、編集長には伏せたままだ。だが、もうこれ以上は待てないね。

エラリー　あの女が本当にいたことを陪審が知ったら、審理無効になりそうだ――

フラニガン　陪審がどいつもこいつも缶詰にされてなけりゃあ――ラジオも聞けないし新聞も読めないんじゃなけりゃあ――そうだろうな。

警視　陪審にこっそり知らせるやつがいるかもしれん――

フラニガン　だったら、今日の真夜中にスタテン島がニューヨーク港に沈むかもしれないな。警視、おれは自分の務めを果たさなくちゃならないんだ――信頼され尊敬されている務めを――
――

電話が鳴る。クイーン警視は受話器を取り上げる。

警視　もしもし？（間をおいて）ああ、そうだよ、先生《ドクター》。（間をおいて）何だと？（間をおいてから落ち込んだ声で）ああ、わかった。知らせてくれて感謝する。（間をおく）

クイーン警視は電話を切る。

警視　ヴァージニア・ロマックスは十五分前に死んだ。意識は一度も戻らなかったそうだ。

シーン55

部屋にいる面々の反応を映す。

フラニガン　（静かに）いいか、警視――気の毒だとは思うが――おれにはこれ以上、記事を寝かせておくことはできないんだ――

警視　記事は寝かせておくのだな――さもなくば、おまえさんが留置所で寝ることになる。

フラニガン　そんなこと、できっこないさ。

警視　できないかな、ええ？　ヴェリー――！

ヴェリー　はい、警視。
警視　この紳士を階下《した》の留置所に連れて行け。罪名は——「うろつき罪」だ。
フラニガン　そんな無茶が通ると思っているのか。
エラリー　ええと——お父さん——ちょっと待ってください。——フラニガンに記事を書かせた方がいいかもしれませんよ。
警視　エラリー——正気か？
エラリー　ええ。最後まで聞いてください。ヴァージニア・ロマックスを殺害しようと試みた何者かが——
警視　「試みた」だと？　実際に殺害したじゃないか。
エラリー　殺人者が、まだ彼女は生きていると考えたら？　彼は——あるいは彼女は——もう一度、試みると思いませんか。
フラニガン　おまえさんは、おれに「まだ女が生きている」って記事を書けと言いたいのか？（間をおいて）ジュニア、そいつは虚報ってもんだ！　おれが築き上げてきた評判はどうなる。
警視　おまえさんの評判については、わしらがよく知っておるさ、フラニガン。
エラリー　殺人者を罠にかけることができるかもしれないんだ、フラニガン——そうしたら、きみは英雄になれる——
フラニガン　その前に、編集長がおれを殺さなけりゃあな。
エラリー　ウィンチェルはレプケを捕まえたじゃないか（新聞記者ウォルター・ウィンチェルは、ニューヨークの大物ギャング、ルイス・〝レプケ〟・バカルターを出頭させることに成功した）。
警視　おまえにとってもチャンスだろう、フラニガン。生きているという記事を書くか——何も書かないかだ。

シーン56

フラニガンを映す。
ためらい、考え込む。それから

押しかけた記者の一団――七、八人ほど――に対し、クイーン警視は即席の記者会見を行っている。

記者1　ロマックスという女は、ヘイゲンの話を裏づけたのですか？

警視　まだ彼女と話せてはいない。

記者1　ヘイゲンが彼女を確認したというのは――彼女の写真を選ぶことができたというのは――事実ですか？

警視　そうだ。

記者2　だったら、ヘイゲンは無罪放免になるのでは？

警視　ロマックス嬢がわしらに宣誓供述をせんかぎり、誰であろうと無罪放免にはならんのだ。明日中には供述できると期待しておるがな。

シーン60

内観。廊下、夜。

エラリーはナースステーションのカウンターに

フラニガン　電話をよこしな。

クイーン警視は彼に電話を手渡す。そのシーンに

［フリップ］

シーン57

特殊効果――新聞が回る。

輪転機がうなり、新聞の見出しが踊る。

聖パトリック・デイの殺人

目撃者撃たれる

謎の女の名前は

ヴァージニア・ロマックス

［フリップ］

シーン58

外観。病院、夜。ストック映像使用。

シーン59

内観。病院の待合室、夜。

もたれかかり、ガゼット紙の記事に目を通している。ケンプ医師がカウンターの中に入って来ると、クリップボードを取り上げて何やら記入する。そこでエラリーが目に入る。

ケンプ　おや、クイーンさん――

エラリー　やあ、先生。

ケンプ　あのロマックスという女性ですが――今日の午後、彼女に関する事務手続きをしていたのですよ――名前を教えてもらったのでね。――そうしたら、以前の治療記録が見つかりました。うちの救急病棟の記録です。

エラリー　本当ですか？

ケンプはポケットの書類をかきまわし、治療記録を取り出す。

ケンプ　ええ。今年の三月十三日――金曜の夜でした。――言うなれば、何者かが彼女をしたたかに殴りつけたのです。

エラリー　でも、彼女は誰にやられたのかは言わなかった、でしょう？　一人で病院《ここ》に来たのですか？

ケンプ　（うなずく）タクシーで来ました。とりあえずの治療はしておいたそうですが、本人がレントゲン撮影を拒んだらしいのです。彼女の鼻が折れていると話したことを、覚えていますか？　言うなれば、このときにきちんと直さなかったせいなんです。馬鹿なことをしたものですよ。ここには治療を受けに来たはずなのに。あなただって、患者を助けようとしているときに――

シーン61

アングルを変えて。

封筒を手にしたヴェリーがエレベーターから出て来るところ。彼はナースステーションに顔を向ける。

ヴェリー　大先生《マエストロ》？　あなたの親父さんはどこですかい？

エラリー　（指さしながら）待合室の中だ。狼の群れから抜け出そうと苦戦中だよ。（間をおいて）それは何だい？

ヴェリー　なかなか興味深い代物ですぜ。（間をおいて、封筒から紙を取り出す）記録室で見つけ出したんですよ――匿名の情報があったもので。

エラリー　何についての？

ヴェリー　ヴァージニア・ロマックスについてのの。あの女は九年前に結婚してましたぜ。長くは続きませんでしたがね。彼女のあれやこれやを知った花婿の親父が、結婚をつぶしてしまったんでさあ。（封筒から取り出した書類をエラリーに手渡す）見てくださいよ。

エラリー　ジミー・ダネロと？

ヴェリー　そうでさあ、大先生《マエストロ》。ヴァージニア・ロマックスは、ニック・ダネロの弟と結婚していたんですな。

シーン62

エラリーを映す。

驚きの表情でヴェリーの顔を見つめる。

［フェード・アウト］

第三幕

［フェード・イン］

シーン63

外観。褐色砂岩のクイーン家のアパート、夜、ストック映像使用。

シーン64

内観。クイーン家の台所、夜。

ヴァージニア・ロマックスの検死報告書が散らばり、同じように逮捕記録も散らばっているテーブル。エラリーがその前に座っている。クイーン警視はワイシャツ姿で窓のそばに立ち、神経質そうに指で窓をこつこつと叩いている。時計は九時を示している。警視はその時計に目をやる。

警視　わしもあっちに行った方がいいのではないかな。（間をおいて）一晩中、こっちでただ座っているのには耐えられん。（間をおいて）エラリー？

エラリー　（顔を上げて）え？

警視　「わしも病院に行った方が良いのではないか」と言ったのだ。

エラリー　どうしたんです、お父さん——体の具合でも悪いのですか？

警視　わしが言いたいのは、「病院にいるべきではないか」ということだ——何者かが、わしらのいわゆる〝目撃者〟とやらを狙ったときに。

エラリー　いいですか、お父さん——そんなことができないのはわかっているでしょう。犯人がお父さんの姿を見たら、おびえて逃げ出してしまいますよ。

警視　わかっておる、わかっておる。

クイーン警視は腰を下ろす。

エラリー　ヴェリーは自分がすべきことを、ちゃんとわかっていますよ。（立ち上がって）ココアのおかわりはどうです？

警視　わしの回らない頭《マシュマロ》に合いそうだな。（間をおいて）何を見ておるのだ？

エラリー　え——ああ——ヴァージニア・ロマックスの逮捕歴ですよ。一九三〇年の一月二十三日から始まって——

警視　わかっておる——そのとき彼女は十三歳で——自分を売っておった。

エラリーは不意に眉をひそめる。

エラリー　これは奇妙だ。

警視　何がだ？（間をおいて）エラリー——何、い、がだ？

エラリー　一九四〇年の八月十二日に——彼女は阿片《アヘン》の所持で逮捕されているのですが——記録にある弁護士の名が「G・R・キャンベル」

となっています。

警視　ジェフリー・キャンベルか？

エラリー　わかりません。

警視　どうやら確かめねばならんようだな。

玄関の呼び鈴が鳴る。二人は顔を上げる。

警視　誰か来ることになっているのか？

エラリー　心当たりはないですね。

エラリーは立ち上がると、父親にそのまま座っているように身振りで示す。

エラリー　ぼくが出ますよ、お父さん。

［フリップ］

シーン65

内観。玄関前、夜。

エラリーはドアを開ける。そこに立っていたのは、アーマンド・ダネロとその次男のジミー。

アーマンド　クイーン君——きみの父上が、わしの息子とわしを捜していると聞いたが。

シーン66

内観。クイーン家の書斎、夜。

数分後。アーマンドは警視の椅子に座り、警視はデスクの椅子に腰かけている。エラリーはデスクの端に腰を下ろしている。ひどく居心地が悪そうなジミーは、離れて立っている。

アーマンド　二時間前に家に戻るまで、きみたちがわしらを捜していたとは知らなかったのだ。

警視　それで、午後の間、あなた方はどこにいたのかな？——うまい具合に、連絡のとれない場所にいたようだが。

アーマンド　わしは裁判所でジェイムズや義理の娘と別れたのだ。運転手に島（マンハッタン島）から出たところにあるこぢんまりしたロードハウスに連れて行ってもらい、軽いがなかなか美味い昼食をとってから、家に戻って来た。

警視　で、そのロードハウスはどこにあるのかな？

アーマンド　シルバーノだ——アミティヴィル

（ニューヨーク州南東部の市）の。

エラリー　アミティヴィルですって？　あなたは五十マイルもドライブしたのですか――昼食のために？

アーマンド　包み隠さず言わねばならんようだな――そこでちょっとした仕事を片づける用事があったのだ。――だが、はっきり言わせてもらうと、きみたちの事件とは何の関係もない。

警視　われわれの事件は殺人未遂なのだ、ダネロ――したがって、その裏づけはとらせてもらうことになる。ちゃんとな。（間をおいて）それで、きみの方はどうなんだ、ジミー――ずっと競馬場にいたのかな？

ジミー　言っただろう――第五レースで熱々《あつあつ》の情報に賭けるために、ベルモント競馬場に行ったって。熱々の情報がとっくに冷めていたことがわかると、レースには見切りをつけたのさ。

警視　そいつを証明できるかね？

ジミー　そこでは何人か知り合いに会って――うん。証明できるぞ。

エラリー　今日の二重勝レース（第一、第二レース）の勝ち馬は何だった、ジミー？

ジミー　（間をおいてから）二重勝には賭けてない。

アーマンド　警視――きみは信じ込んでいるようだな。息子かわしのどちらかが、ホテルの部屋であの女性が撃たれた件に関係していると。

警視　そいつも考えに入れてますな。（間をおいて）エラリー、ダネロ氏にあの写真を見せてやれ。

エラリーはテーブルに近寄ると、半分しかない写真を取り上げ、アーマンドのところに持って行く。ジミーも写真を見るために近寄って来る。

エラリー　この女性が誰かわかりますか？

アーマンド　（間をおいて）古い写真だな。

エラリー　ジミーは？

ジミーは肩をすくめてそっぽを向く。

エラリー　お二人とも、彼女を知らないのです

か？

アーマンド　わしは数えきれないほどの人と会っているのだよ、クイーン君。

エラリーはテーブルにとって返し、完全な写真を取り上げる。

エラリー　おかしいですね。たぶん、残りの半分を見れば思い出せるかもしれませんよ。

エラリーはその写真を二人に見せる。

シーン67

挿入――ダネロ父子の視点で。

前と同じ写真だが、失われた部分が残っている。笑顔のジミー・ダネロがヴァージニアと腕を組んだ姿が。今では格子棚《トレリス》に描かれた文字も読み取ることができる。「HUNNICUTT WEDDING CHAPEL（ハニカット・ウェディング・チャペル）」。

シーン68

前のシーンに戻る。

エラリー　ジミーが一九三九年に十一日間だけヴァージニア・ロマックスと結婚していたことがわかったならば、このチャペルを見つけ出すのはさほど困難ではありませんでした。幸運なことに、ここでは昔の写真の焼き増しを保存していたのです。

ジミー　（かっとなって）そうさ、おれはあいつと結婚していた。それがあいつを殺した理由になるのかい？

アーマンド　（たしなめるように）ジェイムズ――

――

エラリー　ならないね。だが、興味深い事実だろう。きみの兄さんの死を目撃した直後に姿を消した人物が、きみのかつての妻だったなんて

――

警視　わしは、あんたがこの女のことを知っていたと思っておるんだ、ダネロ。――そして、何らかの理由によって、彼女に金を払うか脅す

かして――

アーマンド　ばかばかしい――

警視　彼女はあんたの息子の殺人について何か知っておったのだ――あんたが裁判で明かされることを望まない何かを。彼女が姿を隠したので、わしらは見つけ出すことができなかった――が、何らかの理由によって、彼女は姿を現し……姿を現した途端に撃たれた――

アーマンド　わしの手によって、ではない。彼女があの晩、ニックのアパートにいた女だとは、夢にも思わなかった。

エラリー　そうですか？

彼はシャツのポケットに手を入れると、切り抜きを取り出す。

エラリー　それなら、あなたはこれを説明できるでしょうね。ニューヨーク・ガゼット紙の個人消息欄からの切り抜きです。息子さんが殺された三日後の紙面に載ったものです。

ダネロは切り抜きを受け取ると目を落とす。

アーマンド　（声に出して読む）「V・Lへ。ニックの件について話す必要あり。A・Dより」。（間をおいて）こいつについては何も知らんな。

警視　こう言いたいのかな？　これは別のV・Lと別のA・Dと別のニックのことだと。しかも殺人の三日後に。驚くべきことだな。

ジミー　へっ、わからないのか、おっさん？　こいつは罠さ――。誰かがおれたちに罪をおっかぶせようとしているんだ――

アーマンド　今度ばかりは息子の方が正しいと思わざるを得んな。

アーマンドはドアに向かいながらふり返る。

アーマンド　わしはできる限りきみに協力しようと努めたのだ、警視。これ以上の質問は、わしの弁護士を通してくれたまえ。あと、ミス・ロマックスについては、彼女が話せるくらい回復すれば、すぐにきみにもわかるさ――彼女の襲撃に関しては、わしは何の関係もないことがな。

彼はジミーにうなずいてからあごをしゃくって、一緒に出て行く。

シーン69

エラリーと警視を映す。

警視　気取ったおいぼれ鳥め。そう思わんか?

エラリー　(うなずいて)彼が知らないのであれば、わざわざ知らせてやる義務はないですね。ヴァージニアがすでに死んでいることとかを。

警視はこの言葉を受けて何か言おうとする——が、ちょうどそのとき、電話が鳴る。警視は電話に歩み寄って応対する。

警視　はい?(間をおいて)ああ、そうだ、ヴェリー。どうした?

〔カット〕

シーン70

内観。病院、夜。

ヴェリーはナースステーションの電話で通話中。そのわきには大きな花籠が置いてある。

ヴェリー　大先生《マエストロ》の策が当たりましたぜ。

警視　犯人を捕まえたのか?

ヴェリー　ちょっと違いますな。ですが、誰かさんは、自分がやりかけたことを終わらせようとしたみたいですぜ。たった今、ロマックスとかいう女に宛てて、馬鹿でかい花籠が届きました——薔薇が一ダースとダイナマイトが三本入りの。

〔フリップ〕

シーン71

内観。クイーン警視のオフィス、夜、花籠をアップで映す。

花籠がデスクに置いてある。アングルを広げるとエラリー、ヴェリー、キャンベル、警視、フラニガンがいるのがわかる。ヴェリーは花籠から花をのけ、慎重とはほど遠い手つきで爆弾をつまみ上げる。

警視　ヴェリー——気をつけんか！

ヴェリー　心配いりませんよ、警視——こいつが原爆みたいに爆発することはありませんから。配線がどれもこれもいいかげんなんです——間違いなく素人の仕事ですな。

フラニガン　へえ。だったらアーマンド・ダネロは外した方がいいな。あのじいさんがやらないことが一つだけあるとしたら、そいつは〝素人の仕事〟ってやつだ。

キャンベル　いずれにせよ、犯人はあの女がまだ生きていると考えて——口を閉じたままにしておこうとしたわけだ。

フラニガン　そうだ、「口を閉じたまま」と言えば、おれはいつまでこの記事を押さえておかなけりゃあいけないんだ？　先を越されないか気になって、寝ることもできやしない——

警視　あと少しの辛抱だ、フラニガン。

エラリー　少なくとも、今や、できることが見つかりました。この花はどこかで手に入れたに違いありませんからね。ダイナマイトもそうです。

警視　そして、わしらはとっくに取りかかっておる。

フラニガン　そいつを聞かせてもらって嬉しいよ、警視。だが、もっとましなことが、とっとと起こってくれないとな。今年一番のスクープをドブに捨てる気はないのでね。

フラニガンは立ち去る。

ヴェリー　他に何かありますかい、警視？

警視　ないな、ヴェリー。病院に戻っていいぞ。

ヴェリーはうなずいてから、アドリブで他の者と別れを告げる。

キャンベル　（立ち上がって）さて、私も少し眠った方がいいようだな。

エラリー　ジェフ、きみのミドルネームの頭文字は何かな？

キャンベル　私の、何だって？

エラリー　ミドルネームの頭文字だ。

キャンベル　Rだ――ロバートの。どうした？　誰かが私に頭文字入りのシガレットライターでもプレゼントしてくれるのかな？

エラリー　きみがヴァージニア・ロマックスを知っていることを、どうして教えてくれなかった？

キャンベル　（眉をひそめて）何だって？

警視　あの女の逮捕歴によると、何年か前に――

エラリー　一九四〇年の八月に――

警視　――麻薬所持で起訴されたときの弁護士が「G・R・キャンベル」だったのだ。

キャンベル　（笑って）警視、一九四〇年といえば、私は駆け出しの弁護士で、扱う事件といえば、判事がお情けでまわしてくれるものばかりだったのだよ。――まあ、今でもずっと良くなったとは言えないがね。夜間裁判所（主に即決裁判が行われる）で扱う事件がどんなものか、あなたもご存じだろう――売春婦、浮浪者、スリ――クズのような連中ばかりだ。確かに、私はヴァージニア・ロマックスの弁護をしたかもしれない――断る理由はないだろう？――だが、それを覚えているかどうかなんて聞かないでくれ。明日の朝に会おう。

　キャンベルは笑みを浮かべて立ち去る。肩をすくめるクイーン警視。

警視　おまえの考えは？

エラリー　ぼくの考えは、「いまだにぼくたちは、ヴァージニア・ロマックスが殺された理由を突き止めていない」です。

警視　わしの考えはわかるか？

エラリー　何ですか？

警視　わしも寝ようと考えておる。

　クイーン警視は腰を上げると、戸口に近寄る。そしてドアを開ける。

警視　行こう、せがれ。家に帰ろう。

　エラリーも腰を上げて出て行く。警視はドアを閉める。

［フリップ］

シーン72

外観。航空輸送会社、日中。

飛行機の格納庫と事務所のビル。その前にエラリーが車を乗りつける。この当時に使われていた飛行機が一機、格納庫の外に出ていて、エラリーはそちらに近づいていく。事務所の看板はこう読める。「テリー＝リン高速空輸」。

シーン73

カメラを寄せて。

エラリーは、テリー・パーキンスが助手に指示を与えているのに気づく。

テリー　ロサンゼルス行きの荷物は「アメリカン・フライト四三二便」だ。シカゴ宛ての荷物は午後発の東部行きに。荷造りは慎重にチェックしろ。中身は壊れ物だ。

助手はうなずいて歩き去る。顔を上げたテリーの目にエラリーが入る。

テリー　エラリー。

エラリー　おはよう。

テリー　評決は出たのか？

エラリー　（腕時計を見て）陪審はまだホテルだと思うよ。

テリー　ずいぶん中断しているな――ロマックスとかいう女のせいで。少しは話せるようになったのか？

エラリー　まだだ。昨日の昼食はどうだった？

テリー　昼食？　ああ――美味かった、美味かったよ。（間をおいて）実のところ、プリシラもぼくもそんなに腹が空いていたわけじゃないんだ。ネディックの店でホットドッグをいくつか食べてから、一時間かそこいらセントラルパークを散歩して――彼女は知らせを待つために家に帰った。おれは仕事をするためにここに戻った――頭の中を忙しくしておきたかったのでね。

エラリーはうなずいて飛行機に近寄る。

エラリー　会社のかい？
テリー　おれたちの最初の飛行機だ。定期便として使うには頼りないけど——さして急ぎでないときは役に立つよ。そうじゃなかったら、きみは自分の専用機を持った方がいいな。
エラリーはためらってからテリーを見つめる。何か思いついたのだ。
エラリー　テリー、きみがここにあるのと同じ軽飛行機をアイデルワイルド空港に持っているとしよう——。それで、例えばアミティヴィルに飛んだとしたら——車に比べてどれくらい時間を短縮できるかな？
テリー　うーん、アミティヴィルには小さい空港しかないからな。たぶん、きみは一時間くらいは縮めたいのだろう。たぶん、そんなには短縮できないな。どうしてだい？
ちょうどそのとき、プリシラが事務所のドアから出て来る。
プリシラ　テリー、ニューオリンズに電話したけど——（しばらく動きを止める）エラリー！
エラリー　プリシラ？
プリシラ　何かあったの？　評決が出たの？
エラリー　まだだ。
テリー　（すばやく）彼女は手伝ってくれているんだ——リン抜きでこれまで通りやっていくのは、なかなか大変で——
壁の電話が鳴り、テリーは近寄って応対する。
プリシラ　——何もしないで家でただ座っていることができなかったの。
エラリー　わかるよ。
テリー　エラリー——きみの親父さんからだ。
エラリーは電話に歩み寄る。
エラリー　お父さん——どうしました？

シーン74

内観。クイーン警視のオフィス、日中。
通話中のクイーン警視。エラリーと交互に映す。
警視　エラリー——今やっとることを切り上げ

て、さっさと法廷に行け。

エラリー　陪審は出廷したのですか？

警視　出廷した――その上、わしが聞いた話によると、陪審が吹っ飛ぶことになりそうだ。

エラリーは反応を示す――それから

［フリップ］

シーン75

内観。法廷の外の廊下、日中。

人が集まってうろうろしている。緊張した雰囲気をただよわせたエラリーとプリシラとテリーが現れ、法廷のドアに向かって行く。

シーン76

フラニガンを映す。

近づいて来る。

フラニガン　ジュニア！

エラリー　（プリシラとテリーに）ちょっと失礼。

テリー　中で待ってる。

二人から離れたエラリーの腕をフラニガンがつかむ。

フラニガン　何が起こっているんだ、ジュニア？　おまえさんの親父は何一つ教えてくれないんだ。

エラリー　ぼくもわからないんだ。

フラニガン　気にくわない。おれに都合の悪いことが起きているようだな。フラニガン流の直感が、悪い知らせを告げているんだ――「フライパンの真ん中に座らされたフラニガン氏が火にかけられる」という知らせを。

二人は法廷に入って行く。

［フリップ］

シーン77

内観。法廷、日中。

法廷は人であふれかえっている。ダネロ一家、セレブリン・ヘイゲン、ジェフ・キャンベル、セレブリージといった面々。傍聴人の中にはエラリー、その父親、フラニガン、テリー、プリシラがいる。陪審席には陪審員たちが着いている。そして、判事はフラニガンのトップ記事が載った新聞を振っている。

判事　昨夜――陪審員が泊まっているホテルの一室に、何者かがこれを忍び込ませたのだ。数分もたたないうちに、他のすべての陪審員も、いわゆる「緑色の服の女」の――法廷でまだ話を聞いていない目撃者の――存在を知るところとなった。――しかし、この女性は弁護側が探し求めていた人物とは限らないのだ。――実を言うと、彼女は誰の証言も裏づけないであろうし、裏づけることができないのだ――なぜならば、彼女は死んでいるからだ。

シーン78

アングルを変えて。

明らかに記者と思われる四人の男がこのニュースに反応を示し、席から飛び上がって出口に突進する。

シーン79

アングルを変えて、フラニガンを映す。

不意打ちを食らった様子。飛び上がって記者たちに続く。

シーン80

前のシーンに戻る。

キャンベル　裁判長――私は異議を――

判事　座りたまえ、キャンベル君――私が法廷侮辱罪とみなす前に。（間をおいて）さて、私はこの記事を漏らした責任を問うべき者が誰なのかはわかっていない――

判事はキャンベルをじっと見つめる。

シーン81

キャンベルを映す。

真剣な目で判事を見返す。

シーン82

前のシーンに戻る。

判事　――だが、私は突き止めるつもりだ。その者はこの裁判を徒労に終わらせたのだ――裁判所の何週間もの日数と何千ドルという税金を無駄にしてしまったのだ。私はもう、審理無効を宣言するしかない。陪審は解散――法廷より感謝を申し上げる。

キャンベル　（立ち上がる）裁判長、誓いますが――この件については何も知らないのです――

判事　私も心からそう願うよ――きみ自身のために。

キャンベル　しかし裁判長、私の依頼人は過去十一週にわたって拘留され続けてきました。――その上、本人の過失ではない理由により、再審を受けることになる危険性もあります。――一ドルの保釈金を払わせ、被告に帰宅の許可を与えていただきたい。

判事　明日の朝十時に、その件について検察と議論してもらおう。それまでの間、被告は廷吏によってあらためて拘留されることとする。これにて休廷。

判事は木槌を打ち鳴らして立ち去る。

シーン83

法廷全体を映す。

みなが立ち上がり、少しずつドアから出て行く。

シーン84

被告席を映す。

廷吏がリンのわきに寄る。キャンベルがそちらに顔を向けるのと同時に、プリシラが駆け寄って来る。

プリシラ　ああ、リン――

二人は抱き合う。

ヘイゲン　大丈夫だよ、ハニー――

キャンベル　心配はいらないさ、リン。――明日の午前十一時には、きみは自由の身になっているよ。請け合おう。

シーン85

クイーン警視とエラリーを映す。

二人は通路に出たところ。

エラリー　何もかも最初からやり直しですね。

警視　それはどうかな——（エラリーは反応を示す）おまえだって死んだ証人には反対尋問はできないし、セレブリージもそれは知っている。十中八、九、地方検事局は何もかも投げ出すだろうな。

［フリップ］

シーン86

内観。クイーン警視のオフィス、夜。

クイーン警視は電話中。エラリーは椅子に座って両足をデスクに乗せている。眉間にしわを寄せ、考え込んでいる様子。手には書類を持っているが、それに注意を払うそぶりも見せない。

警視　はい、本部長。（間をおいて）いえ、本部長。（間をおいて）本部長——（間をおいて）ええ、女がもう死んでいるのを知りながら、フラニガンにあの記事を書く許可を与えたのはわしです。ですが——（間をおいて）もちろん、わしのアイデアで——（間をおいて）はい、本部長。（間をおいて）本部長——？

クイーン警視は電話を見つめてから切る。

エラリー　あなたのアイデアではないでしょう、お父さん——ぼくのだ。なぜぼくのせいにしないのですか？

警視　それはだな、わしがバッジをつけているからで——（間をおいて）いずれにせよ、あれは今でもいいアイデアだったと思っておる。それで、おまえはなぜそんな陰気な顔をしておるのだ？　学生時代の旧友が釈放されそうなのだぞ——お祝いをしてしかるべきだろう。

エラリー　セレブリージが裁判のやりなおしを

しなかったとしても、これを〝無罪放免〟と言うのは間違いです。それに、ヴァージニア・ロマックス殺しが解決していないことも確かですし。

警視　わしを信じるんだ、せがれよ――背後にはダネロのおいぼれがいるのだ。もしやつが自ら手を下したのではないとしても、やったことは間違いない。あいつはプロだからな。

エラリー　彼がプロならば、どうして爆発しない爆弾を病院に送りつけたのですか？

警視　誰にでも間違いはあるさ。（腕時計を見て）とりわけ、そいつが疲れているときはな。今のわしもそうだ。行こう、せがれ――家に帰ろう。

エラリーはうなずき、二人でオフィスを出る。

［カット］

シーン87

内観。オフィスの隣りの控え室、夜。

エラリーとその父親が警視のオフィスから出て来る。ちょうどそのとき、フラニガンが登場。ひどく酔っている。ネクタイはひん曲がり、服はしわくちゃ。鼻は真っ赤で、上着のポケットからハンカチを引っ張り出そうとしている。

フラニガン　やあ、やあ、やあ――わが懐かしき友よ――クイーン父《ペール》にクイーン子《フィス》。――こっちを向いてくれないか、ジュニア――そうすりゃあ、おまえさんも少しは責任を感じてくれるってもんだ。

警視　フラニガン、ここで何をしておるのだ？

フラニガン　犯行現場を訪れたんだよ、警視――。「犯行」ってのは、おれが今年最大のスクープを寝かすような間抜けを演じた上に――時間を無駄につぶしてそいつを干からびさせちまったことだがね。

エラリー　わかってくれ、フラニガン――。ぼくたちは、検事局がヴァージニアが死んだことを判事に話すとは夢にも思わなかったし――判事がそれを法廷でみんなに明かしてしまうとも思わなかったんだ――
フラニガン　わかっているさ。検事局がそんなことをしなければ――判事がそんなことをしなければ――
　フラニガンが二人に近づく。
フラニガン　へっ、言ってもしょうがないな――。おまえさんたちを責めているんじゃないんだ――ただ自分自身を哀れんでいるだけさ。
警視　それで警察署の床一面を血だらけにしているわけか。何があったのだ？
　フラニガンはハンカチを引っ張り出して鼻にあてる。
フラニガン　バーに座ってジョニー・ウォーカーで自分を慰めていたんだ。すると、間抜けな大男と、そいつの出身のことで口論になって――
エラリー　こっちに来て、鼻を見せてくれないか――（間をおいて）頭をそらせて――
フラニガン　大丈夫だよ――あの野郎のひょろひょろパンチが一発当たっただけで――
　エラリーはケガの具合を調べ、クイーン警視は近寄って覗き込む。
警視　そのせいだな――両目のまわりが黒ずんできておる。
フラニガン　目だって？　あの野郎は鼻を殴ったんだぜ。
エラリー　そうだ――鼻骨が折れると、両目のまわりにきれいな黒あざができるのさ。
フラニガン　折れているのか？
警視　（うなずいて）せがれは名医だからな。
　エラリーは突然考え込む。横を向いて――まるで何かがその身に起こったかのように。それから警視のオフィスのドアに歩み寄る。今ではクイーン警視がフラニガンの鼻を見ている。
フラニガン　へい、なるべくそっと触ってくれよ――痛いんだ。
警視　やはり折れているようだな。数日は男前が上がることになるぞ。写真入りの記事を用意しておくんだな。

シーン88

内観。クイーン警視のオフィス、日中。

部屋に入ったエラリーは、足早に「ヴァージニア・ロマックス」と記された資料に近寄り、取り上げる。

シーン89

挿入——「ヴァージニア・ロマックス——治療記録」というラベルの貼られた書類ばさみ。

シーン90

前のシーンに戻る。

エラリーは書類ばさみを開き、ある書類を見つめる。クイーン警視がドアから顔を突き出す。

警視　エラリー、わしはフラニガンを医者に診《み》せた方がいいと思うのだが。

エラリー　（書類から注意をそらして）そうですね、お父さん。すぐそっちに行きますよ。

クイーン警視は首を引っ込める。エラリーは自分自身にうなずき、書類ばさみをゆっくり閉じる。そしてカメラの方を向く。困惑しているような顔で。

視聴者への挑戦

エラリー　さて、みなさんはここまでたどり着きました——ぼくがたどり着いたまさにその場所に。ぼくは今や、誰がニック・ダネロを殺したのか、そしておそらくは誰がヴァージニア・ロマックスを殺したのかがわかりました。もし細心の注意を払っていたならば、みなさんもそれを指摘できるはずです。少ないとは言い難い数の容疑者がいます——何人かは疑わしく、何人かはそれほど疑わしくはありません——。しかし、フラニガンの折れた鼻が絵を完成させてくれたのです。では、ぼくたちが同じ解決にたどり着いたかどうか、見てみることにしましょう。

［フェード・アウト］

第四幕

［フェード・イン］

シーン91

外観。裁判所、日中、ストック映像使用。

シーン92

内観。法廷、日中。

翌朝。十時を少し過ぎたところ。陪審員はいない。法廷は人であふれ、傍聴席にはエラリーと警視の姿も。この裁判の関係者もやはりいる。ジェフリー・キャンベルはリン・ヘイゲンと一緒に被告席に。アーマンド、イボンヌ、ジミーのダネロ一家もいる。傍聴席の最前列、被告席のすぐ後ろにはテリー・パーキンスとプリシラ・ヘイゲン。セレブリージは立ち上がって熱弁をふるっている。

セレブリージ　リン・ヘイゲンは検察側の不手際の犠牲者だという可能性もあります。しかし、事件がすべて解決するまでは、それが正しいかどうかはわかりません。被告は第一級殺人罪で起訴されており、われわれは陪審が無罪とみなすまでは、彼が自らの意志で外を歩き回ることを許すわけにはいかないのです。したがって、検察側としては、リンヴィル・ヘイゲンはこのまま拘留し、保釈も認めるべきではないと主張します。

セレブリージは自分の席に戻って腰を下ろす。

シーン93

判事を映す。

判事　キャンベル君？

シーン94

キャンベルを映す。

キャンベル　（立ち上がって）これ以上の議論は必要ありません、裁判長。ですが、正義の名のもとに、われわれは即座に裁定が下されることを求めます。

判事　当法廷は裁定を下す用意はできているのだ、キャンベル君。双方の主張を聞いた上で——

シーン95

エラリーを映す。

エラリー　（立ち上がって）裁判長——よろしいですか？

シーン96

判事を映す。

びっくりした顔を向ける。

判事　何かね、クイーン君？

エラリー　判事席まで伺ってもよろしいでしょうか、裁判長？　ぼくは、あなたの裁定に影響を及ぼすであろう情報を持っていると信じていますので。

判事　こちらに来たまえ。（セレブリージとキャンベルに向かって）きみたちもだ。

エラリーは判事席に近づく。セレブリージとキャンベルも判事席に歩み寄り、エラリーの両わきに立つ。

判事　これはきわめて異例のことなのだが、クイーン君——

エラリー　裁判長、ぼくをamicus《アミクス》 curiae《クリアイ》——法廷助言者——と認めて、話を聞いていただきたいのです。

判事　通例ならば、専門家以外を助言者として話を聞くなど論外なのだ。だが、きみが非公式にではあるが警察に対してどんな立場を得ているかはよく知られている。許可を与えよう――検察側、弁護側双方に異議がなければだが。

セレブリージ　検察としては異議はありません、裁判長。

判事　キャンベル君は？

キャンベルは顔を上げる。

キャンベル　こちらも異議はありません、裁判長。

判事　よろしい。ただし、これは記録に残さず、他の者も法廷から退出させることとする。

エラリー　ここに残してもらいたい者が何名かいるのですが――

判事　誰かな？

［フリップ］

シーン97

内観。法廷、日中。

少し後。主要人物は法廷に残り、エラリーの口切りの話の間に一人ずつ映されていく。

エラリー　リン・ヘイゲンを被告とする〈聖パトリック・デイ殺人事件〉の謎の核心は、終始一貫して、ニック・ダネロが殺されたときに部屋にいた女性の正体でした。彼女はヘイゲン氏の話、すなわち「ダネロは正体不明の人物によって、半分ほど開いた窓ごしに――ヘイゲンの銃で――射殺され、その人物がヘイゲンに殺人の罪を着せようとした」という話を裏づける唯一の人物だったのです。最近の出来事によって、われわれはヴァージニア・ロマックスこそがその目撃者だったと考えました。しかし、残念なことに、それは真実ではなかったのです。

シーン98

アングルを変えて、一同の反応を映す。

シーン99

被告席を映す。

キャンベル　（立ち上がって）だが、ヘイゲンは彼女の写真を選んだではないか——

判事　座りたまえ、キャンベル君。

エラリー　ええ、ヘイゲンは彼女の写真を選ぶことができました。（間をおいて）ですが、少し話を戻させてください。（間をおいて）リン、警察が到着したときに彼らに話した女の外見を、くり返してくれないか？

ヘイゲン　（うなずいて）ああ。こう言ったんだ。彼女の背の高さは普通で、金髪で、青い目で——スタイルはよくて——目立った特徴はない、と。

エラリー　目立った特徴はなかったのだね。

ヘイゲン　その通りだ。

エラリー　言い換えると、きみはニューヨーク市の何千人もの——何万人もの——女性に当てはまる外見を説明したわけだ。

ヘイゲン　いいか、エラリー——

エラリーはポケットに手を伸ばすと一枚の書類を取り出し、それを開いて目を落とす。

エラリー　これは警察本部できみがサインした供述調書だ。きみは女の外見を説明したあとに、何か目立った特徴はなかったかを訊かれているね。答えは「いいえ、何もありません」だった。次の質問は「目につくあざや傷や——何かそのたぐいのものは？」。答えは「いいえ、そんなものはありませんでした」となっている。

ヘイゲン　その通りだ。

エラリー　しかし、それはあり得ないよ、リン。いいかい、三月十三日に——ヴァージニアがニック・ダネロの部屋にいたとされる日の四日前に——彼女は病院の救急病棟で治療を受けていたのだ。鼻骨が折れてね。三月十七日——聖パトリック・デイ——までに顔の打撲傷が消えたとしても、両目のまわりにはっきりとした黒あざが残っていたはずなのだ。きみがこれに触れないということはあり得ない。（間をおいて）あの晩、ヴァージニア・ロマックスは部屋にはいなかった。きみとニック以外には誰もあの部屋にいなかったのだ。――つまり、きみが殺したことになる。

ヘイゲン （間をおいて）エラリー――ぼくは――

キャンベル 何も言うな、リン。

ヘイゲン 無駄だよ。うまくいきっこないさ、ジェフ。

判事 ヘイゲン君、私はきみに、「弁護士と相談するまでこれ以上何も言わない方がよい」と忠告させてもらうが。

ヘイゲン いいえ。ぼくは話したいのです――これまでもずっと真実を話したかった――でも、その度胸がなかったようです。ぼくがニック・ダネロを殺しました。ぼくは彼のところに――自分の銃をたずさえて――行きました。でも、それを使うつもりはありませんでした。まず、ぼくに関わらないでくれと懇願したのですが――彼は「それはできない」と言いました。自分が手を引いても、別の誰かが同じことを考えつくだろう、と。ぼくは、ニックに言ってはいけない何かを言ってしまったようです。彼は荒れ狂いました。ぼくをどんな目にあわせるかを並べ立てて――破滅させてやると言って――ぼくだけでなくテリーも――妻までも破滅させると脅して――ここから先はよく覚えてないのですが――頭の中が真っ白になって――銃を手にとって――我に返ったときには彼は横たわり――死んでいました。

エラリー それで、ジェフ・キャンベルに電話したのだね。

ヘイゲン （うなずいて）ドアマンに見られていたし、警察が駆けつけるまでそんなに時間がないこともわかっていた。近所の人たちが騒ぎ出しているのも聞こえたしね――。ジェフはぼくに、どうすればいいかを教えてくれた――窓を開けて――もう二発撃って――避難梯子の殺人者をでっち上げて――いもしない女もでっち上げて――

エラリー　その女の外見は誰に教わったのかな？

キャンベル　（立ち上がって）私だよ、エラリー。わざとあいまいにしておいたが――ヴァージニアが殴られていたのは知らなかった――

エラリー　だが、最初からきみは、彼女なら幻の目撃者に仕立て上げることができると思っていたのだろう。

キャンベル　（間をおいてからうなずく）そうだ。あの女がダネロ一家を――結婚の無効宣告の件で――憎んでいたのは知っていた。二週間かかったが、彼女がジャージーシティの売春宿にいることを突き止めたよ。私は――私はあの女に金を払うともちかけ、彼女は同意した。

エラリー　自らが偽の証人を演じることを。

キャンベル　そうだ。

エラリー　それなら、どうしてきみは彼女を証人席に立たせなかったのかな？

キャンベル　怖じ気づいたんだと思う。だから彼女を隠したままでいて――評決になっても表に出さなかったのだ。彼女抜きでも大丈夫だと思っていたし――もし陪審が有罪判決を下したとしても、いつでも彼女を押し立てて再審に持ち込むことができる、と。（間をおいてからダネロ一家を指し示して怒りをぶつける）そして、うまくいくはずだったんだ。こいつらが見つけ出さなければ――こいつらが彼女の口をふさがなければ。

ジミー・ダネロはすごい勢いで飛び上がったので、廷吏に押さえつけられてしまう。

ジミー　嘘だ――おまえは嘘つきだ、キャンベル――

判事　（木槌でどんどん叩く）静粛に！

セレブリージが立ち上がる。

セレブリージ　裁判長、こちらは充分聞きました。

判事　私も同じ意見だ、セレブリージ君。被告は廷吏によって再拘留されることとする。――

それからキャンベル君の行いに関しては、地方検事局がしかるべき処分を下すものと考える。

セレブリージ そうします、裁判長。

シーン100

キャンベルを映す。

テーブルにもたれかかっている。うつむいたまま、ゆっくり自分の席に腰を下ろす。

［フリップ］

シーン101

内観。クイーン家の書斎、夜。

テリーとプリシラはちょうどコートを着ているところ。キャンベルもそこにいる。エラリーはプリシラがコートを着るのを手伝っている。

プリシラ 自分を責めないでね、エラリー。あなたは自分がやるべきことをやったのだから。

エラリー 楽しいことではなかったけどね。

テリー おれがあのアパートにいなかったのは幸運だったとしか言いようがないな。この手でダネロを殺していたかもしれなかったのだから。いずれにせよ、おれたちはリンを待つことにするよ。ジェフの話だと、五年かそこいらで出て来られるらしいから。

キャンベル ダネロが脅迫していたことや、リンの精神状態を考慮すれば――腕利きの弁護士だったら、謀殺から故殺に罪を軽くできると思う。――それをやるのは私ではないけどね。私は資格を剥奪され、一、二年の刑を受けることになると思う。その程度で済めば御《おん》の字だな。

プリシラ （キャンベルに向かって）そこまでしてくれたことに感謝するわ、ジェフ。

キャンベル （にこりとして）シンシン刑務所で会おう。

二人が去り、キャンベルとエラリーが残る。エラリーはドアを閉め、キャンベルはテーブルに歩み寄って新聞を取り上げる。ガゼット紙の一面トップが見える。見出しは「ヘイゲン自白！」。

キャンベル　ふむ、少なくともフラニガン氏はこの事件で得をしたわけだ。

エラリー　ぼくたちにできるのは、これが精一杯だった――親父とぼくが彼の最新スクープを犠牲にしてしまった後ではね。

　キャンベルはワイン・デカンターに向かう。

キャンベル　帰る前にもう一杯いいかい？

エラリー　なぜ断らなくちゃいけないのかな？

　キャンベルは二つのグラスにワインを注ぎ、一つをエラリーに持って行く。その間に以下のセリフを言う。

キャンベル　さて、きみは身の安全のために自分の仕事を投げ出してしまったように見えるのだが。

エラリー　そうかい？

キャンベル　ダネロ一家のことさ。あの中の誰がヴァージニアを殺したのかな？　私には――私は息子だと思うが。

エラリー　ぼくには――ぼくはあの中の誰でもないと思う。

キャンベル　エラリー、ホテルのあの女の部屋で手がかりを見つけたのは、他ならぬきみじゃないか。新聞の切り抜き、紙マッチ、それに写真。やつらは、われわれのために彼女が偽証しようとしていることを突き止め、口を閉じたままにしておくために殺したのだよ。

エラリー　彼女を買収することができたというのに、なぜ殺さなくちゃいけないのかな？

キャンベル　どうやらきみは、違う説を持っているようだな。

エラリー　（静かに）なぜぼくたちはこんなゲームを続けなくちゃいけないのかな？　二人ともわかっているというのに――きみがヴァージニアを殺し、その疑いをダネロ一家に向けるために手がかりをばらまいたことを。

　キャンベルは弱々しく笑い、顔をそむける。

キャンベル　おい、馬鹿なことを言うなよ、エラリー。確かに私は不正直な弁護士だ――それは認めよう――。しかし、殺人だと――？

エラリー　七年前、きみはヴァージニア・ロマックスの弁護をした――

キャンベル　そうだ。それは認めたじゃないか。

エラリー　きみは彼女とジミー・ダネロの短命に終わった結婚について知っていた。それも今朝、認めたね。きみは彼女が情緒不安定の――アル中だということも知っていた。保護観察のために二度も精神病関係の施設に入れられていたからね。

キャンベル　何を言いたいのかな？

エラリー　きみは彼女を温存していたんじゃない。最後の瞬間まで、怖じ気づいたりはしなかった。初めから、彼女が反対尋問に耐えられないことはわかっていたんだ。（間をおいて）きみは最初から、彼女を殺してしまうのが最善の手だとわかっていたんだ。

キャンベル　頭がおかしくなったようだな。

エラリー　生きているヴァージニア・ロマックスは証人として反対尋問を受けねばならず、これはきみにとって都合が悪い――。だが、死んでいたら――。そう、誰が死体に反対尋問できるというのだ？　きみは陪審員が缶詰になるのを待って――フラニガンの記事が載った新聞を、こっそりホテルに差し入れたんだ。審理無効にするためにね。リンは自分のために誰が偽証してくれるのか知っていたので、ヴァージニアの写真を選び出すのは簡単だった。すべてが計算づくで、すべてが計画通りに進み――彼女が目撃者ではないことを証明できる者は誰もいなくなった。

　キャンベルはデカンターに歩み寄り、自分のためにもう一杯注ぐ。彼が不安を感じていること、そしてそれを必死に隠そうとしていることは態度に表れている。

キャンベル　興味深い想像だな。

エラリー　想像以上のものだよ、ジェフ。リンがニック・ダネロを殺した三日後に、この広告がガゼット紙に載っただろう。覚えているかい？

　エラリーは取り出した切り抜きを掲げる。

エラリー　「V・Lへ。A・Dより」。ニックの件について話す必要あり。ダネロはヴァージニアが目撃者だと知るすべはなかったはずだ。なぜならこの時点では、ヴァージニア自身ですら、自分が偽の目撃者に仕立てられることを知らなかったのだからね。今日、法廷できみが何と言ったか思い出してくれ――彼女の居場所を突き止めるのに二週間かかったと言ったんだよ。つまり、ニックが殺された三日後にこの広告を載せることができたのは、たった一人しかいないのだ、ジェフ。きみだけしか。

　キャンベルはふり返り、ためらいを見せてからわずかに肩を落とす――反論の余地がないことを覚《さと》って。彼は悲しげな笑みを浮かべる。

キャンベル　きみは正しいよ――いつものようにね。生きているヴァージニアは、どう考えても都合が悪い。だが、死んでしまえば――彼女は私の出世の踏み台になる。リンに起きたことを――彼が誰を殺したのかを――聞いた瞬間に、この事件はトップ記事になることがわかった。このたぐいの記事は、私を交通事故の示談で細々と稼ぐ弁護士から、〝戦後のクラレンス・ダロウ（戦前の有名な弁護士）〟に変えてくれるのだ。（皮肉っぽく）きみも四十歳を過ぎれば、こういったことが心配になってくるさ。きみたち一九三五年度の卒業生の中で誰がもっとも成功すると思われていたのかは知らないけどね、エラリー、私の卒業年度については教えてあげられるよ。

　キャンベルはワインを一口すすり――ためらいを見せてから、腑に落ちない様子でエラリーの顔を眺める。

キャンベル　でも、きみは今ここで言ったようなことは、今日の法廷でもわかっていたのだろう、違うかい？

エラリー　ほとんどはわかっていた。

キャンベル　なぜあの場で私を追いつめなかった？　あのときの私には逃れるすべはなかったというのに。

エラリー　今朝のぼくは、そんなことで得意がる気分じゃなかったのさ、ジェフ。今もそうだ。すべてをきみの口から話してもらった方がいいと思ったのだよ。

キャンベル　きみが言いたいのは、きみの親父さんがそこいらの洋服簞笥に隠れているわけじゃない、ってことか？

エラリーはゆっくり首を振る。

エラリー　親父は警察本部だ。（腕時計を見る）このくらいの時間に電話がかかるかもしれない、と言っておいた。

キャンベルは体を起こしてデスクに近づく。エラリーはその姿を見つめている。長い間。この間、キャンベルの心の中で何が起こっているのかはわからない。

キャンベル　それなら、やがて私が警視に電話した方がいいな。

彼は電話に手を伸ばして受話器を取り上げる。ダイヤル「0」を回して交換手を呼び出す。

キャンベル　交換手、警察本部につないでくれ。

キャンベルは自分のワイングラスを手に取り、笑みを浮かべながらそれを掲げる。エラリーも同じようにする。

［画面を静止］

［エンド・クレジット］

［アイリス・アウト］

THE　END

ミステリの女王の冒険
The Adventure of the Grand Old Lady

脚本　ピーター・S・フィッシャー

船上でワイン商が殺された！
犯人は女流作家か？　少佐か？　看護婦か？
親子連れか？　デザイナーか？　チェス名人か？
船長か？　二等航海士か？　事務長か？
それとも他の誰かか？
エラリー・クイーンと推理を競おう！
—— Who done it?

登場人物

エラリー・クイーン……………ミステリ作家兼素人探偵
クイーン警視………………………エラリーの父親。ニューヨーク市警の警視
バート・レニアン…………………財務省の特別捜査官
サイモン・ブリマー………………ラジオのミステリ番組のホスト
レディ・シビル・オースチン……女流ミステリ作家
ピーター・デニケン………………ワイン商
ダニエル（ダン）・マクガイヤ……少佐
エレアナ・キャントレル…………従軍看護婦
アンリ・ビスカルド………………車椅子の銀行家
ポール・ビスカルド………………その息子
アーサー・ビショップ……………ファッション・デザイナー
ニコラス・クレイン………………チェスの名人
オリバー……………………………クイーン・メリー号の船長
ベロウズ……………………………クイーン・メリー号の事務長《パーサー》
バトラー……………………………クイーン・メリー号の二等航海士
ホフマン……………………………テレビの取りつけ屋
トミー&ペギー……………………クイーン家の客人
ニュースキャスター　給仕　女性客　男性客　船員　看護婦　女性

第一幕

［フェード・イン］

シーン1

外観。クイーン・メリー号、夜（タイトル等をかぶせる）。

蒸気をなびかせた外航船が夜のニューヨーク港に入るために進んでいる。ストック映像使用。

シーン2

外観。廊下、夜（タイトル等をかぶせる）。

男の走る足音が耳に飛び込んで来ると、突然、ピーター・デニケン（四十二歳）の恐怖に駆られた顔がカメラの前に現れる。ネクタイは曲がり、髪は乱れ、おびえるように唇を湿らせている。デニケンは左右をうかがう。不意に、彼の耳は背後に響く足音をとらえる。デニケンはジャケットのポケットに手を入れ、小さな茶色の紙包みを取り出す――薄く、平らで、大きさは商業用封筒（235ミリ×120ミリ）くらいである。それを見つめてから再びポケットに戻す。彼は左手に走り去る。

シーン3

内観。一等船室前の廊下、夜（タイトル等をかぶせる）。

デニケンが現れ、「3」と表示された一等船室のドアに突進する。こっそり開けようとするが、ドアはロックされていた。彼は再び肩ごしに背後をうかがうと、隣りのドアに突進する。船室番号は「5」である。こちらもロックされていた。またもや足音が響き、デニケンは恐怖に満ちた顔で肩ごしに背後をうかがう。

シーン4

内観。廊下、カメラはデニケンの視点で、夜（タイトル等をかぶせる）。

荒々しい息づかいと共に、カメラは廊下を少し移動し、左右に分かれた地点に突き当たる。カメラは左を、次に右を映す。どちらの廊下にも人はいない。

シーン5

内観。事務長《パーサー》のオフィス、夜。

事務長《パーサー》のベロウズ氏がデスクに座って書類仕事をしていると、ドアをノックする大きな音が響く。続いてドアノブをガチャガチャさせる音。

ベロウズ　何ですか？

デニケンの声　入れてくれ――頼む！

ベロウズ　ちょっと待ってください。

ベロウズは立ち上がって戸口に向かう。ロックを外してドアを開ける。次の瞬間、デニケンが飛び込んで来る。

ベロウズ　デニケンさん。今晩は。（彼の出現にも平然として）おやおや《グッド・ロード》――何があったのですか――？

デニケン　何でもない、何でもないんだ。ハシゴ段から落ちてね。それだけさ。おれの拳銃を返して欲しいのだが。

ベロウズ　拳銃ですか、デニケンさん？

デニケン　乗船したときに、船長に取り上げられたんだ。その後ろに、鍵をかけて保管されているはずだ――そいつが欲しい――今すぐに。

ベロウズ　申しわけありませんが、それはできないのですよ。――船長の許可がなくては。

デニケン　船長はどこにいる？

ベロウズ　（腕時計をちらりと見て）この時刻ならば、もう本日の業務は終えているはずです。ですから、船長は自由に――

デニケンはデスクに向かい、鉛筆と紙片をつかむと、すごい勢いで書き始める。

ベロウズ　いいですかデニケンさん、あなたの額にはひどい切り傷があるじゃないですか。この船の医務室で診《み》てもらうことをおすすめしますよ。

デニケン　（紙片をベロウズに突き出して）この伝言を陸《おか》に打電してくれ――今すぐにだ。わかったか？

ベロウズ　ええ、しかし――

デニケンはきびすを返すと、あっという間にオフィスから消える。

ベロウズ　デニケンさん？

彼は後を追おうとするが、もう手遅れだった。ベロウズはドアを閉め、紙片を見つめる。

［フリップ］

シーン6

内観。パブ、夜。

隅のテーブル――そこでは、サイモン・ブリマーが、年配の上品なレディと、ロウソクをはさんで差し向かい《テート・ア・テート》で座っている姿を見ることができる。彼女――レディ・シビル・オースチンは、数ダースものミステリ小説によって、世界的に知られている女流作家である。明るく、はきはきした性格で、たぐいまれなユーモアのセンスを持っている。しかし、悲しみの色がその顔をよぎることがたびたびあり、その都度、レディ・シビルには隠し事があることが伺える。ブリマーはグラスを上げる。

ブリマー　親愛なるレディ・シビル、あなたの熱烈な崇拝者からのささやかな乾杯をお受けください。

レディ・シビル　ブリマーさん、それは大げさですわ。

ブリマー　そんなことはありません。あなたの卓越した才能に対しては、これでも足りないくらいです。――驚嘆すべき名探偵デクスター・セント・ジェームスが主役を務めた五十作の長編は――

レディ・シビル　五十五作です――

ブリマー　一ダースもの言語に訳され――

レディ・シビル　十七の言語です。スワヒリ語も含めて――

ブリマー　（グラスを掲げ）次なるシビル・オースチンの冒険に乾杯――

レディ・シビル　そして、その本がご満足いただけるものになるであろうことを、お約束いたしますわ。ですが、申しわけありませんけど、もう少し待っていただかないと。戦争やら何やらで――ああいった浮ついた愛国的な作品を書くのは、難しくなってしまったようですので――

ブリマー　ええ、そうですな。（咳払いをして）レディ・シビル、私の番組のために執筆していただくという申し出について、考えていただきたいのですが。

レディ・シビル　ですがブリマーさん、あなたにも言ったように、わたくしはラジオについては何も知らないので――

シーン7

アングルを変えて。

オリバー船長――この船の船長が、ラウンジの裏手から近づいて来る。

レディ・シビル　あら、オリバー船長――

船長　レディ・シビル――それにミスター・ブリマー――わが船旅にご満足いただけているとよろしいのですが。

レディ・シビル　心から満足しておりますわ、船長。この薹《とう》が立ったレディは、船に乗っているにも関わらず、まるでまだイギリスの地にいるみたいな気分ですの。

ブリマー　一緒にブランデーをやらないかね？

船長　ありがたいが、遠慮させてもらいますよ。わしは――

船長は顔を上げる。

シーン8

アングルを変えて。

ドアが手荒く開けられ、目を見開いたピーター・デニケンが戸口に立っているのが見える。彼はしばらくためらってから、歩を進める。

デニケン　（あえぎながら）Kapitan《カピテーン》……Kapitan《カピテーン》

……

デニケンはテーブルに向かってよろめき、間をおいてからもたれかかり、そのまま床にすべり落ちる。テーブルクロスが引きずられ、体の上にかぶさる。

レディ・シビル　まあ、何てことでしょう！

ブリマー、すばやく立ち上がる。

ブリマー　この男は誰なんだ？

船長はすばやくひざまずくと、男を調べる。それから顔を上げる。

船長　「誰なんだ？」ではないですな、ブリマーさん――「誰だったんだ？」です。この人は刺されて、もう死んでいますからな。

シーン9

二人だけを映す――ブリマーとレディ・シビルだけを。

驚きと当惑を浮かべた顔を見合わせて、死体から後ずさる。

［フリップ］

シーン10

外観。ニューヨーク市の風景、日中、ストック映像使用。

［ワイプ］

シーン11

内観。クイーン家の書斎、日中、ニュース映像の画面。

テレビ画面上のニュース放送だけを絞って映す。それからアングルを広げ、それがクイーン家の書斎の壁の前に置いてある十インチ画面のテレビであることを明らかにする。テレビセットの前には二人の子供――トミー（七歳）とその妹のペギー（五歳）――が座って、夢中になって観ている。正面のドアが開いているのが見え、一人の男――間もなくテレビの取りつけに来たジョー・ホフマンだとわかる――の声が聞こえる。

ホフマンの声　左か！（間をおいて）そうか、こいつは――左だ――こいつを左に回すんだ!!

戻って来たホフマンは、テレビを見てうなずく。

シーン12

アングルを変えて。

眠そうな様子のエラリーが寝室の方から出て来て、くしゃくしゃの髪をなでつける。

エラリー　お父さん、何やら騒がしいけど――――？

彼は取りつけ屋にぶつかる。

エラリー　おっと、失礼。

ホフマン　こっちこそ失礼。

ホフマンはテレビの背後にまわり込む。そのテレビはニュースを映している――が、音は聞こえない。エラリーはかなり面食らっているように見える。

トミー　やあ、エラリー！

エラリー　ああ、やあ……トミー……（ホフマンに）その……ええと……

ホフマン　すてきなチビッ子カップルじゃないですか、あんたのところのお子さんは。

エラリー　二人とも、ぼくの子供じゃない。（間をおいてからトミーに）学校に行かなくていいのか？

トミー　夏休みなのに？

エラリー　おお。（間をおいて）うちがその代物《しろもの》を買ったのかな？

ホフマン　その通りですよ。注文したのは（注文票を見て）クイーン――リチャード。

エラリーは頭を振ると、歩き出す。

エラリー　（呼びかける）お父さん！

ホフマン　ああ、あの人なら、ここにはいませんよ。

ホフマンはテレビの背後から出て来ると、持参した道具を片づけ始める。

ホフマン　二十分ほど前に、電話で呼び出されましたよ。重要な用件だったみたいですね――部下からの電話を受けると、あわてて出て行きましたから。

エラリーはいぶかしげな顔をしながらテレビに近づき、つまみをいじり始める。

エラリー　呼び出された？　誰に呼ばれたのかな？

ホフマン　おれにはわかりませんね。

トミー　チャンネルを変えないで！――トム・ミックス（西部劇の人気スター）の映画が始まるんだから！

テレビの映像が乱れ、水平線でおおわれる。

トミー　やっちゃった！

トミーはテレビに近づき、元に戻し、音量もアップする。

ホフマン　（エラリーにクリップボードを差し出して）ここにサインをお願いしますよ、お客さん。

エラリー　何だって？

ホフマン　サインをここに。

エラリー　ああ、そうか。

エラリーはサインしようとするが、すぐに流れているニュースに気をとられる。

ニュースキャスター　――一時間あたりの最低賃金が七十五セント上昇しました。（間をおいて）ニューヨーク港に向かう途中の外航船クイーン・メリー号で、昨夜、悲劇的な事件が起こりました。一人の男性が――身元はまだ不明です――午後九時少し前に、無惨にも刺し殺されたのです。ニューヨーク市警の殺人課の刑事たちは、今朝早く、ニューヨーク沖六十八海里付近を航行するこの船に乗り込みました。現時点では、この船への乗り降りは、一切禁止されています。

シーン13

エラリーを映して。

エラリーは反応し、きびすを返して自分の寝室に向かう。

エラリー　失礼。

ホフマン　（クリップボードを持って後を追う）ねえ、お客さん――サインがまだなんだけど。

［フリップ］

シーン14

外観。クイーン・メリー号、日中、ストック映像使用。

波止場に寄せた船を強調するように映す。

［フリップ］

シーン15

外観。栈橋近くの甲板、日中。

二等航海士のバトラーがアーサー・ビショップと激しく言い争っている姿が目に入る。ビショップは三十三歳で、流行の服を身につけ、中がふくれあがった書類カバンを手にしている。エラリーは近づいて立ち聞きをする。

バトラー　申しわけありません、ビショップさん――誰にも許可を与えることはできないのです。船長の命令なので。

ビショップ　名札を見せろ――でなきゃ、肩書きを名乗れ――

バトラー　バトラーです、お客さま。二等航海士の。

ビショップ　バトラー、おれは自分のオフィスに帰って、仕事に取りかからねばならんのだ。この書類カバンの中には、きわめて価値のあるものが入っていて――

バトラー　すみません。ご存じのように、われわれ全員にとって困った出来事が起きてしまったので。

ビショップはもごもごつぶやくと、ゆっくり歩き去って行く。エラリーは彼が見えなくなってから、二等航海士の方に進む。
エラリー　すみませんが。
二等航海士はエラリーの方を向く。

［フリップ］

シーン16

外観。食堂、日中。
一人の船員が船長に近づき、何やら耳打ちする。
船長はうなずき、背後のテーブルに向かう。そのテーブルには、クイーン警視、ブリマー、それに事務長のベロウズの姿が見える。
警視　ではあなたは、デニケンが九時十五分前に、あなたのオフィスに飛び込んで来たと言うのですな。
ベロウズ　はい、警視——
警視　そして、デニケンは「誰かが後を尾《つ》けている」と言ったと？
ベロウズ　いえ、違います、警視。実際にはそう言っていません。あの人は自分の拳銃を取り戻したがっていたのです。当然のことですが、私は「船長の許可がなければ返すことはできない」と返事をしました。デニケン氏の様子といったら——髪は乱れ、服はよれよれで——私が想像するに——
船長　警視、ちょっといいかな。怪しいやつが船にもぐり込んで来たようだ——そいつは、あなたの息子だと言っているのだが。
警視　エラリーか？　それなら連れて来てくれ。たぶん、あいつなら事件の真相を見つけ出してくれるだろうて。
船長は船員のところに戻り、聞こえない程度の声で話す。船員はうなずいてから離れていく。
警視　これで、デニケンは事務長のオフィスに逃げ込み——船長を探しに出て——あの狭い通路で八時四十五分から八時五十五分の間に刺し殺されたということになったな。
ブリマー　問題。誰がデニケンの後を尾《つ》けていたのか？　問題。デニケンはその人物が誰かを知っていたのか？

警視　ブリマー、そんな問題は、わしだってわかっておる――わしは、その答えを探しておるのだ。

エラリーの声　お父さん？

シーン17

アングルを変えて。

エラリー登場。

シーン18

テーブルまわりを映す。

エラリーが近づいて来る。

警視　エラリー――わしがここにおることを、どうして知ったのだ？

エラリー　ニュースを聞いたのですよ、お父さん――うちの新しいオモチャで。

警視　うん？　おお、あれか。

エラリー　そう、あれです。

警視　あれに関しては後で話そう。（間をおいて）オリバー船長、息子のエラリーです。

船長　はじめまして。

エラリー　（握手をしながら）やあ。

警視　そして、こちらの紳士は、おまえも知っておるだろう。

エラリー　（ひと目見るなり）サイモン――きみはここで何をしているんだ？

ブリマー　海の向こうでささやかな休暇をとって、帰ってくるところだったのだよ、クイーン。私も協力できるだろうと思ったのでね。どうして協力できるかって？　私は被害者が死んだときに、その場にいたのだよ。

エラリー　本当か？

警視　そいつの名は「ピーター・デニケン」。デンマークから来たワイン商だ。刺し殺されておった。

エラリー　（ブリマーに）それできみは、彼が刺されたところを見たのか？

ブリマー　刺されたところではないのだ、クイーン——。見たのは、この哀れな男が息を引き取る瞬間さ。私はパブに座ってコニャックを味わっていたのだよ。レディ・シビル・オースチンと——

エラリー　何だって？

ブリマー　私は——

エラリー　あのレディ・シビル・オースチンが？　今ここに？

ブリマー　まだ彼女が船から飛び降りようとしていないのならね——

エラリー　（船長に）彼女の船室をご存じですか？

船長　十四号室だ、クイーン君——だが、レディ・オースチンは船の図書室に行くようなことを言っていたな。

エラリー　（にこりとして）ありがとう！

　彼は方向転換すると、急いで出て行く。

警視　エラリー！　エラリー！

　クイーン警視は途方にくれた顔で船長とブリマーのところに戻る。

【フリップ】

シーン19

外観。上甲板の船側《せんそく》手すりの周辺、日中。

アンリ・ビスカルド（六十五歳）が車椅子の両足に毛布をかけ、息子のポール（二十三歳）に押されて甲板を進んでいる姿が目に入る。ビスカルドは白髪で、白い口ひげと小ぶりなヴァン・ダイクひげを生やしている。彼はときどきかんしゃくを起こす。

アンリ　事態がわかっておるのか、ポール——わしらはボルティモアに行けなくなってしまうかも知れんのだぞ。

ポール　列車はいくらでも出ていますよ、父さん。今は日光浴を楽しみましょう——顔色が悪すぎますよ。

二人が通り過ぎると、カメラが右に向き、手すりにもたれかかったダニエル・マクガイヤ少佐が、海を眺めている姿が見える。深く考え込んでいる様子。マクガイヤは四十代で、黒いアイパッチをしている。着ているのは自分の軍服である。ほどなく、ツイードのコートとスカーフを身につけたエレアナ・キャントレル（二十五歳）が、手すりから数フィート離れたところまで近づく。二人は互いに目を向けることなく話す――まるで、せんさく好きな目から、二人の関係を隠すかのように。

エレアナ　朝食のときは見かけなかったけど。

ダン　腹が減っていなかったんだ。

エレアナ　あの女《ひと》が港で待っているの？

ダン　知らないな。港を見ていたわけじゃない。そのう、エレアナ……すまない……

エレアナ　あなたは悪くないわ、ダン。これはわたしの考えなのだから。わたしたちは、さようならを言って――そのまま別れるべきだったのよ。でも、わたしにはできなかった。（間をおいて）わたしはこの甲板よりも、ずっと下に行くべきかもしれない。

ほんのわずかな間、彼女は彼を見て、彼は彼女をふり返る。

エレアナ　さようなら、ダーリン。

彼女は歩み去る。ダンは去って行く彼女を見つめている。

シーン20

外観。カメラはダンの視点で。

エレアナが歩み去って行く。彼女が向かう先からエラリーがやって来て、あたりを見まわしてから、ダンに近づく。

エラリー　すみません――図書室を探しているのですが。

ダン　（指し示す）二番めの通路の――左手の最初のドアだ。

エラリー　ありがとう。

エラリーは去って行く。

［カット］

シーン21

内観。船の図書室、日中。

テーブルの前に座ったレディ・シビルが、一冊の本を調べている。背後のドアが開き、エラリーが登場。彼は帽子を取って近づく。

エラリー　失礼ですが――レディ・シビル・オースチンですか？

　彼女は温かな笑みを浮かべて顔を上げる。

レディ・シビル　そうですが？

エラリー　レディ・シビル、ぼくにとってこれがどんなに光栄なことか、おわかりにはならないと思いますが――ぼくが言いたいのは、実物のあなたに会えたことが――ぼくはあなたの本はすべて読んでいて――中には三度も四度も読んだ本もあって――

レディ・シビル　あらあら、可愛い坊やじゃなくって？　サインが欲しいのかしら？

エラリー　ええ――まあ――

　彼女はテーブルから紙とペンを取り、書く準備をする。

レディ・シビル　さあさあ、お気になさらなくていいわよ。あなたのお名前は何というのかしら、お若い方？

エラリー　エラリー。エラリー・クイーンです。

レディ・シビル　（びっくりして）あのエラリー・クイーン？『ローマ帽子』のあのエラリー・クイーンですの？

エラリー　ええ、そうです――でも――

レディ・シビル　可愛い坊や、だったら、光栄なのはわたくしの方だわ。（間をおいて）ということは、あの小柄な男性は――警視さんは――あなたのお父さまですわね。

エラリー　そうです。

レディ・シビル　何てすてきなのかしら！　あなたはお父さまの手助けをしているのね。ご自分の本みたいに。驚いたわ、あなたは本職の探偵なのね。

エラリー　厳密には違いますが。

レディ・シビル　わたくしはミステリの執筆では、充分なくらい事件に遭遇しています――。でも、実際の事件に遭ってみると――とても魅惑的だわ。

エラリー　レディ・シビル、ぼくはあなたの協力を期待しているのです。聞いたところでは、デニケン氏が死んだとき、あなたはその場にいたそうですね。

レディ・シビル　ええ。わたくしはパブに座っていて――プリマー氏とです。あの方は自分のラジオ番組のために、わたくしに執筆させようとしていたのです――とても不愉快な仕事のように聞こえましたわ。――そんな話をしているうちに、いきなりデニケン氏が現れて――船長を見て――ふらふらと近づいて来ると、あえぎながら言ったのです――「Kapitan《カピテーン》……Kapitan《カピテーン》」と。

エラリー　「Kapitan《カピテーン》」ですって？　ドイツ語の「船長《キャプテン》」という意味ですね。

レディ・シビル　確かにそうですわ。

エラリー　しかし、ぼくが聞いた話では、デニケンはデンマーク人だったはずですが。

レディ・シビル　可愛い坊や、ヒトラー後の二年間は、誰も彼もデンマーク人を名乗ったのよ――やましいところのあるドイツ人は誰も彼も。

エラリーは彼女が読んでいた本に目をとめる。

エラリー　『チェス名勝負集』。おやりになるのですか？

レディ・シビル　（本をちらりと見て）おお、違いますわ。やりません。でも、デニケン氏がやるようですから。

エラリー　どうも話についていけない気がするのですが。

レディ・シビル　デニケン氏は昨晩、刺される直前に事務長のオフィスに行き――陸《おか》に送るように、メッセージを渡したのです――（取り出す）事務長がそれを船長に向かって読み上げたとき、わたくしはメモしておいたのです――

シーン22

内観。図書室の前の廊下、日中。

ブリマーが近づいて来る。彼は開いたドアの外で立ち止まり、聞き耳を立てる。

レディ・シビル それが、ここにあります。

シーン23

内観。図書室、日中、レディ・シビルを映す。

レディ・シビル （読み上げる）「ニューヨーク、ウォルドルフ・アストリア・ホテル、イローナ・デニケン宛て。ダーリン、明日の十時には着くと思う。この天候のもとに、ね。シコルスキーがよろしくと言っていた。覚えているかな、私たちが彼にウィーンで会ったときのことを――一九三六年の九月だったかな？　愛を込めて、ピーター」。

エラリー シコルスキー？（続けて）アンドレイ・シコルスキーかな？――チェスの元世界チャンピオンの。

レディ・シビル おそらく。

エラリー でも、彼は死んだと思っていましたが。

シーン24

内観。廊下、ブリマーを映す。

ブリマーが反応を示す。

レディ・シビル （声のみ）それは確認されておりませんわ。ヒトラーが一九三九年にポーランドに侵攻したとき、シコルスキーはワルシャワで戦渦に巻き込まれました。でも、戦いの後、死体は見つかっていないのです。

ブリマーは向きを変え、足早に去る。

シーン25

内観。船の図書室、日中。

　エラリーは本を受け取って読み上げる。

エラリー　「チェスの国際トーナメント。オーストリアのウィーン。一九三六年十月。シコルスキーはフォン・リヒターを七手で打ち破った。」

レディ・シビル　伝説的な一戦ですわ。おかげで一ヶ月くらいは、ヨーロッパ中がこの話題でもちきりでした。（間をおいて）それで、わたくしはひらめきましたの。ひょっとしたら、デニケンはシコルスキーかもしれない、あるいは、ひょっとしたら、フォン・リヒターかもしれない、と。あるいは、デニケンはシコルスキーかフォン・リヒターに追われていたのかもしれない。あるいは、わたくしは馬鹿な老婆なのかもしれない。

　ドアを叩く音がして、二等航海士が入って来る。

バトラー　失礼します――クイーンさんですか？

エラリー　そうだけど？

バトラー　あなたのお父さんが、今すぐ食堂で会いたいそうです。かなり急ぎのようですよ。

　彼は背を向けて歩き去る。エラリーはレディ・シビルを見る。

エラリー　ぼくも、あなたと同様、われわれはここで何かをつかんだと思います――例の電文とこのチェスの試合の間にある符合に関して。

レディ・シビル　われわれ？　あら、違いますわ――あなたがこの手がかりを追うのですよ、エラリー。わたくしは自分の新しい本に専念しなければなりません。その上、この老いた頭では、あなたの後について行くのは大変ですし。

エラリー　ですが、もうすでに、あなたはぼくより前を進んでいるではないですか。

レディ・シビル　うーん。考えてみると、本は後回しにできますわねえ――。いいですわ、二人でやりましょう。

シーン26

内観。食堂、日中。

クイーン警視、船長、それにバート・レニアンという名の、地味な服装をしている三十歳の男がいる。すぐに明らかになるが、レニアンは財務省の捜査官である。

レニアン　私が言いたいことはこうです、船長。徹底した所持品検査を終えるまで、この船からは、誰一人として降ろしてはなりません。

船長　わしは抗議すべきですな、気は進まんが——

レニアン　申しわけないが、船長、私はそういう命令を受けているのです。

シーン27

アングルを変えて。

エラリーとレディ・シビルが登場。警視は二人の方を向く。

警視　エラリー——

エラリー　どうしたんですか、お父さん?

警視　わしらは動機を見つけ出したようだ。財務省特別捜査官のレニアン氏だ。こちらは息子のエラリー。

エラリー　やあ。

レニアン　警視、この件は機密扱いだと——

警視　レニアンさん、わしは殺人に関することは何事も、息子に隠さんことにしておるのだ。(エラリーに) 実を言うと、デニケン氏はデンマーク人ではないそうだ——ドイツ人らしい。

レディ・シビル　あら、やっぱり! 本名は「フォン・リヒター」なのね。わたくしが想像した通りだわ。

レニアン　本名は「クライツマン」。ザール・バレー地方出身の元ゲシュタポ幹部です。

レディ・シビル　(うろたえて) あら。

警視　クライツマン氏はこの航海で、非常に価値のあるものを運んでいたようなのだ、レディ・シビル——

エラリー　何を運んでいたのですか?

レニアン　私には話す権限はありません。――しかし、これだけは言えます――それは数百万ドルもの価値があるもので――私がそれを見つけ出すまで、この船から何人《なんぴと》たりとも降ろすわけにはいかない、と。

一同、反応を示す。

［フェード・アウト］

第二幕

シーン28

［フェード・イン］

内観。食堂、日中。

前シーンに続けて。

警視　いいですかな、レニアンさん――もしデニケンが、あるいは「クライツマン」が、あるいは他の誰であろうが――価値のある何かを運んでいたならば、わしらは動機を手に入れたことになる。だからこそ、わしはそれが何であるかを知りたいのだ。

船長　わしも同意見ですな。

レニアンはためらい、視線をエラリーからレディ・シビルに移す。

警視　息子のことなら、わしが保証しよう――

レディ・シビル　わたくしについても気にする必要はありませんわ、レニアンさん。わたくしはスコットランド・ヤードの名誉警官ですし――証明するバッジも持っております。

レニアン　（間をおいて）いいでしょう。ですが、私がこれから話すことは、他言無用に願いますよ。

警視　聞かせてもらおう。

レニアン　話しましょう。クライツマンはゲシユタポの中でも高い地位にいました――一九四五年の三月に、彼はザール・バレーからケルンに移り、「ゲルトクリーク作戦」と命名された計画を任されたのです。

エラリー　「ゲルトクリーク」？　ドイツ語で「現金戦争」の意味かな？

レニアン　その通りです。ある彫版の名人が、わが国の五ドル紙幣の原版を造りました――完璧な仕事で――本物と寸分たがわぬ出来でした。同じころ、イリノイ州で、印刷前の紙幣用紙を大量に積んだトラックが乗っ取られました。贋の五ドル紙幣を何百万枚も刷るという計画だったのです――

エラリー　紙幣価値が下がり――国家は経済的混乱に陥ってしまう。

レニアン　戦争が終わっていなければ、そうなったはずです。原版は見つからず、消失したと思われていました。しかし、われわれは二ヶ月前、原版が元ゲシュタポ幹部の一団によって、ひそかに合衆国に持ち込まれようとしているという情報を得たのです――

警視　その中の一人がデニケンだったわけだな。

レニアン　デニケンの妻もです。原版のうち、一枚はすでに彼女の手によって持ち込まれました。そして、もう一枚をデニケンが持ち込もうとしていたことに、疑いの余地はありません。スコットランド・ヤードは、ヒースロー空港まで彼を尾行しました――飛行機の予約をしていたからです。しかし彼は、尾行されていることに気づいたようで、まんまとまかれてしまいました。

船長　デニケンは六時三十分ごろに乗船した――出航の一時間半前だ――

エラリー　そして、あなたの部下たちは、彼を追って乗船することはできなかった。

レニアン　デニケンの居場所を突き止めたのは、その日の夜遅くでしたので。

レディ・シビル　でもわたくしには、誰かが彼の後を追って乗船したとしか思えないのですけど。

エラリー　船長、出航間際になって乗り込んできた船客が他にもいたかどうか、思い出してもらえませんか？

船長　うむ。確かにいたな。船客名簿を調べてみよう。

警視　わしも見てみたいな。

レニアン　われわれが直面している問題は、これで理解してもらえましたね。警視、あなたの問題は殺人事件の解決——ですが、私の問題は、原版の発見なのです。今までは簡単でした。デニケンの後を追ってさえいれば、彼がわれわれを原版と仲間のところへ導いてくれましたからね。しかし、今や、原版は千百人もの乗客の誰かの手中に移りました。どんなことがあっても、われわれは原版をこの船から外に出すわけにはいかないのです。

［フリップ］

シーン29

内観。廊下、日中。

一等船室の七号室から出て来たブリマーが、廊下を歩いて行く。船室係が彼のわきを通り過ぎる。ブリマーは十六号室の前で足を止め、シガレットに火を点ける。それからドアをノックする。返事はない。再びノックする。左右を見まわし、ポケットから小さな鍵束を取り出す。その一つを選び、鍵穴に差し込んでひねる——と、鍵の開く「カチャリ」という音が聞こえる。ブリマーはドアを開けて中に入る。

シーン30

内観。十六号室、日中。

ブリマーはドアを閉め、すばやく簞笥に近寄ると、引き出しを調べ始める。一番下の引き出しで皮ケースを見つける。それを簞笥の上に載せて開けると、象牙の食卓セットが現れる——ナイフ、フォーク、研ぎ具。彼が慎重な手つきでナイフを取り上げて観察していると、不意にドアが開く。ブリマーはふり返り、ニコラス・クレインがドアの前に立っているのに気づく。

クレイン　私の船室で何をしているのだ？

［フリップ］

シーン31

内観。船長室、日中。

ブリマーはクイーン警視のそばに、船長は画面奥にいる。

警視　おまえは何を探していたんだ？

ブリマー　証拠だよ、警視。証拠だ。

警視　どんな証拠だ？

ブリマー　ピーター・デニケンは一人で乗船した。知り合いは一人だけ――その一人以外とは口をきいていない――ミスター・ニコラス・クレイン以外とは。私の他にも何人か、出航した初日に、二人がチェスをする姿を目撃している。

クレイン　ああ、そして、陽射しが強くなって彼が耐えられなくなったので、私たちは彼の船室でチェスを続けた。しかし、チェスと犯罪行為とはほど遠いだろう、きみ。

ブリマー　しかし――あなたの名は、ひょっとしてシコルスキーか――フォン・リヒターではないのですかな。Sprechen Sie Deutsch《シュプレッヒェン・ズィー・ドイチェ》（ドイツ語で「あなたはドイツ語を話しますか」）、クレインさん？　それとも、あなたはポーランド人ですかな？

クレイン　どちらでもない。船長、嘘などついていない。私はあの男については、ほとんど知らないのだよ。彼はすばらしいチェス・プレイヤーだった――が、寡黙な男で、自分のことはほとんど話さなかった。

警視　最後に彼に会ったのは、いつですかな？

クレイン　八時ごろだ。散歩に行くと言っていたな――船室にいると、閉じこめられている気分になるそうだ。運動でもしたがっているように見えたな。（間をあけて）船長、もう行っていいかね？

船長　警視は？

警視　ああ、いいとも。行きたまえ。必要があれば、連絡させてもらう。

クレイン　感謝する。

彼は不快げな顔でブリマーを一瞥してから、背を向けて立ち去る。

ブリマー　警視、きみは恐ろしい過ちを犯している。デニケンが陸《おか》に送ったメッセージ――あれは、彼を襲撃した人物を示す手がかりなんだ。おそらくは、二人の男を――チェスの試合を行った二人を――暗示しているのだ。

船長　（いら立たしそうに）ブリマーさん――デニケンは元ゲシュタポ幹部で、名前はオットー・クライツマンと言うのだ。それに、彼が殺された動機は――

警視　（すばやく）おまえには関係のないことだ、ブリマー。おせっかいをやめて、ここから離れろ。

ブリマー　そうさせてもらうよ、警視。

彼はきびすを返してドアに向かうが、笑《え》みを浮かべてふり返る。

ブリマー　オットー・クライツマン、そう言ったね？　実に興味深い。

彼はうなずいてから立ち去り、入れ替わりに帳簿を持ったベロウズが登場する。

船長　（悔しそうに）すまんことをした、警視。口をすべらすべきではなかった。あの男があまりにも癪《しゃく》に障《さわ》ったもので。

警視　よくわかる。

ベロウズ　船長、これが船客名簿です。デニケン氏が記帳した時刻より後に乗船した客が、何名かいました。

船長　（じっくり読む）四人いるようだな、警視――（間をおいてから驚く）おお、こいつは。

警視　どうした？

船長は名簿を警視に手渡す。警視はそれを見る。

船長　四人のうちの一人は、ついさっき立ち去って行った紳士――ミスター・ニコラス・クレインなのだ。

警視は反応を示す。

［フリップ］

シーン32

内観。食堂、日中、ビショップのパスポートの写真だけを絞って映す。

船長の声　アーサー・ビショップ――一等船室の九号――

パスポートが画面下に外れると、ビショップがテーブルに座り、警視、エラリー、レディ・シビル、船長と向かい合っている姿が見える（注意・このシーンの間ずっと、下っぱ給仕が画面後ろで働きながら、何が起きているのか聞き耳を立てている姿を見ることができる）。

警視　あなたのパスポートを拝見させてもらいました。三週間のパリ滞在から帰国するところだったのですな、ビショップさん。

ビショップ　その通りだ――おれはファッション・デザイナーで――シカゴの〈レッド・キング・ファッション〉の者だ――（腕時計を見る）――ここにいられるのは、あと三時間しかない。さもないと、列車に乗り遅れてしまうのだ――

船長　申しわけないが、誰も上陸させるわけにはいかないのだ。

ビショップ　船長――ファッション業界では、わずか一日が――ときには数時間が――繁盛と破産を分けるんだ。おれはデザイン画のファイルを持っているんだが、こいつは今すぐシカゴに運ばなくちゃならない――だから、誰であろうと、おれに対して「下船できない」とは言えないんだ。――目の前にはいるようだが。

エラリー　でも、あなたはこの船に、出航当夜の七時三十分すぎに乗船していますね。

ビショップ　それがどうしたというんだ。

エラリー　あなたにもおわかりでしょう、ビショップさん。おかしいとは思いませんか――もしあなたがそんなにシカゴ行きを急いでいたのなら、どうして飛行機を利用しなかったのです

か？

レディ・シビル　ひょっとしたら、あなたは、口で言うほどには、急いでいなかったのではありませんこと？

ビショップ　何を言いたい？

警視　ピーター・デニケン氏殺害の件は、あなたもご存じでしょう。わしらは、彼は乗船したときに、何者かに後を尾《つ》けられたと考えておるのですよ――そして、その人物が彼を殺した、とも。

ビショップ　その男のことなど、聞いたこともないし――口をきいたこともない。――さあ、次は何だ？

警視　せがれがあなたに質問したはずだが。

ビショップ　ようし――あんたらには関係のないことだが、おれは飛行機が怖いんだ。これでわかったな？

警視　もう少し聞かせてほしいな。

ビショップ　おれはパリにいて――秋の新作情報をいくつか仕入れ――デザイン画を何枚か描き上げると、ドーバーへの連絡船に飛び乗った。サウサンプトンに着いたのが午後七時半で――そのままこの船に飛び乗ったというわけだ。さあ、もう行っていいか？

警視　行ってもかまわんよ、ビショップさん。だが、あなたは、わしが解放するまで、この船から出ることはできない。

　ビショップはにらみつけながら立ち上がる。

ビショップ　ありがたいことだ。

　彼はむかついているような足どりで出て行く。

レディ・シビル　（軽蔑して）あなた方アメリカのビジネスマンは、好きになれそうにないですわね、クイーンさん。

警視　（パスポートを見ながら）これで、あと二人になったな――従軍看護婦のエレアナ・キャントレル中尉と――ボルティモアに行く父親の付き添いとして乗船したポール・ビスカルドだ。

シーン33

ドアを映す。

二等航海士のバトラーが入って来る。

バトラー　オリバー船長？

船長　どうした、バトラー？

バトラー　ビスカルド父子のことですが——下で二人を見つけました——レニアン氏と言い争いをしています。

警視　ふむ。ビスカルド氏がこの船から降りようとしておるならば、彼も疑ってかからねばな。エラリー、おまえも来るか？

エラリー　行きますよ、お父さん。（間をおいて）シビルさんは？

レディ・シビル　いいえ、あなただけご一緒してくださいな、エラリー。わたくしは、従軍看護婦の方から何かつかめると思っておりますの——おわかりでしょう、女性ならではのやり方で。

みんなが立ち去ったので、画面には給仕だけが残る。彼はすべてを見聞きしていたのだ。

［フリップ］

シーン34

内観。ブリマーの一等船室、日中。

ブリマーに手渡された一枚の紙片だけに絞って映す。アングルを広げると、先ほどのシーンで見かけた給仕が、ブリマーと一緒にいるのが見える。

ブリマー　（リストを読み上げる）ニコラス・クレイン——エレアナ・キャントレル——ポール・ビスカルド——アーサー・ビショップ。きみはこの四人が容疑者と見なされていると言うのだな？

給仕　そうです。ぼくは全部聞いていました。この人たちは、デニケン氏より後に乗船したからだそうです。どうしてそうなるのかは、ぼくに聞かないでください。

ブリマー　わかっている。

彼は数枚の紙幣を取り出し、給仕に手渡す。

ブリマー　もしまた何か聞いたら、必ず私に教えてくれたまえ。

給仕　もちろんです。

給仕は立ち去る。ブリマーはリストを見ながら笑みを浮かべる。

［カット］

シーン35

内観。小部屋、日中。

アンリとポールのビスカルド父子と向かい合っているレニアンの姿。画面後ろには長机が置いてある。そこには税関職員がいて、何名かの手荷物を開けて検査している。エラリーと警視が戸口に現れ、レニアンとビスカルド父子に近づいていく。

アンリ　このことを許すわけにはいかんぞ――きみは他の船客には船を離れる許可を与えた。それなのになぜ、息子とわしには許されないのだ？

警視　わしの指示なのです、ムッシュー・ビスカルド。（バッジをちらりと見せる）

アンリ　警察官だと？　わしには何のことやらわからんが。

警視　殺人事件について、ちょっと質問がありましてな。（ポールに顔を向けて）きみは、この船が出航する数分前まで、乗船手続きをしなかった。その理由を話してくれるかな？

アンリ　馬鹿げた質問だ。わしは娘を訪ねてボルティモアに行くところだし――息子はわしの付き添いで――

ポールは手を父親の肩に置いた。

ポール　いいんだ、父さん。ぼくたちは何も隠していないのだから。（警視に向かって）船に乗り込んでみると、父がいろいろと不自由するように思えたのです――

アンリ　要《い》らぬ心配だったが――

ポール　ぼくは同行する予定ではなかったので

すが、心配になり、予定を変えたのです。それで、着替えや洗面道具を買ってから、乗船しに来たのです。

エラリー　失礼ですが――ビスカルドさん――

アンリ　何かな?

エラリー　この船客名簿を見ると、あなたは二等船室のB―255号を申し込んでいますね。

アンリ　その通りだ。わしはいつも、旅行では一等船室を利用することにしておるが――ご存じの通り、この船は満員でな。一等船室は残っておらんかったのだ。（フランス風に肩をすくめる）少々、不便だったな。

警視　すまないが、お二人の供述をもらいたいのだ――

ポール　供述って――何についての?

警視　昨晩、どこにいたか――

　このやりとりの間に、税関職員がレニアンに近づいて耳打ちする。

アンリ　わしらは七時ごろ、船室で夕食をとって――

警視　知りたいのは、八時半から九時の間だ。

アンリ　それが殺人のあった時刻なのか?　どうやらわかってきたぞ。あんたはわしを疑っておるのだろう?――あるいは息子かな?　いいかね、警視――

警視　八時半から九時の間。

ポール　父は読書をしていました。ぼくは家に手紙を書いていました。二人とも十時に寝ました。

アンリ　この供述はあんたを満足させたかな?　これでわしらは船を降りられるようになったかな?

レニアン　ちょっと行ってきます、警視。誰かが検査されるのを嫌がって、ごたごたしているそうなので。

　レニアンは出て行く。ポールとアンリの間で視線が交《か》わされる。

ポール　検査ですって?　何をしているのです

か？

警視　単なる手続きだよ、ビスカルド君。

アンリ　（間をおいて）いいだろう、警視。あんたは供述を欲しがっている――ならば、息子とわしは、供述をすることにしよう。速記者を船室に来させてくれ。――だが、覚えておきたまえ、警視――わしは圧力に屈したわけではないことを。ポール、行くぞ。

ポールは父親の車椅子を押して、小部屋から出て行く。

シーン36

警視とエラリーを映す。

エラリーは去って行く二人をじっと見つめている。

警視　彼らの部屋に誰かをやった方がいいだろうな。

エラリーが聞こえていないようなので、警視は顔を向ける。

警視　エラリー？（間をおいて）エラリー？

エラリー　（ふり向く）え？

警視　わしは何か見落としたのか？

エラリー　わかりません。

警視　昨夜は寝不足だったみたいだな。

エラリー　ええ、例のオモチャのせいですよ、お父さん。――朝早くに叩き起こされて――すべては書斎の騒音のせいです。ぼくが思うに、〝テレビセットを買う前にじっくり検討してみる〟という選択肢を選ぶべきでしたね。

警視　わしらにはそんな選択肢はない。『ローラー・ゲーム』を見るために毎度毎度ヴェリーの家に押しかけるのには、もううんざりしとるのだ。

エラリー　でも、お父さん――

警視　その件については後で話そう、せがれよ。――おまえが何かすばらしいアイデアを思いついて、そいつが功を奏した後でな。

警視は立ち去る。エラリーは何か言おうとするが、それよりましな思索にふけることにする。

［フリップ］

シーン37

外観。甲板上、日中。

事務長《パーサー》のベロウズが、怒りに満ちた五、六人の船客と対峙して――必死に彼らをなだめようとしている。

男性客　もう一時間たったぞ。いつまでここに待たせておくつもりなんだ。

ベロウズ　本当に私には答えられないのです、お客さま。

女性客　わたしの夫は、大手旅行会社の副社長です。このことを船長に伝えていただければ――

男性客　それから、遊戯室で検査をしているやつらは何者なんだ？　あいつらは何を探しているんだ？

ベロウズ　まことに申しわけありませんが、それについて話すことも許されていないのです。

カメラが移動すると、壁の前のデッキチェアが映し出される。エレアナがそのデッキチェアに横たわり、飲み物をすすりながら、海の向こうをじっと見つめている。

シーン38

レディ・シビルを映す。

レディ・シビル登場。彼女はためらいを見せてから、エレアナの方に歩みよる。

シーン39

エレアナの背後から映す。

レディ・シビルが背後から近づき、隣のデッキチェアにぽんと腰を下ろす。彼女は手で自分をあおぎ、息を切らしているふりをしてから、エレアナの方を向いて笑いかける。

レディ・シビル　この甲板をひとまわりするとどれくらいになるか、ご存じないかしら？　これではまわっている間に歳をとってしまいそうですわ。

エレアナ　ひとまわりすると四分の一マイルになるって聞いたことがあります。

レディ・シビル　あらあら、そんなに！　どうりで、へとへとになったわけですわね。

彼女は散歩用の靴を脱ぎ、足をさするのをやめる。

レディ・シビル　今までお会いしたことはありませんでしたわね。（手を差し出して）シビル・オースチンです。はじめまして。

エレアナはためらってから、彼女と握手をする。

エレアナ　エレアナ・キャントレルです。

レディ・シビル　（間をおいて）こんなに待たされて、まったくひどいと思いませんこと？

エレアナ　わたしは急いでいないので。

レディ・シビル　あら、お若い女性なら、あの華やかな街では、千の楽しみが見つかると思いますけど。

エレアナ　実を言うと、わたしは上陸しないかもしれません。この船の帰りの予約もとっていますし。休暇の申請は一週間なので。

レディ・シビル　軍の方《かた》なの？

エレアナ　従軍看護婦です。ランカスターに駐留しています。ご存じかしら？

レディ・シビル　知っているかですって？　もちろんよ、あなた。わたくしの最初の夫は、そこで眠っているのですから。（間をおいて）あなたは——その——おひとりで旅をされているの？

エレアナはその質問を受けると、すっと顔を上げ、瞳には憂いの翳《かげ》がさす。

エレアナ　ええ。

レディ・シビル　ディナーのとき、あなたをお見かけしたことが一度もなかったのは残念でしたわ——ご一緒したかったのに。

エレアナ　ええと——わたしは——その——食事は自分の船室でとっていたので。（間をおいてからきびしい口調で）あなたはなぜ、わたしを質問責めにするの？
レディ・シビル　（ごまかす）わたくしが？　そんなつもりはありませんわ。ごめんなさいね……
……（言葉を切る）
エレアナは誰かを見つけ、視線を移す。

シーン40

エレアナの視点で。

ダン・マクガイヤが船側手すりのそばに立っている。

シーン41

前のシーンに戻って。

エレアナが立ち上がる。

エレアナ　ごめんなさい、失礼します――

レディ・シビル　あら、お待ちになって――

あいにくと手遅れだった。エレアナはダンに近づいていく。それを眺めているレディ・シビル。

シーン42

アングルを変えて。
ブリマーがレディ・シビルに歩み寄る。
ブリマー　あれだけ尋問しても収穫がないというのは、実に珍しいことですな、レディ・シビル。
レディ・シビル　ブリマーさん！
ブリマー　話が聞こえたので、お手伝いしようと思ったのですが、間に合いませんでしたな。
ブリマーは顔を上げる。

シーン43

ブリマーの視点で。

エレアナはダンの近くの船側手すりに向かって歩いている。

シーン44

前のシーンに戻って。

ブリマー　興味深いな……。彼女は一人旅だと言っていた――が、あの若い少佐と一緒にいるのを見たのは、これで三度めだ。

レディ・シビルは、視線をブリマーからエレアナとダンに移す。

シーン45

エレアナとダンだけを映す。

二人は手すりのそばにいる。エレアナはハンドバッグに手を入れ、中身の入った封筒を取り出す。

エレアナ　船室係がわたしの部屋に届けに来たわ。これは手切れ金みたいなものかしら？

ダン　きみがこんなものをありがたがらないのはわかっているよ、エリー。だが、きみはこの旅では手持ちに余裕がないはずだ――

エレアナ　（封筒を彼に渡す）この旅は自分で決めたことなの。お願い。わたしが自分を安っぽい女だと感じてしまうようなことは、しないでちょうだい。

彼はためらってから、封筒を受け取る。

シーン46

ブリマーとレディ・シビルを映す。

ブリマーとレディ・シビルは封筒の受け渡しを眺めている。それから二人は顔を見合わせる。

シーン47

アングルを変えて。

四十ヤードほど離れた場所に、書類カバンを下げたアーサー・ビショップが現れる。そこは船首近くの周囲に誰もいない甲板上。ビショップは左右を見まわすと、すばやく船側手すりを飛び越える。

シーン48

ダンを映す。

ダンはエレアナの肩ごしにビショップを見てい

る。

ダン　おい！　待て！

シーン49

ビショップを映す。

彼は書類カバンを持ったまま海に飛び込む。

シーン50

外観。船、日中、ロングで。

ビショップが書類カバンを持ったまま海に飛び込む姿。

シーン51

ダンを映す。

上着と靴を脱ぎ捨てる。

エレアナ　ダン！

シーン52

ブリマーとレディ・シビルを映す。

二人は反応を示してから、ダンたちの方に走り出す。

シーン53

ダンを映す。

ダンもまた、海に飛び込む。

シーン54

外観。船、日中、ロングで。

ビショップの後を追って海に飛び込むダンの姿。

シーン55

前のシーンに戻って。

ブリマーとレディ・シビルはエレアナのいる手すり近くに駆け寄る。三人で海を見下ろす。

［フェード・アウト］

第三幕

［フェード・イン］

シーン56

外観。クイーン・メリー号のストック映像使用、日中。

船はニューヨーク港に入港している。

シーン57

外観。船長室に向かうハシゴ段。

電文を握りしめた船員が、ハシゴ段を駆け上がる。

シーン58

内観。船長室、日中。

船長とレニアンがにらみ合っている。

船長　いらいらするほど長引いているようですな、レニアンさん。この調子だと、あと一週間たっても、船内は空っぽになりそうにない。

船員が電文を手に入って来る。

船長　どうした？

船員　無線電信です、船長。

船長　ご苦労。下がってよろしい。

船員は敬礼し、きびすを返して去って行く。船長は電文を読む。

船長　わしは今以上に、あなたに協力せねばならなくなったようですな、レニアンさん。わしに直接の指示が来ました――そちらの高官から、こちらの上司を通じて。

レニアン　私は海に潜《もぐ》ってくれる者を必要としているのですが。

船長は二等航海士のバトラーに合図をする。

船長　バトラー！

バトラーは船長たちに近づいて来る。

バトラー　はい、船長。

船長　ハリントンに、わしが急ぎの用があると伝えろ。――それと、潜水服の準備をしておけ。

バトラー　はい、船長。

バトラーは背を向けて去って行く。

船長　他にありますかな、レニアンさん。

レニアン　今はありません、船長。

レニアンは向きを変えて歩いて行く。船長はその姿を見つめている。

［フリップ］

シーン59

内観。船の医務室、日中。

ベッドの縁に腰を下ろしたダンが、医師に血圧を測ってもらっている。警視もエラリーと共にその部屋にいる。

警視　彼はどうかな、先生。

ダン　おれが教えてやるよ、大丈夫だ。

医師　血圧は少し高いし、脈も早いな——体調が多少よくないようだね、少佐。

ダン　十八ヶ月も入院した後なら、あんたもそうなるさ、先生。

警視　そんな体で飛び込むのは、いささか無茶だったのではないかな？

ダン　いや、そうは思わないね。戦争前は、大学対抗でトップクラスのスイマーだったんだ。もっとも、ヨーロッパ戦線で歩兵部隊の大尉《キャプテン》として二年間ものらくらしていたんで、いささか腕が衰えたのかもしれないな。

エラリー　あなたはなぜ、ビショップ氏の後を追ったのですか、少佐？

ダン　あんたらは殺人犯を探していたんだろう。おれはさっき、ビショップが食堂で尋問されているのを見たんだ。あいつが逃げようとしていると思ったんでね。

警視　それだけの理由で？

ダン　そうさ。

エラリー　わかっているのですか？——あなたはもう少しで溺死するところだったのですよ。

ダン　自分で思っていた以上に、泳ぎの腕が衰えていたようだな。ビショップを探し始めたが

——水の中はかなり暗くて——息が苦しくなってしまったんだ。気づいたときには、船員が水中にいて——おれを抱えて——水面まで上げてもらっているところだった——

警視　きみはビショップとは接触しておらんのだな？

ダン　そうだ。

エラリー　彼が持っていた書類カバンは？

ダン　見かけなかったな。（間をおいて）何がどうなったんだ？　あいつは無事なのかい？

警視　あの男は姿を消した。

ダン　だが、そいつは不可能だ。

エラリー　ビショップは誰にも見つからずに泳いで逃げたか——

警視　さもなくば、まだ海中に沈んでおるかだ——ビショップ氏と書類カバンが。

［カット］

シーン60

外観。船の医務室の待合室、日中。

ブリマーとレディ・シビルがいる。ブリマーが時計を見る。看護婦は仕事をしている。

ブリマー　二十分たちましたな。

レディ・シビル　少佐がご無事だといいのですけど。あの行為はとても勇敢でしたわ。

ブリマー　勇敢ですと？　それは疑問ですな。

レディ・シビル　何をおっしゃりたいの？

ブリマー　親愛なるレディ・シビル。あなたは私同様、ミス・キャントレルとマクガイヤ少佐が封筒の受け渡しをするのを見たはずです。私が疑問に思っているのは——

ブリマーは不意に口をつぐむ。開いたドアから飛び込んで来たエレアナが、看護婦に駆け寄ったからである。

エレアナ　申しわけありません——マクガイヤ少佐はどうなったのかを知りたくて——

看護婦　あら、マクガイヤ夫人ですか？

エレアナ　いいえ——わたしは——わたしは看

護婦です。お役に立てるのではないかと思って。

看護婦　ご親切にありがとう。でも、少佐は元気なようですわ。

エレアナ　あの人が？　ああ、それがわかってほっとしたわ。どうもありがとう。

彼女が向きを変えて出て行こうとすると、ブリマーが近づく。

ブリマー　少佐に会わないのですかな、ミス・キャントレル？

エレアナ　ええ――いいえ、その必要はないでしょう。

ブリマー　しかし、少佐の方はあなたに会いたがっているのじゃありませんか。

エレアナ　わたしはそれほどあの人を知らないので。

レディ・シビルは立ち上がり、二人に近づく。

レディ・シビル　あら、でもわたくしたちは見ていたのですよ、お嬢さん。――あなたが彼に封筒を手渡しているのを。

エレアナは気色ばむ。二人を交互ににらみつけたその視線は、最後にはレディ・シビルに向けられる。

エレアナ　あなた、何をしていたの――わたしをスパイしていたの？　わたしにしたあの質問は何が目的だったの？（間をおいてから取り乱して）このささやかなゲームを、さぞや楽しんだことでしょうね――あなた方お二人とも。

彼女はためらいを見せてから、背を向けて待合室のドアから飛び出して行く。ブリマーは彼女の後ろ姿を見つめている。

ブリマー　失礼することをお許しください、レディ・シビル。急いで調べなければならないことができましたので。

ブリマーは出て行く。レディ・シビルは困惑しているように見える。

シーン61

医務室のドアを映す。

エラリーと父親が出て来る。

警視　ビショップ氏と書類カバンが見つかるまでは、わしらの捜査も行き詰まりだな。

エラリー　お父さんは、ビショップが消えた原版を持っていたと考えているのですね？

警視　そうに決まっておる。

レディ・シビル　エラリー——警視さん——。少佐の様子は？

エラリー　ああ、元気ですよ。ちょっと疲れているようですけど。すぐに起きて歩けるようになります。

警視　ブリマーはどこに？

レディ・シビル　どこかに行ってしまいましたわ。

警視　さてと、わしはレニアンと捜査状況の突き合わせをして来るとするか。おまえはどうする？

エラリー　そちらには後で行きますよ、お父さん。

警視はうなずいて立ち去る。

レディ・シビルは何か気になっているかのように歯切れが悪い。

レディ・シビル　エラリー——。マクガイヤ少佐は——あの人は医務室で何か話さなかったかしら？

エラリー　実際に起こったことを話してくれましたよ。どういうことですか？

レディ・シビル　おお、特に理由はないですわ。あることが明らかになったもので。

エラリー　ぼくも知っておいた方がいいことですか？

レディ・シビル　（少し悲しそうに）そうは思いません。（間をおいて）ええと、わたくしはしばらくの間、自分の船室におりますわ。ちょっと疲れてしまったみたい。

エラリー　ぼくはビスカルド父子と話してくるつもりです。一緒に来ませんか？

レディ・シビル　いいえ、いいえ。おひとりでどうぞ。

彼女はドアに向かう。エラリーが彼女をさえぎる。

エラリー　レディ・シビル――ぼくは何か失礼なことをしましたか？　何か失言でも？

レディ・シビル　いいえ、いいえ。もちろん違いますわ。

エラリー　あなたを本の執筆から遠ざけてしまったことは、申しわけないと思っています。でも、ぼくは――

レディ・シビル　わたくしの本ですって？　そんな本はありませんわ、エラリー。もう何年も本なんて書いていませんのよ。

エラリー　でも、あなたはおっしゃった――

レディ・シビル　わたくしは今ではもう、単なる老婆ですわ。――疲れ切って、その上さらに、馬鹿げたことを考えている老婆です。

エラリー　違う、それは違います。

レディ・シビル　ちょっとだけジョージ王の真似をさせていただくわ。「古くなったものをあまり真剣に扱ってはならない」。（間をおいて）ごめんなさいね。

彼女は立ち去る。

シーン62

エラリーを映す。

エラリーは彼女の後ろ姿から目をそらさない。顔をくもらせ、レディ・シビルの態度に心をかき乱されている。

シーン63

内観。パブ、日中。

アンリはテーブルの前に座り、ワインを味わっている。ポールも一緒にいる。エラリーが姿を現し、近づいて来る。

エラリー　ビスカルドさん、よろしいですか？

アンリ　おお、クイーン君――わしらが間もなく下船できるという話かな？

エラリー　お気の毒ですが、違います。ぼくは——ぼくはあなたに質問があるのです。
ポール　あなたのいじめに父が耐えられると思っているのですか？
アンリ　ポール……（間をおいて）質問は何かね、クイーン君？
エラリー　船客名簿によれば、あなたはこの船が出航する二日前に乗船の申し込みをしていますね。
アンリ　そうだ。わしだけが。息子の方は、先ほど話したように、どたん場になって、わしに付き添うことに決めたのだからな。
エラリー　ですが、あなたは「一等船室を申し込まなかったのは、空きがなかったからだ」とも言いましたね。ところが、ニコラス・クレインや被害者は、出航まで一時間くらいしかない時点で乗り込んで来たにも関わらず、一等船室を申し込んでいます。
アンリ　わしはどうやら、きみの質問の意味が理解できんようだ——
エラリー　昨夜、一人の男が殺されました——
アンリ　そして、それが、わしの船室とどんな関係があるというのかな？
エラリー　おそらく関係はないでしょう。しかし、あなたは嘘をついていた。
ポール　父さん、こいつに何も話さなくていいよ。クライツマンの死は、ぼくたちとは何も関係ないのだから。
アンリ　いやいや。いいんだ、ポール。クイーン君は正しい。わしは嘘をついていた。（うなずく）しかも、一つだけではない。
ポール　父さん、どうか——
アンリ　わしは自分が裕福な銀行家だと偽っていた。これが一つめの嘘だ。わしは娘を訪ねに行くところだと言った。これがもう一つの嘘だ。戦争はわしに対して無慈悲だったのだよ、クイーン君。わしは息子を失った——ゲシュタポに殺されたのだ。下の息子は——（ポールを指さす）——愛することを学ぶ前に、殺すことを学んだ。わしの両足は——役に立たなくなった。わしの働く場所は——つぶれてしまった。いいや、わしは娘を訪ねに行くのではない——もはやどうしようもなくなって、娘の世話になりに行くのだ。

エラリー　失礼しました。

アンリ　しかし、それが何だというのだね？　わしはかつかつの生活をしておる。一等船室を申し込めなかったことについて罪のない嘘をついたが——それはただ単に、老人の見栄がそうさせただけなのだ。

ポール　これで満足しましたか、クイーンさん？

エラリー　ええ。失礼なことをしてしまったようです。

エラリーは立ち上がる。ためらいを見せる。

アンリ　だが、きみはまだ聞き足りないようだな。

エラリー　今朝早く——あなたは自分が検査されることを知ると——あわてて自分の船室に戻りましたね。ぼくは、あなたが何かを隠しているのではないかと感じたのですが。

ポール　あなたの頭はおかしい——

アンリは微笑む。

アンリ　きみはなかなか頭の切れる若者だな、クイーン君。

彼はポケットに手を入れ、ポケットナイフを取り出す。

ポール　父さん、そんな必要は——

アンリ　ポール——もう危険はないのだ。

彼は椅子の腕木からねじを外す。カバーを取り外すと、腕木の一部がくり抜かれているのが見える。

アンリ　わしの両足は役に立たないのだ、クイーン君。しかし、痛みがないわけではない。それで船に乗る前に、わしは念のためにモルヒネを手に入れておいた。むろん、こいつは輸入禁止だ。そこで、ここに隠しておいた——椅子の腕木の中に。
エラリー　そして、今朝の時点でも、まだそこにあったのですね？
アンリ　少しだけ残っていた。昨晩、食事を終えた直後にひどく痛み出したのだ。痛みに苦しむ体に与えられる安らぎといったら、無理矢理に眠りにつくことしかないからな。今朝、この椅子が調べられる可能性が高いと知ってすぐ、わしは残りを船の外に捨てた。

シーン64

ドアを映す。
レディ・シビルが登場し、あたりを見まわして、エラリーを見つける。
レディ・シビル　エラリー？
エラリーはふり向いて、彼女が合図をしているのに気づく。
エラリー　失礼させてもらいます。
エラリーは彼女の方に向かう。
レディ・シビル　今すぐ、あなたに一緒に来ていただきたいの。
エラリー　でも、ぼくは——
レディ・シビル　坊や、ただここに突っ立っていては駄目よ。わたくしは、誰がデニケン氏を殺したかを突き止めたと思っておりますの。

シーン65

外観。パブ、日中。
レディ・シビルがエラリーの腕を引っ張っていく。
エラリー　あなたは休まれていたと思っていましたが。
レディ・シビル　どうして休めるというのかしら？　頭がまるで別の生き物のように、回転を始めてしまいましたわ。そして、それがわたくしを導いてくれて——あの電文について考えてみて——。いいえ、クレインさんに説明していただきましょう。

［フリップ］

シーン66

外観。甲板、日中。
レディ・シビル、エラリー、ニコラス・クレインがいる。レディ・シビルは手に一冊の本を持っている。

クレイン　シビルさん、私たちはもう、その本には目を通したはずだが。

レディ・シビル　ええ。でも、わたくしはクイーンさんに見ていただきたいの。エラリー、あなたはデニケン氏が陸《おか》の奥さんに出した電文を覚えていますわね――シコルスキーやウィーンや一九三六年の話が出て来る電文を。

エラリー　ええ。

レディ・シビル　この電文がわたくしを、あの人はシコルスキーではないかという仮説に導いて――もちろん、それは違っていて――彼は恐ろしいゲシュタポの一員で――ええと――

エラリーは指を自分の口にあてる。

レディ・シビル　（その件は内密の話であることに気づいて）おお、ええ、そうでしたわ。それで、あとは、殺害者の方がシコルスキーか――フォン・リヒターだという可能性が残っています。――でも、わたくしは、この電文の意味するものは、そのどちらでもないと思っておりますの。（間をおいて）クレインさん、甘えてしまって申しわけないのですが、この試合の展開を――手筋を今ここで再現していただけないでしょうか。

クレイン　かまいませんとも。

彼はチェス盤の前に腰を下ろし、駒を手早く動かしながら、本に書かれているチェスの試合を再現していく。

クレイン　先手は白――ポーンをキングの4に――後手は黒――ポーンをクイーンの3に――白はビショップをキング側ナイトの6に――黒はポーンをキングの4に――（等々）――この

試合のもっとも特徴ある動きがこの指し始めで、白に対して、黒のキング側ビショップを取ることを許している――（等々、等々）――そしてクイーンをキング側ルークの6に。七手詰み《メイト・イン・セブン》。

エラリー　（鋭く反応する）何ですって？

クレイン　私は「七手詰み」と言ったのだ。七回の動きでチェスの用語だよ、クイーン君。七回の動きでチェックメイトになったということだ。もちろん、フォン・リヒターが欲張らなければ、負けなかったかもしれない――キング側ビショップを取るというのが悪手だったんだ。

レディ・シビル　（明るく）おわかりになったようね――そうなのでしょう？　これが何を意味するか、おわかりになったのでしょう？

エラリー　（考え込んで）わかったと思います。

突然、女性の悲鳴と騒々しい声が耳に飛び込んでくる。三人は反応を示す。

レディ・シビル　いったい、何が――

ベロウズが走り寄って来る。

ベロウズ　クイーンさん、申しわけありません。私と一緒に来てください。

エラリー　何があったのかな？

ベロウズ　ビショップ氏が見つかったようです。

三人とも動き始める。

［フリップ］

シーン67

外観。甲板、二人が飛び込んだあたり、日中。

シートをかけられた死体があり、エラリーと父親が覗き込んでいる。二人の背後にはレニアンと船長が立っている。

警視　外傷はないな。

レニアン　溺死のように見えます。

警視　検死をすれば、はっきりするだろうて。

レニアン　（船長に）書類カバンは見つかりましたか？

船長　いいや。だが、潜水夫には捜索を続けさせている。

警視とエラリーは体を起こす。

警視　さてと、アーサー・ビショップ殿の件は、これで終わりか。

エラリー　お父さん——レディ・シビルが事件を解決したようです。

警視　彼女が？　ほう、誰が犯人なんだ？

エラリー　まずは、食堂にみんなを集めることから考えてもらえませんか？

警視　何だと、そっちが先なのか。おい、せがれよ——

エラリー　お願いします、お父さん。ぼくは何も言いたくありません。これは彼女にとって重要なことなのです。ぼくを信じてください。

警視　わしらが調べた容疑者の一人が犯人なのか？（エラリーがうなずく）わかったよ、せがれ。みんなを十五分以内に集めよう。

エラリー　（まわりを見て）サイモンはどこです？

警視　やっこさんのことなど、誰が気にするというのだ？

エラリー　（船長に）船長、ブリマー氏は——彼は一等船室の七号でしたね？

船長　その通りだ、クイーン君。

エラリー　サイモンに会って来ます。お父さんは、みんなを集めておいてください。

警視　（嬉しそうに）せがれよ——わしにこう言ってくれるのかな？——「ブリマーが犯人だ」と。

エラリー　そううまくはいきませんよ、お父さん。犯人には別の人物を期待してください。

警視はため息をついて歩き始める。

視聴者への挑戦

シーン68

エラリーを映す。

彼は歩き出すと、すぐにカメラの方を向く。

エラリー　さあ、そのときが来ました。みなさんは謎を解けましたか？　誰がピーター・デニケン――またの名をオットー・クライツマン――を追いつめたのでしょうか？　そして、その動機は？　ぼくたちは、犯人がサイモン・ブリマーでもレディ・シビルでもないことはわかっています――二人はデニケンが刺されたときは、パブに座ってワインを飲んでいましたから。したがって、二人以外の誰かによって、犯行はなされたということになりますね？　名前が重要です――そして、おお、そうです――デニケンが陸《おか》に送った電文も。あれはとても重要なことを教えてくれました。みなさんとぼくで同じ答えが出せるか、試してみましょう。

彼は再び歩き出す。

［フェード・アウト］

第四幕

［フェード・イン］

シーン69

内観。一等船室前の廊下、日中。

エラリーが現れ、船室のドアの番号を見ていき――七号室に近づくと、ノックをする。

シーン70

内観。ブリマーの一等船室、日中。

ノックの音がしたとき、ブリマーは電話の真っ最中。彼は紙片にメモをとっている。

ブリマー　ああ、ちょっと待ってくれ。（顔を上げて）鍵はかかっていないよ。

ドアが開き、エラリーが入って来る。

ブリマー　おお、クイーンか。もうすぐ、きみを呼びに行くところだった。私の事務所の者に、ヨーロッパの連合軍本部に国際電話をしてもらったのだよ――私のちょっとした推理を――

（言葉を切る）何？（間をおいて）あの男はそうだったのか？　それで、いつの話だ？（間をおいて）そうか、わかった。（間をおいて）ご苦労だった。

　彼は電話を切る。

エラリー　サイモン、きみは――ええと――いつもこんな風に、ドアに鍵をかけていないのかい？

ブリマー　いけないかね？　盗まれるような価値のある物は、旅行に持って行かないようにしているのだ。

エラリー　レディ・シビルとぼくは、デニケン氏の殺人者を突き止めたと思う――

ブリマー　私と同じだな、クイーン。さっきの情報が、私の解決を裏づけてくれたよ。殺人者について知りたいことは、すべてわかった。

（彼は紙片をジャケットのポケットに入れる）

エラリー　では、きみは見つけたのだね？

ブリマー　解決するのはさほど難しくなかったよ、それは断言できる。一緒に行こう。私が手に入れた証拠を船長《キャプテン》に見せたいのだ。

エラリー　ああ、だけど――

ブリマー　もたもたしないでくれたまえ、クイーン。――さっさとこの事件を片づけて、さっさと船を降りようじゃないか。

　ブリマーはエラリーを船室から追い立てる。ドアが閉まる。

［フリップ］

シーン71

内観。食堂、日中。

容疑者たちが集まっている。エレアナ、ダン・マクガイヤ、ニコラス・クレイン、アンリとポールのビスカルド父子。他にクイーン警視、レニアン、船長、レディ・シビルもいる。

レニアン　どうです、オースチンさん――何かわれわれに話したいことがあるなら、そろそろ聞かせてくれませんか？

レディ・シビル　もう少し我慢してくださいな、レニアンさん――

彼女が顔を向けた方向から、ブリマーを連れたエラリーが入って来る。

レディ・シビル　おお、エラリー――来てくれたのね！　あなた抜きで始めたくはなかったのよ。

ブリマー　私も含めてもらえますかな、レディ・シビル。（間をあけて）警視、われわれ全員にとって喜ばしいことだが、間もなく上陸できることになったよ。私は、ピーター・デニケンの殺害者の正体を突き止めたと確信しているのだ。

警視　おまえもか？

レディ・シビル　驚きましたわ――わたくしたち三人とも、デニケン氏の電文の意味を解いただなんて。

ブリマー　ですが、レディ・シビル――au《オ・》 contraire《コントレール》（フランス語の「そうではなく」）――電文は解決には無関係なのです。

船長　本当か？

レディ・シビル　ブリマーさん、あなたは間違っていると思いますわ。

ブリマー　そうですかな？　事実を検討してみよう。時刻は――昨夜の八時四十五分から八時五十五分までの十分間だった。ピーター・デニケン――お好みならば元ゲシュタポ幹部のオットー・クライツマン――は、身の危険を感じて、事務長《パーサー》のオフィスに押しかけた。恐怖に駆られ、身を守るための銃を欲しがったのだ。この事実は、襲撃者こそが殺人者だったということを私に示してくれた。同意しますかな？

レディ・シビル　ええ、でも――

ブリマー　クイーンは？

エラリー　その通りだ、しかし――

ブリマー　第三甲板のどこかで、彼は刺され――ふらつきながらパブに向かい――中に入ると、あえぎながら「Kapitan《カピテーン》」と言った。

エラリー　そうだ。そのときはオリバー船長がそばに立っていた。彼はオリバー船長に話しかけようとしていたのだ。

ブリマー　どうして船長に話しかけようとしたのかな？　なぜ彼は船長に会いに来たのかな？　自分の銃を手に入れるため？　それはもう手遅れだったはずではないか。彼はすでに刺されてしまったのだから。いや、私の考えでは、「Kapitan《カピテーン》」という言葉が使われたのには、まったく別の意味があったのだ。あの男はわれわれに伝えようとしたのだよ。自分を刺したのは「キャプテン」だと――ただし、それはオリバー船長《キャプテン》のことではなく――（間をおいて）ダニエル・マクガイヤ「大尉《キャプテン》」のことなのだ。

ダンは彼をにらみつける。

ダン　あんたは頭がいかれてるぞ！

ブリマー　そうは思わんな。

エラリー　サイモン、マクガイヤ少佐は「大尉」じゃないよ。

ブリマー　階級が違っているのは、入院中に昇進したからだ。彼は二年前は――ベルリンにいたときは――大尉だったのだよ。当時はゲシュタポ本部の攻撃部隊に所属しており、そこで、ゲシュタポの大佐、オットー・クライツマンと出会ったわけだ――

ダン　おれは、これまで一度もあの男に会ったことはない。

ブリマー　では、あなたは昨晩、どこにいましたかな――殺人のあった時刻に？

ダン　船室にいて――読書をしていた。

ブリマー　私が探し出した船室係は、九時二十分前に、きみの船室に替えのシーツを持って行ったが――船室は空っぽだったと断言している。

レディ・シビル　あら、もちろん空っぽに決まっていますわ。お馬鹿さんね。

エレアナ　ダン――？

ダン　黙っていろ、エリー――

ブリマー　（マクガイヤに）私の考えはこうだ。

きみは被害者に気づき、捕まえようとして――パブに向かう通路で追いついて――争って――

エレアナ　いいえ、それは違います。

ダン　エリー――やめろ。

エレアナ　彼はあの人を殺してなんかいません――昨夜はわたしと一緒だったのです――わたしの船室で――誓います。

レディ・シビル　ブリマーさん――本当よ。わたくしたちには明白なことが、あなたには見えなかったようですわね――このお若いお二方は、愛し合っているのよ。

エレアナ　わたしはランカスターの病院で、ダンの担当看護婦だったのです。結婚していることとは知っていましたが、かまいませんでした。彼に帰国命令が下ったとき、わたしはさようならを言うことができなくて――どたん場になって船に飛び乗ったのです……

　ダンは手を伸ばして彼女の手を握る。

エラリー　それだけではありません。二年前の――ベルリン進攻の時期は――四月の終わりから五月の初めでしたね。しかし、クライツマンは四月も五月もケルンにいたのです。マクガイヤ氏はクライツマンと会うことはできなかったのです。

ブリマー　（しぶしぶ認める）私の入手した年号が間違っていたようだな。

エラリー　まだあるよ、サイモン。ドイツ語で「大尉」は「Hauptmann《ハウプトマン》」と言うのだ……「Kapitan《カピテーン》」ではなく（ドイツ語の「Kapitan」は「大佐」をあらわす）。

レディ・シビル　（ブリマーに）納得していただけるといいのですけど。この人を告発することは――こちらの可愛いお嬢さんをつらい目に遭わせてしまうことになりますからね。わたくしの方は、手がかりに基づく文句のない解決を導き出しておりますわ。デニケン氏の真の殺人者は、アーサー・ビショップ氏です。

シーン72

エラリーを映す。
エラリーは隠そうとしたが、わずかに驚きの色を浮かべてしまう。

シーン73

前のシーンに戻って。

レニアン　ビショップですか？　私もそうではないかと疑っていましたよ――逃げようとしたのでね。

レディ・シビル　残念なことですが、彼はもうこの世にはおらず、裁判で陪審員の前に立つことはできません。でも、犯人は間違いなくビショップ氏なのです。陸《おか》への電文が、わたくしたちにそれを教えてくれました。そうでしょう、エラリー？

エラリー　（答えを避ける）ええと――どうして、あなたがみんなに説明しないのですか？

レディ・シビル　電文は一九三六年のチェスの試合についてのものでした。シコルスキーが、自分のキング側ビショップを犠牲にする策略を用いて、チャンピオンを打ち破りました。みなさんは覚えていらっしゃるはずです。ビショップさんは、「レッド・キング・ファッション」のチーフ・デザイナーだったことを。

レニアン　わかりましたよ。デニケンは妻に、「原版を狙って追って来た人物はビショップだ」と伝えたかった――

警視　ビショップは原版を手に入れることに成功したというわけだな。それこそが、あやつが書類カバンを抱えて船から飛び降りた理由だったのだ。

レニアン　だとすると、書類カバンを引き揚げることができれば、原版が見つかるわけだ。

警視　エラリー？

エラリー　（間をおいて）ええ、とてもつじつまが合っていますね。おめでとうございます、レディ・シビル。

レディ・シビル　ありがとう、エラリー。――

でも、賞賛の大部分はあなたに与えられるべきですわ。もしあなたがいなかったら、わたくしはこんなことをやろうとさえ思わなかったでしょうから。あなたは、この老婆を若返った気分にさせてくださったわ。

アンリ　警視、わしら残留組は、もう自由に出て行けると思っていいのかな？

警視　どうぞ――それと、これまで我慢してくださったことに感謝します。

レニアン　船長、船客を上陸させてかまわないよ。

船長　ありがたい。

みんなは去り始める。

シーン74

ダンを映す。

ダンは立ち上がり、エレアナが食堂から足早に出て行くのを見つめている。それから、深いため息をついて立ち去りかける。が、ブリマーにさえぎられる。

ブリマー　私のちょっとした非礼をおわびさせてくれ、少佐。私は知らなかったのだ――

ダン　かまわんさ。

彼は立ち去る。

シーン75

アングルを変えて。

エラリーが父親とレニアンに近づく。

エラリー　お父さん――レニアンさん――ちょっとだけ、ぼくにつき合ってくれますか？

三人は頭を突き合わせて議論を始めるが、声は聞こえない。

シーン76

アングルを変えて。

レディ・シビルがクレインに近づく。

レディ・シビル　ああクレインさん、あなたの手助けに感謝いたしますわ。

クレイン　すばらしい推理でしたよ、レディ・シビル。あなたの人気が高い理由がわかりました。教えてほしいのですが、次の本にはいつお目にかかれますか？

レディ・シビル　（嬉しそうに）一年以内に。わたくしは完璧で魅力的なプロットを練っている最中ですの。航海中の船内で起きる殺人を扱っていますの。

クレイン　目に浮かびますね。

レディ・シビル　もちろん、多少の肉づけをして——ひねりも加えて——

二人は出て行く。

［カット］

シーン77

外観。食堂を出たあたりの甲板、日中。

食堂から出て来たクレインとレディ・シビルが、甲板を歩いて行く。二人は甲板にいたダンとすれ違う。一人の女性がそこに登場し、ダンを見る。

女性　ダン！

ダンはその女性に目を向け——微笑んで——彼女の方に歩みよる。

シーン78

アングルを変えて。

エレアナが見つめている。

シーン79

前のシーンに戻って。

ダンと女性は親しそうに抱き合う。

シーン80

エレアナを映す。

悲しげな表情の彼女は、背を向けて歩き去る。

［フリップ］

シーン81

内観。ブリマーの一等船室、日中。

近づいて来る声が聞こえる。

警視の声　わしらに何を見せようというのだ、エラリー？

ドアが開いてエラリーが入って来る。続いてレニアン。ドアは開いたまま。

エラリー　これを見せたかったのですよ、お父さん。

レニアン　鍵がかかっていないことを？

エラリー　いつもこうなのです。サイモンはぼくに、決して鍵をかけないと教えてくれました。これが重要なのです――なぜなら、昨夜も同様に、この部屋には鍵がかかっていなかったということになりますから。

レニアン　私には理解できませんが。

エラリー　でも、まさにこれがポイントなのですよ、レニアンさん。すぐに理解できる……はずです。

エラリーは壁の晴雨計に近づき、その下の床にひざまずくと、カーペットをはがして――長方形の紙包みを取り出す。冒頭のシーンでデニケンが持っていた紙包みである。エラリーは立ち上がって、それをレニアンに手渡す。

エラリー　これが消えた原版ではないのですか？

レニアンは紙包みを開け、原版を取り出す。

レニアン　まさしくそうだ――どうしてわかったのです？

エラリー　クレインがチェスの試合を再現してくれたとき、あの電文の意味がわかったのです。クライツマンは何者かに追われ、原版が他の者に渡らないように隠す必要に迫られました。言うまでもありませんが、自分の船室には隠せません。そのとき、彼はブリマーの船室のドアに鍵がかかっていないことに気づき、一時的な隠し場所として、ここに原版を置くことにしました。そして、その後で、銃を返してもらいに行ったのです。

レニアン　しかし、原版がここに隠されているということは、どうしてわかったのですか？

エラリー　二つの点からです。チェスの試合は七回の動きで投了しました——ニコラス・クレインが説明してくれたチェス用語では——「七手詰み《メイト・イン・セブン》」です。「詰み《メイト》」には他に「模造された板《プレート》」の意味があります。——「贋札の原版《メイト》」は七号室の中に《イン・セブン》」。もう一つは、彼が電文の中で「この天候のもとに」と言っていたことです。——「晴雨計の下に」。ぼくは、この二つを結びつけたわけです（「この天候のもとに」の原文は「under the weather」で、本来は「かげんが悪い」の意味だが、手がかりのために直訳した）。

レニアン　それでは、キング側ビショップをめぐる推理は——全部間違っていたわけですね。なぜ、そのことを言わなかったのですか？

警視　おそらく、誰かさんの気持ちを傷つけたくなかったのだろうて。

エラリー　その通りです、お父さん。

警視　だが、もしビショップがゲシュタポ幹部を殺したのではないなら、誰がやったのだ？　わしに言わないということは、知らないということなのか？

エラリー　いや、ぼくはすべてを知っていますよ——でも、証明できそうにないのです。

ポールの声　あなたが証明する必要はないよ、クイーンさん。

全員がふり向く。

シーン82

アングルを変えて。

ポール・ビスカルドが部屋に入って来る。船長も一緒である。

ポール　死んでいようがいまいが、ぼくは自分がしたことについて、ビショップさんに罪をなすりつけるつもりはありません。

警視　ビスカルド君、わしは警告せねばならんのだが——

ポール　「弁護士と相談するまで黙秘すること

ができる」でしょう？　気にしないでください。クライツマンは悪党でした――ぼくの兄を含む、何ダースもの同胞を殺した責任があるのですから。父を船に乗せたときに、上甲板であいつを見かけたのです。ぼくはあいつを捜しましたが、どこかに立ち去った後でした。すぐさま、ぼくも船旅の申し込みをしました。あいつは名前を変えていましたが、航海中に捜し続ければ、いつかは見つけることができるでしょうから。ついに、ぼくは見つけて――飛びかかりました。二人で取っ組み合いました。一度は逃がしてしまいましたが、最後には捕まえて――（間をおいて）でも、どうしてわかったのですか？

エラリー　一組の手がかりによって。父親がきみのアリバイ証人だった――。思い出してくれ、きみのお父さんは、船室で二人きりで夕食をとったと言っただろう。ところが、自分が痛みを抑えるためにモルヒネを使っていることを認めたときには、夕食の後は眠りについたとも言ったのだ。つまり、きみのアリバイは成立しないことになる。加えて、きみの最大のミスは、被害者を本名で呼んでしまったことだ――「クライツマン」と。捜査関係者であるわれわれ少数の者を除けば、この船上の者はみんな、彼を「デニケン」としてしか知らないはずなのに。

船長　ビスカルドはわしらと一緒にこの船で戻ることになったよ、警視。――イギリス側で裁かれることになるだろうからな。クライツマンの過去を考慮すれば、法廷は重い判決は下さないと思う。

［フリップ］

シーン83

外観。クイーン・メリー号の甲板、日中。

エラリーと父親とレニアン。三人はタラップを降りようとするところ。男たちは握手を交わす。

レニアン　ありがとう、クイーンさん――（原版を指して）これで、われわれの事件はすべてけりがつきました。

エラリー　どういたしまして。

レニアン　さようなら。

彼は去って行く。エラリーと父親も降り始める。

シーン84

アングルを変えて。

ダンとエレアナがタラップを上がって来る――ボートから引き返して来たのだ。エラリーと警視、ダンとエレアナが顔を合わせる。ダンとエレアナはとても幸せそうに見える。

ダン　警視――それにクイーン君だったかな？

エラリー　やあ、少佐――さっき見たときより、ずっと幸福そうに見えるね。

ダン　とても幸福なんだよ――結婚がご破算になったばかりなのでね。

エレアナ　すてきじゃなくって？　ダンの奥さんは彼を捨てたのよ。

警視　同感ですな。

ダン　木こりと駆け落ちしたんだ。さっき会った妹が知らせてくれたよ。――妹はこのことを手紙には書かない方がいいと思っていたらしい。――入院中に知らせると、症状が悪化してしまうかもしれないと考えたそうだ。

エラリー　そうですか。お幸せに。

ダン　ありがとう。

二人は去って行く。エラリーと父親は二人を見つめる。

警視　どうしておまえの本には、ああいうハッピーエンドがないのだろうな？

エラリー　ああいうのは、ぼくの本ではなく――エドナ・フェーバー（米女流小説・劇作家）がふさわしいのでは？

警視　今ここにいる作家のことを話しておる。おまえは自分の問題に気づいているのか、せがれよ――おまえの魂にはロマンスが欠けておるのだ。

エラリー　だったら、お父さんはどうです？

警視　もちろんあるとも。この堅苦しい見せかけにだまされてはいかん。警察官のバッジの下には、熱い情熱が脈打っておるのだぞ。

エラリー　へえ、それは嬉しいですね、お父さん。――実は、今夜はキティをさそって、ダブルデートでディナーを楽しんでから、あなたの新しいオモチャで『ローラー・ゲーム』を観賞するつもりだったのですよ。

警視　いい考えじゃないか。（間をおいて）ダブルデート？　わしもか？　誰と？

エラリー　そうですね。レディ・シビルがフリーだったら、彼女に声をかけましょう――

警視　何だと？　おい、エラリー――！

エラリー　お父さん、あなたの熱い情熱はどうしたのですか？

［画面を静止］

［エンド・クレジット］

［アイリス・アウト］

THE END

シリーズガイド

町田暁雄

1　概　要

『Ellery Queen』は、一九七五年から七六年にかけて、アメリカ三大ネットワークの一つＮＢＣから、全米に向けて放映された「本格ミステリドラマ」シリーズである。制作はユニバーサル。『刑事コロンボ』等で名高いリチャード・レヴィンソンとウィリアム・リンクのコンビが製作総指揮をつとめている。

一九七五年三月、まず、二時間枠用のＴＶムーヴィーとして作られたパイロット版が放映され、その好評を受け、九月から正式にシリーズがスタート。翌年四月までに、六十分枠用のエピソードが二十二本放映された。

残念ながら、十分な視聴率が得られなかったとして、第二シーズンの制作には至らず、『Ellery Queen』は、その一シーズンのみで打ち切りになってしまった。しかし、映像化された「エラリー・クイーン物」として最良であるとともに、ＴＶシリーズ史上最もマニアックな〈フーダニット〉ミステリとして年々評価が高まり、本国ではファンサイトを中心にソフト化の嘆願運動が展開されるまでに至っている（本年［二〇一〇年］、ついに本国でＤＶＤが発売される模様。祝！）。

わが国では、一九七八年九月より、フジテレビにて『エラリー・クイーン・ミステリー』のタイトルで放映がスタート。ただしこれは、東京エリアのみ、しかも深夜二十五時〇五分からの字幕スーパー（翻訳：岡枝慎二）での放映という、何とも特殊な形であった。本シリーズの、丁寧に伏線を張りめぐらせたプロットは、残念ながら字幕ではとても追いきれず、さらに、放映時間の関係か、毎回数分間のカットも行なわれたため、この初放映を観ることができた幸運な視聴者も、その緻密さの何割かは味わえなかったことになる。が、それでもその魅力は格別であり、クイーン・ファン、ミステリ・ファンは、「美人ファッション・デザイナーの冒険」の題で最終回として初放映されたパイロット版（一九七九年三月六日）まで、毎週火曜の深夜には、まだ画質もよくはなかったブラウン管テレビの画面を食い入るように見つめていたのである（実は、本シリーズも、一旦は吹き替えでの制作が進行していたらしく、少なくとも第一話「蛍の光の冒険」については、吹き替え用台本が存在している。翻訳は木原たけし。クイーン警視役は久米明、そしてエラリー役には羽佐間道夫が予定されていた）。

その後、本シリーズは、いくつかのローカル局（確認できているのは、テレビ埼玉と神戸のサンテレビ）で『エラリー・クイーン・ミステリー劇場』のタイトルを冠して放映され、また、パイロット版は、深夜や昼間の映画枠でも幾度か放映されたものの、九〇年代あたりからはそうした機会もほとんどなくなり、以後は「幻のシリーズ」として語り継がれる存在となってしまった。

二〇〇五年十月、CS局の一つ「ミステリチャンネル」が、『エラリー・クイーン』のタイトルで本シリーズの放映をスタート。映像は、初放映のときとは比べ物にならないほど美しく、さらに素晴らしいことにノーカットでの放映であった。三十年を経て、ようやく多くの視聴者が、初めて本シリーズの魅力に接することができたのは、まさに快挙といえるだろう。ただし、新制作ではあったものの、今回も字幕版での放映であり、また、さまざまな版権（主には音楽関係だったという）がクリアにならなかったことで、放映されたのが、二十三本のうち十五本のみだったのは残念であった（放映されなかったエピソードは、第一話「蛍の光の冒険」、第七話「大佐のメモワールの冒険」、第十話「ファラオの呪いの冒険」、第十二話「黒い鷹の冒険」、第十七話「不吉なシナリオの冒険」、第十九話「横暴な作曲家の冒険」、第二十二話「消える短刀の冒険」、そしてパイロット版の八本である）。

次の機会には、全話の吹き替え版での放映、あるいはソフト化を、というのが、二〇一〇年現在、すべてのファンの願いであろう。

2　企画～制作～放映の経緯

（1）『青とピンクの紐』～〈クイーン聖典〉映像化の試み

レヴィンソン&リンクの「エラリー・クイーン物」映像化への関わりは、本シリーズの四年前、一九七一年にまで遡る。クイーンの長篇『九尾の猫』（一九四九）の映像化権を手に入れたユニバーサルが、それを新しいシリーズに向けてのパイロット版として制作するにあたり、前年のTVムービー『いとしのチャーリー』の脚本でエミー賞を受賞していた彼らに脚色を依頼したのである。タイミングでいうと、これは、コンビがその名を馳せることになる『刑事コロンボ』のシリーズ化と同時期の企画であり、実は、ユニバーサルは『エラリー・クイーン』を、まさに『刑事コロンボ』『警部マクロード』と並ぶ、新番組『NBCミステリ・ムーヴィー』枠のラインアップの一本にしようと考えていたのであった。

クイーンを敬愛するレヴィンソン&リンクが、おそらくは心血を注いで書き上げただろう脚本(レヴィンソンは後に「脚色の難しさにノイローゼに陥った」と語っている)は、しかし、プロデューサーと別の脚本家の手で「改悪」されてしまった。コンビは、放映時に自分たちの名がクレジットされないよう〝テッド・レイトン〟という別名に変更せざるを得なかった。

こうして、『Hidora Murders』というタイトルで仕上がった、理想的とはいい難い状態の脚本は、さらに、プレイボーイ・タイプの英国人であるピーター・ローフォードをエラリーに配するという大きなミスも加わり、残念ながら、見るべきところの少ない凡作として完成。NBCとユニバーサルは、予定していたシリーズ化を見送り、七一年九月スタートの『NBCミステリ・ムーヴィー』枠の三つめのシリーズは、ロック・ハドソン主演の『署長マクミラン』に変更された。『Hidora Murders』は、同年十一月に、『Ellery Queen:Don't look behind you』(邦題は『青とピンクの紐』)という題で、単発のTVムーヴィーとして放映されたのである。

もし、この時点で『エラリー・クイーン』のシリーズ化が実現していたなら、『刑事コロンボ』第一シーズンのプロデューサーとして超多忙となってしまったレヴィンソン&リンクの参加はあり得ず、おそらくはパイロット版とどっこいどっこいの凡庸な内容で終わったに違いない。すなわち、『青とピンクの紐』は、〝TVでエラリー・クイーン物を〟という素晴らしいアイデアをコンビに与え、しかも彼らに道を譲ったという、結果論的大功労者だったわけである。

（2）『刑事コロンボ』～ピーター・S・フィッシャーとの出会い

『刑事コロンボ』の第一シーズンを大ヒットさせたあと、プロデューサーの任を離れたレヴィンソンとリンクは、アドバイザーとしてシリーズを見守りつつ、野心的な社会派TVムーヴィーを次々と発表していった。すなわち、息子に同性愛者であることを知られた父親の苦悩を描いた『That Certain Summer』（72）、一九四五年に兵役拒否で兵士が処刑された実話に基づく『兵士スロビクの銃殺』（74）、彼らのアンチ銃社会の姿勢を明らかにした『運命の銃弾』（74）等である（これらの単発作品で高い評価を受ける一方、この時期、なぜか『刑事コロンボ』に続くべきシリーズ物の企画は失敗が続いていた。黒人私立探偵を主人公に据えたシリーズ『Tenafly』は、わずか四話で終了し、マーティン・ランドー主演の『Savage』はパイロット版［邦題：死を呼ぶスキャンダル］のみで終わっている）。

ちょうどこの時期に、コンビは、のちに理想的な相棒となり、『エラリー・クイーン』を、そして大ヒットシリーズ『ジェシカおばさんの事件簿』を、ともに制作していく人物と出会っている。その名はピーター・S・フィッシャー。第三シーズンの後半から脚本家として『刑事コロンボ』に参加し、一九七四年秋からの第四シーズンではストーリー監修もつとめながら「自縛の紐」「逆転の構図」等の傑作を提供していたフィッシャーの才能を、コンビはすぐさま見抜き、高く評価したに違いない。一九七五年二月放映の、フィッシャーが脚本を書いたTVムーヴィー『A Cry for Help』は、製作総指揮をレヴィンソンとリンクがつとめており、四月に放映された『刑事コロンボ』

第四シーズンの最終作「5時30分の目撃者」では、フィッシャー脚本に、レヴィンソンが素晴らしい〈詰め手〉のアイデアを提供しているのである。

（3）再びパイロット版制作～シリーズ化へ

フィッシャーと出会った一九七四年の後半、レヴィンソンとリンクは、NBCとユニバーサルから〝彼らの好きなやり方で〟『エラリー・クイーン』シリーズを制作するという、リターンマッチの願ってもない機会を与えられた。

そして、プロデューサーとなったコンビは、実に彼らりしい稚気に満ちた、ある「コンセプト」を設定すると、それに基づき、二時間枠用のパイロット版の制作に着手。クイーンの長篇『三角形の第四辺』（一九六五年）を、見事なTVムーヴィー用脚本に仕立て直したのである。

レヴィンソンとリンクの「コンセプト」とは、一九四〇年代に全米で大人気を博し、少年時代の彼らも夢中になって聴いた、ラジオドラマ版『エラリー・クイーンの冒険』の知的な〝わくわく感〟をブラウン管に再現するというものであった。

一九三九年から四八年まで十年間も続き、一九四六年にはアメリカ探偵作家クラブ賞（MWA賞）の「最優秀ラジオ番組賞」を受賞した『エラリー・クイーンの冒険』の画期的な特長は、マンフレッド・B・リーとフレデリック・ダネイ自身が手がけた脚本の上質さ、そして、毎回クライマックス前に挿入された、〈読者への挑戦〉ならぬ〈聴取者への挑戦〉の存在にあった。〈挑戦〉は、ラジオの前の聴取者と、〝安楽椅子探偵〟としてスタジオに招かれた数名のゲスト解答者（俳優、作家、

ジャーナリスト、スポーツ選手、ラジオの人気司会者等々、幅広い分野から有名人が招かれた）の両方に向けて行なわれ、挑戦～CM～ゲストによる推理の発表～解決篇、という流れ――すなわち、知的な推理パズルを存分に楽しめる流れで構成されていたのである（同番組の詳細については、この〈シナリオ・コレクション〉の『ナポレオンの剃刀の冒険～聴取者への挑戦Ⅰ』の「解説」をご一読いただきたい）。

そして、その再現のためにコンビが用いたのは、以下のようなさまざまな工夫であった。

①冒頭に、容疑者の姿を並べて「この中の誰が犯人か。エラリー・クイーンと推理を競おう！」（この"Match wits with Ellery Queen!"というフレーズは、一九四一年の映画『Ellery Queen's Penthouse Mystery』のポスターでキャッチコピーとして使われている〔写真〕）と挑戦を予告する〈プレタイトル〉を置く。

②舞台を、ラジオドラマ版が放映されていた時代である一九四七年に設定。当時のニューヨークの風俗――ファッション、映画や小説や音楽、人物、レストランやバー、そしてTVをはじめとする当時の最新発明等々を積極的に登場させる。

③テーマ曲にも、一九四〇年代のニューヨークを象徴するビッグバンド・ジャズ風の魅力的なオ

リジナルテーマを用意。
④演出は、〈ワイプ〉（画面の端から端へ〝ふき取る《ワイプ》ように〟次の場面に移る手法）や〈フリップ〉（ページをめくるように、あるいはくるっと裏返すように場面を変える手法）、〈アイリス〉（画面の中央から丸く画像が開いたり、逆に丸く閉じたりする手法）など、古典的な場面転換の効果を多用し、ラジオドラマと同様の軽快なテンポをキープ。
⑤プロットは、あくまで正調の「犯人当てミステリ」をめざし、人間ドラマには過度には踏み込まない。アクションも、一九四〇年代風のシンプルなものに限る。
⑥何よりもフェアプレイを旨とし、エラリーは、最後の十分間を残すあたりでカメラ目線になると、「犯人が分かりましたか？」と視聴者に〈挑戦〉。その後、ＣＭを経て謎解きシーンがスタートする。

さらにコンビは、俳優のキャスティングについても、この古典的でストイックな枠の中にぴたりと収まる絶妙な人選を行なっている。エラリー役に抜擢されたのは、知的だがユーモラスにとぼけた好青年役を得意とするジム・ハットンで、彼は、コンセプトが求める〝視聴者が親しみを持てる「犯人当てミステリ」の進行役〟を見事にこなし、その一方で、ベテラン俳優デヴィッド・ウェインが演じたクイーン警視との掛け合い等では、人間味のある温かい演技を見せてくれた。
一方、ゲストスターには、レイ・ミランド、キム・ハンターという

二大アカデミー賞俳優に、TVシリーズでペリー・メイスンを演じたばかりの若手スター、モンテ・マーカムらを加えた、『刑事コロンボ』風の豪華な顔ぶれが揃い（前ページ写真）、そして監督には、一九七一年にニューヨークを舞台にしたオフブロードウェイミュージカル『Godspell』を演出し、一九七三年には、一大NYロケを敢行したその映画版も監督したデヴィッド・グリーンが起用された。

こうして完成したパイロット版『Ellery Queen』（後に地方局での放映の際に『Too Many Suspects』という副題が追加された）は、一九七五年三月二十三日に放映され上々の視聴率を獲得。その好評を受け、その年の秋をめざしてのシリーズ版の制作がスタートしたのである。

因《ちな》みにこれは、一九五〇年以来四度目の、そして実に十七年ぶりの「エラリー・クイーン物」のTVシリーズ化であった。

（4）シリーズ放映～打ち切りまで

シリーズ化に向けての準備を開始したレヴィンソンとリンクは、自分たちの監修の元で実際の制作を行なうプロデューサー兼脚本家として、その才能に注目していたピーター・S・フィッシャーに白羽の矢を立てた。

「我々はピーターがユニバーサルと契約するやいなや〝拘束〟したんだ。彼は、我々の知る中で、最も優れたミステリ・マインドの持ち主だったからね」と、リンクは後に語っている。

オファーを受けたフィッシャーが彼らに「その種の脚本はどうやって書けばいいか分からない」

と答えると、コンビは、短篇集『エラリー・クイーンの冒険』を手渡し、その中で気に入った作品を脚本化してみるように言ったという。フィッシャーは、すぐに一作を選び出すと、それを素晴らしいシナリオに仕立て上げてみせた。

これこそ、本シリーズ制作の〈黄金トリオ〉が誕生した瞬間であった。そして、そのときフィッシャーが選び、シナリオ化した一作こそ、のちに第八話として放映されたシリーズ化後唯一の原作物、「奇妙なお茶会の冒険」だったのである。

続いてコンビは、シナリオづくりの要となるストーリー監修役として、ＴＶシリーズ『バナチェック登場！』（72〜74）で魅力的な不可能犯罪物のシナリオを書いていたロバート・ヴァン・スコイクを起用すると、さらに数名のライターを招聘し、六十分枠シリーズ用のシナリオを準備。そして、一九七五年九月十一日、記念すべきシリーズ第一話「蛍の光の冒険」が放映されたのである（写真は、ＴＶ雑誌の表紙を飾ったエラリー父子）。

フレデリック・ダネイは、後の『プレイボーイ』誌のインタビューで、この第一話を見たときの印象を、以下のように語っている。

『（ハットンの姿を）画面で見たとき、何とも奇妙な感覚を覚えた。うんと若いころの自分自身を見ているような気分になったんだよ』

シリーズは、以後、翌七六年の四月までに、二十二のエピソードを放映した。そこにはダイイング・メッセージがあり法廷物がありワクワクするような不可能犯罪があった。フェアプレイがあり〈視聴者への挑戦〉があり見事な「二重解決」があった。そして〝ハリウッド物〟があり〝ライツヴィル物〟があり、「クイーン警視自身の事件」と呼ぶべきエピソードまでが存在したのである。

しかし――専門家やミステリ・ファンには好評だったにもかかわらず、『エラリー・クイーン』は、十分な視聴率を獲得することができなかった。そして、残念なことに、わずか一シーズンのみで打ち切りになってしまったのである。

後に、レヴィンソンは、シリーズが視聴率を確保できなかった理由について、「NBCは、まず我々を『サンフランシスコ捜査線』に対抗させ、次に再結成した『ソニー&シェール・ショー』に対抗させるように時間帯を移した。この移動で、我々の占有率（視聴率）は、2・3ポイントになってしまった」と語っている（注：「木曜日の二十一時」からの放映が、第十二話より「日曜日の二〇時」からに変更された（写真は、日曜への放映枠変更を告知する広告用スチール）。余談だが、この変更によって、『エラリー・クイーン』と、『刑事コロンボ』を含む『NBCミステリ・ムーヴィー』は、連続して放映されることになった）。彼はまた、ジム・ハットンに番組を持続させ発展させていくだけの力がなかったと述べてもいる。

つけ加えれば、ラジオドラマのイメージを再現するというコンセプトと一九四〇年代という時代設定により、シナリオや演出の可能性がはじめから狭められていたこと、ラジオドラマ版のニッキ

イ・ポーターにあたるキャッチーなヒロインを登場させなかったこと、そして、本格的なミステリや刑事物から『チャーリーズ・エンジェル』のようなライトなアクション物へと視聴者の好みが移行しかけていた時期であったことなども、その要因だったに違いない。

しかし、『エラリー・クイーン』が幅広い層にアピールできなかった何より大きな要因は、さらに本質的な、ある単純な事実だったのではないだろうか。つまり、その謎解きが、ＴＶドラマとしてはあまりにも複雑で難解だったということである。

八年後、同じく犯人当てミステリである『ジェシカおばさんの事件簿』の企画を開始したときのことを、フィッシャーは以下のように述べている。そして、彼のこの述懐こそ、大ヒットした『ジェシカおばさん』と、そうはならなかった『エラリー・クイーン』の違いを、そして、（逆説的に）本シリーズの特長と魅力を、最もよく表しているように思えるのである。

『「エラリー・クイーン」の謎解きは、時として、あまりにも地味で複雑で難しかった。ディック（注：リチャードの愛称＝レヴィンソン）ですら半分しか分からなかったぐらいだ。視聴者はイライラして見るのをやめてしまった。そこで我々は、今回は少々風通しをよくしようと決めた。視聴者が正解でき、誇らしく思える番組にしよう。その上で、時々、本当に難しいエピソードを混ぜ込めばいい――』

3　レギュラーキャスト

ジム・ハットン　Jim Hutton（1934～1979）

一九六センチという長身と知的な風貌で、エラリー役を好演。〈聖典〉ファンには、鼻眼鏡をかけていない点やユーモラスにとぼけた印象を「エラリーらしくない」と評する向きもあるようであるが、レヴィンソン&リンクがめざしたのがラジオドラマの〝楽しさの再現〟である以上、「国名シリーズ」や〈ライツヴィル物〉や『九尾の猫』の複雑さや深さを期待すべきではなく、同様に、それらの小説に登場するエラリーを期待するのもお門違いであろう（補足しておけば、クイーンの書いたラジオドラマの中には、小説版に匹敵する謎解きやドラマ性を持った作品が存在する）。

『「だれが」と、ミス・パリスは（略）きいた。「あなたはお好き、クイーンさん」／クイーン君は（略）ターキーをいっぱいにほおばった口をもぐもぐさせながら、《きみ》と、即座にいった。』（「トロイヤの馬」）。——これも、小説に登場するエラリーなのであるから、なおさらである。大のクイーン・ファンであるミステリ作家のW・L・デアンドリアも、ハットン版のエラリーについて、『二〇年代の初登場以降、エラリー・クイーンのキャラクターは何度か大きく変っている。レヴィンソンとリンクは、その中の、三〇年代後半の『エラリー・クイーンの新冒険』所収の数作の短篇、そして二つの長篇——『悪魔の報酬』と『ハートの四』——に書かれたキャラクターにのみフォーカスした』と評している。

ハットン自身も、「ダラス・モーニング・ニュース」紙の一九七五年のインタビューで次のように述べており、例えば、彼が主人公の地方検事（D・A）を演じたE・S・ガードナー原作のTV

ムーヴィー『保険金殺人事件』(71)でのクールな演技と比較すると、エラリーの愛すべきキャラクターが、ハットンの明確な演技プランに基づくものであったことが確認できるのである(レヴィンソンも、同様に「知性を持ったハンサムな俳優を誰が見たがるだろう」と語っている)。

『原作に書かれた通りなら、エラリーは、ユーモアのセンスに欠けたスノビッシュな物知りだ。(略)僕は、そんなキャラクターは、視聴者に興味を持たれず退屈だろうと思ったんだ。そこで、演ずるとき、彼を変えてみた。(略)ミスをしがちで、繊細さもあるようにね。そして、父親との関係をもっと温かいものにしたんだ。僕たちを認めない純粋主義者はいるだろう。でも(略)、僕らは何百万人もの視聴者を相手にするわけだからね』

〈プロフィール〉

一九六〇年代にMGMの青春スターとして『ボーイハント』(60)、『ガールハント』(61)等、数本の映画に出演し、軽妙なコメディ演技で人気を獲得。六八年の『グリーン・ベレー』以後は、アクション・サスペンス映画やTVムーヴィーへの出演が中心となった。七九年に肝臓ガンで死去。その他の出演作は、『ダンディー少佐』(65)、『歩け走るな!』(66)、『山火事殺人計画』(TV/71)、『残酷の愛・殺人放火魔の正体』(ロス・マクドナルド原作、TV/74)、『謎の完全殺人』(75)等。

なお、息子のティモシー・ハットンも俳優となり、映画デビュー作の『普通の人々』(80)でアカデミー助演男優賞を受賞。TVシリーズ『グルメ探偵ネロ・ウルフ』(01〜02)で、ウルフの手足となる探偵アーチー役を演じている。

デヴィッド・ウェイン　David Wayne（1914～1995）

クイーン警視役。口ひげがない、「枯れ味」に欠ける等、風貌こそかなり異なるものの、愛すべき気難しさや皮肉さ、ハットン＝エラリーとの温かいやり取りまで含め、〈聖典〉ファンも納得のほぼ理想的な配役だろう。

〈プロフィール〉

一九三〇年代からブロードウェイの舞台に立ち、本シリーズの舞台となった一九四七年に、制定されたばかりの第一回トニー賞を受賞（ミュージカル部門助演男優賞）。さらに一九五四年にもドラマ部門主演男優賞を受賞している。映画へは一九四〇年代末から出演し、『アダム氏とマダム』（49）、『百万長者と結婚する方法』（53）、『底抜け一等兵』（57）、『フロント・ページ』（74）等、コメディでの演技が印象的。『SFアンドロメダ…』（71）では科学者の一人を好演。その他の出演作は『結婚協奏曲』（52）、『イブの三つの顔』（57）等。

ジョン・ヒラーマン　John Hillerman（1932～）

エラリーのライバルとして、パイロット版を含め八作に登場する、ラジオの人気ミステリ番組のホストにしてキザな犯罪研究家、サイモン・ブリマーを演じる。

ブリマーは、もともと、レヴィンソン&リンクがパイロット版の脚本を書く際に、クイーンの原作にあった「エラリーが推理に失敗する件《くだ》り」をそっくり肩代わりさせるために生み出した存在であったが、ヒラーマン演ずるキャラクターがあまりに魅力的だったためか、シリーズ化後も、謎解きにクイーンらしい「二重解決」の趣向を盛り込むためのセミレギュラーとして引き続き登場することになった。

ラジオのミステリ番組のホストという設定と、起用されたヒラーマンの風貌から、ブリマーのキャラクターはディクスン・カーをモデルにして生まれたようにも思われ、殊にパイロット版ではパイプを吸っているため、その印象が強い。

〈プロフィール〉

一九七〇年代はじめからTVや映画に出演し、本シリーズ前には『ペーパー・ムーン』(73)の保安官役や『ラッキーレディ』(75)の、敵役である酒の密売業者のボス役等が印象的。映画はその他、『おかしなおかしな大泥棒』(73)、『チャイナタウン』(74)、『オードリー・ローズ』(77)、『サンバーン』(79)、『珍説世界史PART I』(81)等。大ヒットTVシリーズ『私立探偵マグナム』(80〜88)のヒギンズ役で最も知られており、実はその起用は、同番組のプロデューサーがTVで彼のブリマー役の演技を見てオファーしたものであったという。

ケン・スウォフォード　Ken Swofford（1932〜）
大新聞社「ニューヨーク・ガゼット」に勤める人気コラムニスト兼〝鬼の〟トップ屋、フランク・フラニガンを演じる。フラニガンは、特ダネを狙ってクイーン父子の周辺に出没し、時には、警察もつかんでいない情報を提供して捜査に協力する役どころである。第四話「劇画作家たちの冒険」で初登場。合計五つのエピソードに登場するが、面白いことに、同じくオリジナルキャラクターであるプリマーと同時に登場することはなかった。

〈プロフィール〉
一九六〇年代から無数のTVシリーズにゲスト出演。七三年に『刑事コロンボ』の「野望の果て」で被害者となる選挙参謀を見事に演じた。以降、レヴィンソン&リンクとフィッシャーは、本シリーズや『ジェシカおばさんの事件簿』（84〜96）等、シリーズ物のセミレギュラーに彼を重用している。映画は『がちょうのおやじ』（64）、『ドミノ・ターゲット』（76）、『アニー』（82）、『テルマ&ルイーズ』（91）等。『SFアンドロメダ…』（71）では、デヴィッド・ウェインの助手役を演じていた。

トム・リース　Tom Reese（1928〜）

クイーン警視の片腕、ヴェリー部長刑事を好演。ラジオドラマ版ほどディスカッションへの参加はないものの、聞き込みやアクションシーンなど強面《こわもて》の部分を一手に引き受け大活躍。〈聖典〉通り、エラリーを「大先生《マエストロ》」と呼ぶのも嬉しい限りである。実は、TVの『エラリー・クイーン』シリーズで、ヴェリーがレギュラーになるのは、今回が初めてであった。第一話「蛍の光の冒険」では、何とヴェリー夫人も登場している。余談だが、日本での初放映時の字幕では「ベリー」、ミステリチャンネルでの新版では何と「ベリエ」と表記されていた。

〈プロフィール〉

一九六〇年代から多数のTVシリーズにゲスト出演。映画は、五九年のカサヴェテス映画『アメリカの影』以降、『燃える平原児』(60)、『40ポンドのトラブル』(62)、『偉大な生涯の物語』(65)、『銭の罠』(65)、『マシンガン・シティ』(67)、『夕陽に立つ保安官』(69)、『バニシング・ポイント』(71)、『組織』(73)、『ノース・ダラス40』(79)、『摩天楼ブルース』(80)等。異色中の異色は、頭に鉄板を貼った〝アイアンヘッド〟という殺し屋を演じた『サイレンサー／殺人部隊』(66)だろう(クライマックスで強力な磁石を頭につけられて持ち上げられ爆死するという、007シリーズの「ジョーズ」のモデルとなったと思われるキャラクターなのだ)。

4　メインスタッフ

リチャード・レヴィンソン＆ウィリアム・リンク

Richard Levinson（1934～1987）　William Link（1933～）製作総指揮／原案

フィラデルフィアのジュニア・ハイスクールで知り合った彼らは、大学在学中の一九五四年、『エラリー・クイーンズ・ミステリマガジン』に短篇が掲載され、小説家としてデビュー。その後、テレビドラマの脚本や戯曲へと執筆の場を広げ、大ヒットした『刑事コロンボ』以後は、プロデューサーとしても活躍。一九八七年に五十二歳という若さでレヴィンソンが亡くなるまで、すべての作品を「共同執筆」した稀有な名コンビであった。エラリー・クイーンを特に愛する彼らのミステリ作品は「映像ミステリ」として最高の完成度とセンスを誇り、彼ら自身がしばしば「TV界のエラリー・クイーン」と評されるに至っている。

TVシリーズは、その他、『ジェシカおばさんの事件簿』（84～96）等。TVムーヴィーは、前述（P342）の他、『殺しの演出者』（79、ビデオ題は『謎の完全殺人』）、『殺しのリハーサル』（82、DVD題は『刑事マッカロイ　殺しのリハーサル』）、『Guilty Conscience』（85）の、いずれもMWA賞を受賞した〝ミステリ三部作〟が、本格ミステリファン必見の大傑作である。

ピーター・S・フィッシャー　Peter S. Fischer（生年不詳）制作／脚本

TVシリーズ『Griff』（73～74）に脚本家として参加したのをきっかけに、同作のプロデューサー、スティーヴン・ボチコの紹介で『刑事コロンボ』に参加。脚本家兼ストーリー監修として、レヴィンソンとリンクが抜けた後のシリーズ中～後期を見事に支えた。本シリーズでは、そのレヴィンソンとリンクに抜擢されてプロデューサーを担当。さらに、『The Eddie Capra Mysteries』（78～79）を単独で制作した後、『Blacke's Magic』（86～87）、『ジェシカおばさんの事件簿』と二つのシリーズを、やはりコンビと組んで企画・制作。後者は、十二年間続く大ヒットシリーズとなり、エミー賞「ドラマシリーズ最優秀作品賞」に三度ノミネート。フィッシャーの脚本も、八五年にMWA賞の「最優秀TVエピソード賞」を受賞した（第一シーズン第一話「海に消えたパパ」）。『新・刑事コロンボ』にも参加し、脚本三本を提供している（一作はローレンス・ヴァイル名義）。

マイケル・ローズ　Michael Rhodes（1935～）制作／原案

フィッシャーと共同でプロデューサーをつとめ、第二十話「シーザーの眠りの冒険」では原案を提供している。本シリーズ後、フィッシャーが企画／製作総指揮をつとめた『The Eddie Capra Mysteries』にも参加。その他、『刑事デルベッキオ』（76～77）、『Operation Petticoat』（77～79）等のTVシリーズや『帰って来た名探偵フランク・キャノン』（80）等のTVムーヴィーで制作を担当している。

ロバート・ヴァン・スコイク　Robert Van Scoyck（1928～2002）ストーリー監修／脚本

一九五〇年代後半からTVシリーズの脚本家として活躍。七二年からの、不可能犯罪をテーマにしたミステリシリーズ『バナチェック登場！』（72～74）に参加した後、本作に、シリーズを通じて脚本のリライトや磨き上げを担当する「ストーリー監修」として参加した。第三話「黄金のこま犬の冒険」と第十九話「横暴な作曲家の冒険」の二作では脚本を提供。本作の後、『刑事コロンボ』にも参加し、「美食の報酬」の脚本で、MWA賞の「最優秀TVエピソード賞」を受賞した。『ジェシカおばさんの事件簿』でも、プロデューサーを兼ねながら二十本以上を執筆している。

エルマー・バーンスタイン Elmer Bernstein（1922～2004）音楽

『荒野の七人』（60）、『アラバマ物語』（62）、『大脱走』（63）等の名曲で知られる映画音楽の巨匠。本シリーズでは、一九四〇年代のイメージを粋に表現したビッグバンド・ジャズ風のテーマ曲を提供し、劇中のスコアも担当している（第十八話「二つの顔の女の冒険」からは、バーンスタインのテーマを元に、『巨大蟻の帝国』（77）、『夕暮れにベルが鳴る』（79）のダナ・カプロフがスコアを担当）。五六年の『十戒』で名を上げ、『モダン・ミリー』（67）でアカデミー賞作曲賞を受賞。その他にも、『黄金の腕』（55）から二〇〇二年の『エデンより彼方に』まで、十回を超えるノミネートを受けている。その他の主な作品は、『終身犯』（62）、『レマゲン鉄橋』（69）、『スラップ・ショット』（77）、『フライングハイ』（80）、『大逆転』（83）、『ゴーストバスターズ』（84）、『夜霧のマンハッタン』（86）、『サボテン・ブラザース』（86）、『最高のルームメイト』（95）、『レインメーカー』（97）、『ワイルド・ワイルド・ウエスト』（99）、『僕たちのアナ・バナナ』（00）等。

エピソードガイド

町田暁雄

ELLERY QUEEN
放映日／75・3・23

パイロット版

美人ファッション・デザイナーの冒険

〈スタッフ〉脚本／リチャード・レヴィンソン&ウィリアム・リンク（クイーンの長篇『三角形の第四辺』に基づく）、監督／デヴィッド・グリーン
〈キャスト〉カーソン・マッケル／レイ・ミランド、トム・マッケル／モンテ・マーカム、マリオン・マッケル／キム・ハンター、ゲイル・スティーヴンス／ゲイル・ストリックランド、ベン・ウォーターソン／ティム・オコーナー、ラモン／ヴィク・モヒカ、ペニー／フラニー・ミッチェル、モニカ・グレイ／ナンシー・メータ、サイモン・ブリマー／ジョン・ヒラーマン

ストーリー

一九四七年、ニューヨーク。ある晩、マンションの一室で銃声が轟き、売れっ子ファッションデザイナーのモニカ・グレイが殺害された。

クイーン警視の指揮の下、検証が進む犯行現場に、やがて連絡を受けたエラリーも到着。一人住まいの彼女の部屋に、男性が通っていた証拠を発見する。モニカは、また、死に際に、TVと電気時計のコンセントを抜くという謎めいたメッセージを残していたが、さすがのエラリーにもその意味までは分からなかった。

翌日、彼女の愛人が、同じマンションに住む金融会社の社長、カーソン・マッケルであることが判明する。しかも、彼は、不倫を妻に知られたことから、前の晩、モニカの部屋に別れ話をしにいくことになっていた。

カーソンは「訪問はしなかった」と犯行を否認し、エラリーは、警察には盲点となっていたある事実から、彼のアリバイを立証することに成功する。が、事件はその後、カーソンの妻マリオンや息子のトムが順に容疑者になるという予想外の展開を見せはじめた——。

解説

「美人ファッション・デザイナーの冒険」は、シリーズ化を前提に制作された、二時間枠用のパイロット版である。原題は、後のシリーズタイトルと同じく、シンプルに『Ellery Queen』。邦題が「美人ファッション・デザイナーの冒険」となっているのは、本作が、わが国での初放映時に、第二十三話、すなわち最終エピソードとして放映されたためである。

『青とピンクの紐』でカタストロフを経験（P341）したレヴィンソン&リンクが、今回、自らのプロデュースでTVムーヴィー化すべく選んだ〈聖典〉は、一九六五年に発表された長篇『三角形の第四辺』であった。

　彼らのチョイスが、『九尾の猫』ほど無謀なものではないにせよ、『途中の家』でも『靴に棲む老婆』でも『ダブル・ダブル』でもなかったことを不思議がる、あるいは残念がることは可能だろう。確かに、もしこれが単発TVムーヴィーの企画であったなら、コンビはおそらく、より深く、さらに精妙な原作を選んだに――そしてもちろん、見事、傑作に仕上げたに――違いない。ただし、今回は、〝ラジオ版『エラリー・クイーンの冒険』の楽しさをブラウン管に再現するシリーズ〟のパイロット版（つまり見本品）に仕立て上げる必要があり、そこで、あえて『三角形の第四辺』が選ばれたのであろう。

　では、採用の決め手となった『三角形の第四辺』の特徴とは何か。まず、あまりボリュームがなく、登場人物が少ないこと。ニューヨークが舞台であること。時代を一九四〇年代に移しても違和感がないこと。そして最も重要なポイントは、「主要登場人物が順繰りに容疑者となる」という、そのプロットだったのではないだろうか。

　つまり、エラリーが順にアリバイを証明したり、別の意外な容疑者が指摘されたりという「小さなクライマックス」を、本当のクライマックスの前に三回置くことで、スケールが必要以上に大きくなることを防ぎ、一〇五分の長さを持つTVムーヴィーでありながら、シリーズ化後と同様のコンパクトな「パズル的ミステリ」の連作であるような印象を我々に与えることが、その最大の狙いであったように思われるのだ。

　そして、レヴィンソン&リンクの脚本は、登場人物たちの主観描写で紡がれる殺人前の約三分の一を大胆にカットした上で、いくつもの巧妙な改変を加え、本作を楽しくも第一級の「パズル的ミステリ」に仕上げているのである。

　改変のうち、特に重要なのは、以下の三点だろう。まず、原作のクライマックスに存在する、「名探偵物TVシリーズ」のスタートとしてはあまりに大きな問題を、サイモン・ブリマーという新たなキャラクターを創造することで見事にクリアしていること。次に、プロット上、最も説得力に欠ける夫人のアリバイの件《くだ》りを、〝凶器となった被害者の銃の存在理由〟から巧みに発展させた独自の内容に変更していること。そして最後は、冒頭にオリジナルのダイイング・メッセージの謎を置き、クライマックスで、それをプリマー創造の過程で生まれた「空席」を埋める〈決め手〉に据えたこと、である（このパズル的に軽妙な〈決め手〉を観て「馬鹿馬鹿しい」と立腹する人があれば、おそらくそれは、本作を一〇五分の「TV映画」として〝重く〟観て、それに見合う解決を期待した結果であろう）。

最後に、そのダイイング・メッセージについてつけ加えれば、コンビはTVを、一九四七年という時代設定を我々に印象づける小道具としても巧妙に機能させており（「多分、すぐに廃れるよ」というエラリーの台詞がある）、クライマックスでは、「被害者がそのメッセージで、もう一人の容疑者の方を示した」という可能性を、二つのアイテムできちんと消去している点が実に見事である。

ただし、犯行後、被害者がメッセージを残すための行動を開始したときに、「彼女が、その意に沿う状況が揃うことを知っていた」ということが視聴者には分かりにくく、そのために説得力がやや減じてしまっているのは残念である。

MEMO

●ときおり資料で見られる『Too Meny Suspects』＝『容疑者が多すぎる』というタイトルは、後の地方局等での放映時につけられたものである。

●映画劇場枠での再放映時にはカットされることも多かったが、メインタイトル前に容疑者が次々と映し出される洒落た趣向は、パイロット版である本作から存在している。

●カーソン役のレイ・ミランドは、『刑事コロンボ』の「悪の温室」（犯人役）と「指輪の爪あと」に出演。さらに、マリオン役のキム・ハンターは同じく「二枚のドガの絵」に、弁護士役のティム・オコーナーも「二つの顔」と「黄金のバックル」に参加している。

ゲストスター名鑑

●カーソン・マッケル役のレイ・ミランド（05～86）は、アカデミー主演男優賞を受賞した『失われた週末』（45）や、『ダイヤルMを廻せ！』（54）が代表作。その他、『ボー・ジェスト』（39）、『大時計』

（48）、『ある愛の詩』（70）等、多数の映画、TVムーヴィーに出演。

●トム・マッケル役のモンテ・マーカム（35〜）は、TVシリーズ『The New Perry Mason』（73〜74）で二代目ペリー・メイスンを演じたばかりであった。本作へは〝特別ゲスト〟として招かれている。最近では、『ベイウォッチ』（89〜01）に隊長役でレギュラー出演。映画は『新・荒野の七人／馬上の決闘』（69）、『ミッドウェイ』（76）、『エアポート'77／バミューダからの脱出』（77）等。

●マリオン・マッケル役のキム・ハンター（22〜02）は、『猿の惑星』シリーズでの猿の女科学者ジーラ役で有名。オリジナルの舞台版でも演じた『欲望という名の電車』（51）のステラ役でアカデミー助演女優賞を受賞した。その他の出演作は、『天国への階段』（46）、『泳ぐひと』（68）等。

●ウォーターソン弁護士役のティム・オコーナー（27〜）は、『110番交差点』（72）、『怪奇！吸血人間スネーク』（73）、『裸の銃〈ガン〉を持つ男2 1／2』（91）等に出演。

●被害者モニカ・グレイ役のナンシー・メータ（35〜）は、ナンシー・コヴァックの名で十本ほどの映画に出演。『アルゴ探検隊の大冒険』（63）で演じた神官メディア役での美しさが印象的である。その他の出演作は『逢う時はいつも他人』（60）、『ターザンと黄金の谷』（66）、『サイレンサー／沈黙部隊』（66）、『宇宙からの脱出』（69）等。一九六九年に、当時ロサンゼルス・フィルハーモニックの音楽監督だった指揮者ズービン・メータ（後にニューヨーク・フィルの音楽監督に就任）と結婚。一九七〇年代半ばに、本作を含め、数本のTVドラマにナンシー・メータ名義で出演した後、女優業から引退した。

第1話

蛍の光の冒険

THE ADVENTURE OF AULD LANG SYNE

放映日／75・9・11

〈スタッフ〉 原案／R・レヴィンソン&W・リンク&P・S・フィッシャー、脚本／ピーター・S・フィッシャー、監督／デヴィッド・グリーン
〈キャスト〉 デイジー・フローリー／ジョーン・コリンズ、ハワード・プラット／レイ・ウォルストン、キティ・マクブライド／カレン・マックホン、マーカス・ハリディ／セイヤー・デヴィッド、ガイ・ロンバード／本人、エマ・ゼルマン／バーバラ・ラッシュ、ドン・ベッカー／デヴィッド・F・ドイル、ポール・クインシー／ファーリー・グレンジャー、ルイス・ハリディ／チャールズ・ノックス・ロビンソン、ジョー・ケメルマン／ジョージ・ワイナー、タクシー運転手／ハーブ・エーデルマン

ストーリー

盛大な年越しパーティが行なわれているホテルで殺人事件が発生した。電話ボックスで死体を発見したクイーン警視はホテルを封鎖。殺された実業家ハリディが、その直前、同じテーブルの六人に対し自分の遺言から外すことを宣言し、弁護士に電話するために席を立ったこと、そして事切れる前に見知らぬ葬儀屋に電話をかけるという謎の行動を取っていたことを突き止めた。

一方、連絡を受けたエラリーはホテルに向かうが、大晦日の大渋滞に巻き込まれてしまう。果たして彼は無事に現場に到着し、事件を解決できるのだろうか――。

解説

記念すべきシリーズ化第一作「蛍の光の冒険」は、『クイーン検察局』所収の一編を発展させる形で脚本が書かれ、シンプルなプロットと一刀両断のパズル的な解決という、ショートショート――あるいは三十分物ラジオドラマ――における〝クイーン的〟な魅力を見事に再現したエピソードとなっている。

レヴィンソン&リンクが（今度はフィッシャーと共に）再び原案を練り上げ、監督も引き続きデヴィッド・グリーンがつとめていることから、これは、長篇を使っての〝クイーンらしさ〟の再現であったパイロット版を補完する、シリーズ開始にあたっての〝もう一つのパイロット版〟だったと考えることもできるだろう。その意味で、本作は、華やかな女性のファッションやバンド音楽、そして渋滞シーンに多数登場する車の描写等により、これから始まるシリーズの「一九四七年」という時代設定を予告する役割もまた、見事に果たしているように思われる。

今回の謎解きは、前述のように〈聖典〉のアイデアを巧みに取り込んだものであるが、それ以上に、クライマックスでエラリーが指摘するまで「解くべき謎」の本当の姿が判らず、逆にその姿が判った瞬間に謎自体が解けてしまうという凝った趣向が実にクイーン的であり、これは、レヴィンソン&リンクから巨匠への、愛情と敬意のこもった第一級のオマージュと考えるべきであろう。
　また、犯行前の人物紹介の巧みさから、被害者が喉を切られて喋れず、しかも犯人の細工によって電話ボックスから出られなかったという設定、エラリーが犯人から必要なデータをさりげなく得る件り、そして、解決後の警視とエラリーの会話で「もう一つの可能性」を消去するフォロー部分まで、〈黄金トリオ〉の脚本は、細部に至るまでさすがの緻密さである。

MEMO

●バンドリーダーを演じたのは、ガイ・ロンバード（02～77）。彼の指揮するロイヤル・カナディアンズ楽団は、全米最高のダンスバンドと謳われ、一九二九年から七六年（！）まで、実際にルーズベルト・ホテル（後年はウォルドルフ・アストリア・ホテル）での年越しパーティで演奏。その模様は全米に中継され、劇中同様、彼らのトレードマークであった「蛍の光」の演奏に続き、ロンバードが年越しのカウントダウンを行なうのが恒例であった。また、ロンバードは、ラジオ版『エラリー・クイーンの冒険』にもゲスト解答者として参加している。

●「遺言状の書き換えを宣言した暴君が殺害される」というプロットは、クイーンのラジオドラマ版の一作「死を招くマーチの冒険」に見られ、そこからの着想とも考えられる。

ゲストスター名鑑

●プラット役のレイ・ウォルストン（14～01）は『くたばれ！ヤンキース』（58）や『アパートの鍵貸します』（60）、『スティング』（73）等が代表作。

●ベッカー役のデヴィッド・F・ドイル（29～97）は、TVシリーズ『チャーリーズ・エンジェル』（76～81）のボスレー役でおなじみ。

●クインシー役のファーリー・グレンジャー（25～）は、ヒッチコック映画『ロープ』（48）と『見知らぬ乗客』（51）で知られる。

第2話

飛び降りた恋人の冒険

THE ADVENTURE OF THE LOVER'S LEAP

放映日／75・9・18

〈スタッフ〉 脚本／ロバート・ピロッシュ、監督／チャールズ・S・デュービン

〈キャスト〉 ノーマン・マーシュ医師／ドン・アメチ、J・T・ラティマー弁護士／ジャック・ケリー、ステファニー・ケンドリック／アイダ・ルピノ、ジョナサン・ケンドリック／クレイグ・スティーヴンス、イヴリン・チャンドラー／アン・フランシス、キャシー・ケンドリック／スーザン・ストラスバーグ、ロイ・ミラー／ジェイソン・ウィングリーン、指紋採取係／バージル・ホフマン、サイモン・ブリマー／ジョン・ヒラーマン

ストーリー

ある夜、ケンドリック家の女当主ステファニー・ケンドリックが、二階の自室から墜落死した。彼女は、死の直前までエラリーの書いたミステリ『飛び降りた恋人の冒険』を読んでおり、しかも、その本のヒロインが聴いた音を次々に耳にするという不可思議な体験をして怯えていたことが分かる。そして、ヒロインは、その後、高所から飛び降りているのだ。ノイローゼ気味だったという彼女も、自ら命を絶ったのだろうか。

現場に不審な点を発見したエラリーは、捜査を開始。同じころ、人気ミステリ番組のホスト兼犯罪研究家のブリマーも、独自の調査を始めていた——。

解説

本作は、レヴィンソン&リンクがパイロット版で創造した名キャラクター、サイモン・ブリマーが、改めてシリーズに初登場したエピソードである。

番組の紹介記事では「いつも的外れの推理を披露し失笑を買う役どころ」などと書かれることが多いブリマーであるが、これは正確ではない。セミレギュラーとして登場した作品の多くで、彼は事件の真相にあと一歩のところまで近づいており、その愛すべき傲慢さゆえにいつもツメが甘くなる、という点を除けば、優れた知性と推理力を持つ、堂々たるエラリーのライバルなのである。

特に、この「飛び降りた恋人の冒険」でのブリマーは、第二話にして主役が交代したのではないかとさえ思える見事な名探偵ぶりをみせている。何といっても、タイトルにもなっているメインの「謎」を解き、現場である大邸宅に容疑者を集めてそのトリックを暴くのは、エラリーではなくブリマーなのだ。

エラリーはその後、ブリマーの華麗な推理を補完する形で、ある二つの事実に基づいて真犯人を指摘するのだが、もしブリマーが解明したような状況（よく考えれば、大きな殺人トリックに関しては、エラリーはまったく推理していない）が先に存在しなければ、犯人が被害者を殺害する状況は生まれなかったはずで、つまり〈視聴者への挑戦〉を行なった時点でのエラリーは、事件の全貌をつかんでいなかったことになるのである。

加えて、その推理の要となる「二つの事実」も、一つは小粒ながらかっちりと伏線が張られた洒落たものであるが、もう一つは、叙述トリック的な真相の隠し方は面白いものの、解決に必要な現場の位置関係が曖昧であるため、残念ながらやや説得力に欠けるものとなってしまっている。

以上のように、エラリーの活躍部分が弱いという欠点を持つ本作であるが、〝一つの解決の先に、それを覆す別の真相が待っている〟という「二重解決」の趣向は、実にクイーンらしいものといえるだろう。

MEMO

●主要登場人物の姓を有名ミステリ作家のものにするという趣向が、本作で初お目見えした（ナイオ・マーシュ、レイモンド・チャンドラー、ジョナサン・ラティマー、ベイナード・ケンドリック、マーガレット・ミラー）。

ゲストスター名鑑

●ラティマー弁護士役のジャック・ケリー（27〜92）は、TVシリーズ『マーベリック』（57〜62）のヒーロー、バート・マーベリックとして有名。

●ジョナサン役のクレイグ・スティーヴンス（18〜00）は、TVシリーズ『ピーター・ガン』（58〜61）に主演。

●チャンドラー役のアン・フランシス（30〜）は、TVシリーズ『ハニーにおまかせ』（65〜66）に主演。『刑事コロンボ』の「死の方程式」と「溶ける糸」にも出演。

●キャシー役のスーザン・ストラスバーグ（38〜99）は、『ピクニック』（55）でのキム・ノヴァクの妹役が有名。

●ステファニー役のアイダ・ルピノ（14〜95）は、『ハイ・シエラ』（41）等に出演。『刑事コロンボ』の「白鳥の歌」で被害者を演じた。

第3話

黄金のこま犬の冒険

THE ADVENTURE OF THE CHINESE DOG

放映日／75・9・25

〈スタッフ〉原案／ジーン・トンプソン、脚本／ロバート・ヴァン・スコイク、監督／アーネスト・ピントフ
〈キャスト〉ウォーレン・ライト／オーソン・ビーン、ジュリア・ライト／キャサリン・クロフォード、オスカー・エバハート保安官／ユージン・ロッシュ、ヘンリー・パーマー／マーレイ・ハミルトン、チルダ・マクドナルド／ジェラルディン・ブルックス、イーベン・ライト／ロバート・F・サイモン、ゴードン・ワイルド／ロバート・ホーガン、ラルフ・ブラウン保安官助手／ジェリー・フォーゲル、ウィル・ベイリー検死官／ハル・スミス

ストーリー

ＮＹから約二〇〇マイル離れた小さな町「ライツヴィル」に休暇に出かけたクイーン親子は、そこで事件に遭遇する。名家の当主イーベン・ライトが屋敷の書斎で撲殺されたのだ。イーベンは、娘ジュリアの結婚を数日後に控えており、殺人の凶器は、彼が贈り物として用意した、宝石を散りばめた「黄金のこま犬」であった。

おりしも町は保安官選挙戦の真っ只中。エラリーは、現保安官を破って当選を狙う対立候補に請われ、捜査に協力することになった——。

解説

放映第三話である「黄金のこま犬の冒険」は、シナリオに振られた制作ナンバーによれば、プロデューサー兼メインライターであるピーター・S・フィッシャーによる試作版「奇妙なお茶会の冒険」（Ｐ378参照）に続き、最初にプロットが完成した作品である。

「奇妙なお茶会」のような、〈クイーン聖典〉の映像化ではないものの、舞台をライツヴィルに据え、原作ファンをにやりとさせるいくつもの要素を散りばめている点や、シナリオを、シリーズを通じてストーリー監修をつとめるロバート・ヴァン・スコイクが執筆していることから、本作は、フィッシャーの場合と同様、シリーズ参加にあたって書かれた、スコイクによる試作版であったようにも思われる。残念ながら、以降の十九作には（二作でライツヴィルの名が出てくるものの）、〈聖典〉の要素を直接活かしたエピソードはなく、その意味でも貴重な一作ということができるだろう。

小説ファンのためにクイーンらしい箇所をリスト

アップしておけば、タイトルが「国名シリーズ」風になっている点、ライト家で起こる〝二十年ぶりの〝殺人〟、エラリーが結婚式を妨害するシーン等である（初稿シナリオは、パーマーが「〈上町《ハイ・ヴィレッジ》〉で雑貨屋をやっている」と自己紹介したり、〝ファーナム医師〟という名前が飛び出したりというさらにマニアックなものであった）。

　ミステリとしての出来も、物理的な手がかりと心理的な手がかりの二つを組み合わせることで意外な真犯人に行き着く（物理的な方は、四人の容疑者にあてはまる！）という凝ったものであり、実にフェアでかっちりとした〈フーダニット〉に仕上がっている。

　そして、おそらくはこれも、脚本家スコイクから〈聖典〉ファンへの嬉しい目配せなのだろう、その二つの手がかりは、いずれも、クイーンが小説でしばしば用いた、〝あるべきものがない〟という〈負の手がかり〉の手法で視聴者に提出されているのである。

MEMO

●シナリオ初稿での原題は「THE ADVENTURE OF THE CHINESE CAT」。その後、「THE ADVENTURE OF THE DEADLY DOG」となり、さらに放映原題へと変更されている。
●前作に続き、主要登場人物の姓を有名なミステリ作家のものにするという趣向が行なわれている（ロス・マクドナルド、カーター・ブラウン、ミニオン・G・エバハート、スチュアート・パーマー、H・C・ベイリー等）。
●食堂のシーンに、後に『E.T.』（82）で主人公の母親役を演じるディー・ウォーレスが、ウェイトレス役で出演している。

ゲストスター名鑑

●パーマー役のマーレイ・ハミルトン（23～86）は、本作と同年の『ジョーズ』で市長役を演じた。『卒業』（67）のミスター・ロビンソン役でも知られる。
●保安官役のユージン・ロッシュ（28～04）は、本作の後、傑作ミステリコメディ『ファール・プレイ』（78）で大司教役を好演。
●被害者役のロバート・F・サイモン（08～92）は、TVシリーズ『奥さまは魔女』（64～72）でダーリンの父親役を演じた。

第4話

劇画作家たちの冒険

THE ADVENTURE OF THE COMIC BOOK CRUSADER

放映日／75・10・2

〈スタッフ〉脚本／ロバート・ヴァン・スコイク、監督／ピーター・ハント
〈キャスト〉バド・アームストロング／トム・ボスレー、アルマ・ヴァン・ダイン／リンダ・デイ・ジョージ、ケニー・フリーマン／ドナルド・オコーナー、ライル・シャノン／ジョゼフ・マハー、フィル・コリンズ／エディ・ファイヤーストーン、ヴィンセント・ポーター／ジョージ・スペダコス、ロナルド・ハイムズ／アラン・ランダース、副本部長／アーチ・ジョンソン、フランク・フラニガン／ケン・スウォフォード

ストーリー

人気コミック誌に、探偵エラリー・クイーンのキャラクターをバイオレンスタッチのヒーローに改変した作品が掲載された。抗議のため編集部を訪れ、編集長のアームストロングと口論になるエラリー。その晩、残業中のアームストロングが射殺された。彼が、死に際に、手元にあったコミックの原稿を使って〝エラリー・クイーン〟というメッセージを残したため、動機もあるエラリーは、容疑者として勾留されてしまう。

やがて、編集部の全員に殺人の動機があることが判明。果たしてメッセージの真の意味は？　そして真犯人は？

解説

サイモン・ブリマーと並ぶ愛すべきセミレギュラー、フランク・フラニガンが初登場した本作で、「基本設定編」と呼ぶべき四作が出揃った。

スタッフたちは、ここまでのエピソードを、明らかに「ひとかたまりの作品群」として制作しており、それは、この四作だけに見られる、ミステリ「小説」への二つの「こだわり」で確認することができるように思われる。

一つは、主要登場人物の姓を実在のミステリ作家のものにするという趣向で、第二話がチャンドラー、ラティマー、ケンドリック……。第三話がマクドナルド、パーマー、エバハート……。そして本作ではヴァン・ダイン、フリーマン、ポーター、ハイムズ、アームストロングという具合である。一見そこから外れるように見える第一話「蛍の光の冒険」も、ある事情で登場人物の名前がほぼ総入れ替えになる前のシナリオでは、グルーバー、ディクスン、フラー、

クェンティン――という名が並んでおり、放映版にケメルマン、ハリディという名が残っているのは、そのためなのである。

もう一つは、使われているトリックや謎が、どれも古典ミステリで使われたものの〝引用〟になっている点である。第一話は前述のようにクイーン本人。第二話はヴァン・ダインの有名な長篇のアイテム（に、フィッシャーが直前に書いたコロンボ物「5時30分の目撃者」のアイデアが加味されている）。第三話はE・D・ホックの短篇。そしてこの「劇画作家たちの冒険」では、アガサ・クリスティ作品のある〝趣向〟が用いられている。

本作のシナリオは、その〝趣向〟と〈ダイイング・メッセージ物〉のプロットを巧みに組み合わせてあり、一つのメッセージからいくつもの解釈を行なう展開（しかも、最初の解釈でエラリー自身が容疑者になってしまう！）と、クライマックスできちんと他の可能性を除外する緻密さが、実に〝クイーン的〟である。

ただし、犯人のアリバイとその崩し方が曖昧である点、そしてクイーン家に忍び込むという行動が、技術的にも心理的にも犯人にマッチしていないため、解決が少々すっきりしないものになってしまった点は残念であった。

MEMO

●一九四七年、アメコミの大ヒット作品『スーパーマン』の二人の作者が、〝作品やキャラクターの著作権は出版社に帰属する〟という慣習に逆らって利益配分やクレジットの記載を求める裁判を起こし、解雇されるという〝事件〟が起こっている（七五年に和解が成立）。また、一九四〇年代後半は、現実に、コミック内の暴力表現等に対し、政治家や活動家が強い圧力をかけた時期であった。

ゲストスター名鑑

●アームストロング役のトム・ボスレー（27〜）は、『ジェシカおばさんの事件簿』（84〜96）で保安官役を演じ、『名探偵ダウリング神父』（89〜91）に主演。
●アルマ役のリンダ・デイ・ジョージ（44〜）は、『スパイ大作戦』（66〜73）のケイシー役で知られる。
●フリーマン役のドナルド・オコーナー（25〜03）は、『雨に唄えば』（52）のコズモ・ブラウン役で有名。

第5話

十二階特急の冒険

THE ADVENTURE OF THE 12TH FLOOR EXPRESS

放映日／75・10・9

〈スタッフ〉 脚本／デヴィッド・H・バルカン&アラン・フォルサム、監督／ジャック・アーノルド

〈キャスト〉 マイケル・マッカリー／パット・ハリントン、ハリエット・マナーズ／ダイナ・メリル、ゼルダ・ヴァン＝ダイク／ルース・マクデヴィット、アルバート・クリンガー／ジョージ・ファース、ソーントン・ジョーンズ編集長／ポール・スチュワート、アーサー・ヴァン＝ダイク／キップ・ニーヴン、フレッド・ダンホッファー（エレベーター係）／ジョン・フィネガン、ヘンリー・マナーズ／タイラー・マクヴェイ、フランク・フラニガン／ケン・スウォフォード

ストーリー

ある朝、大新聞『デイリー・イグザミナー』本社ビルで、社長のヘンリー・マナーズが殺害された。マナーズは、いつものようにロビーから専用エレベーターで十二階のオフィスに向ったのだが、十二階に到着した時に受付嬢が見たのは、無人のエレベーターだった。そして、その後、動き出したエレベーターが六階に着くと、中には、彼の射殺死体があったのである。

エラリーは、ライツヴィル行きを中止して捜査に参加するが、被害者の妹ハリエット、編集長ジョーンズをはじめ、社内には動機を持つ者が多く、容疑者の絞り込みは難航する。果たして誰が犯人か？　そして〝十二階特急〟の謎の動きが意味するものとは――？

解説

本作は、シリーズ初の〝不可能犯罪〟物であり、多くのファンから「傑作」と評されているエピソードである。

本作でまず注目すべきは、冒頭の謎や解決の決め手となる伏線が、いずれも〈映像ミステリ〉ならではの形で提示されていることだろう。特に後者の出し方は実に明快であり、解決篇で膝を打つファンも多いに違いない。

シナリオは、その他の小さな手がかりも丁寧に配置しており（日本語字幕は、職業名に関する大事な伏線が半分しか訳されておらず、残念ながらやや分かりにくくなっている）、〈視聴者への挑戦〉でのエラリーの言葉通り「単純すぎて気がつかない」ことに注意すれば、〝それしかない〟真相に十分たどり着けるフェアな造りになっているといえるだろう。

ただし、「犯人の計画により起こった事象」に「偶然起こった誤認」と「犯行後の被害者の行動により起こった事象」を混ぜ合わせるという本作のミスディレクションはかなり複雑かつ高度であり、視聴者は、その〝単純な、それしかない真相〟に気づくための前提として、その三つを正しく峻別し整理する明晰さを求められることになる。これが、本作が、F・M・ネヴィンズをして『フェアでありながら視聴者には絶対に解けないであろう難題のひとつ』と評された所以である。

また、このエピソードには、小説版のファンなら見逃せないシーンが用意されている。冒頭の、エラリーが執筆のための旅行に出かけようとする件り。彼の行き先はライツヴィルであり、しかも、鍵を失くしてのドタバタがあることから、クイーン親子は何と自前のコテージを持っているらしいのである。第三話「黄金のこま犬の冒険」では、彼らはホテルに部屋をとっていたので、おそらくはその後も何度か訪問し、警視は釣り場として、エラリーは執筆場所として、大いに気に入ったに違いない。

MEMO

●エレベーター係を演じたジョン・フィネガンは、『刑事コロンボ』の常連俳優として知られる。本シリーズのパイロット版でもバーテンダー役を好演していた。また、編集長役のポール・スチュワートは、『刑事コロンボ』の「二つの顔」の被害者であった。
●監督のジャック・アーノルド（16～92）は、『イット・ケイム・フロム・アウター・スペース』（53）、『大アマゾンの半魚人』（54）等で知られる大ベテラン。

ゲストスター名鑑

●マッカリー役のパット・ハリントン（29～）はショー番組等の名司会者。TVシリーズへの出演も多く、『刑事コロンボ』の「自縛の紐」にも出ていた。
●ヴァン＝ダイク夫人役のルース・マクデヴィット（1895～76）は、TVシリーズ『事件記者コルチャック』（74～75）の〝エミリーおばちゃん〟役で知られる。『鳥』（63）のペットショップ店員役も印象的。
●アーサー役のキップ・ニーヴン（45～）は、『ダーティハリー2』（73）で、四人組の警官の一人を演じた。

第6話

さよなら興行の冒険

THE ADVENTURE OF MISS AGGIE'S FAREWELL PERFORMANCE

放映日／75・10・19

〈スタッフ〉原案／R・レヴィンソン&W・リンク&P・S・フィッシャー、脚本／ピーター・S・フィッシャー、監督／ジェームズ・シェルドン

〈キャスト〉ヴェラ・バスーン／イヴ・アーデン、ローレンス・デンヴァー／バート・パークス、ルイーズ・デメリー／ベティ・ホワイト、ウェンデル・ウォーレン／ポール・シェナー、パール氏／ジョン・マクガイヴァー、オリヴィア・バーンズ／ナン・マーティン、アルヴィン・バーンズ／ジェラルド・ハイケン、ガス・ジェロポリス／ジョセフ・R・シカリ、アニタ・レスリー／ペネロープ・ウィンダスト、メリー・ルー・ガム／ビートリス・コレン、サイモン・ブリマー／ジョン・ヒラーマン

ストーリー

人気ラジオドラマ『人生の旅路《ミス・アギー》』を収録中のスタジオで、主人公のアギー先生を演じる主演女優、ヴェラ・バスーンが倒れた。本番中に彼女が飲んだ水に毒が混入されていたのだ。

一命を取りとめ入院したヴェラを見舞い、話を聞くエラリー。しかし、彼女は、その晩、病室に忍び込んだ何者かに射殺されてしまった。

自分の番組のスポンサーを『人生の旅路』に奪われていたサイモン・ブリマーは、エラリーより先に事件を解決し、提供企業の社長を説得すべく奔走するが――。

解説

本作は、第一話「蛍の光の冒険」と同様、レヴィンソン、リンク、フィッシャーの〈黄金トリオ〉が原案を練り上げ、フィッシャーがそれを脚本化したエピソードである。

そして、少々大胆に推理してみるなら、レヴィンソン&リンクが本作を自ら手がけたのは、これが、彼らが企画当初より、シリーズのフォーマットを活かして作りたかった特別な一作だったからであるように思われる。

コンビが、本シリーズの時代設定を一九四七年に据えたのは、もちろん、ラジオドラマ『エラリー・クイーンの冒険』の世界を再現するためだったのだが、同時にそれが、彼らがジュニア・ハイスクールで初めて出逢った想い出の頃だったからでもあったのではないだろうか。意気投合した彼らが、常に一緒に行動し、ミステリ小説やマジック、そしてラジオドラマに夢中になって毎日を過ごした時代である。

そして、ちょうどその時代――一九四八年に始ま

った一本のコメディドラマがあった。そのドラマは、子供たちも含めた全米のファミリーに支持され大ヒットし、一九五二年にはそのままTVドラマ化。さらに、その放映が終了する五六年には映画版も制作されている。十代半ばのコンビも、毎週夢中で聴いていたに違いない、マディソン・ハイスクールの女性英語教師コニー・ブルックスの奮闘を描いたそのシリーズのタイトルは、『Our Miss Brooks』。そして、ラジオ・TV・映画のすべてで〝ブルックス先生〟を演じた主演女優こそ、誰あろう、本作の〝アギー先生〟、イヴ・アーデンだったのである。

すなわち、このエピソードは、コンビが、憧れのラジオ・スターに捧げた、心からのオマージュだったのだろう（それが、いささかブラックな形をとるのが、いかにも彼らしいところである）。

という事情のゆえか、本作は、ミステリとしてのプロットや解決もまた、ツイストの効いた〝クイーン的〟な趣向（特に、エラリーの存在を意識してある行動が行なわれる〝エラリー導入プロット〟の採用は、クイーン・ファンであるコンビの面目躍如たるものだろう）を含みながらも難しすぎず易しすぎず、実に〝ラジオドラマ的〟に心地よい出来栄えとなっている。

そして〈黄金トリオ〉は、クライマックスの犯人指摘の瞬間に、〈映像ミステリ〉ならではのサプライズを生む、人物配置の心憎い演出を置き、一九七五年の（そして二十一世紀の）視聴者をも大いに満足させて、この好エピソードに見事に幕を下ろしているのである。

MEMO

●本作は、予定を変更し、日曜日に放映されている。
●原題は、ミス・アギーの「最後の演技となった収録」と「犯行後にとった最後の行動」のダブルミーニングになっていると思われる。
●デンヴァーを演じたバート・パークス（14～92）は、数々のラジオ番組、TVショーの司会で知られる名ホスト。実は、ラジオ版『エラリー・クイーンの冒険』で、アナウンサーをつとめた人物である。

ゲストスター名鑑

●パール氏役のジョン・マクガイヴァー（13～75）は、『昼下りの情事』（57）の寝取られ亭主〝X氏〟役、『ティファニーで朝食を』（61）の店員役が有名。

第7話

大佐のメモワールの冒険

THE ADVENTURE OF COLONEL NIVEN'S MEMOIRS

放映日／75・10・23

〈スタッフ〉脚本／ロバート・E・スワンソン、監督／セイモア・ロビー

〈キャスト〉アレック・ニーヴン大佐／ロイド・ボクナー、アレクセイ・ドブレンスコフ／ロバート・ロッギア、ソニア・ドブレンスコフ／ニーナ・ヴァン・パラント、ジェニー・オブライエン／グレッチェン・コルベット、ロシュ・カレル（バーニー・グローブス、ジョージ・ピアーソン大佐）／パーネル・ロバーツ、マルセル・フルシェ／ルネ・オーベルジョノワ、コリン・エスターブルック／ピーター・ブロミロー

ストーリー

罪を逃れたナチ協力者たちの存在を暴露した、元スパイの回想録が出版された。著者はアレック・ニーヴン大佐。出版社の担当者ジェニーは、エラリーのガールフレンドだった。

発売初日、ニューヨークの書店で自著へのサイン会を行なった大佐は、その夜の記念パーティに備え、いったん宿泊先のクラブに戻るが、夕方、ジェニーが迎えにいくと、彼は椅子に腰かけたまま刺殺されていた。

エラリーは、ジェニーとともにニーヴン殺害の動機を持つ、回想録に登場する面々――ソ連の外交官夫人、カメラマン、骨董屋の主人らを訪問していく。

解説

本作は、三つの面で、他のエピソードに例を見ない特徴を持つ個性的な作品となっている。

一つめは、ジェニー・オブライエンという美しく魅力的なヒロインが大活躍することである。エラリーと親しく（早朝に自宅を訪れ、ごく自然にエラリーとキスを交わすのだ。残念ながら、そのシーンは日本放映版ではカットされてしまった）、警視にも平然と食ってかかり、自分への疑いを晴らすべく捜査に加わってヘマばかりするその姿は、まるで番組スタート時からのレギュラーのようである。

実は、シナリオ段階では、彼女の役は、第一話「蛍の光の冒険」に登場したキティ・マクブライド嬢になっており、しかも、エラリーの恋人兼担当編集者、という設定になっていた。そのことから考えると、通常のTVシリーズではごく当たり前の存在であるヒロイン役を補充し（ラジオ版のニッキイ・ポーターも、当然、意識されたに違いない）、ブリ

マー、フラニガンに続く、事件を混乱させ、時には解決に役立つ三人目のセミレギュラーにしようという、これはテストだったようにも思われる。

二つめは、ソ連の外交官や秘密警察、情報部員までが入り乱れ、果てにはクイーン家の書斎がめちゃくちゃに荒らされるというそのスケールと展開である。

そして三つめは、「大勢の過去を暴露した回想録の出版が動機となる」という今回のプロットが、これまでの諸作の「同じ会社の同僚」「家族とその関係者」等とは異なる、容疑者同士がラストまでまったく見ず知らずのまま、という新しい人間関係を生んでいることである。

その結果、エラリーの聞き込み等、捜査側のウエイトが大きくなっており、ジェニーの登場も、そこから必然的に用意されたものだったのかもしれない。

ミステリ的には、真犯人の証言が嘘であるとエラリーが断ずる二つの証拠のうちの一つが「他人に頼んだ」と言い逃れできるものである点や、他の容疑者の犯行である可能性を消去しない点等が弱く、残念ながら、シリーズ中でも印象の薄いエピソードの一つといえるだろう。

MEMO

●アレクセイ・ドブレンスコフ役のロバート・ロッギア（30〜）は、本作と同シーズンに『刑事コロンボ』の「魔術師の幻想」にも招かれている。
●ソニア役のヴァン・パラントは、一九六〇年代まで故郷デンマークで歌手として活躍。『女王陛下の007』（69）で、挿入歌《Do You Know How Christmas Trees Are Grown》を歌っている。

ゲストスター名鑑

●カレル役のパーネル・ロバーツ（28〜）は、TVシリーズ『ボナンザ』（59〜73）の長男アダム役で知られる。
●ジェニー役のグレッチェン・コルベット（47〜）は、『ロックフォードの事件メモ』（74〜80）での弁護士ベス役が有名。『刑事コロンボ』の「自縛の紐」にも出演。
●フルシェ役のルネ・オーベルジョノワ（40〜）は、『スター・トレック／ディープ・スペース・ナイン』（93〜99）のオドー役、『ボストン・リーガル』（04〜08）のポール・ルイストン役で知られる。

第8話

奇妙なお茶会の冒険

THE ADVENTURE OF THE MAD TEA PARTY

放映日／75・10・30

〈スタッフ〉脚本／ピーター・S・フィッシャー（クイーンの短篇「キ印ぞろいのお茶の会の冒険」に基づく）、監督／ジェームズ・シェルドン

〈キャスト〉スペンサー・ロックリッジ／エドワード・アンドリュース、ハワード・ビガーズ／ジム・バッカス、ローラ・ロックリッジ／ロンダ・フレミング、ポール・ガードナー／ラリー・ハグマン、ドイル／ジュリアス・ハリス、エミー・ラインハート／ジュリー・ソマーズ、アリンガム夫人／カルメン・マシューズ、ダイアナ・ガードナー／パトリシア・スミス、アダム・カー警部補／ルー・ブラウン

ストーリー

自作が舞台化されることになったエラリーは、NY郊外に住むプロデューサー、スペンサー・ロックリッジの屋敷に招待される。嵐の晩、エラリーが到着すると、ロックリッジとその妻、エラリーの劇の主演女優、友人夫妻らが、ロックリッジの甥の誕生日用に『不思議の国のアリス』の劇を練習しているところだった。

翌朝、目を覚ましたエラリーは、ロックリッジが晩のうちに行方不明になったことを知らされる。しかも、不可解なことに、彼は、劇で演じた〈いかれ帽子屋〉の扮装のままらしい。誘拐か？　イタズラか？

やがて、屋敷にいる人々に宛て、奇妙な贈り物が次々と届きはじめた——。

解説

この「奇妙なお茶会の冒険」は、二つの理由によって、シリーズ中でも特別なエピソードとなっている。

理由の第一は——もちろん——本作が、短篇集『エラリー・クイーンの冒険』に収められた「キ印ぞろいのお茶の会の冒険（は茶め茶会の冒険）」を映像化した、シリーズ化後唯一の〝原作つき〟エピソードだということ。そしてもう一つは、シリーズとしての制作がスタートする前にある経緯で書かれた〝試作版〟だったということである。

パイロット版が好評を得、シリーズ化が決定すると、レヴィンソンとリンクは、自分たちと一緒にシリーズを制作していく相棒として、彼らが抜けた後の『刑事コロンボ』を、脚本家兼ストーリー監修として支えていたピーター・S・フィッシャーに声を

かけ、「ここから好きな話を選んで脚本にしてごらん」と、彼に『エラリー・クイーンの冒険』を手渡したという。そして、一読後、フィッシャーが選び出した作品が、「キ印ぞろいのお茶の会」だったのだ。

そうして生まれたフィッシャー脚本は、シリーズ版の制作準備と並行して、三人の手で〝シナリオ磨き上げ〟の実験台としても徹底的に活用されたに違いない。完成した放映版は、原作に存在するいくつかの穴や弱い部分を改善した上で、クイーン警視やヴェリー部長の活躍シーンを加える等、シリーズエピソードへの巧みな脚色も行なわれ、F・M・ネヴィンズが「このシリーズ随一のエピソードであるばかりか、クイーンの映像化としても一番の出来栄え」と絶賛した、驚くべき完成度に仕上がっているのである。

特に、〈聖典〉ファンは、パズラーとしてのロジックやフェアさよりも〝不思議の国のエラリー〟物としての面白さに重きが置かれた原作が、その魅力を維持したまま、無数の創意工夫によって「犯人当てミステリ」へと見事に〝変換〟されていることに感銘を受けるのではないだろうか。

MEMO

●第一話〜第四話で試みられた、主要登場人物の姓を有名なミステリ作家のものにするという趣向は、試作版の本作ですでに行なわれていた（ロックリッジ夫妻、ロイ・ヴィガーズ、ジョン・ディクスン・カー、E・S・ガードナー、コナン・ドイル、マージェリー・アリンガム、メアリ・R・ラインハート）。シナリオではさらに、ダイアナ・ガードナーの旧姓がクリスティと設定されていた。

ゲストスター名鑑

●ローラ役のロンダ・フレミング（23〜）は、『OK牧場の決斗』（57）のヒロイン役で知られる。
●ポール役のラリー・ハグマン（31〜）は、『かわいい魔女ジニー』（65〜70）等で知られるTVスター。『ダラス』（78〜91）のJ・R役で最も有名。
●ドイル役のジュリアス・ハリス（23〜04）は、『007／死ぬのは奴らだ』（73）での、義手をつけた用心棒ティー・ヒー役や、『サブウェイ・パニック』（74）でのダニエルズ副警視正役が印象的。
●ビガーズ役のジム・バッカス（13〜89）は、『理由なき反抗』（55）でのJ・ディーンの父親役が有名。

第9話

ベロニカのベールの冒険

THE ADVENTURE OF VERONICA'S VEILS

放映日／75・11・13

〈スタッフ〉 脚本／ロバート・ピロッシュ、監督／セイモア・ロビー
〈キャスト〉 ジェニファー・パッカー／ジュリー・アダムズ、サム・パッカー／ジョージ・バーンズ、リスキー・ロス／ジャック・カーター、アレキザンダー（ポップ）／ウィリアム・デマレスト、マーカス・ブレイディ／ヘイドン・ローク、ベロニカ・ベール／バーバラ・ロアデス、グレゴリー・レイトン／ドン・ポーター、ディック・ボウイー／ジョシュア・シェリー、サイモン・ブリマー／ジョン・ヒラーマン

ストーリー

バーレスクの初日を控えたＮＹの劇場で、公演のプロデューサー、サム・パッカーの葬儀が行なわれていた。式の途中、死を予測していたサムが自身を撮影したフィルムが上映される。彼はその中で、これが殺人であること、集まった関係者たち——妻、踊り子、出資者、コメディアン——にそれぞれ動機があることをほのめかすと、呼んであったサイモン・ブリマーに、真相を調査するよう依頼した。

一方、古い友人である未亡人ジェニファーから「保険金が払われないので容疑を晴らしてほしい」と頼まれたエラリーも、警察が心臓麻痺として処理したこの事件を、クイーン警視に睨まれながら再調査することになる。

果たして、辣腕プロデューサーの死の真相は？

解説

「ベロニカのベールの冒険」は、一九三〇年代にニューヨークで大人気を博したバーレスク（艶笑コントや、セクシーで華麗なダンス、ボードヴィリアンの芸などで構成されるショー）の世界が、文字通り舞台となっている。劇中でもちらりと語られているように、一世を風靡したバーレスクは、一九三七年、当時の市長フィオレロ・ラ・ガーディアによって、事実上、完全な上演禁止となっており、ほとぼりが冷めたころを見計らってカムバック公演を目論む興行主と、その内容に目を光らせる警察の風紀係——という本作のバックグラウンドは、その事実に基づいて描かれているのである。

軽やかで楽しいその雰囲気に加え、本作は、ミステリとしても、かっちりとしたいい出来に仕上がっている。特に、サイモン・ブリマーが犯人指摘の根

拠にする「飲み物」に関する手がかりは、ミスリードも兼ねて実に気が利いており、ドラマの開始前にすでに殺人が行なわれ、しかも〝自然死との結論が出されている〟という設定も、パターン崩しの工夫として素晴らしい。

今回、もし、ミステリの見巧者が物足りなさを感じるとするならば、それは、その要素やプロットの不出来ではなく、手がかりの提示の仕方と構成のゆるさにその原因があるように思われる。例えば、犯行方法への手がかりも、プリマー寄りのミスリードの方をさらに前面に出しておく方法を含め、マニア向けにもっと「難しく」提示することは難しくなかったはずであり、いうなら本作は、〝やや分かりやすすぎる「カギ」がつけられた出来のいいクロスワードパズル〟という印象なのである。

最後に一つ、完成版では残念ながら変更になってしまった、〈舞台物〉らしい洒落た趣向をご紹介しておきたい。シナリオ上での今回の〈視聴者への挑戦〉は、暗い舞台に立ったエラリーが、楽屋番のポップが頭上から当てたスポットライトを浴びながら行なうという、『古畑任三郎』のイメージを約二十年も先取りするものであった。

MEMO

●〝ベロニカ・ベール〟は、新約聖書に描かれた、十字架を背負って歩むキリストに額の汗を拭くようヴェールを差し出したヴェロニカという女性と、同じく新約聖書に描かれた「サロメ」をモチーフにしたリヒャルト・シュトラウスのオペラにある〈七枚のヴェールの踊り〉を合体させてしまった芸名である。演じたバーバラ・ロアデスは、同シーズンに『刑事コロンボ』の「仮面の男」にも出演している。

ゲストスター名鑑

●ジェニファー役のジュリー・アダムズ（26〜）は、『大アマゾンの半魚人』（54）でヒロイン役を演じた。
●サム・パッカー役のジョージ・バーンズ（1896〜96）は一九二〇年代から活躍した名コメディアン（パートナーは、夫人であり、ヴァン・ダインの作品のタイトルにも名を残したグレイシー・アレンであった）。『サンシャイン・ボーイズ』（75）でアカデミー賞助演男優賞を受賞。
●ロス（コメディアン）役のジャック・カーター（23〜）は、実際に四〇年代から活躍した名コメディアン。四九年には自身のショー番組も制作された。

第10話

ファラオの呪いの冒険

THE ADVENTURE OF THE PHARAOH'S CURSE

放映日／75・12・11

〈スタッフ〉原案／ルドルフ・ボーチャート、脚本／ピーター・S・フィッシャー、監督／セイモア・ロビー
〈キャスト〉クローディア・ウェントワース／ジューン・ロックハート、オーティス・トレメイン館長／ロス・マーティン、ノリス・ウェントワース／サイモン・オークランド、ムスタファ・ハディド／ネヘミア・パーソフ、警備員ハリー／ウォーレス・ルーニー、マージ・クーパースミス／ナンシー・ベル・フラー、バド・ウェントワース／ジョエル・ステッドマン、ロイス・ゴードン／ネドラ・ディーン、サイモン・ブリマー／ジョン・ヒラーマン

ストーリー

ある博物館で「古代エジプト展」がスタートしようとしていた。目玉は、実業家ノリス・ウェントワースが寄贈したエジプト王のミイラが眠る棺である。その除幕式の途中、ミイラを追ってきたエジプト人考古学者が現れ、王を見世物にする者には呪いによる死が訪れるだろうと予言した。そして、その晩遅く、ウェントワースは、何者かの電話に呼び出されて博物館へ戻り、しばらくの後、棺の前で死体となって発見された。

警察は彼の死を心臓発作と結論づけるが、エラリーは、何者かが発作を誘発したのだと推理する。そこに、博物館に向かう直前までウェントワースと一緒にいたというブリマーが、珍しく共同捜査を提案してきた——。

解説

「ファラオの呪いの冒険」は、制作ナンバー順では、〝試作版〟である「奇妙なお茶会」を除けば、「黄金のこま犬」に続く二つめの作品である。初稿の日付で見ると、「蛍の光」と「飛び降りた恋人」が一九七五年の五月十九日、本作と「黄金のこま犬」が翌五月二十日となっており、この四作が、制作準備が進む中、まず準備されたエピソードだったことになる（因《ちな》みに、次の初稿の完成は六月六日付の「ハンマー型トロフィー」である）。

そして、それら四作は、「蛍の光」がレヴィンソン&リンクの、「黄金のこま犬」がスコイクの（P368）、本作がフィッシャーの、そして「飛び降りた恋人」が初のゲスト脚本家の、それぞれ第一作と考えてよいだろう。

その視点から眺めると、本作は、確かに、『刑事

コロンボ』でも緻密なロジックと手がかりの配置にその冴えをみせていたフィッシャーらしさに満ちた、気合いのこもったミステリとなっているように思われる。特に、エラリーが犯人特定の決め手とする手がかりは、物理的にはほんの小さな事実が、それまで当たり前に思われていた状況を根底からひっくり返し、その瞬間、唯一人の犯人たり得る人物が浮び上がるという、間違いなくシリーズ中でも最も優れたものの一つである。また、犯人の条件に合致するもう一人の人物を「割れたガラス」によって可能性から除外するさりげないロジックも、実に見事なものといえるだろう（厳密には、単独犯という限定が欠けているが、そのあたりがTVドラマとしての限界だろう）。

最後にもう一つ、本作の脚本の素晴らしく巧緻な点をつけ加えておきたい。エラリーは今回、動機につながると思われた前述の「割れたガラス」が、実は事件とは関係がなかったことに気づき、その排除によって、〝本当の状況〟に思い至るのであるが、〈視聴者への挑戦〉でも言及される、その「割れたガラス」の真相が〝本当の状況〟と矛盾するものであることにより、〈挑戦〉自体が、我々をミスリードする要素として機能しているのである。

MEMO

●原案のルドルフ・ボーチャート（28～03）は、被害者を演じたS・オークランドがレギュラーだったTVシリーズ『事件記者コルチャック』（74～75）で、メインライターの一人として活躍していた。

ゲストスター名鑑

●クローディア役のジューン・ロックハート（25～）は、『宇宙家族ロビンソン』（65～68）の母親役が印象的。

●トレメイン役のロス・マーティン（20～81）は、『0088／ワイルド・ウエスト』（65～69）のアーティマス・ゴードン役で有名。『刑事コロンボ』の「二枚のドガの絵」の名犯人としても知られる。

●ノリス役のサイモン・オークランド（15～83）は、『サイコ』（60）で真相を語る医師役を演じた。『事件記者コルチャック』にレギュラー出演。

●ハディド役のネヘミア・パーソフ（20～）は、本作と同シーズン、『刑事コロンボ』の「魔術師の幻想」で被害者を演じた。

第**11**話

ハンマー型トロフィーの冒険

THE ADVENTURE OF THE BLUNT INSTRUMENT

放映日／75・12・18

〈スタッフ〉原案／マイケル・ロバート・デヴィッド、脚本／M・R・デヴィッド&ロバート・ヴァン・スコイク、監督／アーネスト・ピントフ

〈キャスト〉ジョージ・ティスデイル／ジョン・デナー、マグダ・ソゾモニー／エヴァ・ガボール、ニック・マクベイ／リチャード・ジャッケル、クリフ・ウェデル／ディーン・ストックウェル、カメリア・ジャスティス／ジョアナ・バーンズ、エドガー・マニング／キーン・カーティス、メアリー・パークス／エレン・ウェストン、マテオ／クライド・クサツ、メルヴィル／ロバート・キャスパー、オスターワルド／ロバート・コーンスウェイド

ストーリー

年間大賞《鈍器賞》を受賞したミステリ作家、エドガー・マニングが、自宅の書斎で殺害された。死因は、頭頂部への一撃。デスクに突っ伏した死体の傍らには、血に濡れた〝ハンマー型トロフィー〟が転がっていた。

死の瞬間まで電話で彼と話していたエラリーは、クイーン警視とともに現場に向かい、その晩、マニング邸では、彼自身が準備した祝賀会が行なわれていたこと、そして、訪れていた全員――秘書、助手、ライバル作家、愛人、出版社社長ら――が、尊大なエゴイストである彼の死を願っていたことを知った――。

解説

「ハンマー型トロフィーの冒険」は、傲慢なミステリ作家が、自ら催した受賞祝賀会の最中に殺害され、エラリーがその犯行の瞬間を電話を通して聴く、という、非常に魅力的なオープニングを持ちながら、シリーズ中でも最も地味で単調な出来となってしまった、この上なく残念なエピソードである。

おそらくその単調さは、捜査の開始から解決篇の直前まで、大半のシーンが、容疑者の動機の追及にのみ費やされている（しかも多くは、推理ではなく他の誰かからの〝告げ口〟で発覚する）ことから主には生じているように思われる。その結果、「犯人は右利きか左利きか」「犯行は正面からか背後からか」等の、せっかくの魅力的な検証が、どれも中途半端になってしまっているのだ。さらに、被害者の住まいをエラリーがぼんやりと見て回ったりするだけ（収穫はまったくない）の、シナリオには存在しない四分間近いシーンも追加されており、本作は、

そうして時間を持て余すほど、手がかりや推理の部分が薄かったように思えるのである。

しかも、重きを置いたはずの「動機の追及」も、重要な存在である、被害者が書いた〝知人をモデルにした次回作のためのメモ〟の内容が、なぜかはっきり描かれないため、ひどく曖昧なものになってしまっているのだ。

そして、ミステリ的に最も残念なのは、床の染みの位置等から犯行の瞬間の被害者の姿勢を特定する最も大事な推理が非常に弱いことで、もしこれが、説得力のあるかっちりとしたもので、それにより位置関係や角度から真相以外の犯行の可能性を一気に排除できる流れになっていたなら、本作は、かなりの傑作となったに違いない。

ただし、被害者がエラリーに残した「some rash person who insists on balancing the book」という犯人を指す言葉を、さまざまに解釈して容疑者に順に当てはめるところは、〈クイーン聖典〉風の洒落た趣向であり、また、風邪を引いているエラリーとクイーン警視の、全編を通じての楽しい掛け合いも、本作の大きな魅力となっている。

MEMO

●資料によれば、マグダ役のエヴァ・ガボールは、一九四二年十一月十九日放送のラジオ版『エラリー・クイーンの冒険』(The Bald-headed Ghost)のゲスト解答者(東部版)として招かれている。

ゲストスター名鑑

●ティスデイル役のジョン・デナー(15～92)は、西部劇の常連俳優として有名。『刑事コロンボ』の「白鳥の歌」と「さらば提督」にゲスト出演している。
●マグダ役のエヴァ・ガボール(19～95)は、TVシリーズ『農園天国』(65～71)にエディ・アルバートとともに主演していた。ブダペスト出身。
●ウェデル役のディーン・ストックウェル(36～)は、TVシリーズ『タイムマシーンにお願い』(89～93)等でおなじみ。本作の前に『刑事コロンボ』の「アリバイのダイヤル」と「歌声の消えた海」にゲスト出演した。
●カメリア役のジョアナ・バーンズ(34～)は、ピーター・フォーク主演のTVシリーズ『Trials of O'Brien』(65～66)で前妻ケイティ役を演じていた。

第12話 黒い鷹の冒険

THE ADVENTURE OF THE BLACK FALCON

放映日／76・1・4

〈スタッフ〉脚本／マーク・B・レイ、監督／ウォルター・ドニガー
〈キャスト〉エディ・モーガン／ハワード・ダフ、ニック・キングストン／ルイス・チャールズ、フローラ・シューマン／シグニ・ハッソ、ジョン・ランドール／タブ・ハンター、〝驚異の〟アーミテイジ／ロディ・マクドウォール、アレグザンダー／ウィリアム・シャラート、ナンシー・マクガイア／ロザンナ・ハフマン、支配人／ジョージ・スカフ、サイモン・ブリマー／ジョン・ヒラーマン

ストーリー

ある晩、サイモン・ブリマーがラジオ番組のゲストとして招かれたナイトクラブ《ニック&エディ》で、経営者の一人ニック・キングストンが毒殺された。ブリマーの捜査妨害につながる発言に目を光らせるべく店を訪れていたクイーン警視とエラリーは、殺害現場である地下のワインセラーから調査を開始。ニックが、死の直前、ワインラックから、ラベルに黒い鷹がデザインされた一本のワインを引きずり下ろしていたことを知る。

このダイイング・メッセージは、幾人かの容疑者たち——歌手、ピアニスト、読心術師、掃除婦、そして共同経営者エディ——の、果たして誰を意味しているのだろうか？

解説

この「黒い鷹の冒険」は、実に六話ぶりとなる、久々の〈ダイイング・メッセージ物〉であった。そして、実は、この後には厳密な意味での〈ダイイング・メッセージ物〉は一つも作られておらず、本作は、同時に、シーズン半ばにして、シリーズ中最後の一作ともなっている。

シリーズ初期を見渡してみると、パイロット版から第六話までの七本は、一本を除くすべてが〈ダイイング・メッセージ物〉であり、しかもその半分が、中盤以降まで——ときにはクライマックスまで——そうとは分からないという、〈クイーン聖典〉を意識した凝った趣向になっている。「エラリー・クイーン物を創る」という意気込み、という以上に、これは、思わず肩に力が入ってしまった、スタッフらの敬愛の顕れだったようにも思われる。

そして、本作の前後からは、次第にその緊張も解けたのだろう、TVシリーズとしてのオリジナリティとバラエティを楽しめる、バランスのよい秀作エピソードが増えていくのである。

その意味では、今回のダイイング・メッセージの趣向――被害者が犯人から毒を飲まされるところから、死に際、必死にメッセージを残して事切れるところまでを克明に見せておきながら、そのメッセージに大きなミスがある――も、〈聖典〉に匹敵するセンスの、しかも独自のアイデアによる優れたものといえるだろう。

もう一つ、特筆すべきなのは、初参加となったTV界のベテラン、ウォルター・ドニガー監督の手腕である。陰影のある照明と長回しを基調にしたその撮影は、全編に映画的な厚みと緊張感を与えるとともに、俳優の活き活きとした演技も引き出しており、本作を、シリーズ中で最もリッチな魅力に満ちた一作に仕上げてくれている。

特に、凝ったカメラワークにも関わらず舞台的ともいえる自然さを実現しているその長回しは実に見事で、約二分の絶妙なワンショットで描かれた前述の〝克明な犯行シーン〟の他、〈視聴者への挑戦〉シーンや解決後の名ラストシーン等での妙技にも、ぜひご注目いただきたい。

MEMO

●歌手のナンシーを演じたロザンナ・ハフマン(生年不詳)は、リチャード・レヴィンソンの夫人である。『刑事コロンボ』の「二枚のドガの絵」にも共犯者役で出演。

ゲストスター名鑑

●エディ役のハワード・ダフ(13～90)は、ラジオドラマ『The Adventures of Sam Spade』(46～51)に主演(50年まで)。その後、B級映画のヒーローを多数演じ、TVシリーズ『特捜刑事サム』(66～69)でも主人公を演じた。

●アーミテイジ役のロディ・マクドウォール(28～98)は、映画『猿の惑星』シリーズの〝猿〟役で有名。『刑事コロンボ』の「死の方程式」に犯人役で出演している。

●ランドール役のタブ・ハンター(31～)は、ナタリー・ウッドと共演した『果てしなき決斗』(56)や、『くたばれ!ヤンキース』(58)が代表作。

第13話

スパーリング・ボクサーの冒険

THE ADVENTURE OF THE SUNDAY PUNCH

放映日／76・1・11

〈スタッフ〉 脚本／ラリー・アレグザンダー、監督／セイモア・ロビー
〈キャスト〉 フランク・アンソニー／ロバート・アルダ、エディー／アート・アラゴン、ロッキー／パーヴィス・アトキンス、マディ・オニール／ディック・バカリャン、サム・ハッター／デイン・クラーク、デーヴ／ジョン・ファーロング、コリーナ・オグデン／ジャネット・マクラクラン、ダグラス夫人／ファニタ・ムーア、サンフォード医師／ロイド・ノーラン、メリンダ・サンフォード／テレンス・オコーナー、〝キッド〟・ホーガン／ジェリー・クォリー、ジョー・アダムズ／オーティス・ヤング、フランク・フラニガン／ケン・スウォフォード

ストーリー

世界チャンピオンとのタイトルマッチを控えたプロボクサー、〝キッド〟・ホーガンが、ジムでのスパーリング中にパンチを受けて昏倒、まもなく死亡した。取材でその場に居合わせたフラニガンはさっそくスクープをものにし、警察は、ジムから逃走したキッドのスパーリング・パートナー、ジョー・アダムズを指名手配する。

ジョーは、恋人のコリーナとともにエラリーを訪ねると、自分にはキッドを謀殺したと疑われる動機があるのだと話し、彼に助けを求めた。そこに、クイーン警視からの電話が入り、事件は意外な展開を見せはじめる——キッドは、何と毒殺されていたのである。

解説

前作の解説でも触れたように、この時期のエピソードは、各話の個性がはっきりと分かれ、舞台設定のバラエティを楽しめるものが多くなっている。そして、その大きな要因の一つは、メインの撮影用セットに、その回ならではの魅力的なものを用意し、そのビジュアルイメージで、まず、分かりやすい差別化が行なわれるようになったことにあるように思われる。「ファラオの呪い」「黒い鷹」「風変わりな技師」「慎重な証人」では、それぞれ、博物館、ナイトクラブとワインセラー、鉄道ジオラマ部屋、法廷等が、犯行（あるいは冒頭）シーンおよびクライマックスの舞台となることで、各話に、内容とは別の、一目瞭然の特徴を与えており、それが、謎解きの場所が、やや個性や派手さに欠ける屋敷やオフィスであることが多かった初期のエピソードとの大き

な違いとなっているのである。

そして、この「スパーリング・ボクサーの冒険」こそ、その白眉というべき一作だろう。まるで映画用のように素晴らしいボクシングジムのセットと、その広さや奥行きをフルに活かした画面づくりは、本作を非常に印象的なものにしており、しかも、被害者がリング上でダウンしボトルの水を飲まされる瞬間に、主要登場人物の全員がそのジムの空間に居合わせるという冒頭シーンは、〝被害者を毒殺したのは誰か？〟というミステリに、臨場感と独自の魅力を与えてくれている。

一方、要となるクライマックスの謎解きも、「ファラオの呪い」と同様の、〝そう思われてきた〈ある状況〉を一変させる〟メインの手がかり（写真一枚による証明という点が弱いが、これは例えば「指紋」という形で補強が可能と思われる）を軸に、クイーン的な〝消去法による犯人指摘〟が行なわれるという、大いに注目すべきものとなっている（つけ加えると、途中、一人だけ消去が行なわれず、結果的にそれが、『ダブル・ダブル』的な、真犯人が自白しやすい状況を生んでいる。もし意図的であるならば、これは、かなり上質なものといえるだろう）。

MEMO

●原題中の「SUNDAY PUNCH」はボクシング用語で「ノックアウトを奪う決定打」という意味である。ひょっとすると前週から放映日が日曜日になったことをかけた洒落だったのだろうか。
●被害者キッドを演じたジェリー・クォリー（45～99）は、本物のヘビー級プロボクサーである。

ゲストスター名鑑

●アダムズ役のオーティス・ヤング（32～01）は、『さらば冬のかもめ』（73）が代表作。本作と同シーズンに、『刑事コロンボ』の「仮面の男」にもゲスト出演している。
●サム役のデイン・クラーク（12～98）は、数々の低予算映画でタフな主人公を演じた。ＴＶシリーズ『特命記者』（56～57）に主演。
●サンフォード医師を演じたロイド・ノーラン（02～85）は、一九四〇年代に、ブレット・ハリデイ原作の映画『Michael Shayne: Private Detective』シリーズ七作に主演。ＴＶでも『Martin Kane, Private Eye』（49～54）で主人公を演じた。

第14話

風変わりな技師の冒険

THE ADVENTURE OF THE ECCENTRIC ENGINEER

放映日／76・1・18

〈スタッフ〉脚本／デヴィッド・P・ルイス&ブッカー・ブラッドショー、監督／ピーター・H・ハント
〈キャスト〉ラモント・フランクリン／エド・マクマホン、クロード・シットウェル／アーサー・ゴドフリー、ローレライ・ファンスワース／アン・ラインキング、ロジャー・ウッズ／デヴィッド・ヘディソン、キャロル・フランクリン／ドロシー・マローン、ビリー・ギーター／ディック・ヴァン・パタン、エミリー・ウッズ／エレン・マディソン、ダグ・カーマイケル／ボビー・シャーマン、ブリジット／パトリシア・ウィルソン

ストーリー

発明家ラモント・フランクリンが、自宅の工房で射殺された。製造会社の経営者でもあったフランクリンは、数ヵ月前に突然引退を表明。離れの工房に巨大な鉄道模型のジオラマを設置して、そこで毎日列車を走らせて遊ぶという奇行に耽り、周囲を驚かせているところだった。

捜査を開始したエラリーは、現場である工房が、犯行が行なわれたと思われる時間帯には、出入りが不可能な〈密室〉状態だったことを知る。いかにして殺人は行なわれたのか。そして、果たして犯人は——？

解説

「風変わりな技師の冒険」は、部屋いっぱいの鉄道模型のジオラマという魅力的なセット、そして、それを活かした〈密室物〉という魅力的な趣向を持ちながら、いくつかの理由で〝何が起きているかよく分からない〟残念な出来となってしまったエピソードである。

大きな問題は、以下の三点と思われる。

一つめは、〈密室〉のロジックがドラマ後半で曖昧になり、それを放置したまま謎解きが行なわれている点である。中盤、ある者が現場に侵入する展開によって、実は現場は〈密室〉ではなかったことが分かるのだが、その後、「その方法は、犯行時には使えなかった」と、再び可能性を閉じていないため、クライマックスでのエラリーの推理は「それしかあり得ない真相」になっていないのだ。

二つめは、シナリオでは意図されていたように思われる大きな手がかりが、完成版では——監督に理解されなかったのか——正しく提示されていない点

である。前半、登場人物の一人が現場からあるものを持ち去り、後半でそれをエラリーたちの前で実際に使ってみせることになるのだが、よく考えると、〝それ〟は犯人が使ったまま現場に残っていたものであり、そうであれば、我々はそこで、実は犯行時と同じ「働き」を目撃しているはずなのだ。これは、さりげなくも大胆な、素晴らしい手がかりなのだが、完成版で見られるその「働き」は、明らかに、〝あるべきもの〟とは別の内容なのである。

三つめは、その結果、クライマックスでの謎解きに無理が生じている点である。エラリーは、犯行時の「働き」を再現させて証拠となる品を回収するのだが、彼にはその「働き」を行なわせる知識はないはずなのだ。従って、再現は、前述の〝あるもの〟を使って行なわれたはずなのだが、前提が崩れているため、その描写が、よく分からないものになっているのである。また、エラリーが〝証拠となる品〟が「ある場所に存在する」と確信する理由も弱く、さらには、彼は回収した〝証拠品〟の内容で犯人を特定するのだが、実際には、それが行なわれたという事実だけで、犯人は特定可能なのだ。

MEMO

●本作の脚本コンビは、前シーズンに『刑事コロンボ』の「ビデオテープの証言」を執筆している。

●シットウェルを演じたアーサー・ゴドフリー（03～83）は、舞台、ラジオ、TVの名コメディアンとして有名であり、一九四六年一月九日と四七年四月十六日にラジオ版『エラリー・クイーンの冒険』のゲスト解答者として招かれている。

ゲストスター名鑑

●被害者フランクリン役のエド・マクマホン（23～09）は、『The Tonight Show』で、一九六二年から三十年にわたりジョニー・カーソンとともに司会を担当した有名タレントである。

●キャロル役のドロシー・マローン（25～）は、『風と共に散る』（56）でアカデミー助演女優賞を受賞した。『三つ数えろ』（46）の書店員役も有名。

●ロジャー役のデヴィッド・ヘディソン（27～）は、『007／死ぬのは奴らだ』（73）と『007／消されたライセンス』（89）でフィリックス・ライターを演じた。TVシリーズ『原子力潜水艦シービュー号』（64～68）のクレーン艦長役でも知られる。

第15話

慎重な証人の冒険

THE ADVENTURE OF THE WARY WITNESS

放映日／76・1・25

〈スタッフ〉脚本／ピーター・S・フィッシャー、監督／ウォルター・ドニガー
〈キャスト〉レオ・キャンベル／マイケル・コンスタンティン、リンヴィル・ヘイゲン／ドウェイン・ヒックマン、ジミー・ダネロ／サル・ミネオ、テリー・パーヴィス／マイケル・パークス、アーマンド・ダネロ／シーザー・ロメオ、判事／サム・ギルマン、地方検事補／ディック・サージェント、イボンヌ・ダネロ／トリシア・オニール、プリシラ・ヘイゲン／ケイト・ウッドヴィル、ニック・ダネロ／ジェームズ・デモポーロス、ドティ・ロマックス／ジャッキー・ラッセル、フランク・フラニガン／ケン・スウォフォード

ストーリー

エラリーの大学時代の友人リン・ヘイゲンが、殺人の罪で起訴された。商売を妨害した顔役の自宅に抗議しにいき、口論の末、彼を射殺したというのだ。リンは犯行を否認。当夜、現場にはもう一人の人物――緑色のドレスを着た女性がおり、目撃者であるその女性が、自分の無実を知っていると主張していた。

友人を信じ捜査を続けるエラリー、そしてリンを救わんとする弁護士キャンベルの奮闘もむなしく、裁判は検察側有利のまま進行していく。〝緑のドレスの女〟は発見できるのか。そしてエラリーは、真犯人を指摘し、リンの無実を立証できるのだろうか。

解説

緊迫した法廷シーンで幕を開ける本作は、その後もシリアスな雰囲気が全編を貫く異色作であり、同時に、錯綜するプロットを持つ、シリーズでもベスト五に入るだろう上質なミステリとなっている。

ピーター・S・フィッシャーの脚本は、「ある小さな事実がきっかけとなり、それまでに提示されていた幾つかの手がかりが連鎖的に重要な意味を持つ」という、伏線の分散配置と結合の巧みさが素晴らしく、また、解決篇での二段構えの犯人指摘も、〝クイーンらしさ〟に満ちた、しかもオリジナリティのある名趣向といえるだろう。

ストーリーはまったく異なるものの、エラリーが被告の無実を証明せんとする法廷物であることや、雰囲気その他の要素から推測するに、フィッシャーは、傑作中篇「キャロル事件」にインスパイアされ、本作の構想を得たのではないだろうか。

また、そのシリアスな雰囲気は登場人物のキャラ

クターにも影響を与えており、友人の嫌疑を晴らそうと奔走する本作のエラリーは、いつになく〈聖典〉の――それも〈ライツヴィル物〉以降の人間味のあるエラリーに接近しているように思える。さらに、本来はコメディリリーフであるフラニガンも、本作では敏腕記者としてまっとうな活躍を見せており、「戦争は人を変えちまう。銃の撃ち方を教えて人を簡単に殺せるようになるんだ」（放映版の字幕より）という重い台詞すら口にするのである。

加えて、「黒い鷹の冒険」の項でも触れた、〝ワンシーン・ワンカット〟を要所に配するドニガー監督の映画的演出が、今回はさらに冴え渡り、脚本が要求する緊張感を保つことに大きく貢献している。注目すべきは、三分半の完全なワンカットで描かれた新聞社の資料室のシーン。そして、〈視聴者への挑戦〉シーンも、編集で二カットの短い挿入があるものの、カメラが自在に移動しての約三分間の見事な長回しで撮影されているのである。

MEMO

●ジミー役のサル・ミネオ（39～76）は、本作と同シーズンに『刑事コロンボ』の「ハッサン・サラーの反逆」で共犯者役を演じている。彼は、本作の放送からわずか十八日後の一九七六年二月十二日、路上で暴漢に刺され死亡した。

●被害者の未亡人イボンヌ役のトリシア・オニール（45～）は、『刑事コロンボ』の「攻撃命令」で、犬の調教師コーコラン役を好演。

ゲストスター名鑑

●リン役のドウェイン・ヒックマン（34～）は、TVシリーズ『ドビーの青春』（59～63）に主演した。

●テリー役のマイケル・パークス（40～）は、TVシリーズ『さすらいのライダー・ブロンソン』（69～70）に主演。

●キャンベル役のマイケル・コンスタンティン（27～）は、TVシリーズ『黒人教師ディックス』（69～74）の校長役でエミー賞を受賞した。

●アーマンド役のシーザー・ロメオ（07～94）は、TVシリーズ『バットマン』（66～68）でジョーカーを演じた。

●地方検事補役のディック・サージェント（30～94）は、『奥さまは魔女』（64～72）の二代目ダーリンである。

第16話

ユダの木の冒険

THE ADVENTURE OF THE JUDAS TREE

放映日／76・2・1

〈スタッフ〉脚本／マーティ・ロス、監督／ウォルター・ドニガー
〈キャスト〉ルイス・マーシャル／ダナ・アンドリュース、サルヴァトーレ・マキャダンテ／ビル・ダナ、デヴリン神父／クリュー・グレイガー、トニー・ベンダー／ジョージ・マハリス、ポーレット・シャーマン／ダイアナ・マルドア、スティーヴン・ヤン／ジェームズ繁田、ガンサー・スター／ジャック・クリューシェン、バッフォード／テッド・ゲーリング、アルバート・ルッソ／マイケル・パタキ

ストーリー

実業家ジョージ・シャーマンの死体が、屋敷の庭で発見された。前夜、腹部を刺されて死亡した後、首くくりのように吊るされたのである。そして、その頭には、庭に咲くハナズオウの花冠がのせられていた。ハナズオウは、別名〝ユダの木〟――すなわち、裏切り者の象徴であった。

やがて、凶器は、被害者が蒐集していた中国製の短剣と判明。捜査線上には、かつてシャーマンが〝裏切った〟ある中国人が浮かび上がる。犯人は、彼、スティーヴン・ヤンなのか。それとも妻か、主治医か、共同経営者か、あるいは屋敷に出入りしていた謎の神父の犯行だろうか――。

解説

「ユダの木の冒険」は、〝裏切り〟を意味する花を飾られた死体、出没する謎の東洋人、秘密を抱えた神父、凶器である中国の儀式用短剣といったミステリアスな要素に彩られた古風な筋立てと魅力的なキャスティングにより、まるで一九四〇年代の〝探偵物映画〟のような雰囲気を楽しむことができるエピソードである。

ミステリ的にも、真犯人が意図した行動がすべての出来事を生み出していくという、すなわち、一本の太いストーリーが核になっている点が異色であり、それに呼応して、クライマックスでのエラリーの推理も、決め手となる証拠を発見するのではなく、すべての手がかりや出来事を紡ぎ合わせ、そのストーリーを再構築するというドラマチックな――どちらかといえばクリスティ風な――ものとなっている。

その結果、〈視聴者への挑戦〉後の〝解決篇パート〟は、八分半を超える、シリーズでも最長のもの

の一つとなっており、消去法による推理を重ねて意外な犯人が指摘されるそこでの謎解きは、実に見ごたえのあるものである。
そして、「黒い鷹の冒険」「慎重な証人の冒険」に続く三度目の登板となったウォルター・ドニガー監督の演出は、今回も、その長い謎解き場面を――アップのカットが多数インサートされているのでそうと気づきにくいが――、回想シーンをはさんでほぼワンショットで撮影し、緊張感と臨場感を生み出すことに成功している。殊に、前半部分は、四分半(ドラマ全体の一割である!)という驚くべき長回しが行なわれているので、再見の機会があれば、ぜひご注目いただきたい。

MEMO

●本作中でエラリーが言及する『愛の勝利』(39)は、余命十ヵ月と宣告された富豪令嬢が、引き換えに若い医師との愛と真実の人生を得るという、ベティ・デイヴィス主演(アカデミー賞主演女優賞ノミネート)の映画である。

ゲストスター名鑑

●マーシャル弁護士役のダナ・アンドリュース(09〜92)は、戦前からの映画スター。代表作は『ローラ殺人事件』(44)、『我等の生涯の最良の年』(46)、『影なき殺人』(47)、『口紅殺人事件』(56)等。
●ヤン役のジェームズ繁田(33〜)は、『ダイ・ハード』(88)のタカギ社長が印象的。その他の代表作は『太陽にかける橋』(61)、『ザ・ヤクザ』(74)、『ミッドウェイ』(76)等。
●スター役のジャック・クリューシェン(22〜02)は、『アパートの鍵貸します』(60)のドライファス医師役で有名。『刑事コロンボ』の「断たれた音」で被害者を好演。
●ベンダー医師役のジョージ・マハリス(28〜)は、TVシリーズ『ルート66』(60〜64)にマーティン・ミルナーとともに主演。映画は『サタンバグ』(64)等。
●ポーレット役のダイアナ・マルドア(38〜)は、TVシリーズ『警部マクロード』(70〜77)でマクロードの恋人クリスを好演。『新スター・トレック』(87〜94)のドクター・ポラスキー役でも知られる。映画は『マックQ』(73)等。

第17話

不吉なシナリオの冒険

THE ADVENTURE OF THE SINISTER SCENARIO

放映日／76・2・8

〈スタッフ〉脚本／ロバート・ピロッシュ、監督／ピーター・H・ハント

〈キャスト〉ライオネル・ブリッグス／ノア・ビーリー、デヴィッド・ピアース／ドン・デフォア、ギルバート・マロリー／トロイ・ドナヒュー、マイケル・レイナー監督／ヴィンセント・プライス、クレア・マロリー／バーバラ・ラッシュ、ベンジャミン・ブレイク警部／ポール・フィックス、パメラ・コートニー／スーザン・ダマンテ、アル・ガルヴィン／ジャック・マードック、マイク・ヒューイット／ジェームズ・シッキング、ハリス刑事／カール・ルーカス、ブレーデン警部補／ポール・カー

ストーリー

自作が映画化されることになり、エラリーは、父親とともにハリウッドの撮影所に招待される。が、そこで〝名探偵エラリー〟を演じていたのは、その傲慢な態度で関係者全員から憎まれているスター俳優だった。

奇妙な緊張感が漂う中、あるシーンの撮影がスタートする。犯人役の女優が、書斎で電話中のエラリーを撃つ場面だ。三発の銃声がセットに響き、床に倒れる〝エラリー〟。しかし、空砲のはずの弾丸は実弾にすり替えられており、彼は本当に死亡していた。

エラリーは、ロス市警の警部補に疎ましがられながら捜査を開始するが、やがて、またしても撮影中に、第二の殺人が発生した——。

解説

「不吉なシナリオの冒険」は、〈聖典〉のひそみに倣って〈ハリウッド物〉とでも呼ぶべき、舞台をいつものNYから遠く西海岸に移しての特別篇である(実際には、毎週撮影が行なわれているユニバーサルスタジオがそのまま舞台となっているので、一見豪華に見える本作の方が、実は手間も予算もかかっていないはずなのだが)。プロットも、映画の撮影中に主演スターが撃たれ(空砲のはずの拳銃に実弾が仕込まれているという、クイーン・ファンならニヤリとする趣向が嬉しい)、その後さらに、スタントマンが乗った車が崖から転落するという、特別篇に相応しい派手やかなものとなっている。

ミステリとしての出来も、各容疑者への動機の配置の巧みさ、解決の意外性、消去法推理の美しさなど優れたところが多く、これは秀作といってよいだ

ろう。F・M・ネヴィンズは、『エラリイ・クイーンの世界』の中で、本作を「シリーズでも好きなエピソードのひとつ」と呼んでいる。

さらに、クイーン警視が格好よく拳銃を発射する姿や、ガラス戸を突き破るエラリーのアクション、〝ヴェリーの西海岸バージョン〟（とシナリオに書いてある！）であるハリス刑事の登場、そして、ガイドブックを片手にハリウッドスターとの邂逅を夢みる警視の意外なミーハーぶり等々、その他にも特別篇らしい〝お楽しみ〟は数多い。中でもあっと驚く〝お遊び〟は、第一の殺人の後、被害者の代りにエラリー役を演じる俳優は誰か、という会話での、クイーン警視の「リー・ボウマンは断ったそうだ」という台詞だろう。ボウマンは、最初のTVシリーズでのエラリー俳優であり、しかも彼は、エラリーを演じていたリチャード・ハートがリハーサル中に心臓麻痺で死亡したのを受け、次の本番までに急遽キャスティングされた人物なのである。

MEMO

●レイナー監督の自宅として登場する屋敷は、『刑事コロンボ』の「仮面の男」等でも使用されている。

●冒頭シーンでクイーン警視が自分を演じるべき俳優として名を挙げるブライアン・ドンレヴィー（01〜72）は、口ひげのあるイメージで知られる二枚目俳優である。

ゲストスター名鑑

●映画でクイーン警視役を演じる俳優、ブリッグス役のノア・ビーリー（13〜94）は、当時、人気TVシリーズ『ロックフォードの事件メモ』（74〜80）で、主人公の父親役を演じていた。

●ギルバート・マロリー役のトロイ・ドナヒュー（36〜01）は、TVシリーズ『サーフサイド6』（60〜62）に主演し、人気を獲得。その後、『ハワイアン・アイ』（59〜63）にも出演した。映画は『避暑地の出来事』（59）、『恋愛専科』（62）等。

●レイナー役のヴィンセント・プライス（11〜93）は、ロジャー・コーマン映画での名演で知られる。『刑事コロンボ』の「毒のある花」にもゲスト出演。

●クレア役のバーバラ・ラッシュ（27〜）は、『地球最後の日』（51）、『イット・ケイム・フロム・アウター・スペース』（53）のヒロインとして知られる。本シリーズは、第一話にも出演している。

第18話

二つの顔の女の冒険

THE ADVENTURE OF THE TWO-FACED WOMAN

放映日／76・2・29

〈スタッフ〉脚本／ロバート・E・スワンソン、監督／ジャック・アーノルド
〈キャスト〉セルジオ・ヴァーゴ／セオドア・バイケル、リリアン・マグロー／ジョイス・ブラザース、クリント・マグロー／フォレスト・タッカー、セレステ・ウェイクフィールド／ヴェラ・マイルズ、フリードランド医師／ヴィクター・ブルーノ、マイルズ・プレスコット／エドワード・マルヘア、クロード・グラヴェット／アルフレッド・ライダー、サルツマン博士／ウッドロー・パーフレイ、アントン・ラチェック／ベン・ライト、サイモン・ブリマー／ジョン・ヒラーマン

ストーリー

富豪リリアン・マグローが、ある晩、自宅で刺殺された。彼女は、その日、画廊のオークションで、中堅画家ヴァーゴの作品を相場の倍の価格で強引に落札しており、殺されたときは、その作品『青の女』のサインの部分を爪やすりで削り取っているところだった。そして、その下からは、謎の画家として知られる〝ラザール〟のサインと、それが記された別の絵の一部が現れていた。

被害者の奇妙な行動の意味は？　殺人の動機は？　そして、犯人は誰なのか——？

解説

「二つの顔の女の冒険」は、二十五年前、パリで画商を惨殺したとされる謎の画家が姿を変えて登場人物の一人となっている、という魅力的なプロットと、そこから生まれるスケールの大きな謎解きを楽しめるエピソードである。

本作の解決にも、「ある手がかりによって、前提となっていた状況が一変し、それによって、すでに提示されていた手がかりが〈決め手〉に変身する」という、本シリーズの十八番となった手法が用いられているが、今回は、そうして現れる〝本当の状況〟が、実に三重にも、心理的に遠ざけられており、特にそのうちの一つは、犯人特定の〈決め手〉そのものが直接ミスリードの役を果たしているところが大胆で面白い。

その一方、〝本当の状況〟が判明する手がかり自体は——デリケートかつ巧妙に提示されているものの——、分かる人には一発で分かるタイプのものであるため、多くの視聴者が真相の半分にはたどり着けると思われ、〈フーダニット〉としては、ほどほ

どの難しさを持つ好篇に仕上がっているといえるのではないだろうか（つけ加えれば、その手がかりだけで〝本当の状況〟を結論づける点がやや弱いのが残念。何かもう一つ、小さな傍証があればよかった）。

その他、ドアの音と悲鳴のタイミングに関する気の利いた推理や、画廊という舞台にぴったりのサイモン・ブリマーの粋なキザっぷり等も、本作の見どころといえるだろう。

ただし、過去の事件や出来事が重要なキーとなるエピソードだけに、画面には出ず台詞のみで語られるデータが多く、その結果、字幕ではその細部までを追いきれない日本語版は、いつも以上に筋をつかみにくくなってしまっているように思われる。

MEMO

●被害者リリアン・マグローを演じたジョイス・ブラザース（28〜）は、一九五〇年代からTVで相談番組を持つ有名な心理学者。今回の、精神分析で失った記憶を取り戻そうとする役への起用は、実に洒落たものだったわけである。また、彼女は、本人役あるいは心理学者役等で、『エンブリヨ』（76）、『フライング・コップ』（82、TV）、『スパイ・ハード』（96）、『アナライズ・ユー』（02）等、多数の映画やTVシリーズにゲスト出演している。

ゲストスター名鑑

●ヴァーゴ役のセオドア・バイケル（24〜）は、『手錠のままの脱獄』（58）でアカデミー賞助演男優賞にノミネート。本作の後、『刑事コロンボ』の「殺しの序曲」で犯人役を好演。

●クリント役のフォレスト・タッカー（19〜86）は、無数の西部劇やB級アクション映画に出演。『刑事コロンボ』の「パイルD—3の壁」で被害者役を演じた。

●セレステ役のヴェラ・マイルズ（29〜）は、ジョン・フォード監督の『リバティ・バランスを射った男』（62）、ヒッチコック監督の『間違えられた男』（56）、『サイコ』（60）のヒロインとして知られる。『刑事コロンボ』の「毒のある花」で犯人を演じている。

●プレスコット役のエドワード・マルヘア（23〜97）は、のちにTVシリーズ『ナイトライダー』（82〜86）にデボン役でレギュラー出演。

第19話

横暴な作曲家の冒険

THE ADVENTURE OF THE TYRANT OF TIN PAN ALLEY

放映日／76・3・7

〈スタッフ〉脚本／ロバート・ヴァン・スコイク、監督／セイモア・ロビー

〈キャスト〉アルヴィン・ワイナー／ルディ・ヴァリー、ダイナ・キャロル・ワイナー／ポリー・バーゲン、ハービー・モロー／アルバート・サルミ、ポール・パーカー／ケン・ベリー、エロール・キース／ノーマン・フェル、ゲイリー・スイフト／マイケル・キャラン、ペニー・キャロル／レン・ジャレット、ダン・マーフィー／ブラッド・デヴィッド、ローラ・シャーマン／ドリー・ブレナー、サイモン・ブリマー／ジョン・ヒラーマン

ストーリー

有名作曲家アルヴィン・ワイナーをゲストに迎えた深夜放送のオンエア中、スタジオに一人の青年が乱入した。ダン・マーフィーと名乗り、「ワイナーが自分の曲を盗んだ」と叫んだ彼が廊下へと走り出ると、スタジオ内の数人もその後を追って飛び出していった。

騒ぎの中、ワイナーもスタジオを離れ、番組で使うレコードを探しに無人のライブラリー室に入っていく。そして、もう一つの人影も……。

しばらく後。棚の前で射殺されたワイナーの死体が発見され、その手には〝ダニー・ボーイ〟という曲のレコードが握られていた——。

解　説

本作の原題「THE ADVENTURE OF THE TYRANT OF TIN PAN ALLEY」は、直訳すれば「ブリキ鍋小路の暴君の冒険」となる。「Tin Pan Alley」とは、マンハッタンのブロードウェイ近くにある、一九世紀半ばから音楽ビジネスの会社が居並ぶ一帯のことで、レコード普及前のメイン商品＝楽譜を、無数の出版社がその場で試演して販売していたため、常に〝ブリキの鍋を叩いているように〟騒々しかったことから付けられた名前であった。

「横暴な作曲家の冒険」は、ミステリとしての面白さに加え、エラリーが遭遇する「ブリキ鍋小路」の様子や、ＤＪによるラジオの深夜放送、食堂に置かれたジュークボックス等、一九四七年当時の音楽シーンの描写が楽しく興味深いエピソードである。

脚本は、「ストーリー監修」としてシリーズを支えていたロバート・ヴァン・スコイクが久々に担当。ライツヴィル物「黄金のこま犬の冒険」を書いた彼

らしく、ダイイング・メッセージに、さらに〈聖典〉でも幾度か使われた〝登場人物のある特性〟による手がかりを組み合わせた、ファンには嬉しい一作に仕上げてくれている。特に、ダイイング・メッセージをミスリードのためにも活用し、そちらに我々（とエラリー）の注意を引きつけておく手法は見事なもので、サイモン・ブリマー（本作は、彼が登場する最後の作品でもある）がクライマックスで犯人と断ずる人物への手がかりをエラリーの方に聞かせることで、我々にもそれが真相ではないかと思わせるやり方も、実に巧妙といえるだろう。

ただし、日本語版は、字幕の限界により、スコイクの意図したミスリードがほとんど機能しておらず、何より、前述の、ブリマーが指摘する人物に関する手がかりがまったく訳されていないのが痛恨である（さらに、アメリカでは一般的と思われるいくつかの知識が我々にはないこと等がダメ押しとなっている）。

MEMO

●画面に出る本作のタイトルには、〝OF〟がダブって二つ入っているという、非常に珍しいミスがある。

●劇中で歌手のスイフトが「こんな曲は歌えない」とボイコットする《モナリザ》は、実在の曲である。この後、映画『別働隊』（50）に使われてアカデミー賞歌曲賞を受賞。ナット・キング・コールの歌うシングル盤は、ビルボードチャートで八週間全米第一位という大ヒットを記録した。

ゲストスター名鑑

●ワイナー役のルディ・ヴァリー（01～86）は、コンサートで失神者が続出したという元祖ポップアイドル（プレスリーは「ルディ・ヴァリーの再来」と呼ばれた）。作曲家、バンドリーダーとしても成功し、自分のラジオ番組から、スタンダードとなるヒット曲を次々と生み出したという。すなわち、今回の起用は、実に洒落たものだったわけである。

●ダイナ役のポリー・バーゲン（30～）は、ラジオやブロードウェイで歌手として活躍。映画は『恐怖の岬』（62）でのグレゴリー・ペックの妻役が印象的。

●ペニー役のレン・ジャレット（46～）は、TVシリーズ『ナンシーはお年頃』（70～71）で、大統領の娘である主人公、ナンシー・スミスを演じた。

第20話　シーザーの眠りの冒険

THE ADVENTURE OF CAESAR'S LAST SLEEP

放映日／76・3・14

〈スタッフ〉原案／マイケル・ローズ、脚本／ルドルフ・ボーチャート、監督／リチャード・マイケルズ

〈キャスト〉ラルフ・シーザー／ジャン・マレー、リー・マルクス／エドワード・ローレンス・アルバート、エルウィン・マーフィー／スチュワート・ホイットマン、ジム・ミレー刑事／ケヴィン・タイ、ルース・シーザー／エリザベス・レイン、ベニー・フランクス／マイケル・V・ガッゾ、メロディ・トッド／エリカ・ヘイガン、ジェイ・ボナー／ティモシー・ケリー、ヘイズ副本部長／アーチ・ジョンソン、ゲイブ／スタンリー・ラルフ・ロス

ストーリー

犯罪組織と警察の癒着に関する告発証言を予定している組織の幹部、ラルフ・シーザーの自宅が爆破され、その死が報道された。が、シーザーは実は生きており、検察側は、翌日の大陪審まで極秘裏に彼を守るべく、クイーン警視にその護衛を命じた。

ヴェリー部長刑事とミレー刑事を呼び寄せた警視は、シーザーをホテルに護送すると、彼らを警護にあたらせる。翌朝——シーザーは、ベッドに横たわったまま死体となって発見された。何者かに毒殺されたのである。

完全な密室の中、犯行はどのように行なわれたのか。検察官マーフィーはクイーン警視を糾弾し、容疑者となったヴェリー部長を陥れる工作を準備しはじめた——。

解説

「シーザーの眠りの冒険」は、TVシリーズ版〝クイーン警視自身の事件〟と呼ぶべき好エピソードである。失態を糾弾されるクイーン警視、容疑をかけられるヴェリー部長、父親を気遣うエラリーと、全作中でも唯一の、レギュラーキャラクターたちを中心に据えたドラマに、本格ミステリの王道というべき〝密室での毒殺〟を絡めたそのプロットは、非常に見ごたえのあるものとなっている。

特に、〝引退を口にするクイーン警視に自信を取り戻させるためエラリーがサポートに回る〟という感動的な展開は、シリーズのフォーマットを活かすことによって、実に粋なものに仕上げられており、本作の最大の見どころといえるだろう。すなわち、今回、「そうか！　誰がラルフ・シーザーを殺したか分かったぞ」と叫び、クライマックスで謎解きを

行なうのは、エラリーではなく、クイーン警視その人なのである（エラリーの〈挑戦〉も「父も分かったようです」という内容になっている）。

　また、ミステリ的にも、不可能犯罪を合理的に解明し〝意外な犯人〟を指摘する見事な流れをはじめ、被害者が死ぬ前に読んでいた本にある〝ガード〟という言葉の解釈、殺し屋の存在の活かし方、さらに、あるものから毒が発見される中盤の展開の気の利いた筋の通り方等、魅力的な要素に満ちた秀作に仕上がっている。

　もし、本作に不満があるとするならば、真相が分かりやすく、ミステリマニアである視聴者には難易度が低すぎるという点であるが、これは、「ベロニカのベールの冒険」の場合と同様、〝分かりやすすぎる「カギ」がつけられた出来のいいクロスワードパズル〟という印象であり、手がかりの提出の仕方のさじ加減によるものであるように思われる。

MEMO

●副本部長役のアーチ・ジョンソン（22～97）は、「蛍の光の冒険」「劇画作家たちの冒険」に続く三度目の登場であった。

●マルクス役のエドワード・ローレンス・アルバート（51～06）は、俳優エディ・アルバートの息子である。

●鑑識課員ゲイブを演じたスタンリー・ラルフ・ロス（37～00）は脚本家でもあり、『刑事コロンボ』の「別れのワイン」を書いた人物。

ゲストスター名鑑

●マーフィー役のスチュワート・ホイットマン（28～）は、ＴＶシリーズ『決斗シマロン街道』（67～68）に主演。

●フランクス役のマイケル・Ｖ・ガッゾ（23～95）は、『ゴッドファーザーＰＡＲＴⅡ』（74）でアカデミー助演男優賞にノミネート。本作の後、『刑事コロンボ』の「美食の報酬」で、毒殺される被害者役を演じた。

●殺し屋ボナー役のティモシー・ケリー（29～94）は、同年のカサヴェテス映画『チャイニーズ・ブッキーを殺した男』でも殺し屋役を好演。『刑事コロンボ』のコロンボいきつけの食堂の親父バート役で知られる。

第21話

冷酷な行商人の冒険

THE ADVENTURE OF THE HARDHEARTED HUCKSTER

放映日／76・3・21

〈スタッフ〉原案／ロバート・E・スワンソン&ルイス・デヴィッドソン、脚本／ロバート・E・スワンソン、監督／エドワード・エイブロムス
〈キャスト〉ホレス・マンリー／エディ・ブラッケン、ジェームズ・ビヴィン・ロング／フレッド・ビアー、ジェリー・クラブツリー／ボブ・クレイン、リタ・ラドクリフ／キャロリン・ジョーンズ、フローレンス・エイムズ／ジュリエット・ミルズ、マックス・シェルドン／ハーブ・エーデルマン、ウェイター／ダニー・ウェルズ、フランク・フラニガン／ケン・スウォフォード

ストーリー

葉巻会社の宣伝部長ロングが、自分のオフィスで刺殺された。状況からは、いつものように昼寝をし、配達されたランチを食べた後で殺害されたものと思われた。ロングは、その朝、部下や広告会社の社長らを罵倒しており、その場にいた五人には、いずれも彼を殺す動機があった。

一方、広告会社の社長は、葉巻会社のＣＭをラジオからＴＶに切り替える企画を進めており、フラニガンを提供番組の司会役に抜擢するのだが——。

解説

「冷酷な行商人の冒険」は、パイロット版の冒頭で「放映開始から四週目」と語られたＴＶの世界が、改めて本格的に取り上げられたエピソードである。

劇中では「ＴＶ受像機はホットケーキのように売れている」と、その普及ぶりが語られており、アメリカの〝お茶の間〟の主役がラジオからＴＶへと急速に移っていったのがこの時期だったことが、本作のバックボーンとなっている。

実は、レヴィンソン&リンクが本シリーズの手本としたクイーンのラジオドラマも、ちょうどこの頃（正確には一九四八年）にＴＶの普及に追われる形で終了しており、本作は、その事実を踏まえ、第一シーズンの最終話として企画されたエピソードだったようにも思われる（本作の制作ナンバーは十二番目と若く、かなり前に企画され、最終話向けに温存されていたという可能性もある）。そう考えるなら、「家でお気に入りのミステリ番組を楽しもうよ」「ラジオでな」というラストでのエラリーと警視の会話は、実に洒落たものといえるだろう。

本作の謎解きは、犯人のトリックが凝っているこ

ともあり、TVよりは小説向きという印象であるが（経緯を説明するエラリーに登場人物の一人が「複雑すぎる。君の小説向きだ」とツッコミを入れている）、懐中時計に関する推理や、エラリーが動機に気づく手がかりの〈映像ミステリ〉ならではの提示等、気の利いた箇所も多く、悪くない出来に仕上がっている。これで、舞台となる「TV局」と「葉巻会社の本社ビル」の間の距離や、登場人物の時間ごとの動きが、もう少し分かりやすく描かれていれば、さらに傑作に近づいたのではないだろうか。

最後に、前述のラジオ版を引き継ぐように一九五〇年から始まったクイーンの最初のTVシリーズを踏まえたのであろう〝お遊び〟を紹介しておきたい。すなわち、「フラニガンが葉巻会社の番組で紙巻を吸ってクビになる」という傑作なオチは、脚本家として同番組に参加したヘレーン・ハンフが後に著書『チャリング・クロス街84番地』中に書き残した以下の言葉から発想されたように思われるのである。

『スポンサーはバイヤック葉巻会社なのよ。だから、〝紙巻たばこ〟って言葉を使ってはいけないの。セットに灰皿はあってもいいんだけど、吸いがらなんかあっちゃあいけないってわけ。葉巻の吸いがらもだめなの。きたないから。灰皿に入れてもよいのはセロファンにくるまれた新しいバイヤックの葉巻だけなのよ』（江藤淳訳）

MEMO

●原題中の〝HUCKSTER〟には行商人の意味もあるが、ここでは〝宣伝屋〟という意味で使われている。

●ラストで聞かれる「司会はエド・サリヴァンに頼もう」という台詞は、有名な『エド・サリヴァン・ショー』がまさに一九四八年にスタートしたことを踏まえてのギャグである。サリヴァンは同番組への起用時には、NYの新聞社のコラムニストであった。

ゲストスター名鑑

●リタ役のキャロリン・ジョーンズ（30〜83）は、TVシリーズ『アダムスのお化け一家』（64〜66）のモーティシア役で知られる。

●フローレンス役のジュリエット・ミルズ（41〜）は、『お熱い夜をあなたに』（72）、『デアボリカ』（73）等に出演。TVでは、『ぼくらのナニー』（70〜71）に主演後、ミニ・シリーズ『衝撃の告発！QBセブン』（74）でエミー賞を受賞した。

第22話

消える短刀の冒険

THE ADVENTURE OF THE DISAPPEARING DAGGER

放映日／76・4・4

〈スタッフ〉原案／スティーヴン・ロード、脚本／スティーヴン・ロード&ロバート・ヴァン・スコイク、監督／ジャック・アーノルド
〈キャスト〉ハミルトン・ドルー／ウォルター・ピジョン、ブランドン・チャイルズ／メル・ファーラー、アリシア・チャイルズ／ダナ・ウィンター、ジェリー・ハッカー／ゲイリー・バーゴフ、バック・ノーラン／ロニー・コックス、サム・バッフォ／R・G・アームストロング

ストーリー

深夜、引退した探偵ハミルトン・ドルーが自宅で刺殺された。ドルーはその晩、五年前に起きた殺人事件の関係者五名を招き、「新しい証拠を入手し、ついに真犯人の正体をつかんだ」と話していた。五名の中の誰かが、いったん帰った後、ひき返して彼を殺したのだ。

実はドルーは、犯人の動きを読み、クイーン警視に電報で応援を頼んでいた。が、休暇中だった警視は、その依頼に応えられなかったのである。エラリーは、悔恨の念に苛まれる父親を励ましながら、ドルー殺しを、そして五年前の難事件を解明すべく捜査を開始した――。

解説

「消える短刀の冒険」は、シーズン最終作であり、残念ながらそのままシリーズの最終回ともなったエピソードである。いろいろ派手やかな趣向に彩られた前作「冷酷な行商人の冒険」を〝最終回風〟とするならば、五年前に起こった殺人事件――しかも密室である現場から凶器が消失した不可能犯罪――にエラリーが挑むという本格度一〇〇%の本作は、ミステリ・ファンに向けての〝カーテンコール風〟の趣きといえるだろう。

また、被害者となる老探偵は、クイーン警視が「彼のおかげで警視にまでなれた」と語る元上司であり、事件解決後、手柄を彼に譲り二人が冥福を祈るという、余韻を残す名ラストシーンも、シリーズに幕を下ろすに相応しいものとなっている。

〝消える短刀〟の謎解きは、真相につながる手がかりがきれいに分散して配置されており、〈挑戦〉でのヒントがやや親切すぎるのと、〝釣りの錘〟が

元々サバイバルキットに入っているものであることが分かりにくい点を除けば、上質なミステリに仕上がっている（字幕版では、原語中の、あるツールの名称が分かりにくい等の問題も加わっている）。さらに、「ポケットの手紙」に関する推理も、〈聖典〉の有名長篇の手がかりを応用した洒落たもので、それが、真相に至るための重要な事実を導き出す手がかりになっているところも見事であった。

最後に、今回、シリーズ全体を再見して初めて気づいた、ある〝欠落〟について触れておきたい。

それは、「謎解きシーンに、犯人による犯行の映像がない」ということである。数話の例外を除けば、クライマックスの画面は、毎回、真相を語るエラリーの姿が映るのみであり、多くの場合、犯人は、最後に自分の犯行であることを認めるだけなのだ。これが、クライマックスをやや単調なものにし、さらには、各話ごとの個性を弱めてしまったように思えるのである（いいかえれば、犯人役の俳優は、〝犯人としての演技〟をさせてもらえていないのだ）。例えば本作など、犯人自身が〝凶器を消失させる姿〟をエラリーの台詞とともに見せたなら、その印象は、ずっと強くなったのではないだろうか。

私見では、この地味さもまた、本シリーズが多くの視聴者を引きつけきれなかった要因だったように思われる。そして、もしかするとこれは、レヴィンソンらが「ラジオドラマの再現」にこだわった結果、必然的に生まれた欠落だったのかもしれない。なぜなら、ラジオドラマにおいては、〝犯人俳優による犯行の再現〟は意味をなさないからである。

ゲストスター名鑑

●ドルー役のウォルター・ピジョン（1897〜84）は、『禁断の惑星』（56）のモービアス博士、『地球の危機』（61）のネルソン提督として知られる。

●チャイルズ役のメル・ファーラー（17〜08）は、『リリー』（53）等が代表作。『刑事コロンボ』の「偶像のレクイエム」にも出演。

●アリシア役のダナ・ウィンター（31〜）は、『ボディ・スナッチャー／恐怖の街』（56）等に出演。

●ノーラン役のロニー・コックス（38〜）は、『ビバリーヒルズ・コップ』（84）のボゴミル部長、『ロボコップ』（87）のオムニ社重役が印象的。

●バッフォ役のR・G・アームストロング（17〜）は、サム・ペキンパー映画の常連俳優だった。

シナリオ解説

町田暁雄

手がかり・結末等への言及を含みますので、各話ともシナリオを先にお読みください。

十二階特急の冒険

本作は、一九七五年十月九日に本国で初放映されたシリーズ第五話。フェアで上質な〈不可能犯罪物〉として高い評価を受けているエピソードである。

今回、翻訳に使用されたシナリオは、一九七五年八月二十一日の日付を持つ第四稿であり、放映版と比較してみると、シーンや大きな台詞の追加がいくつか数えられることから、この後にも、さらに検討と改稿が重ねられたものと推察される。

放映版までに追加された主な場面は、以下の二シーンである。

①第二幕の頭、〈シーン43〉の前に、ハリエット・マナーズのオフィスで、彼女とジョーンズ編集長が、編集権の所在をめぐって口論するシーンが挿入された。さらに、〈シーン117B〉で、彼女がエラリーに「自分こそ実権を握るべき人間だ」と語る箇所（P55上段）に、「兄が戦争に行っている一年間は自分が代りに新聞を守ったのに、彼が戻ったとたん、ファッション記事

の担当に変えられてしまった」という、彼女の動機を強調するための台詞（設定）がつけ加えられている。

②第三幕の頭に、アーサー・ヴァン＝ダイクがハリエットを祖母の自宅に呼び寄せ、自分がひそかに調べ上げた「社内の人間の数ヵ月の動向を記載したノート」を彼女に手渡すという場面が追加された（それに伴い〈シーン96〉での「兄の私的なノートを見つけたのです」という台詞が、「ある情報によって知ったのですが～」に変更されている）。

つけ加えれば、放映版では、警視がジョーンズ編集長を呼び出して尋問する〈シーン117〉が、エラリーがヴァン＝ダイク夫人を訪ねる場面の最後〈シーン128〉の後になっている。これは、おそらくは、〈シーン128〉とエラリーが真相に気づく〈シーン131〉～〈135〉が続いてしまうためと、同場面での彼の、父親が新聞社に来ているという思い違いを分かりやすくするための移動と思われる。

そして、今回の、ミステリ的に最も重要な変更は、〈シーン37〉の最後（P22下段）で提示されている「十二階の受付嬢が、今朝はエレベーターが上がってくるまでにいつもより多少時間がかかったと証言している」というデータが、放映版ではカットされたことだろう。おそらくは、視聴者が「エレベーターがいったん地下に呼ばれていた」という真相に気づきやすくなりすぎるとの判断によって削除されたと思われるのだが、このデータがあればこそ、解決の〝フェア度〟は満点だった気がするので、カットされてしまったのは残念であった。

また、解決篇中の〈シーン147〉で、エラリーが「実は、これはオフィスの番号なのです――あなたのオフィスの番号ですよ」と語る箇所は、実際の画面では、決め手となる部屋番号が提示された〈シーン73〉等が適宜フラッシュバックで挿入され、分かりやすくなっている（逆に〈シーン73〉

は、放映版では、会話する三人の背景として部屋番号が自然に映され、非常にさりげない提示となっているのだが、もともと監督らスタッフを読み手として書かれたシナリオ上では、当然ながらこれは、指示という〝分かりやすすぎる〟形で記述されている。このギャップは、〝手がかりが映像で提示される〟可能性のあるTV版シナリオを〝読む〟場合ならではの、ラジオ版では存在しなかった「弊害」といえるだろう)。

分かりやすさといえば、これはミステリの部分とは直接は関係なく、しかも放映版には反映されなかったのだが、シナリオでは、編集長のソーントン・ジョーンズは、なぜか「アイパッチをしている」という設定になっている(〈シーン23〉)。本作を含む〈オフィス物〉のエピソードは、スーツ姿の登場人物が多く、しかも女性が少ないので、各々の個性が表わしにくい傾向がある。この「アイパッチ」は、そのあたりを想定しての設定だったように思われる——あるいは、実在の辣腕編集長に誰かモデルがいたのだろうか。

もう一つ、放映版との差異で面白いのは、ラスト近くの、ジョーンズ編集長が電話で口述する姿を映す〈シーン149A〉である。シナリオでは、ジョーンズだけの台詞なのだが、放映版では、「その際に協力したのは息子の——ええと——」というところで、傍らに立っていたハリエットが、すかさず「エラリー」と補足する形に変更されており、『デイリー・イグザミナー』の新体制がなかなかうまく機能しているという、さりげなく洒落たオチとなっていた。

最後に、わが国での放映について。日本語版字幕(ミステリチャンネル版)では、犯人特定を補強する重要なデータである「電気技師」という言葉(〈シーン75〉原語ではelectric engineer)が、単に「エンジニア」と訳され、非常に弱くなってしまっている。ただしこれは、字幕という〝文字情報〟で見せてしまうと分かりやすくなりすぎる、という判断の結果だったのかもしれない。

黄金のこま犬の冒険

一九七五年九月二十五日に本国で初放映されたシリーズ第三話。シリーズ唯一の〈ライツヴィル物〉であり、ミステリ的にもクオリティの高い傑作エピソードとなっている。

今回訳されたシナリオは、一九七五年八月十九日の日付を持つ（おそらくは）決定稿であり、表紙に並んだ日付によれば、五月二十日付の初稿から、何と十二回にも及ぶ改稿が行なわれていることが分かる。

この『エラリー・クイーン』シリーズでは、細かい語句の修正まで入れ、平均三～五回ほどの改稿で決定稿が完成しており、全話のシナリオを並べてみても、本作が、最も改稿が重ねられたエピソードの一つであるのは間違いないだろう。

それだけに本作の完成度は非常に高いのだが、残念ながら、わが国での字幕による放映では、細かい部分がかなり端折られてしまっており、ＴＶでご覧になった方でも、今回シナリオを読まれて、「確かにこれは傑作だ」と、はじめて膝を打つ箇所が少なくないのではないだろうか。

例えば「被害者の指に残った刺し傷」というメインの手がかり一つを取ってみても、字幕版では、本命である保安官のバッジだけが目立ってしまい、妙に分かりやすくなってしまっているのだが、シナリオを読むと（つまり原語版では）、ウォーレン＝薔薇〈シーン40A〉とサボテン〈シーン64〉、パーマー＝手製の毛針〈シーン48〉、チルダ＝刺繡針〈シーン66〉と、他の容疑者三名についても同様の可能性が提示されていたことがはっきり分かるのである（特にパーマーについては、警視にプレゼントする際に「針に気をつけて」と、ミスリードのための台詞もあるのだが、これも字幕では訳されていない）。

つまり、スコイク脚本の意図は、「刺し傷」だけでは誰が犯人かは特定できないようにしておき、「所持品リストに、あるはずのバッジがなかった」事実と「火かき棒が凶器として使われなかった」理由を考え合わせることで初めて真相に到達する、という緻密なものだったのだが、もったいないことに、字幕版ではそれが視聴者に正しく伝わらなかったように思えるのだ。

つけ加えると、この「刺し傷」の手がかりは、改稿により徐々に放映版の形へと仕上げられている。すなわち、初稿の段階では、保安官のバッジの他にはウォーレンのサボテンしかミスリードは置かれておらず、その後の改稿時に、パーマーがホテルの部屋を訪れる件《くだ》りとウォーレンが薔薇の世話をする件り、そしてチルダが刺繍を行なっている件りが加えられているのである。

しかもチルダの件りは、第四稿でいったん〈シーン14A〉として、「犯行後、屋敷を去る保安官が、刺繍をしている彼女に挨拶する」という形で加えられた後、（おそらくは〝時間的にも場所的にも「犯行に近すぎる」〟というバランス上の理由で）再び削除され、改めて現在の場所に置かれている。これなどは、「検討を重ねてシナリオを磨き上げる」作業の、最高に興味深いサンプルといえるのではないだろうか。

さて、ミステリとしての緻密さと並んで、本作のシナリオを読むもう一つの喜びは、クイーン〈聖典〉からの引用がいろいろと散りばめられていることだろう。まず、タイトル（原題）が「国名シリーズ」風になっている点、ライツヴィルが舞台となっている点（〈シーン1〉によれば、T

Ｖ版ライツヴィルはニューヨークから二百二マイルの位置にある設定である）、ライト家で起こる〝二十年ぶり〟の殺人、エラリーに邪魔される結婚式、「ファーナム医師」の名前（実はこれは改稿時にカットされてしまったのだが、今回、翻訳の飯城氏が特別に復活させてくれている）と、クイーンファンには何とも嬉しいマニアックさなのである（加えて、初稿には、パーマーが「〈上町《ハイ・ヴィレッジ》〉で食料品店をやっている」と自己紹介する台詞も存在していた）。

最後に、これもシナリオを読むことで初めて判明した興味深い事実をご紹介しておきたい。冒頭の、エラリーと警視が旅支度をする自宅のシーンには、〈シーンＡ１〉～〈Ａ４〉という不思議なナンバーが振られているのだが、これは、初稿での冒頭シーンだった〈シーン１〉の前に、改稿時に追加された、ということを示すものなのである。同様に、クイーン警視のオフィスが登場する〈シーン51Ａ〉〈51Ｂ〉および〈シーン54Ａ〉も初稿には存在しない。従って、元々本作には、自宅やＮＹ市警、そしてヴェリー部長は、まったく登場していなかったわけなのである。

これは仮説であるが、試作版である「奇妙なお茶会の冒険」に続き、最初にプロットが立てられた本作（エピソードガイドＰ３６８参照）は、実は、撮影も最初に行なわれる予定だったのではないだろうか。つまり、ＮＹ市警やクイーン家などの、シリーズ用の新しいセットがまだ完成していなかったため、まずはロケとその回用のセットだけで撮影が行なえる第一話として本作が用意されたのだが、撮影開始前にセットが間に合い、急遽、ヴェリーの登場するシーンと自宅のシーンが書き加えられた、という経緯だったように思われるのである。

一九七五年十月三十日に本国で初放映されたシリーズ第八話。シリーズ化後唯一の〈聖典〉の映像化であり、F・M・ネヴィンズに「このシリーズ随一のエピソードであるばかりか、クイーンの映像化としても一番の出来栄え」と絶賛された、素晴らしい完成度を誇る一作となっている（シナリオは、シリーズ制作が本格的にスタートする前に〝試作版〟として最初に執筆されている［詳しい経緯はシリーズガイドP346〜347参照］）。

クイーンの短篇「キ印ぞろいのお茶の会の冒険（は茶め茶会の冒険）」を原作に持つこのエピソードに関しては、まず、小説からの見事な脚色（可能であれば、シナリオの全ページに詳細な脚注を添えたいほどである）について触れるべきだろう。

＊以下で、短篇「キ印ぞろいのお茶の会の冒険」の内容に触れています。

最も素晴らしい例は、原作では理由なく存在していた死体の隠し場所に〝金庫を嵌め込むためのスペース〟という絶妙な設定を与えたことだろう。しかも、その設定に合わせ、「被害者は銀行を信用していない」（〈シーン67〉「被害者が金庫を購入した」というデータ（〈シーン89〉）や、「エラリーが金庫のサイズを当ててみせる」件り（同）等の伏線が、丁寧に加えられているのである。

そして、今回翻訳されたバージョン（おそらくは一九七五年五月二十日付の初稿と思われる）の後にも改稿が行なわれたのだろう、放映版ではさらに、〈シーン14〉中に、ポールが「僕はこの屋敷を改修しただけです」と言い、スペンサーが「スミソニアン博物館が建つほどの費用がかかったよ」とそれを受ける件りがつけ加えられている。

もう一つの見事な工夫は、被害者の職業を、ウォール街の（おそらくは）金融か株式関係の専門家から、ブロードウェイのプロデューサーに変えたことである。この変更ひとつで、エラリーが屋敷を訪れた理由、甥の誕生日に『不思議の国のアリス』を上演するという趣向、さらには、全身が映る〝姿見〟の存在までが、一気に自然なものになっており、これは、まさに天才的なアイデアだったように思われる。

さらに、原作では「被害者×犯人の妻」だった不倫カップルを「犯人×被害者の妻」に変えることで、「犯人がその週末に犯行を行なわなければならない」必然性を与えている点（〈シーン1〉の台詞でしっかりと提示されている）、クライマックスで〈帽子屋〉に扮する人物を、終幕で突然登場するエラリーの友人の役者からヴェリー部長に変えるというアイデア（〈シーン121〉に伏線が置かれている）、そして、エラリーが贈り物用のアイテムを探して歩いていたことにきちんと触れた〈シーン91〉等にも、ぜひご注目いただきたい。

「エピソードガイド」でも触れたが、本シナリオの最も驚嘆すべき点は、パズラーとしてのフェアさよりも〝不思議の国のエラリー〟物としての面白さに重きが置かれていた原作を、その魅力を維持したまま、前述のような無数の創意工夫により、「犯人当てミステリ」へと見事に〝変換〟したことにある、といってよいだろう。そして、その、〈聖典〉への敬意と愛情に満ちた大胆かつデリケートな筆致と、絶妙なバランス感覚は、こうしてシナリオの形で読むことで、初めて堪能できるのではないだろうか。

また、本作では「主要登場人物の姓を有名ミステリ作家のものにする」という洒落た〝お遊び〟が行なわれているのだが、それも、こうして活字化されたことで、初めてきちんと把握できるように思われる（この趣向は、本作が第八話として放映された際にそのまま活かされ、さらに、本作の後に執筆された、放映順での最初の四作にも継承されている［エピソードガイドP３７０参照］）。念のため、本作での〝元ネタ〟を挙げておけば、以下の通りである。

リチャード＆フランセス・ロックリッジ夫妻
ロイ・ヴィガーズ
ジョン・ディクスン・カー
E・S・ガードナー（この〝ガードナー〟のみ原作でも同名）
コナン・ドイル
マージェリー・アリンガム
メアリ・R・ラインハート
アガサ・クリスティ

最後に、今回のシナリオから放映版に至る間の注目すべき変更をピックアップしておきたい。

①〈シーン89〉の後に、クイーン警視が秘書からヴェリー部長が行方不明になったことを聞き、代りに同行を頼むべくカー警部補に連絡をとるNY市警でのシーンが追加されている。
②〈シーン68〉（と解決篇の〈シーン145〉）に、エラリーが真相に気づくきっかけとして「日時計」がつけ加えられている。
③犯人の妻ダイアナが、自分にも動機があることを語る〈シーン63〉が丸々カットされた（その結果、彼女の旧姓がクリスティである設定は放映版には反映されなかった）。

④シナリオでは「浅黒くたくましい青年で——歳は三十代の初め」と書かれているハワード・ビガーズが、おそらくはキャスティングの都合で中年男性に変更されている。同様に、英国人となっているドイル（実際のシナリオではブリッジャー、P3〜4参照）役は、放映版では、黒人俳優のジュリアス・ハリスによって演じられている（ハリスは、身長が一九〇センチを超える大男なので、もしかすると「鏡の前に誰かが立っていたのではないか」という可能性に視聴者を軽くミスリードするために選ばれたのかもしれない。そして、晴れて容疑者に加わったことによって〝ドイル〟の名を授かった——という仮説はどうだろう）。

⑤〈視聴者への挑戦〉の最後（〈シーン131〉）にある「疑問符がクルクル回る」という件りは、放映版には存在しない。この趣向は、パイロット版の〝エラリー・クイーンと推理を競おう！〟という「プレタイトル」で初登場し、シリーズ化後も同じ形で継承されたが、本シナリオが書かれた段階では、〈挑戦〉部分でも使われる可能性があったわけである。

⑥ラストの舞台が、クイーン家の居間から、原作通りの「帰路の列車の座席」に変わっている。

⑦エラリーの推理の要となる書斎の壁時計を、『不思議の国のアリス』に登場する〝ニヤニヤ笑いだけを残して姿が消えてしまう〟〈チェシャ猫〉のデザインにするという、抜群に洒落た趣向がつけ加えられている。

慎重な証人の冒険

一九七六年一月二十五日に本国で初放映されたシリーズ第十五話。複雑精緻なプロット、そして巧妙かつフェアな解決により、最高傑作と評されることも多いエピソードである。

今回翻訳されたシナリオは、一九七五年十二月二日の日付を持つ初稿であるが、その後、幾度かの改稿を経て撮影に至ったと思われる放映版と大きく異なるのは、意外にもクライマックスの謎解き部分一箇所のみである。

それ以外では、放映版の〈シーン73〉での、エラリーが「レストランに訊いたら君たちは昼食には来なかったと言われた」と、アリバイ調べの発言を行ない、それを聞いたテリー・パーキンス（放映版ではテリー・パーヴィスに変更）が気色ばむという、容疑者を増やすための軽い追加が目を引く程度で、あとは、おそらくは複雑な内容を時間内に収めるためだろう、各シーンから幾つかずつ台詞を削る等の細かいカットが大半となっている。

ただし、それらのカットによって、放映版には、やや説明不足になってしまった箇所が散見されるように思われる。例えば、放映版の〈シーン18〉にリン・ヘイゲンは登場せず、彼自身が「〝緑の女〟に目立った特徴はなかった」と語る、データ提示の大事な台詞がなくなっている。また、続く〈シーン21〉での、テリーがリンの共同経営者であることを示す台詞がなくなったことで、彼が誰なのかが分かりにくくなってしまっている（さらに、これは演出の都合なのだが、〈シーン14〉での、ジェフリー・キャンベル弁護士［放映版ではレオ・キャンベルに変更］の「共同経営者」という台詞に合わせてテリーがアップになる箇所が、引きのショットのままであることもマイナスに作用している）。

つけ加えると、このテリーとリンの関係は、放映版では、〈シーン73〉の「彼女は手伝ってくれているんだ――リン抜きでこれまで通りやっていくのは、なかなか大変で――」という台詞で、遅まきながらカバーされている。ただし、字幕版ではそれも「仕事が忙しいから手伝ってもらっているんだ」と訳され、残念ながら、意味をなさなくなってしまった。

また、これは差異ではないのだが、本作のシナリオは、やはり時間短縮のためだろう、場面転換の際の、建物の表示等を映すファーストカットが元々かなり省かれている。その結果、例えば、エラリーが古い新聞を調べる〈シーン23〉の場所がフラニガンが勤めるニューヨーク・ガゼット社の資料室であることや、〈シーン51〉で未亡人イボンヌに話を聞く店が、〈シーン38〉で語られた「クラブ・キャリオカ」であること等が、放映版ではやや分かりにくくなっている。

最も大きな「謎とき部分の変更」は、シナリオ上での「二段構えの犯人指摘」の後半が、舞台をクイーン家に移して行なわれているのに対し、放映版は、ニック殺しの犯人の自供に続き、関係者が居並ぶ法廷で、そのままロマックス殺しの犯人も指摘する流れに変わっていることである。エラリーの推理の内容自体はほぼそのままなので、これは、彼がキャンベル弁護士を告発せず自首させる必然性が弱いための変更だったのかもしれない（しかも、二人は最後にワイングラスを掲げ合うのだ）。もちろん、これも、時間内にドラマを終わらせるための、単なる短縮だったという可能性もあるのだが——。

事件解決と同時に、重く静かにドラマが終了してしまう放映版のエンディングも魅力的ではあるものの、小説版のファンであれば、〝犯人と二人きりの部屋で明らかになるもう一つの真相〟という、より〈聖典〉的なシナリオでの終幕をこそ、映像で観てみたかったのではないだろうか。

その他、カットされた小さな箇所の例を挙げておけば、

①冒頭の法廷シーンの〈シーン1〉から〈10〉までが、放映版では、二つの回想シーンだけをつ

なげて一気に見せる展開になっている。

②審理が無効となる場面の前の、フラニガンが不安を感じる〈シーン76〉がカットされている。

③〈視聴者への挑戦〉の直前、エラリーがヴァージニア・ロマックス（放映版ではドティ・ロマックスに変更）の資料を見る場面での、資料がアップになる〈シーン89〉が――おそらくは分かりやすくなりすぎるためだろう――カットされている。

④前述のように、解決篇でのクイーン家のシーンがなくなったため、〈シーン101〉でのテリーとプリシラの出番は存在しない。このシーンでのエラリーと二人の関係がなくなった結果、全篇にわたる時間短縮のためのカットがテリー中心に行なわれることになったのだろうか。

⑤併せて〈シーン101〉のフラニガンのスクープ記事も放映版には存在しない。

等である。

最後にもう一つ。本作は、エラリーが無罪を証明しようとする被告が実は犯人だったという、そして、二つの殺人の犯人が別々だったという、シリーズ中でもとびきりのトリッキーさを持つ異色作であるが、さらに、二つの殺人のうちの一つは――予測は可能なものの――〈視聴者への挑戦〉の後に提示される「ロマックスを探し出すのに二週間かかった」というデータによって解決されるという、大胆なパターン崩しが行なわれている点も、特筆しておくべきだろう（エラリーの〈挑戦〉も、ちゃんと、「誰がニック・ダネロを殺したのか、そしておそらくは誰がヴァージニア・ロマックスを殺したのかがわかりました」という内容になっている）。

ミステリの女王の冒険

この「THE ADVENTURE OF THE GRAND OLD LADY」は、シナリオが書かれたものの、残念なことに撮影には至らなかった、いわゆる〝未制作エピソード〟であり、従っておそらくはこれが世界初お目見え（刊行）となる。いうなら本書の〝ボーナス・トラック〟である。タイトル中の「THE GRAND OLD LADY」は、今回の翻訳のためにつけられた邦題「ミステリの女王の冒険」の通り、劇中に登場する偉大なミステリ作家、レディ・シビルのことを指しているのだが、同時にこれは、舞台となる豪華客船「クイーン・メリー号」の愛称でもあるという、洒落たダブルミーニングになっている。

〝五十五冊の作品が十七もの言語に訳されている〟英国生まれの女流ミステリ作家、レディ・シビル・オースチンのモデルは、いうまでもなくアガサ・クリスティであり、すなわち、今回のフィッシャー脚本の趣向は、「エラリー・クイーンｍｅｅｔｓクリスティ」という何とも魅力的なものだったわけである。レディ・シビルが言及するエラリーの著作が、他のエピソードの時のように架空のものではなく、『ローマ帽子の謎』という実在の〈聖典〉であること（Ｐ２９２）も、おそらくは、その特別な趣向への目配せであろう。

本作は、また、ミステリとしての出来も、なかなか素晴らしい。今回の翻訳に使用されたシナリオは、おそらくは初稿と思われるのだが（そのためだろう、「ブリマーの船室に鍵がかかっていない」というデータが〈挑戦状〉のあとに提示されている等の〝穴〟も存在する）、もしも、この後、幾度かの改稿を経た上で映像化されたならば、かなりの傑作に仕上がったのではないだろうか。

最も注目すべきは、エラリーとブリマーにレディ・シビルが加わった、「二重解決」ならぬ「三重解決」の趣向だろう。フィッシャー脚本は、複雑な構成を要するこの難しい課題を、登場人物のきめ細かな配置によって、見事にクリアしており、しかも三つの解決が相互に作用しあっているところが見事である。

まず、ダイイング・メッセージによるブリマーの推理は、最もシンプルかつ派手やかなもので、〈シーン59〉に置かれた伏線が、そのまま視聴者へのミスリードとしても機能している。クライマックスでは、その推理を否定するための指摘に、エラリーによる二つに加えて、エレノアの告白とレディ・シビルの推理による三つめが用意され、それがそのまま「ダンとエレノアの関係」という小さなミステリを解決するものになっているところが巧みである（手がかりによる〝立証〟ではなく〝予想外のロマンチックな解釈〟によるものなのは、クリスティ風を意識したのだろうか）。

二つめの、被害者が打った電文を要石としたレディ・シビルの推理は、「レッド・キング・ファッション」の「ビショップ」という手がかりを目につきやすい形で提示している点はブリマーの推理と同様であるが、こちらはさらに、〈シーン64〉で彼女に「犯人が分かった」と言わせることで、「電文が原版の隠し場所を示した暗号である」という真相を隠す役割も果たしているように思われる。加えて、彼女の〝真犯人〟であるビショップがすでに死亡していることにより、事件がいったん解決するという展開が可能になっているのも、実に上手く計算されているといえるだろう。

そして三つめ――真打ちとなるエラリーの推理は、証言の矛盾と失言を手がかりとした最も地味なものであるが、これも、実に巧みに提示されている。

今回のポイントは、父親であるアンリが息子の犯行を知らなかっただろうというところにある

（知っていてアリバイを偽証したのであれば、モルヒネの件を告白しても「読書した後に痛み出した」と言えばすむからである）。つまり、父親は、漠然と「巻き込まれまい」として、（おそらくは）息子が言いだしたアリバイを主張していたのであって、それほど言い張る必要はなかった。そのため、エラリーに追及されると、モルヒネの件をごく自然に話しはじめてしまったのだ。一方、エラリーが父親に「あなたは嘘をついていた」と言うのを聞いた、真犯人であるポールは、大いに焦ることになった。だからこそ、思わず〝クライツマン〟という決定的な失言をしてしまったわけなのである。このシーンは、その後もポールの反応にきちんと筋が通っており、父親の「告白」が、境遇に関することだけで終わった時の「これで満足しましたか、クイーンさん」という安堵の台詞、そしてエラリーがさらに追及を始めた時の「あなたの頭はおかしい――」という必死の台詞に、その一喜一憂がきちんと反映されている。

また、ポールの自首で事件が解決する異例の展開も、二つめのレディ・シビルの推理で事件が〝解決〟していたこと――すなわち、無実であるビショップが犯人にされてしまったままであること――から必然的に派生しているのが、実に美しい。

つけ加えれば、エラリーによる解決が、「いったん事件が解決した後に真実がひそかに語られる」という、〝クイーン的〟な展開になっていること、クイーン家の書斎についにTV受像機が置かれたこと、そして、ラストシーンで、第一話「螢の光の冒険」に登場したエラリーの恋人、キティ・マクブライド嬢の名前がちらりと語られること等も、ファンには嬉しい趣向といえるだろう。

因《ちな》みに、本シナリオは、やはり、レヴィンソン＆リンクとフィッシャーが企画・制作したTVシリーズ『ジェシカおばさんの事件簿』の第六シーズン第三話（一九八九年十月八日放映、日本未放映）として、「THE GRAND OLD LADY」のタイトルで映像化されている。そこでは、「ジェシカが、大先輩である女流ミステリ作家の訃報を聞き、彼女が一九四〇年代に実際に体験した事件の話を我々に語る」、というスタイルでまとめられており、エラリーにあたる探偵役は、父親の捜査に協力して難事件を解決しているクロスワードパズル作家、クリスティ・マクギン（演じたのは、後に『新・刑事コロンボ』の「大当たりの死」で被害者となったゲイリー・クローガー）に変更されていた（つけ加えると、サイモン・ブリマーにあたる人物を演じたのは、何とロバート・ヴォーンであった）。

そして、この「流用」までを含めて考えると、本作に関しては、以下のような推理を行なってみることも可能だろう。

①フィッシャーのこのシナリオは、シリーズ放映中の一九七六年一月に亡くなったアガサ・クリスティへの追悼の一作だった。

②一月～二月に初稿が執筆されたものの、まもなく、四月までで番組が終了することが決定し、本作はお蔵入りとなった。

③『ジェシカおばさん』の一作として本作が復活することになった際、フィッシャーは、エラリーにあたる探偵役の名を、スペルは違うが〝クリスティ〟とし、その出自と追悼の意図を作中に残した――。

もちろんこれは仮説であるが、本作でのエラリーの、「THE GRAND OLD LADY」に会えて舞い上がる姿や、彼女への敬意を込めたラストでの配慮に、そうした特別な想いが感じられるのである。

飯城勇三（いいき・ゆうさん）

1959年宮城県生まれ。東京理科大学卒。エラリー・クイーン研究家にしてエラリー・クイーン・ファンクラブ会長。編著書は『エラリー・クイーン　Perfect Guide』（ぶんか社）およびその文庫化『エラリー・クイーン　パーフェクトガイド』（ぶんか社文庫）。訳書はクイーンの『エラリー・クイーンの国際事件簿』と『間違いの悲劇』（共に創元推理文庫）。解説はクイーン『クイーン談話室』（国書刊行会）、D・ネイサン『ゴールデン・サマー』（東京創元社）など。クイーン関係以外では、編著書に『鉄人28号大研究』（講談社）もあり。論創社の〈EQ Collection〉では、企画・編集・翻訳などを務めている。

町田暁雄（まちだ・あけお）

1963年東京都生まれ。日本大学芸術学部卒。広告代理店勤務を経てフリーの編集／ライターに。『刑事コロンボ完全捜査記録』（宝島社）で監修／メインライターを担当。同書は第７回本格ミステリ大賞の評論・研究部門候補作となった。『刑事コロンボＤＶＤコレクション』（デアゴスティーニ・ジャパン）の解説冊子を監修・執筆。プロ＆セミプロの愛好家10数名と、同人誌『COLUMBO! COLUMBO!』を発行中（http://www.clapstick.com/columbo/）。著書は『モーツァルト問』（東京書籍、若松茂生と共著）等。参加本は『エラリー・クイーン　Perfect Guide』（ぶんか社）等。本格ミステリ作家クラブ会員。

ミステリの女王《じよおう》の冒険《ぼうけん》　視聴者《しちようしや》への挑戦《ちようせん》
——論創海外ミステリ 89

2010年2月15日　初版第1刷印刷
2010年2月25日　初版第1刷発行

原　案　エラリー・クイーン
編　者　飯城勇三
装　丁　栗原裕孝
発行人　森下紀夫
発行所　論 創 社
〒101-0051 東京都千代田区神田神保町2-23 北井ビル
電話 03-3264-5254　振替口座 00160-1-155266

印刷・製本　中央精版印刷

ISBN978-4-8460-0914-4
落丁・乱丁本はお取り替えいたします

知られざる“エラリー・クイーン”の世界!

EQ Collection 論創社

幻の雑誌の傑作選。クイーンの名エッセイを初完訳。

ミステリ・リーグ傑作選　上
エラリー・クイーン他著　飯城勇三編　2625円

長編、短編、エッセイ、全4号の総目次など多彩な作品を収録。

ミステリ・リーグ傑作選　下
エラリー・クイーン他著　飯城勇三編　2625円

珠玉のラジオドラマ集。〈挑戦状〉付きのシナリオ8編。

ナポレオンの剃刀の冒険　聴取者への挑戦Ⅰ
エラリー・クイーン著　飯城勇三訳　2625円

ラジオドラマ集第2弾。本格ファン必読の犯人当てパズル。

死せる案山子の冒険　聴取者への挑戦Ⅱ
エラリー・クイーン著　飯城勇三訳　2625円

TVドラマシナリオ集。未制作含む5編に加え、ガイドを収録。

ミステリの女王の冒険　視聴者への挑戦
エラリー・クイーン原案　飯城勇三編　2730円

世界初の一冊まるまるクイーン論。乞うご期待。

制作中

エラリー・クイーン論（仮）
2010年刊行予定　価格未定
飯城勇三著

以下続刊　　価格は税込み